谨以此书献给平凡而伟大的教育人！

——题记

作者近照

作者简介

李英世，河南内乡人，中共党员，河南大学教育系本科毕业，心理学高级讲师。曾任南阳市第二师范学校副校长，南阳市第三师范学校校长、党委书记，南阳市委党校副校长，南阳市教育局副局长、党委书记，南阳市政协第五届委员会委员，第七届全国农民运动会志愿者工作部部长，河南省第七届省督学。现任南阳市教育局关工委主任。

先后被评为河南省优秀教师、河南省教育系统先进工作者，被授予河南省中等师范教育优秀教育工作者称号，获得河南省全民素质工作先进个人、河南省人民政府第七届全国农运会筹办工作先进个人、共青团中央"第九届中国青年志愿者优秀个人奖"等荣誉称号。被曾宪梓教育基金会授予中等师范学校教师奖三等奖，被中共南阳市委、市政府命名为第三、四、五批专业技术拔尖人才，被南阳市人民政府记二等功两次、嘉奖一次。

是中国心理学会会员，曾担任河南省心理学会心理学教学研究会副主任，河南省中师教育学科中心组副组长。发表论文60余篇，出版专著、合著、主编和参编著作17部。获得省部级优秀社科成果三等奖3项、优秀奖1项，市厅级社科成果一等奖3项、二等奖6项，完成省市社科规划项目、科研课题13项。

教育梦　教育情
——一位教育人的心路历程

李英世 / 著

河南大学出版社

·郑州·

图书在版编目（CIP）数据

教育梦　教育情：一位教育人的心路历程 / 李英世著. -- 郑州：河南大学出版社，2024.5
ISBN 978-7-5649-5833-6

Ⅰ.①教… Ⅱ.①李… Ⅲ.①回忆录－中国－当代 Ⅳ.①I251

中国国家版本馆 CIP 数据核字（2024）第 056689 号

教育梦　教育情：一位教育人的心路历程
JIAOYU MENG JIAOYU QING : YIWEI JIAOYUREN DE XINLU LICHENG

责任编辑　郑　鑫　薛建立
责任校对　李亚涛　柴桂玲
封面设计　马　龙
封面题字　李英世

出版发行	河南大学出版社
	地址：郑州市郑东新区商务外环中华大厦 2401 号
	电话：0371-86059701（营销部）
	网址：hupress.henu.edu.cn　邮　编：450046
排　版	河南大学出版社设计排版部
印　刷	郑州市今日文教印制有限公司
版　次	2024 年 5 月第 1 版　　印　次　2024 年 5 月第 1 次印刷
开　本	787mm×1092mm　1/16　　印　张　30
字　数	392 千字　　　　　　　　定　价　78.00 元

（本书如有印装质量问题，请与河南大学出版社联系调换。）

做最好的自己

——读《教育梦 教育情——一位教育人的心路历程》

（代序）

花了几天时间，看完了《教育梦 教育情——一位教育人的心路历程》一书，30多万字，400多页，沉甸甸的，厚厚一本。作者李英世，一位交往了几十年的老伙计，退休前是南阳市教育局党委书记、副局长。书还是样书，出版社寄来的当天上午，他就约我见面，在一家咖啡馆，聊了很长时间，中心话题就是这本书，书的主要内容、书的写作过程、有关资料的查阅以及封面设计、内文插图等。聊到最后，他希望在书出版前我能看一遍，在文字和内容等方面再把把关。本来就有强烈的阅读兴趣和阅读欲望，也早就期待着书出版后能先睹为快，现在这一愿望居然提前实现，又肩负一定的责任，因此回家后午觉都没睡，就急不可待地拜读起来。由于不是单纯的欣赏，自然就看得很细、很慢、很认真，几乎是一个字一个字地看，重点地方还不止看一遍，看过之后又倒过来重看。看的时候，一些地方就引起了很多感慨、感叹，乃至感动。看完之后，掩卷而思，更是浮想联翩，思绪万千，感慨万千。自然也有太多的话要说，有一种强烈的冲动，想为这本书写点儿什么，点评也好，读后感也罢，什么都可以。

全书共分十章，把每一章的标题列出来，就知道书的大体内容了。第一章：家乡记忆；第二章，教育情怀；第三章，学生时光；第四章，乡村生活；第五章，梦圆大学；第六章，躬耕教坛；第七章，执掌学校；第八章，"外行"校长；第九章，做好局长；第十章，守望教育。一目了然，一看这些标题就知道，是按照时间先后顺序写的，按照工作角色的转换写的，既是对他个人的成长经历、潜心教育实践、执着教育追寻的回忆，也浓缩了"五零后"这一代人共同的生活经历、社会认知和内心感受。这一代人在青少年时期，在成长的过程中，最大的共性是什么呢？用前些年网上流行的那个段子说，就是长身体的时候吃不饱饭，长知识的时候没有书读。前者是国家经济困难时期，造成商品短缺，物质匮乏；后者是由于特殊原因，大中专院校停止招生，没学可上，没书可读。不夸张地说，这一代人是共和国历史上最特殊的一代。说特殊，就是因为他们的经历特别复杂，成长道路有些曲折。经历过饥饿，也感受了温饱；经历过停滞不前，也见证了高速发展；目睹过墨守成规，也看到了改革开放；体验过前途迷茫的苦闷，也享受了实现人生价值的喜悦。用一位大学同学的话说，短短几十年的时间、几十年的人生，居然跨越了从农耕文明到工业文明到信息文明到智能文明几个时代。用一位大学老师的话说，是空前绝后的一代。作者自序的标题就是"我们这一代人"，内容也是从方方面面对"我们这一代人"进行全面深入的描述。

虽然有共同的经历，虽然生活在同一个时代，但每个人由于种种原因，地域的、家庭的、性格气质的、兴趣爱好的等，又是独特的个体，有着与他人迥然不同的生活经历和人生轨迹。《教育梦 教育情——一位教育人的心路历程》一书的作者自然也不例外，单看书的名字就已经很清楚了。作者是一个教育人，一生都在教育系统工作，都在从事教育事业，都在做着教育梦，都在为教育倾情奉献，都在因教育充满激情，从当老师到教务科长，从当校长到教育局长，一路走来与教育不离不弃，教育已经成了生命的一部分，已经渗透进了血液中细胞里，可以说这一生都与教育结下了不解之缘。不但自己是教育人，妻子也是教育人，而且是一位特级教师。再往前追溯，作者的父亲也是教育人，祖辈还办过乡村私塾。从他祖辈算起有血缘关系的四代人中有好几位都是教师，都是普普通通的教师，在赓续教育的血脉中，形成了共同的教育人追求、教育人操守、教育人修养、教育人精神。

通读全书，虽然是几十年的挚友，相知很深，无话不谈，但也才第一次真正对他有了更准确、更全面、更深入的了解，了解了他的家世身事，了解了他的父亲母亲，了解了他青少年时的学习和生活，了解了他内心深处一些过去不曾知道的东西，了解了他情感世界更细腻丰富的一面，一句话，了解了他的方方面面，了解了一个多维的立体的他。其中，最大的收获是了解了他性格特质中最重要的东西，也是他一生做人做事的最大追求。什么特质？什么追求呢？用他自己的总结、自己的评价、自己的话说，就是努力"做最好的自己"。几十年都在做最好的自己，从小到大都在做最好的自己，从家庭到社会都在做最好的自己。上小学的时候，就当学生干部，作文成为范文；上高中后，刻苦学习，补齐短板，考试成绩总是名列前茅；高中毕业后，回乡当农民，犁耧锄耙样样都会，当全村青年的标杆，当大队团总支书记；直到后来上大学，当老师，当学校领导，当教育局领导……一路走来，始终如一，不管在什么岗位，担任什么职务，都是一个目标、一个愿望，做最好的自己，创一流的业绩。工作如此，事业如此，家庭也一样，是最好的儿子、最好的丈夫、最好的父亲。即使退休后，写这本著作，也依旧是挑战自我，选择难度最大的方式，使用最准确、最翔实的资料，选取大量的人物事件，寻找全部的生活积累，倾注全力去写。一分耕耘，一分收获。功夫不负有心人，作者几十年教育生涯，所获得的那么多荣誉，受到的那么多尊重，已经有力地证明了这一点，大大小小很多项，包括河南省优秀教师、河南省教育系统先进工作者、河南省中等师范教育优秀工作者等。我看完全书后，对他的评价则是发自内心的四句话，或"四个一"：一个货真价实的教育人，一个问心无愧的教育人，一个懂教育、精业务、善决策、会管理的教育人，一个为了教育事业辛勤耕耘、不懈追求、坚定前行和付出全部心血的教育人。

  他为什么对教育这么钟情、这么投入、这么执着，为什么能在所有教育岗位上都干得那么出色，做了那么多出彩的事情，受到那么多的尊重，得到那么多的荣誉？一句话，除了父辈的影响、家庭的熏陶、他自己扎实的专业功底以及永远都努力"做最好的自己"外，更重要也许还是最重要的，是他内心深处有一种最朴素的感情，一种源自前辈血液里细胞中遗传下来的东西，也是人性中最原始、最本真、最高贵、最美好的东西，那就是"良知"，换个说法叫"良心"，书中有十余个地方都提到了"良知"二字。从他上大学时谈到一定要对得起自己的良知，到后来当学校领导、任教育局领导，在多次讲话中都提到了这两个字，包括"教育良知就是带着情感去观察事物""把手放到胸口，问一问自己你有良知吗""干教育是个良心活""应当有办好一方教育，成就几代孩子的良知""教育是一项良心工程"等。虽然只是两个平平常常的汉字、一个普普通通的单词，却字字千斤、重如泰山，沉甸甸地压在他的心上，几十年来都一直在压着。但与此同时也成为他当一个好教师、当一个好教务科长、当一个好校长、当一个好局长的最大最原始的动力，使他几十年如一日都对教育工作充满了爱，充满了激情。为什么教育工作是个"良心活"？为什么从事教育工作要有"良知"？道理太简单了！因为教育面对的对象不是冷冰冰的设备、冷冰冰的机器，而是活生生的人，而且是充满了求知欲望的人，或者是稚气未脱的少年，或者是脸上已经长了青春痘的初高中生，而他们的背后又站着最疼爱他们，最关心他们学业成绩，最关心他们在中招高招中能否考个好成绩、能否考上理想学校的爸爸妈妈、爷爷奶奶，老少几代人都睁大了一双双充满渴望和期盼的眼睛，都对学校和老师投去了最信任的目光。因此，学校教育质量的一点点提高或者降低，学生学业成绩的一点点提升或者下降，对他们都太重要了，都有可能对孩子的一生产生重要影响，对家庭是否幸福美满产生重要影响，影响的甚至还不止一代人！能不是个"良心活"？能不时时刻刻都牢记"良知"二字？在这种"良知"的驱使下，他把教育作为一种事业一种追求，把培养人作为一种义不容辞的责任，把办人民满意的教育作为工作的最大目标。这种对教育的深厚感情，这种对教育的大爱之心，自然就成为他工作的动力源泉，成为他人生的精神追求和奋斗方向。因此，他做老师时全身心投入三尺讲台教书育人，做校长时明确办学方向引领学校发展，做局长时树立为民情怀推动教育发展，在不同的教育岗位上干了那么多精彩的出彩的活儿，而且都干出了"最好的自己"，就是顺理成章的事了。

我俩的特殊关系，我与英世几十年的交往，决定了与别的读者相比，我读此书的感觉或有不同。严格说我们是"准发小"，因为我们出生在同一块土地上，拥有同一个故乡，按照当年的乡村建制划分，我们是一个大队，分属两个生产小队，两个自然村相距只有几百米。从小到大，喝的是同一条河里的水，老百姓叫七里河，学名叫湍河；玩的是相同的游戏，下河洗澡，水渠摸鱼，捉知了，斗蛐蛐；上的是同一个学校，东王营小学，后来又办了初中，叫戴帽初中；吃的是相同的饭，红薯面窝窝头、苞谷糁窝窝头、照得见人影的稀饭；干的是相同的农活，割草，拾粪，捡麦穗，插秧，种红薯，采摘棉花；甚至小时候干的坏事都完全一样，如偷西瓜、偷摘苹果等。尤其是高中毕业回乡后，交往就更多了，一起做共青团工作，一起到知青点蹭饭，一起造大寨田，一起办《战地通讯》，一起熬夜写广播稿、写总结、编快板书，恢复高考后又一起复习、一起参加考试等等，有些已经写进了他的书中。如果说读书中有关教育的章节，读他在不同教育岗位上辛勤工作的那部分内容，包括如何当科长、如何当校长、如何当局长，因为比较专业，涉及的全是抓教学管理、抓教育质量、思考工作思路、进行教育决策等，我还是有些隔行，感觉不是那么强烈。那么，读他描写内乡老县城，描写老家东王营美丽的乡村风光，描写东王营小学中学学习生活，描写插秧、割麦、上堰等劳动场面，描写从童年到少年到青年在农村的那些有趣也辛酸的种种经历，共鸣的地方就实在太多了，阅读的快感就更强烈、更兴奋。自然也随着他笔下场景的转换、情节的变化、心理的起伏，与他一起悲、一起欢、一起哀、一起乐。特别是读到他小小年纪就在农村出的那些力、受的那些苦，对他性格中坚韧顽强、不屈不挠的一面，就有了更多更深的了解；读到他高中毕业后回农村的第一个晚上、第一个清晨，心理的起伏变化、情感的转换过渡，对前途的迷茫和憧憬、沮丧和振作、失望和希望等，更是感同身受，不由自主地与他一起沉浸到当年的万般惆怅、万千思绪中。

代 序

  几年前我还在上海，一次微信聊天时回忆起以前的往事，他告诉我，"想比较全面地写一点自己作为教育人的成长足迹、工作经历和人生追求，记录自己在潜心教育实践中的心灵感受、思考探求和经验体会"。我写了很长一段话给予鼓励，希望他能够早日下决心，早日动笔。几年时间过去，不声不响，不吭不哈，他居然已经悄悄地干起来了，而且居然已经大功告成，书马上就要出版了，既在意料之外，也在意料之中。他不会用电脑写作，还是传统的爬格子，用笔，用最原始自然也是最笨的方法，一笔一画、一个字一个字地写在稿纸上，30多万字，按每页300字算，1000多页，厚厚一摞子，还要修改，还要补充完善，肯定很累、很吃力，又年逾古稀，身体也不是太好，没有非凡的毅力，没有一种不可遏止的激情，没有强大的精神力量在支撑着，绝对干不了这个活，即使干也未必干得这么漂亮！

  衷心地祝愿老伙计，也大大地为他点个赞！希望更多的人能看到这本书，了解一位教育人的心路历程。也希望更多的"五零后"、更多的这一代人，拿起笔来，记录下自己的经历，记录下社会发展的轨迹，留给后人，绝对是一份宝贵的财富，比留下多少物质财富也许都更为重要，更有价值！

王宜刚
2024年5月

  （王宜刚：作者发小、校友，河南大学汉语言文学专业毕业，退休前在一家央企工作，任工会主席、党群工作部主任。各类著作有随笔集《生命的守望》《思想的风景》，散文集《大地的足迹》《今生有缘》，诗歌集《大疫小诗》《诗情画忆》等。）

我们这一代人

(自序)

我们这一代人,生于20世纪50年代,被称为"五零后",不论是"五零初""五零中"还是"五零末",在成长经历、生活体验、社会认知和内心感受上,都留下了每一位个体的"痕迹",会产生"同频共振"的深切感悟。

回首过往,在这一代人的每一个人身上都镌刻着社会发展变化的年轮,每一个家庭都有着酸甜苦辣的经历感受,每一个群体都有着人间最复杂的生活体验。这是共和国历史上最为特殊的一代人,是最有智慧、最能吃苦、最敢担当、最具奋进、最懂感恩的一代人。基于这些人性的纯美特点,几十年后,那些过往的人和事、情与境自然会从心底里生发出无限感念的情愫,会激荡起心底里久存的对过往眷恋的涟漪。

这一代人,有的是沐浴着新生共和国的阳光降临人间,有的是感受着土地改革的热浪来到世间,还有的是伴着那个跃进年代的大潮出生人世,都和新中国一起发展成长。

这一代人,童年时光,做过美梦,有过憧憬。但生不逢时,遇上三年困难时期,缺衣少粮,经历无数的生活艰难,把世间的苦涩很早都体验一遍。

这一代人,到了读书获取知识之时,又遇到"那个特殊年代",

小学没毕业就回乡当了农民，中学没上完就成为"知识青年"，过早成为社会的一员，承担了社会责任。

这一代人，曾经无奈过，失落过，伤感过，但始终没有被摧垮。生活的磨难反而锻炼了意志，坚定了信念，在社会的大课堂里学会了生存的本领，掌握了面对人生的"技能"。

这一代人，听到了高考恢复的讯息，那冬天里的一声惊雷唤醒了沉睡许久的梦想，点燃了压抑的求知欲望。他们用粗糙的双手重新拾起多年没有读过的书本，重新掂起多年没有用过的纸笔，挑灯夜战，拼命苦读。在这积累了十余年的考生中，有夫妻，有兄弟，有姐妹，有叔侄，有师生，他们一同走入考场，又一同跨进大学校门，用读书成就梦想，让知识点亮人生。

这一代人，结婚成家之时，积极响应国家号召，体谅国情，执行政策，晚婚晚育，计划生育，成为一代独生子女的父亲母亲。

这一代人，人生就像一道复杂的菜肴，有酸甜，有苦辣；也如一条不平的山路，有崎岖，有坎坷。但他们始终品尝着、感受着、坚持着、奋勇着，一路走来，从不言弃，实现着人生理想。

这一代人，亲历了国家改革开放的伟大创举，在不同的工作岗位上，为国家从物质贫乏到繁荣昌盛，努力着、奉献着，励精图治，砥砺前行，很多人成为国家的精英和各个领域的专家，成为国家强盛和民族复兴的栋梁。

这一代人，有很多成为教育人，他们是这一代人中的特殊群体。他们既有这一代人的共同经历，又有这一特殊群体的共同特性。这一代教育人参加工作时，是民办教师，是恢复高考后的中师生、本科生、研究生。从成为这一代教育人的那天起，为实现教育强国、民族复兴梦想，把心血洒在三尺讲台上，把人生写在校园中。很多人成为优秀教师、校长、专家、教授和教育的决策者、领导者，在不同的工作岗位上书写着教育华章。

自 序

我是这一代教育人中的普通一员，深知这一代教育人成长道路上的艰难步履，感受了这一代教育人心灵深处的呼吸脉动，品尝了这一代教育人经历风霜的不同滋味，目睹了这一代教育人几十载不断攀登的足迹，也能体会这一代教育人为教育奉献的赤诚之心。

这一代人，这一代教育人如今都已进入"耳顺"或"古稀"之年，但他们仍然在不同岗位上散发着那没有退去的"余晖"，用深情咀嚼经历的苦涩与幸福，用余生体验曾经的风雨与阳光，以超然的心态潇洒生活，以宽厚的心境快乐安享！

即将进入"从心所欲不逾矩"的我，在几十载人生经历的每一段路程，同样和这一代人，同样和这一代教育人，感同身受。当我用笔记录人生轨迹、书写心路历程时，难以抑制心灵深处的潮涌，难以掩饰守望教育的期许，一种纯真质朴、坦荡丰厚的情感流露，既是怀念曾经的过往，也是追忆逝去的青春芳华。

《教育梦 教育情——一位教育人的心路历程》记述了个人的成长和30多年从教生涯的心路历程，阐释了在赓续家族精神、经历社会发展、坚实成长足迹、探讨教育人生、潜心教育实践中的诸多认识感受、思考探索和经验体会。用较多过往事件、翔实资料、具体数字细述在青春逐梦、角色转换、不忘初心、坚守教育和使命担当中的做法和感悟。如果能给新一代教育人一点启迪、借鉴或思考，就是自己心灵上的最大慰藉！

明日，我们这一代人，我们这一代教育人，会在不同的地方，仰望星空，迎接旭日，映照夕阳，享受人生。愿下一代人，愿下一代教育人，在不同的工作岗位上，担当使命，朝向远方，面向未来，书写更加辉煌的人生。

李英世
2024年5月

目　　录

第一章　家乡记忆 …………………………………………… 1
　一、古老的土地 ………………………………………… 3
　二、老县城印象 ………………………………………… 13
　三、东方红大队 ………………………………………… 23
　四、老家李院村 ………………………………………… 40

第二章　教育情怀 …………………………………………… 51
　一、祖辈那点事 ………………………………………… 53
　二、父亲的坚守 ………………………………………… 61
　三、家中出了特级教师 ………………………………… 73
　四、我的教育断想 ……………………………………… 85

第三章　学生时光 …………………………………………… 101
　一、学习要优秀 ………………………………………… 103
　二、生活获技能 ………………………………………… 112
　三、发展须全面 ………………………………………… 120
　四、推荐上高中 ………………………………………… 129

五、休学有理由……………………………………………… 139

　　六、逐梦又复学……………………………………………… 149

第四章　乡村生活……………………………………………………… 155

　　一、回乡决心书……………………………………………… 158

　　二、四次换"工种"………………………………………… 161

　　三、灵山拉石头……………………………………………… 171

　　四、同队长一起买牛………………………………………… 174

　　五、当了团总支书记………………………………………… 177

　　六、大队"多面手"………………………………………… 181

　　七、工地指挥部……………………………………………… 184

　　八、非常特殊的一年………………………………………… 188

　　九、我的"知青"朋友……………………………………… 191

　　十、难忘的高考经历………………………………………… 194

第五章　梦圆大学……………………………………………………… 205

　　一、专业要学好……………………………………………… 207

　　二、班主任的误会…………………………………………… 211

　　三、学生"班主任"………………………………………… 213

　　四、实习的收获……………………………………………… 216

　　五、唯一"留校"者………………………………………… 219

　　六、很快适应大学生活……………………………………… 223

　　七、"四环式"学习法……………………………………… 227

八、135元稿费·····················231
九、优秀毕业论文·····················234
十、又一次重要抉择·····················238

第六章 躬耕教坛·····················241

一、每节课都受欢迎·····················243
二、班主任工作有招数·····················249
三、心中要有那份爱·····················258
四、第一次上录像课·····················262
五、部队邀请作报告·····················265
六、五个暑假参加省命题·····················266
七、参加中师教改研讨会·····················270
八、随着处长去调研·····················277
九、参加教育部培训班·····················281
十、四次毕业质量检测·····················286

第七章 执掌学校·····················295

一、一个月没开会·····················298
二、找准工作突破口·····················301
三、再谈学校发展·····················305
四、抓住办学评估契机·····················308
五、三谈学校发展·····················321
六、领导关怀与厚爱·····················324

七、四谈学校发展 ……………………………………… 327

　　八、压力来自肩上 ……………………………………… 330

　　九、特色学校目标实现 ………………………………… 332

　　十、五谈学校发展 ……………………………………… 335

第八章　"外行"校长 ……………………………………… 339

　　一、"外行"谈认识 ……………………………………… 341

　　二、首次给学员授课 …………………………………… 345

　　三、深化教学改革 ……………………………………… 349

　　四、典型发言之后 ……………………………………… 352

　　五、学员心中的李校长 ………………………………… 356

第九章　做好局长 …………………………………………… 361

　　一、被触动的思考 ……………………………………… 363

　　二、一个多月的调研 …………………………………… 368

　　三、特殊"一模"分析会 ………………………………… 376

　　四、高考成绩揭晓后 …………………………………… 381

　　五、角色有了变化 ……………………………………… 385

　　六、这一年特别忙 ……………………………………… 388

　　七、教辅准入要招标 …………………………………… 397

　　八、参加全国局长研修班 ……………………………… 399

　　九、教学观摩成"经验" ………………………………… 403

　　十、第十次讲教育质量 ………………………………… 406

十一、当志愿者工作部部长…………………………408

　　十二、基教工作最后讲话……………………………414

第十章　守望教育………………………………………425

　　一、特聘"教授"………………………………………427

　　二、不了教育情………………………………………433

　　三、有了"新职务"……………………………………438

　　四、弥补曾经遗憾……………………………………443

　　五、人生的感悟………………………………………449

后　记……………………………………………………455

第一章

家乡记忆

第一章 家乡记忆

"我深深地爱着你，这片多情的土地。我踏过的路径上，阵阵花香鸟语。我耕耘过的田野上，一层层金黄翠绿……我时时都吸吮着，大地母亲的乳汁。我天天都接受着，你的疼爱情意……"每当听到歌曲《多情的土地》，那悠扬的旋律和动听的歌词都会直击我的心灵深处，不时地浮现我梦境中家乡的那幅美丽图景，不时地激起家乡水土哺育我成长的那份真挚情怀，不时地唤起渗入血液里我对家乡的那种依恋情思。因为那里有一片土地，那是一片古老的土地，是一片丰腴的土地，是一片富饶的土地……是先人、先祖、先辈依赖生存生息的土地，是生我、育我、滋养我成长的土地，是流淌在我记忆长河中永不忘却的土地。

一、古老的土地

我的家乡内乡县，属南阳市下辖县。它位于河南省西南部，伏牛山南麓，南阳盆地西缘。东接镇平，南连邓州，西邻淅川、西峡，北依嵩山、南召。自古就有"八百里伏牛之门户，扼秦楚交通之要津"和"东接宛镇，南瞩荆襄，西带丹江，北枕嵩邙"之说。

家乡历史悠久，积淀丰厚。这片古老而神奇、丰腴而富饶的土地，可以追溯到更远。据考证，商朝时期，在今河南西峡县北部山地，出现了一个"析谷"的名字。"析谷"是指西峡北部这一带山地。但"析"这个地名概念的出现，对后来这一带定名为"析水"（即淅水，今西峡老灌河）、"析邑"（邑意为县）、"析县"等均有着重要意义。

据《春秋左传》记载，春秋末期，今西峡县城一带有"白羽"。周襄王十六年（公元前636年），"白羽"改为"析"，于是就有了"析邑"，属楚地。但由于列国之间相互争夺地盘，特别是秦国对外扩张，在秦楚边界上多次发生战争，因此"析邑"时属楚，时属秦。

春秋时期，楚国设置"析邑"时，在今内乡县城北十华里处同时设置了"郦邑"。郦邑同析邑一样都遭受秦、楚边界战争的骚扰，在地域权属上或楚或秦，不断反复变更。

公元前 221 年，秦统一六国，实行郡县制，内乡这一带属于南阳郡。秦将"析邑"改为"中乡县"（因地处南方与北方之间而故名），"郦邑"改为"郦县"。

西汉时期，内乡一带分建有郦、析、博山、丹水四个县。当时，划分郦、博山二县属南阳郡，析、丹水二县属弘农郡。"析"即"淅"，所谓"析县"，即把原中乡县改名析县，郦县封为侯国。

南朝刘宋开国皇帝宋武帝刘裕，于公元前 420 年把析县分置为析县和修阳两个县，但时隔不久，这两个县均被撤销，析县因此不复出现。

南齐第一个皇帝萧道成，保持顺阳郡，把顺阳县改为南乡县，划南乡、丹水二县归顺阳郡。郦县仍属南阳郡。而在原析县的地方（今西峡口）建立了一个析阳郡，并在郡治地方新设了一盖阳县。

北魏迁都洛阳后，于南齐边界上的析阳郡的北乡另建一修阳郡，并于郡治所在地置修阳县，同南齐所设的析阳郡和盖阳县紧紧相对。孝明帝孝昌元年（公元 525 年），元魏占据了内乡这一带，把修阳郡恢复为析阳郡，保留了盖阳县，并设析州；把丹水县升格为丹川郡，把顺阳郡恢复为南乡郡；同时在这里设立析州。把南乡县划出一部分，增设一个淅川县（淅川县第一次在历史上出现），不久又把淅川县升格为川阳郡，郡治设在今马蹬镇一带。

西魏文帝时将修阳郡、修阳县的州、析阳郡撤销，把盖阳县改为内乡县（故址在西峡县城附近），"内乡县"之名从此开始出现。但到西魏废帝时（公元552年）又改内乡县为中乡县，内乡县名这一段共存在16年。西魏还将新城县改为临湍县，新城县从元魏时的设县到西魏时改名，共存在20年时间，临湍县是第一次出现。

隋开国皇帝杨坚于开皇三年（公元583年）在原来的南乡郡的地方重建了南乡县，而把淅州改为淅阳郡，撤销了西淅阳郡和顺阳县，把这些地方分别并入南乡县和丹水县，划归淅阳郡管辖。他又把临湍县恢复为新城县，为避其父杨忠名讳，而改中乡县为内乡县。这是"内乡县"名第二次出现。他还把郦县改为菊潭县，而且将其县治向北移动，并划菊潭、新城二县归南阳郡，菊潭县和内乡县并存。

金王朝建立后，于袁宗正大末年（1232年），把内乡县治从西峡口迁至渚阳镇（今内乡县城所在地），仍保留内乡县名不变，这是内乡县历史上一个重大变迁。内乡县在西峡口这个地方，从春秋时建立析邑起，经过更名为析县、盖阳、中乡、析阳郡、析州、内乡县等再到金朝末年迁移县治至，在那里约有1860年的时间，是内乡县这一带建邑县最长的一个地方。

唐武德三年（公元620年），菊潭县废，其南境归新城县，北境新置默水县。唐开元二十四年（公元736年），割新城3000户，复置菊潭县。五代周显德三年（公元956年），废菊潭县入内乡县，时内乡县辖今内乡、西峡两县境域。

元朝时，忽必烈撤销了顺阳县，并入内乡县。至元二年（公元1265年），又撤销博山县，也并入内乡县。这时，内乡县管辖的地区包括了原来的博山、顺阳、丹水、淅川、郦县、菊潭、默水、临湍等各县所有的地域，内乡县兼有今内乡、西峡、淅川三县境域，这是内乡县历史上管辖面积最大的县，这时内乡县属南阳府。其县境除东接镇平为新置县外，其他诸邻大体同金时。

明宪宗成化七年（公元1471年），根据河南巡抚都御史杨璇的建议，将内乡县西部十个保划出，重建了淅川县。这次县治移至丹江北岸。内乡又收抚流民3000户，新建20保，共为36保，县境包括今内乡、西峡两县。分县后设置西峡口、金斗关（在马山口镇朱庙村，亦称东峡口）两个巡检司。清朝内乡县属河南省南阳府，仍沿旧制，境域同前。

家乡古为"入关孔道""秦楚要塞"，历来为兵家必争之地。春秋战国时期，楚国多次屯兵于此以抗秦军。秦二世三年（公元前207年），刘邦率军由此道逼秦，直取咸阳。汉更始二年（公元24年），赤眉军首领樊崇率南路军经此入长安攻打新朝。明末李自成经此西进建立大顺政权，曾派两任县尹统辖内乡。

民国时期，内乡属河南省第六行政区，辖域仍包括今西峡县境（西坪镇除外）及淅川县的李官桥，共有9区。1945年3月28日内乡县被日本侵占，中国人民进行了英勇顽强的抗日斗争，至当年8月15日日本战败投降，内乡县重回到人民手中。

1948年5月4日内乡解放，由豫西南阳专区所辖（治所在今内乡县马山口镇，同年11月迁内乡）。1949年12月15日分县西北境建西峡县，同时将李官桥区划归淅川县，而淅川县的西庙岗、东川划归内乡县。1953年3月又将内乡县马山口区石庙乡、岳岗乡的部分自然村划归南召县、镇平县。1955年农业合作化后，内乡县又将师岗区的少数村划归邓县，将邓县、西峡县、南召县邻近内乡的几个村划归内乡县，几十年来县域稳定，建制一直沿袭至今。

家乡区域宽广，资源丰富，呈南北走向。北部主要是山区，山势呈西北－东南走向，中部和南部浅山南北延伸。北部山区境内山势雄伟，横亘连绵，山峰海拔多在1000米以上，相对高差300－500米左右，是主要林区。西北方向主要是低山区。县境内南部、西部和中部多为丘陵地区，且有低山分布。丘陵区为垄岗地形，地面起伏大，岗高坡陡，河谷纵横。县境内河流属长江汉水流域，第一大河流淄河发源于县域最北边的山区，自北向南，穿县城而过。较大河流还有默河、黄水河、螺蛳河，形成了以淄河为主的河川平原和小盆地。家乡物产富饶，勘探发现有大理石、花岗岩、米黄玉、海泡石、石墨、金、银、钒等20多种矿产，为工农业的发展奠定了良好基础。

家乡气候宜人，处暖温带向北亚热带过渡地带，为亚热带季风性气候，具有明显的过渡气候特征。春季冷暖多变，温度呈跳跃上升；夏季炎热，冬季天冷，但无大的冻害。由于西北、北面环山的自然条件，对夏季北上的潮湿气流和冬季南下的冷气起屏障作用，故境内气候各要素和同纬度平原地区相比年日照时间偏少，光能资源属全省低值区，年平均气温略高。地形雨和对流雨较多，年平均湿度较大，平均温度较高，静风天气多，气候区划明显，是最适宜人类居住生活的地方。

家乡交通便利，位置优越。历史上有豫陕秦鄂古道，故有"咽喉商洛，脉络川陕"之称。民国时期，全县有公路9条，长200余公里。新中国成立后交通事业飞速发展，有公路127条，全长1009公里。如今，它位于郑州、西安、武汉三大城市之间中心位置。公路、高速公路、铁路纵横交织，312国道穿城而过，三条省道横穿全境，沪陕高速、内邓高速绕城而过，宁西铁路横穿全境并设客货站，每天都可到达祖国的天南地北，为人们的交通出行提供了便利的条件。

家乡文化灿烂，内涵丰厚。不仅有署衙文化、戏曲文化，更重要的还有赓续重教传统的教育文化。

署衙文化是由闻名于世的内乡县衙而兴起。县衙古称菊潭古治，是我国目前保存最完好的封建社会县级官署衙门，是全国重点文物保护单位。

内乡县衙宣化牌

县衙文化主要体现在建筑风格上，从整个建筑来看，体现了古代县级衙门博大精深的文化底蕴。县衙前部建筑造型宏伟壮丽，庭院明朗开阔，象征封建政权至高无上，后部内堂却深邃、紧凑。因此，东西自成一体，各有宫门宫墙，相对排列，秩序井然。在建筑上严格按《明史》《清会典》所载的"坐北朝南，左文右武，前堂后邸、监狱居南"的建筑规制，并完全一致，分别比附北京故宫的太和、中和、宝和三大殿而建。同时，又受其地理位置和其主持营造者、工部下派官员浙江人章炳焘的影响，融长江南北的建筑风格于一体，采用高低起伏的手法，组合成一个整体。在功能上符合封建社会的等级制度，达到左右均衡和形体变化的艺术效果。为此，内乡县衙享有"北有故宫，南有县衙""龙头在北京，龙尾在内乡""一座古县衙，半部官文化"的美誉。同时，文化内涵的丰富性还体现在众多的楹联上。大堂："欺人如欺天毋自欺也，负民即负国何忍负之。"二堂屏门："天理、国法、人情。"特别为世人喜爱和称颂的是康熙十九年知县高以永撰写的"得一官不荣，失一官不辱，勿说一官无用，地方全靠一官；吃百姓之饭，穿百姓之衣，莫道百姓可欺，自己也是百姓"的楹联，以朴素的语言揭示了官与民、荣与辱、得与失的关系，为当代官员处理官与民关系、对照先辈先贤进行反思、提升官德的重要参考。

内乡县衙全景（一）

县衙是一座非常宝贵的建筑历史文化遗产，不仅具有重要的建筑文化价值、衙署文化历史价值，而且楹联是衙门政治文化的重要组成部分，为解读它的历史渊源，借鉴它的历史文化，更具有重要的学术意义。它以唯一而独特的优势、珍贵的历史价值、丰富的文化内涵、完备的建筑规制、南北交融的建筑风格、含义深刻的匾联内容成为镶嵌在中州大地上一颗璀璨的明珠，吸引大批的科研工作者和外国友人到此考察，成千上万的游客到此参观游览。党和国家许多领导人也到此视察指导。如今，县衙是我国保存最完好的封建社会县级官署衙门，是全国重点文物保护单位，成为中国四大古衙旅游专线的4A级景区。

内乡县衙全景（二）

戏曲文化主要来源于文化艺术瑰宝的内乡宛梆戏曲。宛梆是生长并流行在南阳地区的稀有戏曲剧种，形成于明末，完臻于清代，距今已有400多年的历史。其曲调丰富、唱腔激昂，男生用大本腔，粗犷豪迈，奔放明朗；女声唱腔的高八度呕音花脸，委婉清亮，配主弦梆胡发出的"唧唧"声，犹如鸟鸣，堪称中华一绝。早先人们称之为"南阳调""老梆子""南阳梆子"，因南阳简称宛，后定为"宛梆"。内乡宛梆始建于清咸丰三年（1853年）。而后，宛梆戏班此起彼伏，尤其是20世纪以来，豫剧、曲剧等其他戏曲剧种的大量普及，使得宛梆班子逐渐衰落，到1948年内乡解放，仅存内乡境内师岗镇一个私人所办的宛梆戏班。1951年内乡县人民政府为保存地方戏曲，将该戏班收编改制，组建了"内乡宛梆剧团"，招收学员，培养宛梆人才，传播戏曲文化，弘扬光大宛梆艺术。它是目前国内仅存的宛梆唯一剧种，宛梆剧团被称为"天下第一团"的美称。

在南阳大地，宛梆是老百姓心中流行的音乐。在那个文化匮乏的年代，从乡村到城镇，人们唯一能享受的文化大餐就是到县城看一场宛梆戏。小时候，每逢年节时候，看戏的人山人海，排队买票，难上加难，可谓一票难求。社会上流传着这样的民谣："想看梆子戏，要跑十里地。""宛梆吼一腔，迷了八道岗。"如今听着宛梆戏曲长大的一代人，在这种独特的旋律中寻找着一种乡音，寄托着种种乡愁，自然也得到心灵上的慰藉。

宛梆剧团2006年被国务院公布为第一批国家级非物质文化遗产，河南省政府及南阳市委、市政府，将抢救和保护宛梆稀有剧种列入《河南省建设文化强省规划纲要》和《南阳市建设文化名市规划纲要》，内乡县委、县政府专门制订下发了《保护宛梆艺术开展文化惠民工作的意见》，筹建了"宛梆戏曲博物馆"，建立了"南阳宛梆艺术中等职业学校"，使宛梆这一优秀民族文化遗产步入了良性发展轨道。被称为"天下第一团"的宛梆成为南阳戏剧史上第一个"国宝"品牌，也成为戏曲文化传承的品牌。

家乡有深厚的教育底蕴，形成了深厚的教育文化。从宋、元、明、清时期设立的学校看，府设府学，州设州学，县设县学，通称为儒学，亦叫"黉学"。据史料记载，元至元八年（公元1271年），南阳府学由州学改建而成，府学原在府城内，后毁于战火，内乡也建有儒学，同样毁于战火。到20世纪初期，由于南阳的中学和小学发展迅速，急需大批师资，催生了师范教育的发展。据不完全统计，到1937年南阳境内设立师范学校至少有12所。内乡也设立了师范学校，1927年冬学绅胡麟阁等禀呈河南省教育厅批准，于内乡文庙创办，首任校长胡公陈，始招新生一个班45人，学制二年。1931年2月该校迁至西峡口忠义祠，招收学员百余名。1933年3月，经考试将优等生送至马山口天宁寺宛西乡村师范学习，其余60余名仍留学校就读。后来，学校改名为内乡县立职业中学，又续招新生1班40余人，共2个班。甲班以初中课为主，兼学其他；乙班以学习蚕桑、地方自治、治河改地等知识为主，兼学语文、数学。1934年，学生毕业后，分赴各区从事实业，学校停办。除师范学校外，还成立了内乡县中医学校，1931年开办，学员60余人，学制三年。教学方法为集中讲解、分散自学，学员毕业后各回原籍，自谋生路，第一期学员毕业后，学校停办。1938年，内乡中医学校复办，校址迁西峡口南岗。此外，1933年3月还建立了西峡口蚕桑农林职业学校，招收学员100名，学制二年；1934年秋学员结业，分赴各区从事实业。之后，职业学校改为内乡县立初级中学。此外，还有1928年在西峡口创办的军官学校和1934年创办的国学讲习所。

教育文化繁荣，主要是受到抗战期间南移西迁的大中专学校和中小学校教育的影响。内乡从1938年到1939年相继迁入了黄河水利专科学校、省立开封高中、省立安阳高中、省立洛阳中学、省立南阳五中、许昌中学、河南战区中学第一校、省立开封初中、省立安阳初中、淮阳初中、沁阳初中、汲县初中、私立北仓女子中学、省立开封女子师范学校、省立信阳师范学校、省立淮阳师范学校、省立汲县师范学校、河南战区第二师范学校、郑县化工职业学校、河南省妇女补习学校、信阳师范附属小学、省立第六小学、省立第十四小学等30余所学校。这些学校在内乡期间共有学生2万多人，其中内乡籍学生约占26%。这些学校在内乡历时7年，对内乡教育产生了深刻的影响，对内乡教育文化的形成起到了极大的促进作用，为新中国成立后内乡教育的发展奠定了良好的基础。

教育文化的另一方面反映在书法艺术上。书法艺术源远流长，代有传人。隋唐时内乡开办的儒学、建立的书院都把书法教育作为一门必修科目，为书法艺术奠定了深厚根脉，也为书法薪火相传提供了宝贵土壤。明清时期涌现了载入史册并有作品传世的书法名流，如张炜人、杜芨第、赵宗普、余允恭等多人。县境内留存的衙门楹联、碑林石刻、古迹匾联等丰富的书法遗产，为书法一脉相传起到了重要的传承作用。2009年7月，中国书法家协会正式批准内乡县为"中国书法之乡"，为教育文化增加了一道亮丽的风景。

二、老县城印象

老县城在解放后的城关镇区域。城关镇古称"膴隆原"，宋金时称渚阳镇，"渚"为水边高地，古称山南水北为阳，故得名。元朝初，内乡县治由峡月镇（今西峡县城）迁此，初建土城，清光绪二十年重修。新中国成立前，街道狭窄弯曲，道路坎坷不平。新中国成立后，街房城区几经修造，面积扩大，共建经纬街道、路、巷54条，均为硬化路面。

在小时候的记忆里，县城面积不大，没有高大建筑，道路、街巷非常窄小，分东、南、西、北四条大街，俗称"四关"，自然形成了一个面积稍大的"十字街"。"十字街"周围为中心街区，是行政商业中心，有百货大楼和党政机关。农历单日为逢集。从十字街向东，有县衙（那时是县政府所在地）、戏院、文化馆、图书馆、卫校、县医院和菊潭公园等。

县衙始建于大德八年（公元1304年），历经元、明、清三个朝代的修缮及扩建，特别是光绪十八年（公元1892年）钦加同知衔正五品官章炳焘（今浙江绍兴人）知内乡县事，又一次扩建，逐渐成为一组规模庞大、气势恢宏的官衙式建筑群，被专家誉为"神州大地绝无仅有的历史标本"，是中国唯一保存最完整的封建时代县级官署衙门，有"天下第一衙"之称。小时候印象不深，到十字街就能看到朝南有宣化牌坊，就知道是县衙了。

县衙门口偏东向南有一条巷叫避道巷，据说此巷曾因是"城隍爷"出入城时街上行人回避逗留的地方而得名。那时是农产品交易的地方，逢集时，人们熙熙攘攘好是热闹。避道巷东隔墙是黉学（内乡县初级中学所在地），校门为灵星门，校内有文庙大殿，殿内有孔子像。向南有内乡师范附属小学。

县衙向东路北边是文化馆，因小时候不知道是干啥的，很少光顾。文化馆稍向东就是内乡戏院，时有剧团在那里演出，也是内乡宛梆剧团所在地。当时不是天天有剧团演出，主要节日时演出较多。那时候人们为了看一场戏，可步行几十里带上干粮等候。节日时看戏的人特别多，能购买到一张戏票就非常兴奋了。我家离戏院只隔了一条湍河，有得天独厚的条件，能随着成人们一起看戏。夏季，吃过晚饭，一群小孩洗完澡，趟河到戏院外的院墙寻找时机，看能否翻墙过去看戏。不是每次都能成功，有时翻过去了可能被捉住赶出来。现在回想起来，觉得非常可笑。

戏院对门路南是县医院，那时的县医院规模很小，能到此看病的人主要是吃"卡片"粮的人，农民们看病一般都在乡里，到这里

第一章　家乡记忆

看病的人就很少了。

从医院再向东是"菊潭公园"。该园为明嘉靖乙丑进士、安庆知府许评兴建的家庭公园——"只园"。明万历年间，翰林院检讨、山东提学副使、内乡人李蓘退职隐居，又在"只园"附近建另一家庭花园——"足园"。民国二十六年（1937年），伪县政府在两古园址基础上扩建为公园。新中国成立后，公园屡次增修，因内乡县古称"菊潭"，故名菊潭公园，沿用至今。该园坐东面西，园内主要建筑有大门两座，分置于南北两侧。一大门有郭沫若先生题写的"菊潭公园"匾额，洒脱飘逸。另一大门有二凤把守，寓意吉祥。园中建有明柱回廊、五脊挑角的临湍阁一座，八棱明柱双挑角的烈士亭一座，供人歇息览景的四角小亭一座。园内有菊花三百余种，各类树木五十余种。小时候，每逢年节假期，我都要邀上伙伴们到此游玩，满眼凝翠，流连忘返，依依不舍。如今过去的印象渐被遗忘，但不同的是园内既保留有我小时候的风貌，又增加了一些景观，不时举办一些游艺活动，成为湍河岸边河畔公园。

菊潭公园内北侧，古有"顶水庵"，为县古时"八景"之一的"湍河春涨"胜地。居高北眺，有一条宽阔的河流从这里经过，这就是湍河。它是长江支流、汉江支流、唐白河支流，古称湍水，《水经注》称淯水，因从上游穿峡切割而下，水流湍急，故得"湍河"之名。它发源于内乡县北的冀望山，流经宝天曼蜿蜒南下，自北向南流经内乡县、邓州市，至新野县城郊乡湍口村注入白河，后至汉江，全长216千米。著名诗人李白、韩愈、柳宗元、范仲淹、元好问等均寄情湍河，留下了许多华美诗章。

据载，明清时期，湍河是豫西南一带主要的水运航道。每年夏秋时节，河水上涨，便可看到一艘艘挂着风帆的航船，从汉江进白河，再悠悠驶入湍河。这些航船将内乡、西峡、马山口的大枣、柿饼，邓州的烟叶、麻油等山货和粮食运往襄樊、汉口和上海，再把本地所需的生产生活用品从那里运回来，完成着一次次原始的物物贸易，完成着一次次宛西与外界的交往与联系。50年前，湍河可通航行船，后因水量减少，不再通航。

在菊潭公园高台下的湍河岸边有一条公路，经湍河大桥沿坡而上到达内乡汽车站。据《内乡县志》记载，内乡历来为鄂、豫、陕三省的交通要道，因湍河相隔，交通不便且时而受阻。民国二十五年（1936年）由省财政厅拨款，天津大幸公司承包修建此桥，故称湍河大桥（俗称洋桥）。该桥1936年11月25日动工，1937年7月竣工通车。东西长308.6米，宽41米，高5米，共28孔，系钢筋混凝土式桥梁。特别是下部结构采用排桩式中墩，美观大方，雄壮有力，可载重汽车130吨，为河南省当时罕见的公路大桥，是当时河南省3座永久式大桥之一，是京陕干线的主要桥梁，也是全省最早引进西方建筑材料和中西建桥等技术结合的典范。民国三十四年（1945年）为堵截日军攻打内乡，国民党军队于3月28日，将该桥东端第2、3孔炸毁；同年5月13日，又派飞机将该桥第13、22孔炸毁。日本投降后，用圆木修复，暂时通车。1948年内乡解放，县支前科又用木板修复一次，至1951年，南阳公路管理段协助内乡修复，恢复昔日原貌。2010年夏，洪水将该桥西侧第3、4、5孔冲毁，桥头两端遂起隔离砖墙，成为历史的见证。

湍河老桥是近代建筑史迹，具有重要的历史、文化和科学价值。它见证了家乡沧桑巨变，是家乡人记忆深处的风景。2006年6月8日被河南省人民政府公布为第四批文物保护单位。

经湍河大桥东头向北，便是我的出生地内乡湍东李院村。小时候记忆里的湍河和现在的湍河,除地理位置没有变化之外,其他方面都发生了很大的变化。小时候的湍河水量很大,河堤很厚。河东岸有宽阔的河滩地,那里柳树成荫,杨树成行,槐树成林,果树成园。林园的下面是一片片花生地和西瓜地,当果实熟了的时候,会有调皮的小孩偷摘,茂密的树叶会把他们隐藏住而不被看果人发现,也有被发现而没收篮子和果实的。林边有小路可直通"洋桥"东头,上桥后直达县城。从李院村到达县城步行约半个小时,每逢灯节我都要和大人一起过桥观景(俗称过桥人腰不痛)。

当下,过去的场景一点印迹都没有了,就连那些杨树、柳树、槐树很难遇到,湍河大桥(洋桥)已为断桥,成为历史见证。"洋桥"上下游相继建了六座大桥,把湍河两岸城区段与县城相连为一体。湍河两岸已被建设为国家湿地公园。河滩地上高楼林立,亭台楼榭,马路宽阔,车水马龙。河堤上绿树掩映,四季有花,繁茂葱郁。河面上橡胶坝截流形成的水面,波光粼粼,银光闪闪,荡漾着层层涟漪,让人陶醉其中。菊潭公园对面河东的滨河公园,广场景色诱人,风景别样,健身步道曲径通幽,成为市民休闲、乘凉、娱乐、健身的好地方。

湍河养育了祖祖辈辈的人们,现在虽然景色醉人,但它永远也抹不掉我对过去的记忆!

从十字街向南不远有一条东西道路,形成了一个小"十字口"。小"十字口"向东,是内乡初中(黉学),向西紧挨着的是县政府大院,再向西就到了内邓公路。沿内邓公路向南是内乡高级中学,再向南是内乡师范学校,对这两所学校我都一直珍藏着一份永恒的亲情和不能忘怀的深切感念,因为我曾经在内乡高中求学过,在内乡师范学校学习和工作过。在岁月与历史的流程中,这里赋予我灵性与理念，完成人生最重要的蜕变，给予我无法衡量的价值和受益，一笔笔由知识、品格、信念构成的精神财富为我把脚下的道路铺向未来，朝着学校指引的方向健康成长、生活、工作、进步。

内乡高级中学创建于1939年10月，当时的校名为"河南省战区临时中学"，有高中3班，高师2班，初中5班，初师1班，音乐1班。1940年9月学校改名为"河南省战区中学第一校"。1941年师范部独立，成立战区师范。1945年2月，校名改为"河南省第一临时中学"。1945年4月内乡沦陷，学校迁入陕西。抗战胜利后，经省政府批准，定名为"河南省立内乡中学"。1945年冬，又迁返内乡县城文庙（黉学）。1947年停课。1948年5月内乡解放，学校由我党接管，改名为"内乡中学"，1949年2月招收新生。1952年秋，学校除在内乡招收高中新生外，还按计划面向西峡、淅川、镇平及邓县招生。1958年这些县陆续办了高中，一直到1965年，上述四县与内乡邻近的部分初中毕业生仍继续报考内乡高中。1966年6月，由于特殊的历史情况，学校的人际关系、设施、教师队伍都受到极大冲击。1969年2月学校与内乡二中（初中）合校，改名为"内乡县工农一中"，县工宣队进驻学校。1972年秋季，因为县内各个公社都举办了高中，将"工农一中"校名改为"内乡县第一高级中学"。1978年7月，高中、初中再次分开办学，取消了"内乡县第一高级中学"名称，恢复老校名"内乡高级中学"，初中部仍迁回文庙办学，更名为"内乡初中"。高中招生恢复统一考试制度，学校取消"革委会"名称，办学逐步走向正轨。

学校经历过几十年风雨历程，在实现中华民族伟大复兴的事业中，不断恢宏优良校风，肃正、勤勉、奋发、创新。学校2005年被确定为首批"河南省示范性普通高中"，是北京大学、清华大学优质生源中学。获得了河南省文明单位、河南省文明标兵单位、河南省园林单位、河南省绿色学校、河南省教育系统先进集体等二十余项荣誉称号，为国家和社会培养了大批的优秀人才。

内乡高级中学20世纪60年代校门

沿内乡高中向南是内乡师范学校所在地。我于1977年恢复高考后的第二年考入该校学习，后留校任教十六年有余。内乡师范学校始创于内乡县赤眉镇街南堂庙内。清光绪三十四年（1908年），年过半百的赤眉镇河东王营村开明绅士筹措家资白银千余两，于该年10月倡办"内乡赤眉民主师范学堂"，校址在赤眉街南堂庙内，开启了内乡师范教育之先河。民国元年（1912年），因辛亥革命爆发而停办。如前所述，民国十六年（1927年），内乡学界首领胡麟阁联名呈禀河南省教育厅，批准在内乡县文庙（黉学）设立内乡县立师范学校，学制二年，始称"内乡师范"；民国二十年（1931年）二月，迁校址于西峡口（今西峡县城）忠义祠；民国二十二年（1933年）春，学校将优等生送马山口天宁寺"宛西乡村师范学校"学习，剩余学生继续在校学习至民国二十三年（1934年）秋毕业，学校停办。

民国二十二年（1933年）春，河南镇平县人在执掌镇平军政期间，联合宛西地方实力派在推行乡村自治运动的过程中，创办一所培养自治人才的专门学校——宛西乡村师范学校，校址选在风景秀丽的千年古刹——天宁寺院内。1933年3月开学，招收新生300名（含内乡师范优等生），学制有三年制的高等师范和二年制的简易师范。1938年日寇侵犯中原，河南省府西迁内乡，省教育厅迁驻内乡赤眉镇，对宛西乡师大力支持，使学校在办学规模、师资力量、教学质量上都在河南省名列前茅。办学15年，汇集了宛西地方人才于一校，共计毕业生4200余人，为宛西培养了大批人才，是当时宛西教育一大盛事。

1948年5月内乡解放，发展教育事业成为当务之急。1950年2月，内乡县政府在内乡中学成立（附设）师资短训班，学制一年，先后培养小学教师150余名。1951年3月，成立内乡初级师范学校，校址在师岗镇张集村，学制一年，招收了150名学生。1954年6月，由南阳地区行署批准改称"内乡县速成师范学校"，史称"张集速师"，6年间共培养了2200名毕业生。

1955年7月，河南省下发文件，在内乡县城南关白衣堂前面（现址）恢复重建内乡师范学校，学制三年。主持校建的是曾任张集速师的教务主任。学校归南阳地区行署领导，面向宛西地区招收应届初中毕业生，首届新生160名。1956年内乡师范学校又吸收邓县短师四个班，已初具规模，从此走上了良性发展的道路，至1961年成为河南省重点师范学校之一。

1966年6月，学校教学秩序遭到了破坏。1968年8月，按照上级指示，在校的三届学生同时毕业，分赴宛西各县担任小学教师。届时，根据南阳地区革委会的指示精神，学校更名为"河南省南阳地区五七师范学校"，开办了"五七师范"教师培训班，历时4年。1972年3月按照上级要求，招收从基层推荐的工农兵学员到校学习，列为河南省师范学校首批招生学校，招收6个班300名普师生。1972年6月，学校又恢复校名"河南省内乡师范学校"，正常化教学秩序有序展开。

1977年底，国家恢复高考制度。学校迎来了恢复高考制度的首届1977级新生7个班298人。1978年9月又招生第二届1978级新生6个班308人。这批学生都具有高中文化程度，且是参加高考录取的，学制二年，开设中文、数学、理化、体育、美术专业班，学校开始走上了新的健康发展之路。

1982年9月，学校停止招收通过高考招生的高中毕业生，恢复招收三年制初中毕业生为普通中等师范学校学生，同时招收二年制民师班，每年在校生达到29个班1413人，是河南省规模较大的中等师范学校之一。

1989年8月，学校更名为南阳地区第二师范学校。2001年秋季，根据上级教委对中等师范学校教育结构进行调整的精神，停止师范招生。学校成为"南阳市第一实验高中"和"南阳第二师范学校"，一校两牌，以高中名义招收普通高中生，兼招普通中专生。2003年5月，经南阳市人民政府批准，学校更名为"南阳市宛西中等专业学校"。至此，学校的培养目标发生了根本变化，师范学校的名称成为历史，成为人们永久的记忆。也使在那里求学、工作过的我留下了永久的伤感。内乡师范学校虽然经过很多挫折和磨难，多次调整布局，但发展与壮大、改革与创新始终是学校的主旋律。今天已发展成为河南省有影响的、跨越豫陕鄂三省区域性中等职业教育强校。

十字街向西有城关镇人民政府和内乡县人民银行，再向西一交叉口向北有书院巷。据记载，清道光二十八年（公元1848年），知县刘瀛劝捐，于县西北隅建书院延师讲学，因此巷紧邻书院而得名。巷的东面有城关"完小"，这是一所历史悠久、知名度很高的小学。巷东还有广播站、食品公司。再向西延伸，有农修厂、软木厂、烟叶烘烤厂和面粉加工厂。

十字街向北有当时知名的百货大楼，不远处西面是邮电局，那时邮局的主要业务为邮信、汇款和邮寄小型包裹。邮局对面是照相馆，当时是黑白照相，人们结婚、过年时在这里照相，留作纪念。再向北东边是内乡电影院，电影院对面是内乡旅社，接着是内乡县汽车站。汽车经湍河西岸的一条大道向南过"洋桥"向东出县城。

如今，县城与我小时候相比，发生了翻天覆地的变化。东关主要以县衙为依托，建成了县衙一条街。独特的建筑艺术使商铺的房子建得颇具特色，砖木结构的楼房飞檐挑角、别具匠心，店面古香古色，就连小小的招牌也十分讲究，设置精巧。夜幕降临各种各样的传统风味小吃店前，人们流连忘返，顾客摩肩接踵。向东城区段的几座湍河大桥把河东连成一片，一座座高楼大厦屹立于湍河两岸，高大建筑一座连着一座，体现着现代城市的风貌。向南则一直延伸到与大桥镇接壤的地点，构成县城的血脉和骨架。向西则延伸到望城岗附近，夜晚万盏灯火大放光彩，一座座高楼大厦披上了宝石镶嵌的衣衫，吸引无数的人们到公园散步乘凉，为县城增添一份美丽的色彩。向北则延伸至312国道交会点，把县城的发展与西部开发相连，使人们产生无尽的遐想。

看着飞速发展的县城，作为从小生活成长的地方，我更加感到它的亲切，更加感到它的温暖，我愿同它一道奔向更加美好的未来。

三、东方红大队

东方红大队，一个闪光的名字，带有时代的特征，打着时代的烙印，是我们大队那一代人的记忆，是我为之自豪的地方，因为在那里，我曾生活过、劳动过、奋战过。

中华人民共和国成立后，中央人民政府颁布了《中华人民共和国土地改革法》。土地改革极大地改善了农村生产力。从1950年开始，经过三年的土地改革运动，到1952年年底，土地改革完成。在这个时期，一家一户分散的小农经济，迫切需要组织起来，发展农业生产。农业合作运动应运而生，从而形成和建立了我国历史上从未有过的具有独特性的农村集体经济组织。其发展过程为：

积极发展互助组。1951年9月，中国共产党召开第一次农业互助合作会议，作出了《关于农业生产互助合作的决议（草案）》，提出了引导农民走互助合作的道路。互助组是在农村生产资料私有制基础上产生和发展起来的，农民以自愿互利为原则，实行劳动和生产资料的互换，不涉及农户土地及其生产资料之间的变更，是具有集体性质的劳动组织和劳动形式。

大力发展初级社。1953年2月，中央正式通过《关于农村生产互助合作的决议》。这个决议要求，条件比较成熟的地区重点发展以土地入股为特点的农业生产合作社，后来称为初级社。

快速发展高级社。1955年10月，中共七届六中全会（扩大）讨论通过了《关于农业合作化问题的决议》，总结了农业合作社的十大优越性和作用，要求有条件的地方有重点地试办高级社，推动农业合作社化运动快速发展。

农村人民公社成立。1958年8月，中共中央政治局扩大会议作出《关于在农村建立人民公社的决议》，推动高级农业合作社由小社并为大社，把各地成立的高级农业合作社普遍升级为大规模、政社合一的人民公社。人民公社既是一级政权机构，又是一个经济组织，将政权机构与经济组织合二为一。

人民公社结束。1978年党的十一届三中全会之后，我国进入了改革开放时期。为解决人民公社的弊端，开始探索政社分开，撤社建乡开始，人民公社结束，原属人民公社的生产大队改为村民委员会。

东方红大队伴随着这样一段历史过程产生、发展和结束。

东方红大队同"东王营"这个地名有着千丝万缕的联系。东王营本来是一个地名，位于县城东北约二公里处，主居姓王，因居县城东而得名。后来为大队、村所在地。故有东王营大队、东方红大队、东王营村之名。

从历史资料中，可以清楚地看到东方红大队的发展脉络。

1949年内乡解放，12月15日，设区，内乡县辖城关等7个区、127个乡。城关区辖东王营、城关等18个乡镇。当时，东王营为其中一个乡。

1950年2月21日，内乡召开区、乡干部和农民代表大会，贯彻土改精神及划分阶级成分等方面，推广城关东王营土改实验点经验。

1951年冬，以东王营社员程子明名字命名的"程子明互助组"成立，是内乡城关区第一个农业生产互助组。

1954年春，程子明互助组扩大建立城关区第一个初级农业合作社。

1955年冬，内乡县委对东王营程子明初级农业合作社的经验进行总结，提出向高级农业合作社转化的意见，从而促进了其他高级农业合作社的相继建立。

1956年5月，东王营程子明高级农业合作社进行扩建，取名为东方红集体农庄。"东方红"这个名字首次在我县农业合作社中出现。

1958年9月，毛主席提出"人民公社好"这一伟大号召，从而实行政社合一体制，东王营乡改为"东方红人民公社"。"东方红"这个名字第一次在我县人民公社中出现。这时的公社为小公社。

12月，在人民公社"一大二公"优越性的口号下，东方红人民公社等社迅速联合建立了"城关人民公社"，这时的公社为大公社。

1959年春，农村开展整社运动。3月，城关公社贯彻中央郑州会议精神，实行权力下放，建立了以生产队为基本核算单位和经济管理体制，公社下辖生产大队，生产大队下辖生产队，"东王营大队"的名字第一次出现。

1966年6月后由于特殊原因，东王营大队改名为东方红大队，"东方红"这个名字首次在我县大队中出现。1978年后撤社建乡，内乡城关公社（后为城郊人民公社）改为城郊乡（现为湍东镇），东方红大队一分为二，为谢楼村和东王营村。东方红大队成为历史，成为我记忆中抹不去的名字。

我记忆中的东方红大队始于小学高年级。那时，即将小学毕业的我们那一代人，都在做着毕业升学的准备。农历四月，农民们已经进入夏收的紧张劳动中，小麦收割后，已运回生产队的打麦场中垛起来。收割后的麦田麦茬一片，没有秋种，只见到收割后的麦田中人山人海。在黑压压的人群中,一些人举着印有什么战斗队的旗帜,其代表人物声嘶力竭地进行宣传辩论,有些人口若悬河,说得嘴角冒着白沫。我们放学后也不回家,到人群多的地方看热闹。虽然从小到大没见过这种阵势,不明白其中的道理,能听懂一些什么闹革命的新鲜词句,但心底里是别扭的。

这年夏季,由于大辩论的影响,各生产队的生产秩序受到破坏,加上遇到连阴雨天气,垛在打麦场中的麦子没能及时打场,麦垛被捂得冒烟,本来六月份就可打完麦场,一直拖到七月份天气转好后才开始打场。扒开每一垛麦垛,麦子都已发芽。农民们看到这种场景欲哭无泪,想尽办法进行脱粒、晒干,把相对好的麦子都交了公粮,剩余发芽的小麦分给社员,数量上减少了一半之多。这些麦子磨成面,擀面条和蒸馒头都是粘的,生活非常艰难。

1966年8月后,广大青年学生进行大串联。1968年4月县革命委员会成立。此后,各公社、大队相继建立革命委员会,各地全面开展"三忠于"活动,要求广大干部、职工、农民背诵《为人民服务》《纪念白求恩》《愚公移山》"老三篇"。当年9月,上级革命委员会要求抽调大队革命委员会成员和贫下中农出身的积极分子,进驻大队的学校,实行贫下中农管理,贫协代表掌握学校的一切管理权利。

在这一阶段,大队开展政治教育活动。一是宣传活动,大队建立了宣传队,专人负责,专人排练,定期表演。二是展览演出活动,大队开办解放前贫苦农民生活图片实物展馆,定期组织广大社员进馆参观。比较突出的是大队举办忆苦思甜展览馆,这种展览馆的形式特殊,表演方式新颖,能引起观看的视觉冲击力。主要是以实人化装为模特,表现不同的人物特征,根据现场解说不同和剧情的需要，适时进行变换。加上布景灯光的变化，使表演既体现了事件的发展过程，又反映了人物经历的变化时序，既活灵活现，又真实逼真，收到了一定的演出效果和教育效应。

东方红大队（东王营大队）始终是县里农业方面的一面旗帜，其发展脉络一直伴随着国家发展的政策走向，在奋斗中前进，在前进中发展。大队党支部书记除在一段短暂的时期由一位有知识的年轻人担任，其后被选拔为国家干部外，始终由最初组织第一个互助组、初级社、高级社（东方红集体农庄）的代表人物担任，一直到1980年由于身体原因退出，不得不说是一位传奇性人物。

我对东方红大队有较为深刻印象的是高中毕业回到家乡后。虽然经历了那个特殊时期，但大队始终在党的领导下，沿着一条正确的方向发展。当时的大队总面积约9平方公里，有耕地6700多亩，农户1700户，人口6000余人。大队沿湍河东岸分布，从县城东湍河大桥开始，向北约10华里，全大队辖27个生产队。管理体制上大队设党总支部，有支部书记1人、支部副书记3人，部门设有大队会计、民兵营长、治保主任、妇女主任和团总支部书记。根据当时的具体情况，总支部下设5个分支部，设有分支部书记1人。大队部设在第三支部所属区域的村。支部所在地建有粮食仓库、大小会议室。由于条件所限，大队通知召开会议，由通讯员步行向分支部传达。一般会议，大队党总支部只召开到大队领导班子和分支部书记，再由各部门负责人和分支部召开会议传达到各部门和生产队，做到政令畅通。

全大队地势东高西低，各个村庄从南向北沿湍河东岸分布。东面的地势主要是岗坡地，农作物主要是红薯。中间是肥沃的良田，可种植小麦、玉米、稻谷。西面紧挨湍河岸边的是沙地和水地，可种植花生、稻谷。夏季，一望无际的麦浪翻滚，丰收的喜悦会带给人们无限的遐想。秋季，稻花飘香，金灿灿的稻谷在阳光的照射下闪闪发光。几百年来，这里的人们在这片丰腴的土地上，在这个有"北国江南"之称的美丽村庄，春种秋收，劳作耕耘，繁衍生息。

大队注重农业水利建设。从1958年全国大搞水利建设开始，先辈的眼光就投向了水利建设。从湍河上游十余里处的庞营村开始修建了引湍闸门，在大队东边的岗坡地从北向南开挖了约5米深、10米宽贯通大队全境的水渠，把湍河水引进渠中，引水量达到每秒0.6立方米，灌溉面积达到4600亩的可观效果。确保旱时放开闸门，可用水灌溉土地，雨季时关闭上游闸门，从岗坡上泻下来的水入渠后又排入湍河。

从大队上游河南生产队处开始修建了第二道闸门，从大队中间地带开挖了约3米深、5米宽的水渠，引湍河水入渠，确保大队中间地带种水稻的用水和旱时的灌溉用水。同样起到了旱时放闸用水、涝时关闸闭水的作用，最后同样又流入湍河。

从大队庵西生产队处开始，修建了第三道闸门，开挖了一条比中间地带水渠稍窄的河流，主要用于湍河东边10余个生产队种水稻的用水和排涝。

在那个特殊时期虽然农业生产受到了不同程度的影响，但搞好农业生产和水利建设，确保粮食丰收，是那一代大队管理者们始终坚守的。大队领导们根据自然村的分布，从西到东又划分为若干个丰产方。修建了便于生产的宽阔大路，直通东坡。每一方的土地从几百亩到上千亩不等，每一方都开挖有大口井，借助于便利的电力资源优势，功能全部配套。在大路一边建有从东到西的硬边渠（水泥渠）直通到各个生产队，硬边渠到田地都有若干个开口，遇到干旱时，湍河水位降低，引水渠水量减少时，大队统一指挥，大口机井全部开足马力，抽水到渠进行灌溉。这样，全大队形成了纵横交错、自流和抽水灌溉的水网系统，提高了农业生产效率，实现粮食高产。当时的一句顺口溜"水从地头流，一脚榨出油，旱涝也不怕，年年保丰收"真实地反映了这一现象，全大队每年夏季上交公粮小麦100万斤，秋粮几十万斤，为国家做出了很大贡献。

高度重视农林科学实验。大队成立有农业科技实验站，隶属大队党支部领导。科研人员都是由从各个生产队抽调有一定文化知识和种植经验的人组成，主要任务是指导各个生产队进行植物保护、作物育种、优良栽培、病虫害防治和科学种田等。先后选小麦良种内乡5号、内乡36号、内乡171号、内乡173号，玉米品种豫79号、豫农704号，红薯品种正红9号、丰薯1号，水稻品种广选3号、成都矮，棉花品种宛棉2号、河南79号等优良品种，提高各种作物单产。开展"红薯下蛋"试验栽培、棉花营养钵实验、麦棉套做实验、小麦密植拆播实验、玉米杂交育种实验。后来，实验站又成为知青安置点，有文化、有知识的青年人参与其中，在科学种田、提高粮食单产方面都做出了一定的贡献。

大队有湍河林场，是全大队所用树苗的育苗基地，还有增加收入的经济作物苹果园、花生园、蔬菜园，进行种植研究，帮助农民做好家庭副业。

重视农民社员的健康水平。大队有卫生所，有固定的医务人员，这些人员都有一定的医治经验，社员们有病不出村就可医治，同时兼有疾病防治任务。20世纪70年代中期，大队建有制药厂，可生产庆大霉素针剂。曾有一段时间，农民有病到大队卫生所看病、抓药、打针都是免费的。农民们深切地感受到大队集体的温暖和幸福。

大力发展集体企业。全大队人多地少,人均基本上是1亩土地。为提高农民的生活水平,大队领导者们把眼光瞄向了集体企业。70年代初,利用土质适宜制砖的自然条件,大队在临近内乡国营砖瓦厂的北边建了东方红大队机砖厂。机砖厂有18门窑口,工人主要是大队的农民,按劳计工分。那些年,砖厂经营非常火爆,因为土质好、技术过关,很多单位和个人慕名到大队砖厂购买,曾一度超过国营砖瓦厂。砖瓦厂的经营收入不仅增加了大队集体收入,每年春节前,大队给全体社员每人发补助金,这在当年是农民一笔较大的收入。砖瓦厂要用草袋盖砖坯子,又办起了草袋厂。随着这两个厂的收入增加,又办起了机床加工厂、面粉加工厂,不仅可生产加工各种农机工具,又可方便群众生活实际需要,这在当时是相当超前的。

努力实现农业机械化。随着集体企业的发展,有了一定的经济基础,大队领导者们又把实现农业机械化摆上了日程。70年代中期,大队购买了东方红牌履带拖拉机一台,主要用作全大队各生产队土地耕作,特别是秋收之后到播种小麦时还有一段时间,各生产队轮流用履带拖拉机进行深耕,待土壤晾干后,再用铁耙进行土地的切割、耙碎,做好小麦的备播工作。这样做,土地疏松,麦苗生长状况比牛犁的地好上几成,提高了小麦单产。

大队还购买了东方红牌轮胎拖拉机,这台拖拉机既可到田里耕地,又可打麦时进行打场。打场时是几个生产队同时进行,轮胎拖拉机后边带一个铁制的镇压器,镇压器后边挂上二至三个石拉子,拖拉机轮胎和镇压器碾压后又经石拉子挤压,麦粒很容易从麦穗中分离出来,一天每个生产队至少能打两场,打场的效率非常高。

由于大队企业较多,需要承担大量的运输任务,大队又购买了一台解放牌卡车和一辆轻型130双排座汽车。这两辆汽车既为工厂服务，也运送农民必要的生产资料，深受农民的欢迎。

为全面完成国家分配的任务，在大搞水利建设、提高粮食产量、完成上交公粮外，棉花生产是大队又一重要任务。在那个年代，棉花被称为战略物资。习惯以种粮为生的农民，对种棉花有一种天然的抗拒，种棉花费工、费时、费力，如遇天景不好的年份，产量很低，没有了经济收入，还会影响生活。大队的领导们一切从国家利益出发，做好广泛宣传和动员，保证按上级分配种棉任务进行种植。有几年全大队棉花种植面积都达到1500亩之多。大队的领导者们千方百计提高棉花单产，而且必须把优质棉上交国家，从一个侧面反映了当时广大社员的爱国情怀。

全方位进行农村治理。根据上级的要求，农民"以农为主，也要学军事、政治、文化"。特别是党的八届十一中全会公报中号召"备战、备荒、为人民""全党抓军事，实行全民皆兵"。大队成立了民兵营，营长由大队副支部书记兼任，设有专职民兵副营长来做具体工作。民兵营配备有半自动步枪、冲锋枪和手榴弹等武器，由专人进行管理。全大队的青年都要编入民兵组织，既是民又是兵，在生产队劳动挣工分，参加民兵活动没有其他报酬，同样是记工分。民兵忙时在生产队参加劳动，农闲时节，接受专门的走步、跑步、队列训练，使之养之有素。同时还要进行打靶、投弹、军事技能和长距离野外拉练及实战演习，确保战时能拉得出、打得赢。当时，大队民兵营是县人民武装部树立的典型，曾多次代表县民兵组织参加各种比赛，都取得了很好的成绩。

大队成熟的治安管理系统确保了社员们有一个安全的生产生活环境，很少出现打架、斗殴、偷盗的事件。即便出现违反治安的事件，都能及时迅速处理，用"夜不闭户，路不拾遗"来形容当时的景象也不为过。

大队的妇女委员会主要承担的是生育知识的普及宣传和教育工作。每个生产队都有妇女队长，哪家有什么矛盾纠纷，只要妇女队长出现，都能很快解决。大队妇委会有专门的接生员为生育妇女服务，解决妇女们生育的后顾之忧。大队的妇女工作在县里也是名列前茅。

大队团支部充分发挥组织青年积极参加农村各项建设活动的作用。大队团的组织机构和党的组织机构是一致的。设团总支部书记和副书记各一名，同样设立五个团分支部，设分支部书记一名。团总支部书记为大队干部，参加大队党支部组织的各种活动，团总支部根据党总支部的安排独立开展工作，成为活跃在大队各方面工作的有生力量。在改革开放前的历任大队团总支部书记都因为工作突出被提干重用。

开展治坡改沙造田运动。人多地少是大队的实际情况。为解决这一矛盾，大队领导者们在当时开展农业学大寨形势的号召下，集中全大队劳力、物力，利用两个冬季，开展了声势浩大的治坡改沙造田运动。

1975年初冬时节，全大队社员们正在忙于收获红薯，而一场全大队党员干部的动员会召开，治坡改沙造田的战役打响。大队要求27个生产队全部劳动力出动，以每一个生产队为单位，集中吃饭、集中劳动、分配任务。大队在工地安上照明灯，各家各户全部通上广播，播放军号统一指挥。早上五点，大队指挥部通过大喇叭播放军号，社员们在自家广播中听到号声后，拉上架子车，扛上铁锨、镢头、钢钎奔赴工地，一天的劳动任务开始。早饭和午饭同样播放军号，统一收工到各生产队在工地临时搭建的伙房吃饭，时间大约50分钟。号声响起，重新进入工地，循环往复。

午饭后，社员们都合身躺在工地的土地上，闭眼休息，一个小时后开工。冬季的太阳下午五点钟就会钻入山中，工地上的照明灯亮起，如同白昼，社员们仍要坚持战斗到晚上六七点钟，号声响起，收工回家。

工地的宣传鼓动是一大亮点。刚开工时就提出了"大干100天"的响亮宣传口号，以鼓舞干劲，增强力量。工地每天都要通过大喇叭宣传表扬出现的好人好事，以弘扬正气。每周通过工地指挥部下发的《战地通讯》，了解各生产队施工进度，比学赶帮。中间时段，必要时还要临时召开评比大会，开展竞赛活动。

后来，由于任务大，开挖难度增加，为提高开挖进度，大队土法上马，用化肥硝酸铵和锯末加在一起炒制成土炸药，在坚硬的土质中打炮眼，装炸药，放炮赶进度。

那一年，工地上的社员们一直坚持到腊月二十九上午才放假过春节，来年正月初三就又开工，共治坡造田500余亩。

第二年，同一时间，同一种手段，同一样阵势，开始进行改沙造田。不同的是，改沙造田是把东坡上的黄土通过人力，远距离地运送到湍河岸边的沙田中，再把沙田的沙拉到东坡上的黄土里进行混合，从而改变土质，使沙田变沃土，使黄土变良田。这种改沙造田劳动强度更大，劳动付出更多，劳动环境更差。社员们用汗水、泪水治沙改田300余亩，产生了一时的轰动效应，在东方红大队留下了他们抹不去的身影。

发挥尊师重教的传统。不论互助组、初级社、东方红集体农庄（高级社），还是东王营大队、东方红大队，尊师重教的传统始终没有变。

新中国成立前，就有了东王营初小，父辈们就在这所小学念书。新中国成立后，内乡第一区第三初级小学就是东王营初级小学，附近村庄的学生在这所学校学习。1955年底，东王营小学就成为一所完全小学，招收的学生就达到了三四百名，到1958年，东王营完小所属行政区划为城关人民公社，东王营小学成为辅导区所在地。

我们这一代人都是在东王营小学度过童年学习生活的，当时东王营小学被称为"小宝塔"学校，可以同县城的小学相媲美，一争高下。即便是那个特殊年代，学校也没有受到很大冲击。在贫下中农管理学校时，由于大队领导者们的重视，学校基本保证了正常的教学秩序。1968年教师回队，很多在当时有一定知名度的教师参加了学校的教学管理，增强了师资力量。

大队在60年代就举办了农业初中，培养了一批有文化的社员，在各个方面发挥了重要作用，也从这里走出了一批人。1969年，在小学的基础上办起了戴帽初中，首批毕业生中有18名贫下中农子女被推荐上了高中，次年又推荐了第二批高中生，后来他们都成了各行各业的优秀人才。如今在东王营小学的基础上，已发展为集幼儿园、小学、初中为一体的知名学校。

1980年，东方红大队一分为二，从北向南，原有的12个生产队成为13个村民小组，取名为谢楼村；剩余的原15个生产队成为16个村民小组，仍沿用曾经的名字东王营村。东方红大队成为永远的历史，成为那一代人永远的记忆，成为乡村发展过程中的历史见证。

原大队南端大片的土地成为县工业园区，几十座工厂在此建立，高大的厂房、现代化的机器设备随处可见，成为支撑内乡经济的重地。原第二道大渠已没有了踪迹，从南向北建成了宽阔的公路，车辆飞驰，一派繁忙景象。原大队中心地带肥沃的土地上，宁西铁路内乡火车站就在这里建起，迎接东来西去的客人，把他们送到祖国的各地。沪陕高速内乡出入口也在这里迎接南来北往、东进西去的各种车辆。从西向东穿过内乡湍河三桥的312国道从这里经过。形成南北公路、东西铁路、高速公路的交会地带，成为交通枢纽中心。看到这些变化，会从这个缩影中深切感受到国家发展的速度。

湍河东岸的河滩地成为内乡县城发展的见证。高楼林立，绿树成荫，高档酒店一座挨着一座，高级住宅一排挨着一排，行政单位一个连着一个，看到此景，会发出由衷的感叹！

内乡湍河部分景观

时光就这样无情地逝去，转眼已过五六十年，自己从懵懂童年到学生少年，从青春韶华到暮年老者。是东方红大队水的滋润，是东方红大队土的培植，是东方红大队社员的养育，我从这里走出，成为一位教育人。我感念这里的一草一木、一房一屋；我感恩这里的一岗一辙、一河一流；我感谢这里的一爷一奶、一叔一婶……我爱这片养育我生命的丰腴土地。

回望过去，就是最好的感念；回首过往，就是最好的感恩；回忆往事，也是最好的感谢！

我怀念那时的集体劳动场景。社员们把生产队作为衣食住行的依靠，劳动是他们认为应当完成的任务，钟声一响，就理所当然地扛起生产工具到劳动场地。一路上你说我笑，劳作时除草的锄声、打坷垃时的榔头声会成为美妙的乐曲，使劳动的疲惫一扫而光，在不知不觉中完成了任务。

回想那时，春回大地，万物复苏。东方红大队从东坡一直延伸到肥沃的中间田地，都渐渐泛起了绿色，一望无际。返青的麦田仿佛绿色的波浪，金黄色的油菜花在绿色中闪光，好看极了。

清晨，红日从东坡顶上升起，把整个田野、河流染成一片青黄色。晨雾萦绕在麦田里，东坡的树木和草木都撒上了水珠，到处都弥漫着淡淡的湿气。沿着通往田地的道路上，有成群结队去劳作的社员们，踩着湿润的泥土，穿行在麦田之间，早早地开始了新的一天，他们靠着聪明的智慧去体验和感受那大地的真实力量。

湍河岸边水田里，有辛勤耕耘的社员，在平整育秧苗圃的田地。社员们深翻、锄耙，把泥土捣成稀泥后平整，放去上面的薄水，晾到能粘住稻种的程度，有经验的撒播能手均匀地在泥面上撒上稻种，娴熟的动作如同舞蹈演员一般，劳动成为一种精神享受。几天后，苗圃土层上会长出嫩绿的稻苗，像绿色的地毯铺在土层上一样，月余后就长成秧苗了。时节一到，拔出秧苗，运往插秧的稻田进行插种。

村边有一群社员，在科技人员的指导下进行着红薯育苗。这种劳动程序非常严格。先在选好红薯池的地方，打上低墙圈起来，在平整较硬的地上开挖通火道，上面棚上树枝，用泥糊好晾干后以作备用。在红薯池的前边，开挖较深能容纳下人烧火的地方。埋红薯种的土粪也很讲究，要选用晾好湿干能够分离的牛粪，过筛后铺到红薯池中。然后，有经验的社员选好红薯种，经药水浸泡后，整齐地摆到红薯池中，盖上土粪。这些程序完成后，技术员开始用麦秸进行烧火，给土粪加温，随时测量温度。大约十几天后，红薯苗就会破土而出，数日后就可拔出，到地里栽种。

从春日、春风、春雨、春色到各种春种，千姿百态的生命孕育而出，与春有关的劳动场景引诱着我，把我带回那春光灿烂的时节，把无限的生机带给人世……

春夏之交的季节，是麦苗生长的最佳时间，绿油油的麦田像海上的波浪，一层赶着一层涌向远方。劳作的社员们在麦田中施肥、拔草，催促它们快快长高。一天望着一天，麦穗窜出来了，扬花、灌浆。多日后，麦穗都会粒粒饱满，金黄金黄，风一吹麦浪滚滚，社员们盼望丰收的那天已经来到。

麦收季节，天刚蒙蒙亮，生产队钟声一响，社员们从睡梦中醒来后，毛巾蘸水在脸上一擦，就算洗刷完毕。披上衣服，拿上头天晚上磨得贼亮风快的镰刀，满心欢喜地奔向麦田。领到任务后，社员们自如地挥动手中镰刀，拦住麦秆，搂到身上，镰刀一到，麦秆随即被割下。收起来后放到事先摊在地上的腰子里，几次下来觉得差不多的时候，捆成麦捆竖起来，麦穗可接受阳光的再晒。社员们的身上都沾满了麦秸的碎屑，汗水顺着额头滴落，但他们的脸上都洋溢着笑容，迎接着丰收的到来。一天下来，十亩八亩麦田都会一扫而光。

炎炎夏日，是打场的最佳时间。打麦场上，摊场时争先恐后，齐心协力，时间不长就会摊好，牛拉着石磙子碾几遍之后就要挑场。

钟声一响，社员们都会放下手中的饭碗，飞快地跑入场里，拿起桑叉，一个人挨着一个人转圈挑场。为使麦穗能很快脱粒，有时候还需要反转挑场，几十个人转圈，可谓其乐融融。

从麦苗、麦穗、麦熟、割麦、打麦到月亮下的麦垛，这与麦有关的劳动场景引诱着我，使得我的记忆之河尽情地流淌……

插秧劳动更是集体劳动一道亮丽的风景。麦田犁过后，放水焖泡两天，泥土就会松散，牛把式套上生产队的牛，耙上几遍后再抄两遍，泥土就会成为稀泥，再抄平放去水后晾一晌，就为插秧做好了前期准备，到要插秧之时，再放上一层能掩住泥土的薄水。一切准备就绪后，插秧能手们就可以进行"规范操作"了。一般情况下五至七个人一排，每人要插上十来行秧苗，插秧时必须倒行，行距间距一定要均匀。泥水声、说笑声、退行声，汇成一道美妙的乐章。半个小时下来，原来还是泥土的水田就会成为一片由一个个方格组成的绿地，而且那刚插上的秧苗，横看竖看都是一条直线，美丽极了！一上午过后，更大的面积都会成为绿色，如同绿色地毯铺展开来，微风吹拂，秧苗轻轻晃动，好像要把自己抖擞抖擞，准备使出全身力气往上蹿呢。

金秋十月，东方红大队的大地更是风景如画。那一望无际的稻田，稻浪滚滚，稻香扑鼻，大地一片金黄，像金色的海洋，集体劳动的社员们被晒得发黑的脸上都映出了笑容，感受着劳动的甘甜。

从秋种、秋管、秋实、秋收到田野里的一片秋色，与秋有关的劳动场景引诱着我，把我内心深处涌现着当年的那种丰收喜悦带向远方……

难忘那集体战斗的场面。冬季到来，白雪皑皑，天寒地冻。大队发出治坡改沙造田的动员令后，全大队男女老少扑向那预设的战场，发扬"愚公移山，改造山河""自力更生，艰苦奋斗"的精神，向荒坡要地，向沙田要粮，改造山河的壮志不已。他们衣衫单薄，顶风雪、冒严寒、风餐露宿，吃在工地，大干快上。

治坡工地上红旗猎猎、人声鼎沸，社员们用最原始的劳动工具镢挖、锹铲、肩扛、车推，把挖出的土方垫到低洼处。一片平整的土地在眼前出现，喜悦就会展现在眉梢。

近千人的治坡队伍，那场面，那阵势，加之劳动时的铲土声、打钎声，车轮的"咕噜声"、"蹬蹬"的脚步声、喇叭的歌唱声、社员们的呼喊声汇织在一起，当你身居其中，不仅会引起心底的感动和震撼，而且会激发无穷的动力。虽然生活艰苦，劳动繁重，但社员们的脸上始终洋溢着一种向上的自信。

从冬寒、冬雪、冬藏、冬收到治坡工地的战斗，与冬有关的战斗场景引诱着我，把我的思索带回到永不会忘却的场面……

我佩服那时大队领导者们的组织协调能力。在那种历史条件和社会环境中，大队的领导者们始终以前瞻的思维力、坚强的组织力、统一的协调力为全体社员谋划着发展的愿景，以无畏的指挥力带领广大社员实现农村全面发展。他们心中装着社员，脑中想着社员，让社员过上幸福生活，成为他们最大的追求。

一个生产大队，有农业科学实验站，有林场，有科学的水利灌溉系统，有成方配套的良田，有卫生室、制药厂、砖瓦厂、面粉加工厂、机械加工厂、养猪场、木器加工厂，有履带拖拉机、轮胎拖拉机，有大汽车、小汽车等等，现在看来也都很难达到。

大队有一套统一的指挥系统，有线广播安到各家各户，通过大队统一指挥，上千人的工地指挥，上千人的大会召开，上千人的实施动员，有令而行，令行禁止，保证了全大队能够统一步调、闻声而动，完成各项生产任务。这就是大队那一代人引以为自豪的资本。

从场站、良田、工厂、拖拉机、汽车到统一指挥系统，到大队农、林、牧、工、养有关的一切引诱着我，把我的敬佩心理定格在那个年代，也永远留在了我的脑海中……

这就是东方大队，这就是我记忆深处的东方红大队！

四、老家李院村

据记载，元朝末年，天下大乱，被元朝统治者压榨了百年之久的百姓们纷纷扛起起义大旗，起义烈火在华夏大地熊熊燃烧，全国各地爆发了大规模农民起义。原本人口密集的中原地区迅速变得荒凉起来，往日肥沃的农田已是荒草遍地。然而在这个时候，黄河又连续数次决堤，河南、安徽变成了一片汪洋。一时间，这些美丽富饶的地区赤地千里，百姓们更是十不存一。元末战乱之后，朱元璋统一天下，而此时的江山，遍地疮痍，千疮百孔，其原因主要是战乱和天灾导致的人口减少。当时的山西人多地少，不利于农业发展，为了恢复农业生产，发展经济，使人口均衡、天下太平，巩固明王朝统治，实施人口迁徙政策。从明洪武三年（公元1370年）到永乐十五年（公元1417年），明朝先后数次从山西的平阳、潞州、泽州、汾州等地迁送移民。官兵们先将青壮年铐上枷锁，遂强行登记。途中经山西洪洞县大槐树处办理手续，领取凭证，一家一户，根绳相拴，如串蚂蚱，百姓们吞声隐恨在士兵的监督下，离开此地，向全国各地迁移。

通过这种方式，明初经洪洞县大槐树处迁往全国各地的移民达百万人之多，时间之长，规模之大，影响之深，不仅在中国移民历史上是空前的，在世界移民历史上也实属罕见。

围绕这次大迁徙,关于"解手"一词的来历及小脚趾复形的原因,曾在冀、豫、鲁一带门道户说,妇孺皆知。在大迁移中,移民们双手被绑,在士兵的押送下上路,凡大小便均需向解差报告:"老爷,请解开手,我要小便。"长途跋涉,大小便次数多了,口干舌燥的移民便将这种口头请求趋于简化。只要说声"老爷解手",彼此便心照不宣,"解手"便成了大小便的同义词。现在很多地方的农村,大小便时还仍然这样说"我要解手"。

在我们这一代时,还有更有意思的说法,谁的小脚指甲两瓣,谁就是大槐树下的孩儿。大槐树公园的祭祖堂里有这样一副楹联就反映了这个问题:"谁是古槐底下人,双足小指验甲型。"据说是官兵包围百姓后,怕人逃跑,将每人的小脚趾砍伤一刀,作为标记,后来移民们的后代小脚指甲便成了复形。现在看来,这些传说"解手"一词的来历,听来算能自圆其说,至于小脚指甲复形一说,有些荒唐,科学也解释不通。然而拂去这些民间传说扑朔迷离的浓雾,我们还能筛簸其明初农民大迁徙那惨烈的事实。而我的先祖正是在这样的背景下,经过艰难险阻迁徙至此地。

据我家族谱记载,李氏一族(现李院村祖先)是从今邓州长乐林来到现今的地方,至于长乐林,祖宗之宗派无有考证。查证得知,长乐林即现在邓州孟楼镇街北长乐岭的自然村有李氏家族。

族谱记载,李院始祖历经明、清、民国和新中国,到如今已几百年的历史,始祖们在这片土地上繁衍生息,世代发展。我无法追寻始祖们是如何从大槐树走来的,但世代的人们已经把自己是从大槐树走来当作自己的历史已无置疑。

建屋圈院是人生存的基本条件,是那个时代定居的基本特征。祖宗来时可能人数不多,选择地方建了房子、圈了院子就可以定居下来，因为姓李而被称为李院。

老祖宗为何选择李院作为居住的地方，已无法考证。但从后世的传说中可略知一点，加之从地理位置上看，确实是人居住的好地方。不难看出，祖宗们选择此地，是非常具有眼光的。

李院村西距湍河300多米，在科技不发达的时代，祖宗们至少懂得水是生命之源的道理，只要有了水，就可以生存下来。这里不仅有方便居住的生活用水，而且还有耕作用水。在农耕社会，人们以种植为主，临河的地方便于灌溉，可以生产最基本的生存物质和粮食。同时，有河流的地方，有利于生产和运输，徽商、晋商都是这样发展起来的，京杭大运河就带富了沿河一带的城市。湍河离李院村很近，沿河南下，可到达邓州、新野、老河口，沿河北上可达湍河发源地，那里是森林大山，更有山货，还可避免战乱带来家族的毁灭。

隔河相望的是内乡县城，那时的县城虽然不大，但是人口聚集的地方，可以进行有效的商品交换，利于生活和家族的发展。同时，城镇聚集的人才对一个家族的繁衍生息有较大影响，不仅会使人开阔视野，也能接触到南来北往的有识之士，是家族人们可以实现走出去的更高愿望。

李院村向东是一片广阔肥沃的田地，水源丰沛，耕作方便，是种植各种农作物的好地方。再向东是崎岖不平的被称为"五龙庙坡"的高岗地段。从湍河上游几公里的地方看李院，由于湍河在县城处向西弯了许多，整个村子好像是湍河中央一块小岛一样的船地。紧邻李院村的王营村在恰似船的中央，李院村是在船的中央靠后的地方。古时人们信奉风水，从李院村的整个地理位置看，前有河滩地，非常开阔，又临湍河，水源充足。后有高岗"五龙庙坡"作为靠山，

第一章 家乡记忆

可以藏风聚气。从湍河上游看,又恰似一船地,能聚气生财,是一块风水宝地。今天看来,先祖们选择这个地方眼光远大。

我出生的李院村属东王营大队管辖,李姓有三个生产队,有百余户、五六百人之多。我家居住在李院村的中间地段。在儿时的记忆里,我家居住条件一般,父亲兄弟两个各自有家,加上奶奶十余人之多,居住在土木结构的五间瓦房中。院子没有围墙,面积较大,周围有枝繁叶茂的梨树、桃树、椿树、榆树和槐树的衬托,乍一看去,后靠大岗,前朝湍河,适宜居住,环境优美。

出我家门口向北很近,有一条东西方向的村中大路,沿大路向西不远处就是湍河的东岸。湍河水流经到村前的河面地方会旋出开阔的河滩,河滩上白鹤翔集,锦鳞游泳,站在岸堤上眺望湍河,河水清见沙底,河面白帆点点,渔翁驾舟唱歌,鱼鹰来往翩翩,如诗如画,使人陶醉其中。

那时,湍河还有一种独特的水文景观,被百姓们俗称为"干化水",即有时上游并没有下雨,河水却突然暴涨。这种现象一般发生在夏秋时节,其实是上游的支流地域大面积突降暴雨而致,小时候几乎年年都会遇到。当你还在河岸边割草、玩耍,闲人在岸边垂钓之时,河水像往常一样缓缓流淌,天上也没有下雨的迹象,忽然,就听到上游传来隆隆如打雷一般的闷响,时间不长,便看到一线水头如排山倒海万马奔腾翻卷而来,人们刚逃至安全地带,浑浊的河水夹杂着树木柴渣便汹涌而下,时间一长,那些小的柴渣便会漫溢到堤岸边。在那个缺柴烧锅的时代,人们便会蜂拥赶到河边,去捞取柴渣堆到岸上,待天晴之后晒干作为柴火烧锅做饭而用,以解烧柴困难之急。东岸下边有一块狭长的河滩地,种植有花生、红薯、果树等作物。

沿大路向西的地方，有一条从湍河上游经堰门引水而成的一条小河。小河的东边是稻田地，儿时的小孩们都会在小河边和稻田的河沟内抓捕小鱼、泥鳅和河虾。那些自由自在的水鸟和无忧无虑的鸭子在河面上尽情地玩耍，一会儿你追我赶，一会儿又潜入水底，忽地从老远的地方冒出来，加之小孩儿抓鱼的场景，形成了一幅美丽田园风光的画卷。

清澈的河流和河流边的石头是洗衣裳的天然地方，也是洗菜的最好位置。早、中、晚饭前，老人和小孩都会拿着箩筐到此洗菜，为在田野劳作的壮年人们做好做饭的准备。午后和晚饭前是洗衣的最佳时节，只见大姑娘小媳妇们，带着劳作之后疲惫的身子端着盆、拎着棒槌赶趟儿似的去到河边，找一块被岁月打磨没了棱角的石头，蹲下来，有节奏地搓洗衣裳，聊着他人不知的家常。木棒槌上下挥舞，发出砰砰啪啪的声响，躲藏在布眼里的污渍都会被捶出来，再在河水里摆弄几下，一件衣服就洗得干干净净，一天的劳累会一扫而光。

夏日里，太阳将它的炽热奉献给了大地，有时会热得使人喘不过气来。天高云淡，艳阳高照，湍河岸边的树林成了孩子们避暑的好去处，河边高大的杨树，给自己涂上了一层深绿色的油漆，树荫下是孩子们纳凉、玩耍的最佳地方。晴天里，清清的河水，可以看见水底的沙石，孩子们会在河水中嬉闹，打水仗，也会扎猛子，摸到光滑的小石头而做出各种鬼脸，逗得其他小朋友大声喝彩。

晚上，劳作一天的大人们吃过晚饭，会成群结队地到湍河去洗澡，河水在炎热的夏季好像变得更加凉快起来，它毫不吝啬地袒露出银色的胸膛，让人们尽情地享受着夜晚河水带来的惬意和舒适。洗澡的大人们会形成一种约定俗成的规矩，女人们在上游，男人们

第一章 家乡记忆

在下游,相隔也不过二三十米。白玉盘似的月亮挂在天空,倒映在水中,河面如同铺满了荧光,下游男人们的呐喊声、上游女人们的尖叫声、不知名虫子的合唱声汇成了动听的湍河夏夜交响曲,把人们暑热带来的烦闷和一天劳作的疲惫一扫而光。

出我家门口向西有一大片菜园,各家各户都有一块儿,主要供平时生活用菜。那个年代很少种细菜,主要种植菜种是萝卜,因为它的产量最高,食用时间最长。随季节也兼种一些小白菜、辣椒、西红柿之类的。种菜最主要的需不时浇水,那时整个生产队一百多号人就一口井,生活用水都在这口井里打取。到夏季天气炎热时有旱情需要用水浇地,当时没有什么机器可以取水,都是人工的。在井的边沿栽上两根木杆,两木杆中间用一根细木杆将其固定。细木杆中间固定住一根四五米长的杆子,一头绑上砖头,一头用竹竿系上木桶,伸到井里把滔满水的木桶用力打上来。到夏季,不时为了争水浇地而争吵。

中午收工之后,各家各户会到菜园采摘所用的蔬菜,供做饭时用。那时人们不可能到街上买菜,每家都种有必需的菜品,有时也会进行蔬菜品种的交换,来满足生活必需。初冬季节是收获的档口,各家各户收获最多当属萝卜了。萝卜用途最广,收获之后可用沙土将萝卜掩埋,整个冬季和第二年春季都可食用。也有的人家将萝卜洗净,擦成萝卜条,晒干之后保存起来。萝卜秧不会扔掉,洗净后在锅里蒸熟,用大缸窝成酸菜,可用到第二年春季。冬季菜园里没了蔬菜,变得冷清了很多,有时把菜地深耕,期盼待来年春季有一个更好的收成。

我家屋北沿中间东西大路向东是生产队的牛屋。那时,生产队的主要生产资料之一就是牛,队里养有 8 头牛,还有两辆马车。牛屋房上不是小瓦而是机瓦，生产队可晾晒棉花，因为棉花是生产队唯一的经济来源。沿牛屋再向东是生产队的打谷场，每到麦收之前，就要把打麦场再碾一遍，达到更加平整和光滑的程度。麦收季节，先将田里的麦子用牛车拉到打麦场垛起来，待麦田里收割完后再在场里打麦。打麦就更加原始了，两头牛拉着一个石碾子，石碾子后面还有一个拖石，牛把式赶着牛在麦场中转圈，碾得差不多的时候需要挑场，挑场后继续赶牛在场中转圈，直至麦穗麦秆成麦秸时，就算打好了这一场。挑走麦秸，把带有麦糠的麦子堆起来，选择有微风时进行扬场，把麦子和麦糠分离开来，把麦子晒几遍就入生产队的仓库了。紧挨着打麦场东边是一条南北大路，这条大路把五个生产队连起来。沿着大路向北走七八百米就是我的母校——东王营小学，它载着我心中的希望和梦想，在那里，我读完了小学和初中，为成为一位教育人奠定了最基础的基础。

紧挨南北大路东边有一条自北向南的水渠。水渠的水是从湍河上游通过堰门引进来的。枯水季节水渠的水可供人畜共用，解决生产必需的一切用水。人们可在水渠边垒上石块用作洗衣、淘菜之用。夏季雨水多的时候，水渠的作用就更大了，家家户户的雨水都会沿着村中的大路流入水渠中，起到了排水的作用。从这里看到了农民的智慧，在那个时代，他们把水用到了极致。就李院村来看，是利用北高南低、东高西低的自然地势，将湍河水从上游引进来，形成了西有小河、东有水渠、中间人群居住的最佳生活环境。

沿着水渠的两侧有较大的池塘（称之为大水坑）。李姓一个生产队的水坑在渠的西边，我们生产队和另一个生产队的水坑在渠的东边，自然形成了三坑连水渠的美丽景观。我们生产队的水坑正好是在村东西大路的最东头，大水坑有四五百平方米那么大，水也较深，有两米左右。夏季，调皮的小孩们在那里玩"水上表演"赛。会不时有小孩从坑岸上猛地跳下去，钻到水里，然后再露出小脑袋，把泥巴抹在脸上，面部朝上，在水面上漂着。当有小孩要去给他玩耍的时候，他会猛地一翻身，钻下水去，引来滚滚水花，又从另一边光着屁股上岸。有的小孩子身体能垂直于水上，那叫踩水，他们上身没有动作，全在脚下功夫，只是你看不见罢了。有时候小朋友们还会比赛撇水，就是拣一块碎瓦片或很薄的石片，拿在手中，斜下身子，沿坑里水的平面撇下去，看谁的瓦片或石片在水面上划去的长度长。撇水是有技术含量的，如果你掌握不好，石片或瓦片就会钻到水下而劳而无功。我那时在同龄的孩子们中漂水、踩水是弱项，但打撇是强项，算是打撇的"高手"。"技术含量"不外乎两个方面，一是要选好打撇的瓦片或石块，最主要的是石片要薄，且平，有尖头；二是要把握好打撇时身子与水面的夹角，夹角越小则打撇的成功率就越高。在那个时代，这是最好的娱乐活动了。

  水渠的东岸是一望无际的旱地，挨着旱地的是水田。旱地可种植小麦和玉米，水田也是一年两季，夏种水稻，冬种小麦。这片土地承载了我童年美好的时光。那时候，很少穿鞋，也没有鞋穿，夏季光着脚丫，在那片肥沃的土地上尽情奔跑。同大人们一起，帮他们做一些运送秧苗、拔草的活。麦收季节，会拎着筐子到麦地拣割麦掉下的麦穗。

  收获的季节，从村头向东远望，那一垅一垅的麦田随风起伏，形成一波一波的麦浪。一条条水渠纵横交错，在太阳的照射下银光闪闪。那一方格一方格的稻田像涂上了柔和的金色，轻风一吹，稻穗泛起涟漪，稻香阵阵袭来。东坡岗上，高低有致，连绵起伏。红薯地里满眼绿色，如同山水画卷。丰收的景象带给种田人无限快乐，收获的季节，忙碌的种田人欢乐的笑声和镰刀锄头声汇成了一支轻快的乐曲，在那片沃野上回荡！

李院村，我的家，这是一片先祖们选定居住的神奇地方。儿时的田园风光已荡然无存，慢节奏的田园式生活模式也受到现代生活无可躲避的冲击，只有永久封存在自己的记忆里。于我而言，不想过多地带着回忆的影子。可有时站在城市的某一角落，惬意地欣赏着彩霞满天的城市美景，极力眺望，微风吹来，总将我的思索带回记忆中的李院老家。那一幕幕关于李院村的景致，竟然不止一次又一次闯入我的脑海，进入我的心田；那深挚的家乡情怀，久久不肯离去，总是悄然浮出记忆的水面。

村西边那童年时的稻田、小河、菜地已不复存在。小河的上面已成为一条南北大道，通向更远的地方。稻田地上面建成了高楼，菜地成为很多人家新的宅基地，盖了楼房。湍河岸边的大片沙地建成了五星级宾馆，夏季时节，劳作后的人们若要洗澡就只有到洗浴中心享受了。

村东边的打麦场成为李院村新的发展之地而盖起了楼房。村东边大渠连同大坑边上修成了南北大道，向北直通312国道。穿过312国道向北，母校东王营小学发展成为集幼儿园、小学、初中为一体的学校。肥沃的旱地和稻田上面，道路纵横，工厂座座，机声隆隆，高楼林立，车水马龙。东坡的岗上，那些高大的岗坡、土丘羞愧地弯下了腰、低下了头，比之更为威猛的是发电厂高楼耸立，直冲云霄。高速口、火车站就在家的东边。李院村家家户户都盖起了不是三层就是五层的小楼，村中间的大路成了水泥大道，一到晚上，两边都停满各家各户的小汽车，人们都在自家的小楼内安逸地享受生活。

如今站在李院村老家的地方，想起小时候的岁月，弹指一挥间，时光催人老。已步入暮年的自己，怎能不感慨万千……但不论到任何时候，家乡那泥土的味道，那五谷的芳香，那亲切的乡情乡音，永远都会让我魂牵梦绕……

第二章

教育情怀

第二章 教育情怀

教育是人类社会发展的基石,是增进人们知识和技能、影响思想品德的活动,是培养和提高人类智力和素质的重要手段。它不仅是传承文化的工具,更是实现人的自我价值和社会发展的重要途径。在现代社会中,教育已成为国家发展、民族振兴的主要标志之一。

教师在实现教育目的方面发挥的重要作用无法替代,对于培养人才,推进社会文明进步起着承前启后的作用。在中国传统文化中,有"为文三代,必有人杰"和"遗子千金,不如馈子一经"的认知。这种认知观念深入人心,不仅反映了知识在一个人成长方面的作用,而且强调了知识传承指引人生方面的重要性。今天看来,这也有很大的借鉴意义。

改革开放后,国家把教育摆在优先发展的战略地位。教育事业成就显著,教师队伍发展壮大,尊师重教蔚然成风,为实现从教育大国向教育强国迈进奠定了雄厚基础。特别是近几年,国家推进了教育世家建设工程,从而赓续教育思想,传承教育精神,厚植教育情怀,鼓励教师坚守教育。我家几代人都有人从事教育工作,形成了共同的教育人追求、共同的教育人理想、共同的教育人修养、共同的教育人操守、共同的教育人情怀,在教育工作中辛勤奉献。

一、祖辈那点事

我爷家和二爷家居住的是东西对庭的房子。我爷家住房是坐东朝西,二爷家住房是坐西朝东,两家都是三间主房、两间厢房。我爷和二爷新中国成立前没有分家,他俩各育有两个儿子和一个闺女,全家共有12口人、18亩地、一头牛、一辆车、一张犁,基本能满足生产需要,生产以农耕为主。

对爷爷虽然没有印象,但从后世的传说中了解少许。爷爷是家中的老大,是家中十几口人的主要劳力,他精通庄稼活,样样都能干,人们称其为"庄稼筋"。他性情豁达,任劳任怨,起早贪黑,苦活、累活、庄稼活全包。他勤俭持家,能为人着想,一切为二爷让路,让二爷有更多的时间去当好私塾先生。他生活简单,肯卖力气,上地干活为了节省时间,腰带一扎,怀里揣两个馒头,就解决了吃饭的大事。有一次外出拉东西,饿得实在没有办法,就找了一个陡坡的地方,头朝坡下,脚朝坡上,然后系紧腰带,以解饥饿之苦。由于常年劳累、生活艰辛,爷爷五十多岁就早早去世。

二爷识字,由于老爷重视教育,根据家族的基本情况和承受能力,他办了个私塾。

古人称私塾为学塾、教管、书房、书屋、乡塾、家塾等,这些字眼都带有几分雅气或亲情味。私塾学生既有儿童,也有成年人,按照施教程度,人们把私塾分成蒙管和经管两类,蒙管即启蒙的学塾,相当于幼儿园或小学。蒙管的学生由儿童组成,重在识字。经管的学生以成年人为主,大多忙于举业。根据私塾的设置情况,清末,学部把私塾分为义塾、族塾、家塾和自设馆。义塾带有免费教育的性质,以出身清贫家庭的子弟作为施教对象。族塾依靠族户支撑,属于宗族内部办学;族塾往往设在宗祠内,不招收外姓儿童。富家大户聘请名师宿儒在家专门教授自己的子女,这种私塾称为家塾。自设馆是塾师自行设馆招生的私塾,不拘姓氏。从后来的情况看,老爷办的私塾应当是族塾。

从我族家规中可看到老爷办私塾的原因,家规规定:"吾族以诗书传家,孝悌当先,子孙无不读书。各处有公资者,设一小学堂教育子弟，若附近外族有学生而贫乏无力者也收入之。"家规正则家风正，家风正则家道兴。我族家规彰显了家规的独特魅力，为后世延续家规、治家兴业树立了典范，更为后世为师、从教传道授业树立了榜样。

我族私塾设立在家族的祠堂内，教书先生由二爷担任，所收学生以本族儿童为主，也兼收了少数其他族儿童。私塾教育主要由识字开始，从方块字起，一般几个月或半年之后，就要读识字课本的《三字经》《百家姓》《千字文》《神童诗》《杂字》等。这些识字课本有一个共同特点，即句子短且整齐、四声清楚、平仄相对、音节易读，一般儿童易读，朗朗上口，很快读熟，句子读熟了，字都会记牢。

初步完成了识字教育后，即开始读书教育。所谓读，就是读出声音来，强调读到会背。读书的范围主要有"四书""五经"等，如《大学》《中庸》《论语》等。同时，在这个阶段还重视儿童的教养教育，如行为礼节，像着衣、叉手、作揖、行路、视听都有严格具体规定，必须学习。

私塾的教学方法能做到因材施教，因人而异。由于学生不多，不但可以分别按不同程度读不同类的书，也有同读一种书的学生，老师按他们不同的接受程度，分别读不同的数量、不同进度的内容。二爷的教书是受到本族人欢迎的，也受到本族人尊重和敬仰。我族私塾不知办了多少年，到民国八年（公元1919年），湍河发洪水，洪水漫过村庄，我族祠堂被淹，房屋受到很大的损失。据说后来又加固修缮，但条件改善不大。学生都到东王营私塾去上学，学生数量减少，多年后停办。我家祠堂又经大火烧毁，到我们记事时，那里是一片瓦砾。但是，办学善举、教书持家、培育后人的传统和观念一直延续到今日。

我小时对二爷有些记忆，他穿衣打扮，举止说话，确有一种教书先生的模样。夏天再热，也要穿一件褂子，从不赤身露皮，手中摇着扇子，逍遥自得。由于体力劳动由爷爷顶着，二爷参加劳动较少，人们笑称他"好吃懒做"。其实不然，他要保持一位所谓教书人的矜持，只是人们很少能理解罢了。20世纪60年代，二爷走完了他的一生。

当时的私塾教育似乎是一种普及教育，它的成本很低，只要有座房子，有几张桌子，再有个先生就可以开办。首先是要把本族的孩子教成读书人，或者说是教众多的农家子弟认识字，便于生活。除此之外还有另一种功能，传承礼俗，因为礼俗既是农村日常活动必需，也是农村人的基本行为准则，无论是婚丧嫁娶的各种礼仪，还是年节庆典的各类风俗活动，都需要有知书达理的读书人参与其中。要主持喊礼，又要从事各种文字书写之事，这些方面主要是靠私塾学校来完成的。

我们家族应当说是这种教育的受益者。虽然私塾学校办得坎坎坷坷，在当时没有多大成就，但在这种思想的感染下，子孙们还是把上学识字当作立家求生的根本。姑姑新中国成立前就嫁到当时县城西关的大家，姑夫有些学问，琴棋书画样样都拿得出手。他不去经营家族生意，舍去安逸生活，要当一位教书先生。姑姑也支持他，新中国成立后一直在城关完小从事教育工作，直到去世。大爹、二爹都在生产队当干部。父亲（排行老三）和四爹、小姑三人在新中国成立初期，国家需要有知识的建设者时，他们都是通过政府的考试选拔参加了工作。

我对奶奶的记忆是深刻的，由于是长孙的缘故，是奶奶最稀罕的孙辈了。奶奶姓周，名玉文。娘家在湍河西的赵洼村，距我家 10 余公里。

从我记事起，奶奶就已显出很老的模样了。她缠着小脚，扎着绑腿，梳着毛髻，衣服和鞋的颜色大都是黑蓝色。奶奶身材不算高，但很匀称，眉目清秀，表情喜像。她穿的衣服都是由自己织的棉布做成，外套布衫都浆洗得非常干净，穿得也很合体，居家外出办事收拾得干净利亮，农村老太的形象非常鲜明，既不土也不洋，有模有样。

奶奶不识字，但十分懂礼。她头脑清楚，想事周密，通情达理。她宽宏大度，不嫌贫爱富，不争东夺西，说起话来和声细语，从没有高腔，用农村的话说是老伯奶奶式的一位老太太。

听村里人讲，奶奶年轻时非常利亮。由于爷爷要全包大家庭的一切农活，她既要照顾好公婆，还要把爷爷照顾好，以便爷爷有精力有体力劳动，虽然没有什么好吃的，总要尽可能把饭菜做得可口。二爷是私塾先生，基本不参加体力劳动，她从没有怨言，以豁达的心态操持家务，为二爷提供当好先生的方便。从当时 12 人的大家庭和睦相处的情况看，奶奶功不可没。从这些方面也可看出奶奶是使家庭和谐相处、互助合作、谦虚礼让的高手。

新中国成立后，爷爷家和二爷家分开居住。我记事时，二爹和父亲也分了家。由于父亲常年不在家生活，奶奶就跟着我家生活居住，帮助母亲养育后代。后来，由于生活困难，为使奶奶能生活得稍好，就在我家住房的上首扒掉窗户安了个小门，她一人做饭生活。

当时居住条件非常紧张，我一直跟着奶奶睡觉。夏季好过，我们这些小孩随便拉上一张破席铺到地上就可以睡觉了。一到冬天，是奶奶最操心的时候，睡觉前，她都会早早地把暖炉里的火弄好，先把暖炉放到被窝里暖一暖,等被子暖和了,手伸进去试一试,再让我脱衣睡觉。

夜里起夜时,只要我喊一声奶奶,她便会划根火柴,把灯点着,让我下床去小便。上小学时早上要起得很早,那时没有什么钟点可以计时,大体上估摸着到时间了,奶奶就会喊醒我,让我穿好衣服,再唠叨几句后我就上学去了,走到学校基本上是准点的。在我的记忆里,上小学期间从没有迟到过,特别是早上都会准时到校上学。

为了减轻我家更多经济负担,奶奶会纺棉线赚钱养活自己。冬日里,天黑得早,夜也长,是纺棉线最好的时间。那时没有什么娱乐活动,小孩们玩耍一阵后,就要睡觉了。奶奶每天都按那一套做法,把我安置睡觉后,然后坐到纺车前,点上小油灯,开始纺线。纺线前,她都会做好一切准备,把弹好的棉花放到一个小桌上,用搓板把棉花搓成一根根的小棉条,摆放整齐以备纺线时用。

为了不影响我睡觉,不知咋弄的,奶奶会把纺车的声音调到最小。有时为了赶进度,她可以一夜都不睡觉,能纺几个棉线穗子。隔几天,纺的棉穗子积攒差不多了,就会把棉穗子套到锭签上,用木制的拐子把锭签上棉穗子的线拐到拐子上,达到一定程度,卸下后就成了一捆线。如果要织成棉布时,后边还会有很多程序。奶奶为了挣钱,纺线的过程只到成捆线这个程序。

奶奶纺线的技术非常过硬,不仅棉线纺得细,而且均匀,出线率高,有很多人都会找她纺线。因此,尽管非常艰辛和劳累,奶奶总会为有纺不完的棉条而高兴。在她心中,能为自己自食其力养活自己而感到欣慰。

奶奶是处理邻里关系的好手。虽然她不懂得高深的处世之道,但受这个家族教育氛围环境的熏陶,她的心里始终装着别人的好处,她的眼里始终看到别人的长处，她的行为上始终做到忍让。她最多的口头禅是用"牙和舌头都不搁"来比喻人与人之间的关系，来处理邻里关系，来调和婆媳关系，从来没有发生过同邻里的任何纠纷和争吵。

奶奶有一套高超的处事"艺术"，那就是"装"。有一些矛盾看到了装作没有看到，有些不和谐事情听到了装作没听到。她常言"清官难断家务事"。她从不在媳妇前说三道四，从不在邻里间翻黑倒白。都说世上最难处的是婆媳关系，奶奶掌握这些"艺术"后，婆媳没有了矛盾，只有合力。那些年，父亲不在家，家中没有男劳力，生活是艰难的，即便这样，奶奶和母亲都和睦相处。在我的眼中，奶奶和母亲是婆媳关系处理得最好的。晚年，奶奶有病，母亲都能够很好照顾，从没怨言。另一方面，就是"守"。家事秘密，从不吐露半点口风。前几年，我才从家谱中了解到家族里的一些所谓秘密，但她在世时，从没有谈及，不能不说奶奶是有定力的。

奶奶非常关心姑姑家。新中国成立前姑姑嫁了好人家，家业很大，姑姑年轻，也没有享什么福。姑姑年轻时漂亮，不知道是哪年哪月，姑姑得了眼疾，没有及时治疗，后来一只眼睛就失明了。这些事情，奶奶不会提及。至于为啥姑姑能嫁到县城富家，从来没有对人说过半个字，至今我还觉得是个谜。

奶奶经常惦念她的娘家。姐弟之情血脉相连，大舅爷家虽不富裕，但生活还算可以。她最惦念的是三舅爷，因为他没有子女，逢年过节，奶奶总要吩咐我们这些晚辈到舅爷家拜年，从不忘叮嘱多看看三舅爷。舅爷家离我家约有10公里，大都是岗坡地段，还有一段很长的距离没有人烟，是一片乱葬坟地。小时候走过那一段时，感觉有些害怕，我都会邀上其他弟兄壮胆。说是拜年，只是几个小孩到那里去吃了一顿饭后，就慌忙往家回，因为晚了山坡路崎岖不平，不好走路，不太安全。每一次奶奶都要唠叨我们一路要小心，真是无微不至，回到家后，她才放心。我把舅爷家的情况特别是三舅爷的情况给她如实说说，能了却她惦念之情。

晚年的奶奶，因为缠的是小脚，行动很不方便，加上身体有病，吃喝拉撒的事情我帮得较多。那时，我高中毕业后回到农村，当了大队干部，虽不算什么官儿，但在农村也是挺忙的。虽然不时给她求医买药，调剂生活，现在看来，也没有完全尽到长孙的孝心。

1978年我考上师范学校，她虽然不知道去师范学校上的什么学，但她明白上了这个学，就能分配工作，能当老师吃到国家粮，能和她儿子一样当老师教学生，十分满意和高兴。有时星期天回到家中，我给她说些上学的趣事，逗她开心。

奶奶生命的最后，我当时在一所中学实习。虽然是实习，要按照学校的要求给学生上课，批改作业，还要遵守学校的纪律，不可能有更多的时间陪伴处于病中的她。有一天，正在上课，家里有人到学校找到我，告诉奶奶去世的消息，我悲痛万分，立即给校长请了假，找了代课老师，坐车回到家里。看到奶奶的遗体，我放声大哭。作为长孙为没有最后守在奶奶身边而遗憾，更为她在生命的最后没能看到心爱的长孙而悲伤。随后，我用借到的扩音器和喇叭安在了大门前，放了哀乐。第二天实习学校派专人到家吊孝。因为奶奶去世时已82岁，按农村的风俗称之为喜丧，晚上请了响器，放了电影，吊孝的村民和亲朋很多。

第三天就是安葬时间，早上仪式进行完毕后，人们抬着装有奶奶遗体的棺木前往墓地安葬，到离奶奶的安葬地东坡足足有四五里路，送殡的路上，奶奶关心我成长的每一个细节不时在脑际中闪现，想着在她呵护下长大成人，就要当老师了，但她没能等到这一天，我哭得非常伤心。

奶奶走完了她辛劳的一生，在我家族中她是那一辈人走得最晚的一位。

二、父亲的坚守

父亲离我们而去已近30年了，每每想起父亲一生从教的坚守和人生经历，总有一种不可名状的内心波动。

父亲生于1929年，在老爷的四个孙子中排行老三，在爷爷的两儿一女中最小，是爷奶最稀罕的一位。听老一代人讲，父亲小时候非常聪明，很调皮，喜欢读书和做冒险的事。据说，有一次同小孩们在一起玩耍，在一个大水坑旁洗澡、跳水，他可以漂在水面上一动不动显摆技能，当其他小朋友靠近他时，突然会一下子钻进深水中让其他小朋友找不到。正当大家玩得尽兴的时候，他从水坑旁的一棵大树上跃身一跳，由于树与大坑的水面距离较高，当跳下扎进水里后，没有很快浮出水面，急坏了一起玩耍的小伙伴们。他们大声叫喊，好在大坑旁有一位大人，立马扎下水的深处，将他拎了出来。这时父亲已喝了很多水，奄奄一息，大人把他弄到坑岸上立马倒水，有惊无险，算捞了一条小命。从此以后，爷爷奶奶不准他去大水坑洗澡、玩耍。

父亲喜爱读书学习，从小就想通过读书做点事，实现老爷重视教育和家规中提出的要求愿望。用现在的话来讲，父亲从小是有理想的人，他14岁前在东王营小学上学，后又到县城的城关完小读书，顺利小学毕业。在那个年代，农家子弟能到城关完小读书的人确实不多，但父亲能到这所学校读书，至少说家里有愿望，本人又努力。

小学毕业后，父亲就考入内乡中学上初中。

在内乡中学学习二年多后，到1949年父亲同母亲结婚。婚后，父亲仍继续在内乡中学学习，1950年生了姐姐。1951年初中还没有毕业的他，看到南阳专署干部学校在内乡招干的宣传，毫不犹豫也没有告诉家里就报了名，通过严格政审和严密的考试，顺利被录取。没有等到初中毕业，按政府当时的要求在南阳专署干部学校进行短期培训。那时国家急需用有知识的干部，培训三个月结束后，父亲于1951年4月被分配到西峡县商贸公司工作。

得到父亲到西峡县商贸公司工作的消息后，爷爷的心里是矛盾的。因为二爷的二儿子（我四爹）从内乡中学经过考试要被招到山西工厂工作。爷爷不愿意看到他的儿子和侄子一下子都离开家到很远的地方。还是老爷的思想具有前瞻性，他一锤定音，决定让爷爷一同陪父亲到西峡报到。

这样，父亲离开了母亲和不到一岁的姐姐，同爷爷一起带着干粮、扛着行李就到西峡报到。西峡县距我家100多里路，山高坡陡，道路崎岖，交通不便。爷爷同父亲提前一天，徒步经过两天艰难跋涉如期报到。安排好父亲后，爷爷只身一人又返回家中。

工作后，父亲追求思想进步，工作积极主动，能圆满完成交给的各项任务，受到领导和同志们的充分肯定。由于工作需要，公司要抽调能力强、表现好的几个人，支援距西峡县城百余里的深山蛇尾区商贸商店工作，父亲积极报名并最终被抽调到蛇尾区商贸店工作。三个月后，顺利完成任务，又返回到县商贸公司，被分配到商贸公司第二门市部做出纳工作。这一段时间，父亲工作中是做出成绩的。

远离家乡和年轻单纯，带来思想的波动，是每位年轻人都会经历的一个过程。父亲和许多年轻人一样，容易犯的毛病会在工作中或多或少地表现出来。门市部出纳是父亲从没有经历过的，比较生疏，而且当时是统购统销时期，任务繁杂，一有疏忽就有可能出现差错。

就在这个时候，父亲工作中出现了不该有的差错。一次上级检查账目时，账面收支不平衡，账目对不上，差错金额为20来元。领导找他谈话，认为有贪污倾向。由于父亲年轻气盛，对领导的这种评价和结论，无论如何不会接受，双方都很不愉快。父亲认为根本没有主观故意，只是错账而已。谈话的领导是工农干部，方法简单，语言粗暴，父亲这种性格的人绝对接受不了，思想一落千丈。这时，"三反"运动已经开始，虽然父亲口头上很硬，思想上还是有些害怕。无奈之下，自己找领导承认错误，愿意以退职回家务农来弥补过失。领导的意见是，退职回家可以接受，但差错的现金要自己补上，国家不能遭受损失，不然就要上报。出于无奈，父亲权衡利弊后，只得向爷爷求助。他找了熟人，捎信让爷爷无论如何要借钱带到西峡找他。当时爷爷不明情况，父爱如山的他，还是东拼西借带着按父亲说的钱额到西峡去了。到后才知道真实情况，恨铁不成钢的爷爷骂了父亲，将钱额交到门市部后，父亲辞职回家。

在当时的历史背景下，不是说辞职回家就可以了事，也没有父亲想的那么简单，是领导处理工作的一种手段和方法。最后给予了严肃的处理意见，只是领导没有明确告诉父亲罢了。这一处理意见是父亲在后来工作中才听说的，给他一生的生活和工作带来了很多的麻烦。

新中国成立初期，内乡教育进入到一个大发展时期，师资队伍建设成为当时县政府的重要工作之一。从1951年3月开始，县政府在师岗镇张集村成立了初级师范学校，首届招收学生150人。1952年招收第二届学生。一天，已回家务农的父亲，在县城内乡中学看到内乡初级师范学校的招生宣传广告，广告中明确了招生对象，学制一年，学习合格后分配为教师工作。父亲看到后眼前一亮，觉得自己跌倒了，还要靠自己爬起来，决定报考这所学校，回家后告诉了爷爷，全家都给予支持。然后到区里开了证明，顺利报名，经过考试被正式录取。

经过一年的学习，父亲的文化基础知识得到了很大提高，各方面都有了长足进步。到1953年8月，经过考试，各门学业合格，准予毕业。通过县政府文教科分配，父亲到马山口区石庙小学任实习教员，开始了他一生教师职业的坚守。

石庙小学位于马山口的深山中，道路崎岖，办学条件简陋，环境恶劣。学生上学要跋山涉水，遇到山洪暴发，上学就会中断，给教学带来了很多不便。学校离我家有六七十里的山路，父亲每次回家要徒步大半天时间，虽然家里困难，父亲从不过多考虑，一门心思都投入教学中，去洗刷因曾经的固执和任性带来的过错，以此证明他还是一个有能力的人。

这一段时间，父亲思想进步，工作积极。他自己说："由于前段参加工作，思想认识不足，工作受到损失，这次又重新工作，要拿出真情实感来对待工作。要做到联系群众、联系干部，提高思想政治觉悟，为社会主义教育事业建设出力流汗。"他在思想上主动靠近组织，接受组织考验，1954年10月，已二十四五岁的他，经两位同志介绍，申请加入中国共产主义青年团，经区教育党支部介绍到县党训班学习，经本校教师介绍，参加中国教育工会，成为工会会员。这些都反映出他能时刻严格要求自己，追求思想进步。

父亲努力搞好教学工作。他针对山区学校学生少、任务重的特点和还要进行复式教学的现实，根据学生实际情况搞好教学工作。他爱护学生，对学生关怀备至，对家庭困难学生会慷慨帮助，解决学生上学中遇到的各种困难。他能随时家访，放学后都护送学生走出危险地段后再返校吃饭。他全身心都扑在教学工作上，认真备课，力求把课讲好，使学生便于接受，教学效果优良，受到师生的肯定，受到家长的赞许。

父亲爱校如家。学校条件简陋、环境较差，他同教师们一起垒院墙，种蔬菜，打扫卫生，看护校园，样样都能做得很好，被戏称为"全面老师"。

然而在教师转正时，父亲还是遇到了麻烦。由于档案中有在商贸公司工作经历的记载，单位要求父亲要讲清这一过程的来龙去脉，从灵魂深处讲深讲透产生的根源，全面剖析发生问题的思想基础。在不同时间、不同地点、不同人员中反复作深刻的剖析和检查，以争取各类人员的同意才能过关。父亲认为，这样做有失公允，商贸公司的事虽然自己有一定的过错，但组织上已做过处理。后来，能再次参加工作，成为老师，是通过申报、考试、录取、学习，各方面合格后，经组织审查分配到这里工作。工作中又依靠组织，要求进步，圆满完成各项教学任务，不应该抓住不放无限放大。

即便是这样的情况，父亲还是耐着性子，按照要求，挖根源、深剖析、谈认识、作检查。这对一个怀揣教育热情、努力工作、表现积极的年轻人来说是很不容易做到的，但父亲做到了。经过多次反复之后，终于在1955年3月，通过审查，辅导区出具了"同意转正"的结论而上报。

转正后，不论思想上有任何负担，他都没有为此而影响工作，一如既往地以端正的态度积极工作。在他心里，始终相信组织、相信领导，既然成为一名正式教师，就应当履行教师的一切职责。教好学生是他要努力完成的任务，得到学生、家长和组织的信任是他一直坚持的方向。于1955年7月，由时任石庙乡党支部书记培养，他成为党的宣传员和入党对象。

1957年4月27日，中共中央发出《关于整风运动的指示》，广大干部包括党内外群众响应号召，按照上级和组织的安排积极参加。之后，又采取了"大鸣、大放、大字报、大辩论"的形式，在全国开展了一场群众性的运动。这项运动波及面很广，教育行业是重点，中小学校也不例外。一个处于深山区的小学，同样按照要求和步骤进行整风运动。运动一开始，父亲对学校的要求言听计从，都如实地说出对当时一些社会现象的认识，直言不讳谈对工作上的一些看法。谈到了有些干部不能因地制宜，"金皇后"玉米品种是一个好良种，因为土质问题，不适合在山区种植，种了就会减产。又谈到山区人民生活比较清贫，特别是穿戴方面和平原地区有一些差距。他还谈到对教育方面的认识，如思想上感到山区的小学生接受知识较慢，没有县城附近的学生容易教会等等。父亲只是按要求轻描淡写地说了这些现象，觉得没有什么大问题。但到后来这些认识和说法却被认为是不当言论。接着学校就组织对父亲进行揭发，从思想、认识、教学业务、个人生活、班级管理和工作态度各个方面上纲上线，甚至把离家远有事请假回家，也认为是资产阶级思想作怪的表现。查过去，翻旧事，从所作所为里找问题，从只言片语中挑毛病。

活动从1958年3月一直持续到1959年2月。在将近一年的时间里，父亲一次又一次检查，把不属于问题的大事小事都联系到自己身上，进行深刻的剖析，接受大家的批判，最后才勉强过关。

这时，我们家中有母亲、姐姐和我，妹妹也已出生。母亲一人在家既要劳动，又要照顾我们姊妹三人，还有奶奶，生活十分艰难。面对这种情况，为了照顾家庭，父亲多次申请调回离家较近的地方工作，始终没有得到批准。只是于1958年暑假后调出石庙小学，到马山区的另一所学校工作。但不论如何，父亲从没有在教学方面懈怠过，始终坚守着一个教师的尊严和职责。

在山区学校工作近10年后，父亲已是30开外的年龄，对各方面的事情比年轻时看得透看得开。他为依靠自己努力一次次能参加工作而满意，为以工作业绩洗刷自己曾经的失误而努力。在父亲的反复要求下，1962年暑假父亲从马山调回到家乡城关公社任教。

回到离家较近的学校工作，父亲的心情舒畅了许多。家里虽不富裕，但勉强可以糊口。他不仅认真完成学校分配的各项教学任务，还可利用星期天和节假日帮助母亲做很多事情，又能照顾他年迈的母亲和幼小的孩子们，生活得到了很大的改善。

这种生活仅仅平静了四年，在那个特殊年代的环境下，不管是城市大中学校教师，还是农村小学教师，都统统被称为"臭老九"，学生不愿读书学习，学校正常教学秩序受到干扰，教师职业当然不会受到尊重。1968年9月以后，教师都回家乡原籍任教，父亲回到东王营学校任教，在家居住。

教师各回各队的后期，教师队伍出现了严重的不均衡现象。县城、城关公社教师人数多，偏远的乡镇教师严重缺员。1972年3月，春节过后，在不是正常教师调动工作的时间，父亲没有任何思想准备的情况下，被调整分配到瓦亭公社任教。他没有任何怨言，服从组织安排，准备行装后离开家乡，到距我家六七十里的那所学校报到上班。那所学校条件较差，教师自己做饭，星期天不可能回家，他把全身心投入教学工作中。因为没有公共汽车,家里也没有自行车,偶尔回家也只有靠徒步。1972年5月,我的小弟弟出生。鉴于家里的实际情况,当年8月,父亲再次调回城关公社任教。

父亲从1972年8月到1989年3月退休的17年间,一直在城关公社(后为城郊公社)任教,不论学校条件是好是差,离家是近是远,他从没有任何怨言,从不找主管单位提出个人的任何要求。心中唯一不变的是服从安排,认真教学。

记得1982年暑假后,父亲小时候的一位同学要到他已经在那里工作的规模较大的学校担任校长。快开学前,这位同学找到家里说,想让父亲开学后担任总务主任。总务主任在学校虽然不算什么官,但也是重要岗位,对有些人来说是求之不得的事,但对父亲来说,根本没有一丁点吸引力,他推脱年龄大了,操不了这些心,到校后还是在校长的软磨硬缠下担任了这个职务。工作中父亲公事公办,按规章制度处理各种问题,履行工作职责,没有私心杂念。担任这个职务三年后,在其要求下又调到另一所学校,这才卸下了他一直不愿干但又必须干好的这个工作,算对老同学有了交代。

父亲于1989年10月退休,退休前月工资97元。他1955年成为正式教师的月工资是34元,此后的近20年间,从来没有调整过工资。1972年5月,根据中央、省、地调资精神,由于他的工资在同教龄的教师中最低,才一次性调高了二级工资。连工资待遇都不计较,其他方面对他来说更是小事一桩。

退休后,父亲的身体还算硬朗,本可以享受生活,安度晚年。但几十年的工作习惯,他已经闲不住了,除帮母亲种点责任田外,家里、亲戚、朋友的有些事情会使他忙个不停。1994年10月的一天晚上,父亲骑自行车带着母亲到我居住的地方,说他这些天身体不舒服，吃饭感觉有一点困难。我心里一惊，问有多长时间，咋不早点说。母亲解释说父亲有咽炎没有在意。我们商量后决定第二天到县人民医院做检查。当拿到他的检查结果后，我完全没法相信检查结果。冷静后，我又找了医院的专家，看了结果。第二天，我找了车辆，到市里最好的医院做进一步的检查。检查的结果验证了县医院的检查结论。我无语以对，只有瞒着父亲说了一些宽慰的话。返回家后，住进了县医院，准备手术，手术前又进一步详细检查。结果更令我难以想象，病灶已经转移，医生建议只能保守治疗。那些天，我白天上班，晚上在医院陪伴父亲，到处打听治疗秘方、土方，用介绍的秘方、土方进行辅助治疗，曾多次幻想奇迹能够在父亲身上出现。但病魔是无情的，父亲于1995年2月走完了他坚守教育、曲折辛劳的一生，那年他66岁。子欲孝而亲不在，这是我心中永远的痛，至今回想起来仍然会泪凝双眼，难以释怀。

父亲的一生有幸运也有磨难。追根求源，幸运的是，他从小就耳濡目染了教育的力量，在重教育、遵家规、传家风的氛围中汲取营养。新中国成立后已为人父的年龄，还求学读书，两次依靠自己，通过选拔考试找到工作，为实现自己的愿望提供了可能。磨难的是，他年轻气盛、率性失误，带给自己很多精神压力，并为此付出了很多。假如没有那次失误，他的一生可以有更多的可能；假如没有那次率性，他或许有人生的另一种可能。人生就是这样，没有假如，也不可能会有假如。但父亲一生生活在这种假如中，只是他从来没有向任何人表露过这种假如。

父亲的一生是默默无闻献给教育的一生。他对教师职业始终坚守，心里有一种朴素的执念，从自己决定报考内乡初级师范学校开始，不是心血来潮，而是经过深思熟虑的选择，要一生同孩子们打交道，奉献和燃烧自己。他从毕业被分配当老师就明白，自己一生不可能做出大有作为的事，而是要在那一片小天地里劳作耕耘，教书育人，培育后代。不然他不可能会在十分偏僻的山区学校环境中坚守十余年而没有怨言，不可能在微不足道的收入未尽养家糊口责任中没有退缩，不可能在受到那种不公正对待中没有动摇。

其实，父亲在30多年教育生涯中，经历了共和国发展变化中很多事情，其性格特点、处事风格随着年龄的增大也发生了一些改变。唯一始终不变的是那份一如既往对教育的敬奉之心，岁月的沧桑刻在他的脸上，反映在他的身体变化中。其中缘由，只有他知道，只有他明白，只有同他的身体一道带回到另一个世界。

20世纪50年代父亲照片　　20世纪80年代父亲照片

父亲的一生是在艰难辛劳中度过。他的一生是辛劳勤勉的一生，是艰难不言自我承受的一生，是不给任何人、任何亲朋好友、任何单位找任何麻烦的一生，是默默无闻全身心坚守教师职业的一生。我总觉得皇天无情、厚土无义，使父亲早早地与亲人骨肉分离，阴阳两隔。每次想到父亲的时候，总会又添酸楚，泪眼婆娑也无法抵消心中的悲痛，再多的言语也不能说完对父亲的思念。

父亲对教师职业的坚守离不开母亲无私的陪伴和艰辛的付出。

母亲出生在一个家境一般的家庭，名字叫秀梅，也叫先华，她是家里第三个女儿，可能是外爷嫌女孩较多的缘由，就随便叫她"三多"，这成为她此后的"官字"。她高挑个，长脸庞，有一米六五左右的身高，在那个年代的女性中算高个子，称得上漂亮的女性。

母亲没上过学，不识字。但思维灵活，办事利索，能拿得起放得下，很有见识。她性格刚直，处事周密，是持家的好手。她养育子女，操持家务，里里外外撑着这个家的门面。在父亲一生教育职业的坚守中，她全力帮助他解除一切后顾之忧，克服一切艰难困苦，使其安心从教。

母亲一生勤劳持家，艰辛付出。她最艰难、最忙碌、最无奈的一段时间，是父亲在马山区学校工作的约十年时间里。在偏远山区工作的父亲由于交通不便，基本上每学期都不能回家，母亲既要养育儿女，又要参加生产队劳动，用她一个女人的肩膀撑着这个上有老下有小的家，尽最大能量全身心地为这个家奉献着，付出着。

这十年，母亲二三十岁的年龄，是青春年华最美的时段。但那时不仅交通不便，而且信息不通，父亲对家里发生急需处理的任何事情不可能知道，即便知道了也无能为力，即便想帮助母亲也没有办法，全靠母亲一人拿主意，做决断。1957年，爷爷突然去世，当母亲把一切事情都料理得差不多的时候，父亲才匆忙赶到家里处理后事。那些委屈，那些辛劳，那些无助，那些担惊受怕，只能自己咽下。那十年，母亲从来没有睡过安稳觉，没吃过如意饭。从早到晚，从月初到月末，从年初到年底，像陀螺一样，一刻也不可能停下来。

母亲是我们生产队女性中到山里拾柴的那两个人之一。20世纪五六十年代，烧柴做饭是家里头等大事，记得小时候常常因为没有柴烧饭，面条下锅后滚不起来而成为糊糊的事。遇到阴雨天就更难了，即便有了风箱，锅灶里也起不了火焰，吃熟饭成为难事。就是在这十年里的一个初冬，母亲同生产队另一位女人商量，要到离我家几十里外的西峡山区拾柴，来回要两三天时间。我无法想象，两个女人是如何度过那难熬的夜晚，也无法想象他俩又如何把柴火运回家里，更难想象本来是男人干的事由女人来承担。在母亲心灵深处不可能懂得什么大的道理，只有唯一的念想，即便吃苦受罪，脱皮掉肉，也不能让父亲为家庭而影响工作。

母亲明事理，性刚毅。父亲工作三十多年，一直在乡村学校。条件简陋、交通不便、生活艰苦不说，在工资晋档、职称晋级方面总是在最后的批次才能轮到，唯一一次还是落实政策调整才晋档两级工资。虽然工资高低会影响家庭生活状况，母亲从不会在父亲前谈三说四，以她特有的处事态度，维护着父亲的尊严。集体劳动那个年代，因为家中没有男劳力属于弱势人家，但在母亲心中有一种朴素的认识，家中没有男劳力是因为父亲在外工作，为国家干活。自己在生产队啥都能干，在全队女性劳力中属于最棒，有谁故意找茬或者欺负我家，在母亲那里都会败下阵去。

母亲生活节俭，心地善良。父亲工资偏低，我家是缺粮户，需要每年夏秋二季向生产队交100元左右的缺粮款，才能分到低于生产队人均粮食。父亲的工资除自己扣除生活费外，最多一年收入也就200余元。母亲精打细算，从我们姊妹兄弟的学费到烧柴点灯用油，从锅碗瓢勺油盐吃饭到全家穿衣铺盖，从邻里亲戚年节人情往来到劳动家具更新购买，都会做到心中有数，保证全家能够维持正常的生活。虽然我家经济紧张，只能勉强维持正常的生活，但那个年代只要谁家遇到困难，借粮借款，借面借盐，来客招待，母亲都会尽最大努力使他们感到满意，用她自己的话说，各家都有各家的难事，帮人家就是积福行善。

母亲在我们姊妹兄弟的养育、生活、工作、结婚、成家中付出的心血、受到的艰辛，千言万语、万语千言也无法表达。当我们小时候因生活贫困保证不了正常成长的时候，是母亲想方设法增加营养，受到任何委屈也毫无怨言；当姐姐和妹妹远嫁他乡、思念家乡的时候，母亲会千里迢迢，一路奔波，给她们无穷的力量，给予她们心灵的慰藉；当我们中的任何一个人，因某种原因惹她生气，又没能理解她的时候，她会以宽厚的母爱去包容儿女们的任何任性和过错；当我们中的任何一个人，在生活、工作、家庭中遇到不顺意的时候，她会以温馨而朴实的话语安慰和鼓励我们……她把人间最温暖、最纯洁、最无私的母爱都奉献给了这个家，奉献给了我们。

母亲为全家所做的一切，母亲为全家所能做到的一切，都是为了那个为教师职业而坚守的人，都是为了那个为教师职业辛劳一生的人，我的父亲。

母亲晚年一直是在与病魔抗争中度过，子女们都会以不同的方式全力报答她的养育之恩，但还是于 2015 年底走完了她 87 年的人生，到天堂与父亲相见。愿父亲母亲一道在天堂能享受幸福安宁。

三、家中出了特级教师

从 1978 年国家建立特级教师制度至今，已有 45 年多的历史。国家设立特级教师制度的目的是：鼓励广大中小学教师长期从事教育事业，进一步提高中小学教师的政治地位和社会地位，表彰在中小学教育教学中做出特殊贡献的教师。增强中小学教师的光荣感和责任感，使他们长期坚持教育工作岗位。事实证明，特级教师制度对调动教师工作积极性、提高教师的社会地位起到了重要作用。

特级教师有共同的特征。他们都具有坚定的理想信念和深厚的爱国情怀，忠于党的教育事业，认真执行党的教育方针。热爱教师职业，模范履行教育职责，工作认真负责，勤恳踏实。具有高尚的职业道德情操、广博的仁爱之心和崇高的人格魅力。关爱学生，注重教书育人，促进学生健康成长和全面发展。具有鲜明的教学理念、扎实的知识功底、过硬的教学能力、勤勉的教学态度和科学的教学方法等。

特级教师制度建立以来，全国各地评选了千千万万的特级教师。他们在中小学教育教学工作中发挥了模范、引领、表率作用，为中小学教育事业做出了极大的贡献。我家就出了一位特级教师，她就是我的妻子。

妻子出身书香之家。她祖父年轻时考入县第六小学高小部上学，毕业后任小学教师，后因家里没人做农活而辞去教师职业步入社会。祖母耕读世家出生，由于受良好家庭环境的熏陶，与其祖父成家后，相夫教子，操劳一生。妻子的父亲新中国成立前从内乡张集菊中毕业后，于1949年初在内乡张集大众中学上高中。由于当时正值解放战争，学校被迫停课后在家劳动。1950年2月，内乡中学恢复招生，国家急需培养师资，县政府在内乡中学附设师资培训班。其父积极报名，经审查、考试后被录取到师范班学习，毕业后被分配任教，开始他一生的教师职业工作。妻子的母亲同样出生在一个教师之家，自幼随父读书。1949年与妻子父亲结婚，生儿育女，是公认的孝媳和贤妻良母。

妻子从小随父上学，1973年1月，作为可教子女推荐后经过考试上了高中，毕业后在家乡任民办教师。1981年考入师范学校，毕业后被分配工作，成了一名正式教师。

我与妻子1983年经人介绍相识，后结婚建立家庭。我们职业相同、思想相近，至今已风雨同舟四十余载，现都已退休在家。她帮助养育下一代，经常来往于京宛两地，辛劳忙碌在所不辞。我怀揣教育情结，不时帮忙助教，也算乐在其中。

由于受到家庭的熏陶影响和她父亲的言传身教，从她成为教师的那一天起，就怀揣慈爱之心，教书育人，力争成为一名优秀教师。

妻子1975高中毕业后，于1976年成为大队一所学校的民办教师。由于是山区学校，教学条件很差，学生素质较低。为了提高教学效果，使学生受到良好教育，能走出山区，走出农村，不到20岁的她就认识到，只有提高自己的文化素质，奠定良好的基础，才能把学教好。于是，她恶补自己的知识缺陷，除完成教学任务外，把大量的时间都用在学习上，用在钻研教材中。她还自己制作简单教具，摸索了一套适合农村小学生的教学方法，提高了教学效率。在学校的教师中，她是担任年级最多的教师，既教低年级，又教高年级，既担任语文课，又担任数学课，是担任课时最多的教师。她既是任课教师，又是班主任。当时农村学生家庭情况复杂，学生随意缺课是常有的事。为了不让一个学生流失，做到100%的普及率和巩固率，她会利用饭前饭后或星期天进行家访，找时间进行补课，不让一个学生掉队。

功夫不负有心人，有付出一定有收获。几年下来，妻子所教班级，所教学科，在全公社的历次考试中学生都取得了很好的成绩。她被评为模范教师，受到公社的表彰。

1981年9月，妻子被师范学校录取，开始系统的全面的两年中等师范学校学习生活。在学校,她努力学习各学科知识,认真完成各科学习任务,全面掌握从事教学的技能,提高教育教学能力。因为有过教师的经历,有意识地弥补做教师的不足方面,积极参加学校组织的各项活动,基础文化知识、教师专业素养都有了全面的提升。两年后以优异的成绩顺利毕业,被分配到县城的一所小学任教。

1983年8月,妻子到学校报到后,本想着教高年级的她,被学校分配教一年级,而且是语文学科,一下子傻了眼。她明白不论学校如何安排,都应当积极接受。但教一年级,而且是语文学科,是她没有想到的,在这种矛盾的状态下,还是接受了任务。

一年级语文课看似任务不重,但对初次上学的小学生来说,组织教学的任务要麻烦得多,而且还要担任班主任。第一节下来,她有了切身的感受,面对几十双求知的眼睛,几十张带有稚气的脸蛋儿,几十张随时都要说话的嘴巴,她虽然做足了准备,但还是有些招架不住的心虚。之后,她向有经验的低年级老师请教,虚心学习,获取秘籍,非常灵验,似乎一下子进入了状态。

一年级学生的起始教学,要先过拼音关。妻子下了苦功弥补自己拼音方面的不足。做到发音清晰、声调准确、书写规范,教起学来才能得心应手。在识字方面,着重做到部首明白,在间架结构、笔画先后顺序、起笔落笔、撇捺点画上下功夫,力争写出来的字规范、方正、好看,学生学起来才会有兴趣、有方向,愿学、乐学、快学。半学期下来,一年级教学有点得心应手,学生、教师、家长反应良好。

学生升入二年级后,妻子随班教二年级语文,兼任班主任。一年的低年级教学,她如同着了迷一样,在学习中教学,在教学中总结,掌握了一整套教学技能和方法。教学对她来说成为一件轻松的事，越教越兴奋，越教越愉悦，越教越觉得自己对教师职业的优越感越强烈。

这一年的8月，我通过政审、考试、体检，被河南大学教育系录取。9月初，如期到校报到。我走后，增加了妻子各方面的负担，当时她已有身孕，上班教学任务繁重，放学后还要自己做饭，加之孕期诸多反应和不便等，都一个人坚持、克服、承担。虽然我们通过书信往来相互了解情况，但远水解不了近渴，工作忙碌，生活不便，身体反应，焦头烂额，她都默默承受。

1985年1月，正是学期期末复习考试最繁忙时间，预产期就在这个时间。为了不影响教学任务，不耽误学生的学习，她坚持到临产的前一天。河南大学正在进行放假前期末考试，我无法轻易请假回家。在邻居的帮助下，她住进医院。当我考试结束请假回到家后，她已生下女儿。她没有埋怨，只有谅解，使我为之动容。产假加春节假期过完后，我继续到河南大学学习，她也按期到校上班。备课、上课、批改作业、参加教研，给女儿喂奶、换尿布、做饭、洗衣，处理各方面的事情，对于一个初为人母的女性来说是很大的挑战。现在想来一个人是不可能完成，但她不仅坚持下来，而且都做得挺好，从来没有因家庭事务耽误一节课，请过一次假，以女性的坚韧和对工作的负责态度一直为教学而忙碌。

1985年8月，学校如期开学，本以为要继续担任三年级语文学科教学的妻子，由于任课教师的原因，学校临时通知她担任三年级数学教学。她服从学校安排，成为一名数学教师。

数学教学同语文教学在教学常规方面没有大的差别，但具体到知识教学方面有很大不同。她根据学生思维发展特点和心理发展特点，认真钻研教材，阅读有关书籍，借鉴先进经验，选择适合这个年龄段学生特点的教学方法,在讲清基本概念、基本原理的基础上,激发学生学习数学的兴趣,调动自觉学习数学的积极性,取得了非常理想的教学效果。

除完成基本教学任务外,她还组织数学课外学习小组,通过自制数学教具和模型,既帮助学生理解课内知识,又提高学生动手制作能力,发挥空间想象力,在活动中激发学生学习兴趣。通过中外数学家故事课外学习小组,讲数学家故事和与数学有关的创造发明,激发学生的创造思维。曾经有一位学生不愿学习数学,一到数学课不是故意装病请假,就是直接以不懂、头疼告知老师。通过她的教学感受、教育谈心启迪,并参加活动观看、亲自动手操作,这位学生对数学课有了兴趣,一直到后来着迷数学,成绩突飞猛进;初中、高中在校都是数学成绩最好,上大学也选择了与数学有关的专业。其家长感动不已,后来两人成为闺密。还有一位学生参加中南六省数学竞赛,荣获了竞赛一等奖的最好成绩。

1986年8月,妻子担任四年级数学教学,县教育局开展数学教学改革实验。教研室把她确定为教学改革实验的参与者之一。教学改革实验不仅有一定的风险,原有的教法和教学秩序会被打破,而且费时费力并非能取得满意效果。但她认为,要进行教学改革,肯定要承担风险,既然组织决定,专家信任,不论再难也要勇于承担。

她接受的是尝试教学法改革实验推广项目。尝试教学法的创立者是邱学华先生,是根据数学教学特点和儿童心理特点设计的。它以尝试题为起点,促使学生自学课本,再以尝试为手段进行课堂练习,激发学生相互讨论的愿望,最后通过教师讲解达到尝试成功。其基本模式为:基本练习题阶段,称为"铺路",为新课做准备。准备题阶段,称之为"架桥",为出现尝试题做准备,在新旧知识间架设桥梁。尝试题阶段,称之为"探索",与例题基本相似,引导学生探索新知识。第二次尝试题阶段,称之为"巩固",与例题稍有变化,再试探学生掌握新知识的情况,起到巩固新知识、反馈信息的作用。课堂作业题阶段,称之为"主体",这是基本掌握新知识后的练习,可适当结合旧知识进行,促进学生思维发展。思考题阶段,称之为"发展",这是机动题,留给完成课堂作业的学生做。

这种教学方法利用尝试题引路,诱发学生自学课本,能充分发挥学生学习的自主性。练习后,引导学生讨论,发挥学生之间的作用,要求学生用语言表达自己的想法,作为形成概念的基础,最后教师总结完整的系统知识。

作为尝试教学教改实验推广项目,她首先要弄懂弄透各个教学环节的关系,然后根据教材内容,认真备课,试讲,研究,再试讲,做到烂熟于心,比平时课堂教学要多付出几倍的努力。在此基础上,让县教研室的专家按照具体要求,进行指导,直到大家都感到满意,才能准备上公开课。当年的12月中旬,县教研室组织全县小学高年级数学教师300余人,参加她上的小学四年级数学"复杂的归一应用题"的公开课。她由于准备充分,取得了非常满意的课堂教学效果。

1987年8月,妻子担任五年级数学课。那时县城小学还是五年制,五年级是毕业班,学校、学生、家长关注度非常高。为了使更多的学生能考入县重点初中学习,毕业班的教学任务更加繁重。她结合本校教学实际情况和教改实验推广项目的先进教学方法,找准课堂教学的最佳结合点,认真备课,仔细推敲,力求把每节课都上成优质课、公开课。课后还要认真批改学生作业,发现学生薄弱之处,要让学生及时纠正,使学生全面、准确、系统地掌握知识。忙,成了一种工作常态，能坐下来同别人闲聊几句都是一种奢侈。但心里是满足的，因为她实现着自己的人生价值。这一年，她首次担任数学课教学的毕业班，在全县各个学校毕业班升入县重点初中的学生人数是最多的，数学平均成绩是最好的。

此后，妻子一直担任小学五年级毕业班数学教学任务和教研组长，承担了结对培养青年教师的任务。其中有两位青年教师，参加全县小学数学教师教学基本功比赛公开课和小学五年级数学教学优质课竞赛，都获得了一等奖的成绩。所教学生参加省、市、县数学竞赛，共有15名学生获奖。1989年3月，全县小学高年级数学教师进行教改实验课竞赛活动，共有350人听她讲授的小学五年级数学"按比例分配"一课，获得教改实验大奖赛一等奖，被地区教委教研室评为优秀辅导教师一等奖。她根据自己的教学改革实验，撰写的《如何运用尝试教学法激发学生的学习兴趣》的论文被《河南教育》发表，全文收录在"河南教育十年改革"丛书之中。1992年12月，经申报、推荐、专家评审，她被评为小学高级教师。

评为小学高级教师被聘任后，妻子感到肩上的责任更重了。她根据自己的教学实践经验，在课堂教学方面不断探索，总结了一套适合小学高年级数学教学的"精讲、巧练、启思、乐学"的教学方法，着力通过教学，全面开发学生智力，培养学生能力，强化学生素质提高，促进学生全面发展。她提出了"向课堂要质量，当堂解决问题，课后尽量不布置或少布置作业，减轻学生课业负担"的设想，在实践中不断总结、不断完善，效果良好，深受学生欢迎，家长称道。在连续十年的毕业生升学考试中都名列前茅。1994年至1996年连续三年被县委、县政府表彰为优秀教师。

随着教学能力的不断提高，教学经验的不断积累和教师专业化水平的不断提升，她感到要作为一名优秀教师，应当加强教育教学研究。通过教育教学研究，架起教育教学研究转化为教育教学能力、从传授型教师向研究型教师转变的桥梁。同时，基础教育的不断改革和深化对教师提出了更新更高的要求，教师不仅要有高尚的职业道德、良好的职业素养、扎实的专业知识、高超的教学艺术，还应当具备从事本学科教育教学研究的能力。为此，她积极参加各种教师职业培训，研读《新课程中教师行为的变化》《新课程的理念与创新》等有关书籍，有目的有计划地全面提升教学素养，参加了由北京师范大学出版社出版的《小学教学艺术》一书的编写工作，撰写了《如何在小学数学教学中实施素质教育》的论文，并被省级专业学会评为优秀论文一等奖。在县教委组织的"名师讲课"活动中荣获一等奖，被中国科学技术协会、中国数学学会吸纳为会员。

　　1998年5月的一天，我正在外地出差，突然接到她打来的电话，向我说明县里要推荐上报特级教师，学校已召开教师大会，宣布了上级的文件，要求符合条件的教师自己申报。电话里我们交流了很多，对照评选条件，学校就她一人符合，领导和同志们鼓励她积极申报。在这样的情况下，她自己按申报要求准备各种材料，撰写个人工作总结，填写各种表格，经全体教师推荐，学校研究同意后上报县教委，县教委初评后按程序上报省教委。经省特级教师评审委员会专家评审、省政府批准，她于1998年12月被授予河南省特级教师称号。我家从此有了特级教师，从后来的资料中获悉，在那一年河南省特级教师评审中，41岁的她是众多特级教师中年龄较小者之一。

> 按照《河南省人民政府关于印发〈河南省特级教师评选办法〉的通知》规定，经河南省特级教师评选委员会评选，并经省政府批准，授予 彭金菊 同志河南省特级教师称号。
>
> 河南省教育委员会
> 一九九八年十二月三十一日

妻子特级教师证书内容

1997年10月，由于工作需要，我被调到距离原工作单位100多公里外的一所师范学校任校长，星期天回家，来回要奔波五六个小时。在领导和组织的关怀下，为了方便工作，1999年8月，妻子被调到离我工作单位稍近的市区一所重点小学工作，女儿也随她转学到市区一所初中上学。由于没有房屋，在当地租了两间平房居住。

到市区重点学校上班后，学校根据她在县城教学的实际情况，仍然安排她担任高年级数学教学工作，并兼任班主任。县城学校农村家庭学生较多，市区重点学校干部家庭学生居多，在生活习惯、学习态度、教学环境、人际关系等方面有很多不同，她开始时很不适应。加之生活环境的突然改变，女儿从县城初中二年级转学到市区初中三年级有很多不适应。曾有一段时间，母女俩都产生了回县城的想法。后来，在同志们和亲朋好友的安慰下，逐步稳定下来。

虽然情绪上波动，生活工作环境上生疏，但从不会改变她教书育人的初心。一边调整情绪，一边摸索适应城市学生的教育教学方式和方法。半个学期下来，她也得心应手了。到这所学校任教的第三年，她任课的班级成为最受欢迎的班级，教师子女如在本校上学的都想要到这个班级，社会上有些人慕名找到学校想让自己的学生到该班就读，这使一直严格遵守纪律的她难以招架。只有以自己更加努力的教学来回报同校教师和社会人士对她的信任和厚爱。

市区重点学校的教学要求和教学环境的感染使妻子对自己提出了更高的要求。在这所学校十余年来，她始终把当好一名优秀教师作为自己的追求，遵守教师职业道德，加强教师素养，贯彻教育方针，促进学生全面发展，探索素质教育，真正践行自己"教书做典范，育人当楷模"的诺言，教书育人，为人师表。

十余年来，她在教学工作中，自觉遵循和运用教育教学原则、方法和规律，依据课程标准要求，结合学科特点和学生实际，设计教学方案，选择教学方法，安排教学环节，创设教学情景，以提高课堂教学效果，达到学生善学、会学、乐学的目的。她虽然是一位有丰富经验的老教师，但备、讲、辅、批、考、评、补各个教学常规工作从不马虎，一丝不苟。她注重接受教学新理念，不断深化课堂教学改革，把先进的信息技术通过创新运用到课堂教学中，力求教学过程最优化、教学效果最大化。

作为一位老教师，她还积极参与全市开展的各种课改活动，并付诸课堂教学实践中，大胆采用先进的课堂教学模式。课堂上坚持启发诱导，以学定教，充分调动学生动脑、动口、动手能力。利用数学课堂教学培养学生的求异思维、发散思维和创新思维。改变课堂教学教师的"单向传授"为师生的"全面互动",取得了良好的教学效果,教学科研成果多次在省市获得奖励。

她热爱学生,把对学生的关怀、爱抚的情感通过各种教育活动,特别是班主任工作,无私地传递给学生,使之产生教育的"情感纽带"。通过召开主题班会、演讲会、故事会、知识竞赛形式,让学生走向讲台,提升能力。通过举办板报、手抄报、书画专栏、思想园地,让学生自己设计、自己布置,提升动手能力。通过共同制定班级公约和卫生安全规划,提升学生自我管理能力。通过开展各种课外活动、组织兴趣小组、校外观察等活动,提升团队意识,培养合作能力,促进学生德智体美劳全面发展,所任班级被多次评为优秀班级。

在做好教学工作的同时,她注意有意识地培养自觉学习、自觉研究、自觉总结的习惯,做到"善学习、善思考、善总结",把工作实践、教育思考、学习体会进行梳理总结,上升为自己的教育理念,促进专业提升和自我超越。多篇论文和研究成果在省级以上的专业期刊上公开发表。

在被评为特级教师后和到市区重点学校任教的十余年间,她以饱满的教学任务、良好的教学效果、优秀的班主任成绩得到了学生、家长、社会的充分肯定,受到了学校和组织的表彰,被评为市级优秀班主任,获得市委、市政府表彰的优秀教师称号。在承担的教学研究课题、优质课讲授、教育科研中都获得了奖励。在全市举行的中小学信息技术与教育创新论文大赛活动中,所撰写的《运用信息技术打造高效课堂》一文获得优秀论文一等奖。在全省中小学研究性学习活动中,指导学生开展的《关于中小学生校外活动开展的调查报告》荣获二等奖，讲授的"圆柱体的体积"一课在全省教育系统优质课评选中被评为二等奖，承担的全省中小学实验研究课题"数学直观思维通用模型"被评为省教学科学优秀成果一等奖。

这几年，她在公开出版发行的省级以上教育专业期刊《小学数学》《基础教育参考》《考试周刊》等刊物上发表了《创设问题情境，启迪学生思维》《在数学教学中培养学生的创新能力》《小学数学教学中如何进行思维能力的培养》《新课改下提高课堂效率的几点做法》等论文。2010年经申报，逐级评审，被省级高级教师专业评审委员会评审为中学高级教师，而被聘任后仍坚持在教学一线，直到退休。

妻子在自己几十年的教育工作中，师德高尚，教学任务饱满，教育效果优良，教学成果丰厚，全面履行了一位中小学高级教师的职责。她还在女儿教育、父母养老送终方面都付出了极大的心血，是一位好女儿，是一位好母亲，是一位好儿媳，是一位好妻子，更是一位好老师。

四、我的教育断想

教育是什么？不同人从不同角度的解释有所不同。《中国大百科全书·教育》给出的定义为：凡是增进人们的知识和技能，影响人们的思想品德活动，都是教育。我认为这是指广义的教育。而狭义的教育是指学校教育，其含义是：教育者根据一定社会（阶级）要求，有目的、有计划、有组织地对受教育者的身心施加影响，把他们培养成为一定社会（阶级）所需要的人的活动。

从这个意义上讲，教育是一个系统性，有计划、有组织、有目的、有方法地影响个人行为和发展的活动。它通过书籍学习、教师讲授、实践活动来传授知识，达到提升一个人的素质和能力的目的。

教育的最高目标就是要给予人思想和信念,给予人方向和方法,给予人知识和技能。使人认识自己、改变自己,明白怎样做人,怎样做一个有利于社会的人,进而为一个民族的延续、发展提供前进的方向。从这个意义讲,教育是一项永无止境的伟大事业。

自己从选定教师这个职业的那天起,按照教育对培养人的要求,在教育的田园里,把培养教育人作为一种事业、一种追求,不忘初心,躬身践行。做了该做的事,干了应当干好的工作,对教育工作有诸多认识感受、思考探索、体会经验。随着社会的发展变化,教育思想、教学教革、教师发展要紧跟时代步伐,才能培养出全面发展的时代新人。虽然不在教育一线,但教师的使命驱使自己对教育方面关注的问题产生了一些思考。

一是教育的传承。教育的传承是指将经典的教育理念、经验、知识、方法世代相传,确保千百年来积淀的教育传统在社会不断发展变化中不失核心价值。教育本身就是赓续历史、传承文化的事业,具有传递和保存、筛选和整理、交流和融合、更新和创造文化的功能和使命。一个民族的繁荣和昌盛,一个国家的平安和富强,一个家庭的兴旺和发达,在教育传承中才能实现。

教育的传承首要的是教育思想和文化的传承。作为一个教育人,要根植于中国历史文化的沃土,汲取丰富营养,把教育自信、文化自信和民族自信相互联系、相互支撑,奠定个人发展基石。要从中国的历史文化中厚植文化情怀,丰富教育思想,获得教育智慧,筑牢自身文化根基,不仅自己受益,更重要的是使全部受教育者受益。

从古到今,中国出了很多教育大师,他们的教育思想博大精深。教育必须传承他们的教育思想。孔子被尊为"万世文章祖,历代帝王师",可谓是德配天地、道冠古今。他思想集大成的《论语》被称为中国的"圣经"。他的教育思想自觉不自觉或有意识无意识地对教育人产生着不同程度的影响。他打破"精英教育"观念，提出"有教无类"的平民教育观，让不同阶层、不同类别的人都有机会接受教育。"公其心"，则"万善出"。每个弟子的出身、贫富、资质、国籍可能不尽相同，但他并没有因为这些差异而区别对待。他打破了贵族对教育的垄断，创办了中国也是世界上第一所平民学校，成为推动中国平民教育的第一人。他办教育，始终把德育放在第一位。在《论语》中记录了孔子对学生的教诲，绝大多数属于德育的内容。德育内容总结为"孝、悌、忠、信、礼、义、廉、耻"八个方面。他开创了我国诗教的先河，提出"小子何莫学夫《诗》？《诗》，可以兴，可以观，可以群，可以怨。迩之事父，远之事君，多识于鸟兽草木之名"，成为中国诗性文化的首创者和开拓者。

中国近代著名教育家蔡元培先生提出了"五育并举"的教育思想。他认为决定孩子一生的不是学习成绩至优至劣，而是健全的人格修养。他认为，"完全人格，亦即新教育之标准也"。在"思想自由、兼容并包"的总方针下，把体育学科放在"德育、知育、美育"的前面。他曾对中国孩子们提出这样的期望，要有"狮子样的体力，猴子样的敏捷，骆驼样的精神"。

中国近代著名教育家、师范教育的奠基者陶行知先生提出了"生活即教育""社会即学校""教学做合一"的教育思想。他认为生活是教育的中心和目的，教育必须与生活相联系，只有积极向上的生活，才能教人积极向上。他主张学校教育的范围不在书本，而应扩大至大自然、大社会和群众生活中，向大自然、大社会和群众学习，使学校教育和改造自然、改造社会紧密相连，形成真正的教育。他反对以"教"为中心，主张"教学做合一"，提出了"行是知之始，知是行之成"的至理名言。

新中国"人民教育家""教文育人旗手""时代师表楷模""教育改革先锋"于漪先生从教实践70年,被称为在讲台上成长的教育家,把她的理论和思想写在教育大地上,教育教学思想洋溢着鲜活的教育艺术性。她提出了为人的终身发展奠基的教育思想,特别强调基础教育在整个教育体系中的战略地位和战略意义,指出百年大计,教育为本,而基础教育则是本中之本。她牢牢树立"全面育人观",也是她一以贯之的基本核心思想。强调"既教书,又育人""胸中有书,目中有人"。鲜明地提出中国的教育就是要"培养有一颗中国心的现代文明人"和"以教育自信创建自信的教育"的一系列育人思想。

这些教育先贤、教育大师、人民教育家的教育思想,都回答了教育的本质问题,在不同的历史时期,教育要培养什么人和怎样培养人的问题,这是教育传承的首要方面。

传承不仅仅是传递知识,还有教育方法和教学理念等。孔子十分注重因材施教,所谓"中人以上,可以语上也;中人以下,不可以语上也"就是典型的因材施教方法。他从不提倡体罚,更不会去"填鸭",是世界上最早提出"启发式教学理念"的教育家,把启发式教学运用到教学中,他希望学生能"闻一知十""告诸往而知来者",教学中要"不愤不启,不悱不发。举一隅不以三隅反,则不复也"。

陶行知强调爱的教育。他认为:教育第一要务是要用心去爱学生,在相互理解和尊重的基础上,关心学生的成长、生活和发展。主张在教育过程中不应该采取打骂惩罚的方式,而是要用真心耐心和爱心去教育学生,尊重学生的个性特点,帮助他们找到自己的优点和潜能,培养他们的自信和自尊,从而激发他们的学习兴趣和能动性。

于漪构建起课堂的基本准则与策略系统：直面于"人"，根植于"爱"，发轫于"美"，着力于"导"，作用于"心"。她认为，学生是学习的主人，"教"不是统治"学"、代替"学"，而是启发学生"学"，引导学生"学"；教师应把教学立足点"从教出发转换到从学出发"。这些教育方法、教育理念，需要不断地传承发展，才能更好地为学生服务。

教育的传承不仅体现在课程设置、教师培训以及学生对待学习的态度和纪律秩序方面的延续，还在于传递给学生思想和信念，教会他做人处世的方法，使学生认识到社会的需求，树立正当的人生追求，完善自己的人生观、价值观和世界观，使其自觉地为实现人生目标而不懈奋斗。

教育具有超越性和保守性，但其本质是流变的。教育对象、教育观念、教育环境、教育内容、教育手段等，不断地随着时代的变化在发生变化。为此，教育的传承在于内容的一致性上，这种一致性是精华的一致性，而不是原汁原味照搬硬套。继承性还在于教育形式的连续性，比如采用的教师讲授、班级授课制，受教育学生要从小孩教起等，这些没有发生变化。同时，教育本身的理论存在于一贯性，如教育方法上孔子的"因材施教""启发式教学"，蔡元培的引导学生研究兴趣、砥砺德行、培养正当兴趣等，陶行知强调的爱的教育等，这些思想是非常正确的，闪烁着教育理论的耀眼光芒。为此，教育的传承需要继承和发展，每一位教育人要把最好的传统教育思想、教育方法通过教育过程传递给学生。在这个过程中，要有因时应势的改革意识，促进自己的教育观念改变和行为改进，在传承中寻求更好的教育。

二是教育人的理想。理想是人们对未来美好目标的憧憬、向往和追求,它可以激励人的斗志,增强人的信心,鼓舞人去克服前进道路中各种艰难险阻,从而实现目标。教育人的理想就是,不论一个人在教育的哪个岗位上工作,都要把教育人、培养人作为自己不容推卸的责任,把办好人民满意的教育作为人生最大的追求、目标。这是每一位教育人肩负的崇高历史使命,更是每一位教育人的精神支柱和奋斗方向,是每一位教育人成长的动力源泉和智慧摇篮。

教育是民族发展的灵魂、国家强盛的基石。教育人的理想与学生的未来、学校的未来、国家的未来、民族的未来息息相关、紧密相连。如何实现教育人的理想,是每一位教育人应当深度思考的问题。

首先,要为自己设置一个好愿景。这个愿景就是自己对未来发展的愿望、目标、方向和追求。它如同灯塔一样为你指引前进的方向,照亮你前行的道路;如同一双无形的手,化为一种强大的力量,牵引着、推动着你自觉行动,接近和达到目标,从而实现理想。实践中我们会看到,当一个人心中有了愿景,就会忘我地、精神焕发地把全部精力都投入在工作中。如果你是一位教师,你一定会忘我工作,把全身心都投放到三尺讲台上。如果你是一位校长,你一定会以坚韧不拔的毅力及潜心教育的耐心,引领学校发展。如果你是一位局长,你一定会谋划和统领一个区域教育战略方向,办好一方教育。这些教育人必将会成为优秀的教育人。

其次,要有教育激情。教育的魅力在于对教育的激情,它是一种激昂的、魅力四射的、能引起震撼的情绪。美国学者威伍在《激情成就一个教师》中有一段非常精彩的话:要想成为好的教师,教师可能在多数情况下,都是志向高远和激情奔放的。伟大至少一部分出自天赋，这是无法传播的。然而，伟大的教师一定是激情的教师。于漪说："激情是教师不可缺少的素质。"如果教育人有了激情，就有了教育的震撼，也有了教育的共鸣，更有了教育的快乐，还有了教育的幸福，教育理想的实现就会水到渠成。

再次，要用心经营教育。要充分认识、深度感悟、细心品味教育的规律，把教育人的理想转化为具体的教育实践活动。要把各自肩负的教育工作不仅看成一种事业，而且要渗透进血液中，时时刻刻都会去想着它、琢磨它、感悟它。"想"在深处，"谋"在要处，"做"在实处。用心经营教育，就会潜心实践，勇于探索，时刻查找工作"漏洞"，消除工作"盲点"，补齐工作短板。用心经营教育就会具有教育定力，与民同心，与众同甘，胸襟坦荡，达高致远。用心经营教育就会"心"系人民，保持情怀，忘却自我，享受人生。

最后，要有职业精神。精神从个人层面看，是指人的意识、记忆、思维能力和一般心理状态的表现，它是一个教育人成长的重要因素。从国家层面看，精神是一个民族赖以长久生存的灵魂，唯有精神上达到一定的高度，这个民族才能在历史的洪流中屹立不倒、奋勇向前。教育人的职业精神主要表现为敬业和奉献。敬业是对教育职业的热爱和追求，是对教育工作负责的崇高境界，是一个教育人从事工作的基础。有人说过一句话，选择了高山就选择了坎坷，选择了宁静就选择了孤单，选择了成功就选择了奋斗。既然选择了做教育人，就要负起对社会、对未来、对国家的承诺与责任，就要像热爱生命一样热爱这个职业。所以说，敬业不仅是一种工作伦理和职业要求，更重要的是做好一位教育人最基本的操守，是提升人生境界、实现教育人理想的唯一通道。奉献是一种真诚自愿的付出行动，是中华民族的传统美德。有一位知名校长说过这样一句话：

"教育是一项事业,事业的意义在于献身;教育是一门科学,科学的意义在于求真;教育是一门艺术,艺术的意义在于创新。"这是对教育诗一般的阐释,作为教育人,从事了这个工作,就必然地要做出奉献。这是教育人实现理想的一种纯洁而高尚的精神境界。

三是教育人的素养。这里的素养包括修养和素养两个方面。"修养"一词古已存在,意思是指通过内心的反省,培养一种完善的人格。是一个人通过长期的磨炼和涵养,使自己具有高尚的道德情操和至大至高的浩然正气。"修犹切磋琢磨,养犹涵养熏陶"。古代圣贤十分重视强调修养。《大学》里说:"古之欲明明德于天下者,先治其国;欲治其国者,先齐其家;欲齐其家者,先修其身;欲修其身者,先正其心;欲正其心者,先诚其意;欲诚其意者,先致其知,致知在格物。"把自身的修养同齐家、治国、平天下联系在一起,把修养作为一个人处世的根本,足见修养的重要作用。

随着时代的变迁和社会的发展,"修养"的内涵也在发生变化。教育是培养人、塑造人的事业,被赋予特殊的使命。教育人应当具有更高的修养,就是在思想、道德、知识和能力等方面,通过长期的学习和实践,培养高尚的品质、正确的工作态度和待人处世的原则,达到学识和品德完美的结合。

教育人的修养应当涵盖文化底蕴、教育追求和教育智慧三个方面。文化底蕴是对人类精神成就的分享程度,它决定着教育人对于世界理解的广度和深度。教育追求决定着教育人关于教育的理想和信念。教育智慧是教育人在处理日常教育问题中所表现出来的机智、技巧及艺术。这些方面反映了教育人修养的本质。从这个角度上讲,教育人的修养包括思想政治修养、知识修养、能力修养和人格修养等方面。

思想政治修养是教育人修养的核心,是教育人修养中的支柱和灵魂。知识修养是教育人的基本修养。通过知识修养,每一位教育人都应当认真做事成专家,广泛涉猎做行家,知识渊博做大家。能力修养是教育人修养的重心,也是教育人做好工作的基础。这些能力包括教学能力、教育能力、管理能力、决策能力、协调能力、交往能力、沟通能力和抗诱惑能力等。人格修养是教育人修养的最高境界。做教育人难,做一个好教育人更难,人格修养更为重要。俄国教育家乌申斯基说:"在教育工作中,一切都应以教师的人格为依据。"因为教育人的教育力量只能从人格的源泉中产生出来,任何规章制度,任何人为的东西,无论设计得如何巧妙,都无法代替教师的人格。从这个意义上讲,教育就是人格对人格的塑造。

教育人提高修养是一个自觉改造主观世界的过程,是一个根据教育和职业特点,使自己的道德情操、精神境界、处事风格、言行举止更加符合教育工作特点,永葆教育人良好形象的过程。在这个过程中如何达到教育对教育人的要求,就要寻求教育人提高修养的最佳途径。一方面要加强学习,这是提高修养的必由之路。从实践和理论的角度看,教育人视野的开阔、教学知识的获得、教育经验的积累、教育理念的更新、领悟人们心灵的广袤和深邃、理解工作的多样与神奇等,最主要的靠学习。另一方面要扎实做事,这是提高修养的有效途径。教育工作需要扎实地"做功",教育人要防止工作中出现"唱功"好而"做功"弱的现象。"唱功"在台上,"做功"在台下,"唱功"在嘴上,"做功"在手脚上,"唱功"强调字正腔圆,"做功"追求脚踏实地。教育人应当做到两者紧密结合,以"唱功"受到群众欢迎,以"做功"取得工作实效。再一方面要约束自我,这是提高修养的坚实保障。每一位教育人都要严守纪律和操守,把控人生，写好人生，走好人生路。时刻做到在人生态度上要有责任心，在人生得失上要有平常心，在人生道路上要有谨慎心，泰然处世，坦然做一个优秀的教育人。

素养是职业对教育人的要求。职业素养是指在从事的职业中，个人内在的规范和要求，是在从事的职业过程中表现出来的综合品质。职业素养不仅关乎个人在从事的职业中的表现和发展，也关系到职业团队的协作和从事职业的整体成效，良好的职业素养是取得工作成功的关键因素。教育工作对教育人职业素养的要求有其自身的特殊性，主要包括教育专业知识和技能、教育职业道德和操守、教育中的合作和沟通、教育人的学习能力和创新精神、教育人的责任感和担当意识等。教育人只有不断提高自身的职业素养，才能够完成各项教育工作任务。从这个意义上讲，教育人职业素养是做好工作的基础。

每一位教育人承担的任务不同，扮演的"角色"不同，肩上的责任不同，对素养的要求也不同。所以，教育人职业素养体现了共通性，但更多的则表现为差异性。

教师是教育教学任务的主要承担者，一位好教师可以成就一批好学生。对教师来说，要具有思想政治素养，用政治理论武装自己，确立现代教育思想观念。要具有职业道德素养，对教育工作无私奉献，对学生真诚热爱，对自己严格要求。要具有科学文化素养，有扎实的系统基础知识和良好的文化储备，博学多识。要具有教育理论素养，能掌握现代教育理论和教育规律进行教育教学和研究。还必须具有教学技能素养，会运用有效的教学方法和手段，提高教学质量。

校长是一所学校的引领者，肩负着学校的发展和引导师生成长的使命，他的职业素养不仅影响自己的工作，而且关乎学校的教育教学质量。他应当具有明确的办学思想。这是办好学校的第一要义，是对学校教育功能的一种价值取向，是校长基于"办怎样的学校""怎样办好学校"深层次思考的结晶，是校长办学的灵魂，也是校长职业成长的必然要求。要有坚定的政治定力。这是校长为办好学校的信仰和品质，是校长政治立场和世界观在办学思想上的集中体现。要有良好的角色意识。这是校长履职尽责的特殊性要求，促使校长洞察教育发展趋势，理清学校发展脉络，办好人民满意的学校。要有超前的学习能力。这是校长扩展视野、放眼观察、引领思维、成为"行家里手"的必备能力。要有凝聚的人格魅力。这是校长职业的特殊要求，是校长产生感染力、向心力、凝聚力，带领全校师生实现办学目标的无形力量。要有正确的权力意识。这是校长责任、勤政、廉政、自律的底线要求，是校长以平和的心态对待权力，以超脱的心态对待名利，以宁静的心态对待浮华，描绘精彩人生的最有效途径和手段。

教育局局长掌管着一方教育，为当地教育发挥着战略谋划、组织领导、改革创新、推进发展的作用，是教育工作最直接的领导者、推动者和执行者。要具有坚定的政治素养。为当地教育把关定向，坚持育人方向，为党育人，为国育才。要有广阔的领导视野。从全局视野下理性认识和把握教育前沿基本脉络、发展趋势和管理经验，从战略高度审视教育改革和发展中的问题，从而结合当地教育实际，进行战略谋划，协调各方，统筹推动当地教育向前发展。要有高远的教育胸怀。明确什么样的教育是好的教育，什么样的教育是国家需要的教育，什么样的教育是人民满意的教育，从而围绕国家宏观教育政策和改革发展大计，凝聚共识，统一思想，创设环境，着力推动当地教育发展。要有专业的法治精神。依据法治精神和法理权力治教和治校是对教育局长的一个基本要求，这是局长权力合理运用的逻辑起点，是落实社会公平正义的根本依据，也是推动当地教育优先发展的基本保障。要有渊博的管理知识。这是局长应当具有的知识结构，这种知识结构厚度决定了局长水平的高度，这种知识结构宽度决定了局长视野的广度，符合局长专业发展的要求。为此，局长应当具有管理知识、教育理论知识，法律知识和文化知识，才能有情怀、懂教育、会决策、善管理。

四是教育的改革。这是一个亘古不变的话题，有教育就有教育改革。教育改革有广义改革和狭义改革。广义的改革是国家层面的改革，从国家层面看，出台了《国家中长期教育改革和发展规划纲要（2010－2020年）》，对教育改革做了总体战略部署和安排，提出了改革发展的方针：优先发展、育人为本、改革创新、促进公平、提高质量。把教育摆在优先发展的战略地位，把育人为本作为教育工作的根本要求，把改革创新作为教育发展的强大动力，把促进公平作为国家基本教育政策，把提高质量作为教育改革发展的核心任务。提出了改革发展的战略目标：到2020年，基本实现教育现代化，基本形成学习型社会，进入人力资源强国行列。实现更高水平的普及教育，形成惠及全民的公平教育，提供更加丰富的优质教育，构建体系完备的终身教育，健全充满活力的教育体制。战略主题为：坚持以人为本、全面实施素质教育是教育改革发展的战略主题，是贯彻党的教育方针的时代要求，其核心是解决培养什么人、怎样培养人的重大问题，重点是面向全体学生、促进学生全面发展，着力提高学生服务国家服务人民的社会责任感、勇于探索的精神和善于解决问题的实践能力。具体要求为坚持德育为先，坚持能力为重，坚持全面发展。这些都为教育改革指明了方向，在各个方面得到贯彻落实。但教育的改革不可能一蹴而就，它需要长期地坚持，不懈地努力，持续地探索，勇敢地实践，才能高水平、高标准、高质量地实现，也是每一位教育人应当肩负的责任、担当的使命。

狭义的教育改革是教学的改革。教学是教师教、学生学的统一活动，学生有目的、有计划地在教师的指导下，积极主动地掌握文化科学知识和基本技能，发展能力，增强体能，并形成一定的思想品德。教学改革是教育改革的需要，是培养合格人才的需要，是国际竞争的需要，也是促进学生全面发展的需要。教学改革涉及学校管理体制、教学组织形式、高考制度等多种因素。这里所谈的主要是课堂教学改革。

教学改革的重点在课堂。教学是由教和学两个方面组成，教师的教学任务是通过课堂教学实现，学生获取知识的主要途径也是课堂教学。课堂教学改革就成为教学改革的重点，它涉及课程、教学手段、教学模式和方法、教学内容和教学组织形式的改革。课程的改革这些年已经推动，而且取得了显著成效。教学手段的改革主要是鼓励教师运用现代化教学手段进行教学。教学模式是由若干个程序组成，是运用教学方法进行课堂教学的固有模式，教学模式改革是实现课堂教学改革最有效的手段。这些年，全国各地的教学改革都探索了很多适应教学改革的课堂教学模式，取得了很好的效果。教学方法的改革主要探索从教师主导、学生主体到教师和学生共同参与教学活动的教学方法，使学生形成自主、合作、探究获取知识的欲望，这与教学组织形式的改革紧密相连。应当说，课堂教学的改革就是按课改的精神，落实适当的教学模式，选用恰当的教学方法，运用现代教育手段，采用有效的教学组织形式，使课堂教学成为高效课堂，使学生在课堂上对所学的知识、理论在思想上产生"共鸣"，出现"内心敞亮""茅塞顿开""豁然开朗"这样一个认知过程的"最近发展区"，达到教学的最优化。

教学改革的难点在认识。课堂教学的改革要充分考虑教师教学个体的创造性。课堂教学效果的最优化，不是采用一种程式化的程序，即便一个程序在实践中是有效的，但学科不同，教学课题不同，教师个性不同，也会出现不同的效果。在课堂教学改革的实践中绝不能"一刀切"，绝不能一个程式。比如，比葫芦画瓢，别人怎么做，自己也怎么做，如同"鹦鹉学舌"；课堂上简单模仿，有表现形式，看似热闹，实没内涵，如同"东施效颦"；新瓶装旧水，新的没学来，自己行之有效的东西也丢了，如同"邯郸学步"。在课堂教学改革上，正确的态度是不改不行，改慢了不行，改不好更不行。要采取校长带动，研究带动，典型带动，才能取得实效。

教学改革的落脚点在质量。一所学校，社会的期望在质量，教师的成长在质量，学校的发展在质量，教改的落脚点仍在质量。没有了质量，不管你把教改谈得天花乱坠，也是美丽花瓶；不管你把教改谈得天衣无缝，同样也是空中楼阁。因此，在教学改革中必须做到"三个提升"。其一是质量意识要提升。质量是生命线，是根本，是形象，是一根要紧绷的弦，弦一松，一切都会成为泡影。教育人一定要不断地想着、念着质量，构建一种师生互动的精神纽带，寻求一种师生互为理解的教改情结，才会收到教育质量意识提升的良性循环。其二是管理意识要提升。质量提升需要管理意识全方位提升。行政管理、教学管理、学生管理、后勤管理、校园管理等，都要体现科学性、针对性、人情性、服务性这个宗旨，都要为教师和学生创设良好的教学和学习环境，都要为教师和学生提供最优的服务。要形成学校因校长的管理而充满活力、教师因甘心从教而洋溢着幸福的笑容、学生因知识吸引召唤而忘我学习的局面。其三是一流意识要提升。教学改革的目的是实现学校办学目标的一流，也是每一所学校要达到的愿景。全体教师要朝着这个目标和愿景，一心一意、同心聚力去奋力前行。这三个方面是相互联系的，质量意识提升了，管理就会上水平，一流的目标就会如期到来，教学改革才是成功的。

  教育需要一大批高素质的教育人，既然选择了这份职业，就应当去尽力做好这份职业。《立秋》中有一副对联："天地生人，有一人应有一人之业；人生在世，生一日当尽一日之勤。"这是一种做人的境界，作为教育人应当尽职尽责，用自己的智慧，用自己的汗水，用自己的辛勤，用自己的奉献，去为国家培养出更多的有用人才。

第三章 学生时光

第三章 学生时光

对一个人来说，学生时代是人生最为重要的一段，是生活幸福、学习快乐、无忧无虑的美好时光。那张心灵中精致的白纸，可书写最新最美的文字，可描画最新最美的图景。为一个人的成长提供更好、更多、更有可能发展的基础。

我们这一代人的学生时光，在那一段时期，遇到很多特殊的情况，那片轻飘飘的纸张里，写满了喜怒哀乐的情感，画满了渴望期盼的愿景。这是值得回味、值得回忆、值得回首的一段时光。

一、学习要优秀

我上的小学是离家很近的东王营小学，它原来是我们村王姓家族的祠堂，后来就办成了学校。学校布局坐北朝南，校门口有一拱形的大门，拱门两边各有一石狮子，被学生们摸得溜光发亮，看着非常威武。大门向南有一座影壁墙，前面有四座高大的石碑，大门和影壁墙之间有一片较为宽阔的地方是操场。迎着大门的是一个大堂，从大门到大堂前是青砖铺成的甬道，由于年代较远，已被人们走路时磨蹭得凹凸不平，有的地方甚至陷下去，形成一个个深浅不同的窝坑。大堂两边各有朝东和朝西的几座不同房屋，有点类似于四合院的样子，但要比四合院大几倍，房子都是古色古香，屋顶上有龙头兽脊，非常好看。后来，由于学生多了，在紧挨着学校的东边盖了另一个院子，是从学校院内东边开一个门，学生们可以进出，也算一校两院。

那时，小学主要开设有语文、算术、体育、音乐和美术课，任课老师除正式外，还有少数民办老师。他们业务素质很好，教学认真负责，管理严格规范。学生除上午和下午上课前要写大字外，没有其他额外作业，课外活动安排有一些简单的体育等活动，还要参加校外劳动。到高年级时，上早晚自习才会布置一些课外作业，学习轻松愉快。

学校虽然是辅导区所在地，办学条件非常一般。低年级学生用的课桌是长条凳，一排坐十来个学生，自带低凳子在教室听课、做作业。到高年级时才有木制的两人课桌，表面也不光滑。教室里用的黑板大都是土法制作的，在前面的墙壁上用白灰刷好，用黑漆再涮几遍，老师板书时很费劲。教室都是木制窗户，夏季透风不畅，学生坐在教室里会热得满头大汗。冬季在窗户上糊上白纸挡寒，光线更差。遇到下雪天，学生们冻得手脚麻木。只有春秋二季稍好，但光线灰暗，到高年级有早晚自习时，教室里才安上两盏汽灯照明。

夏日的课间，学生们做广播操，站在火辣辣的太阳底下，实在非常难受。学生们早已瞄好有利位置到树荫多的地方，凉快歇息一会。冬日的课间，做操成了取暖的最佳选择，学生们积极参加，做操完毕，利用有限的时间，或者站成一排晒太阳取暖，或者一群挤暖，或者三五成群，男生玩"斗鸡""羊抵赞""老驴托羊"活动，女生玩丢沙包、踢毽子、跳绳活动。

农村小学假期较多，除正常的暑假、寒假外，还有麦假和秋假。暑假是最快乐的时间，学校布置的作业不多，很快就能完成。大部分时间都是帮大人们到田里拔草。炎热的中午，太阳将它的热能奉献给大地，我们最为兴奋，到湍河学游泳、打水仗、扎猛子，不仅解除暑热之苦，而且练了游泳技能。最美的时间是日落黄昏，太阳把最后的余辉洒在河边那排排柳树上。我们会拿着长的竹竿，看准了知了所在位置，一下子把它戳下来，引来同伴们一片欢呼。

第三章 学生时光

春节到来之前,学校要放寒假。我们把少量作业完成后,其余是娱乐时间。寒冻时节似乎特别冷,有时冷得邪乎。乡下的孩子大都穿着空桶棉袄,里边没有贴身衣服,一到外边,寒风顺着脖子往棉袄里钻,一会工夫浑身冷得透心。但也挡不住找到玩的快乐,打翘、喝嗖、踢钢、羊抵赞是最佳暖身运动。偶遇雪天,伙伴们最为兴奋,堆雪人,打雪仗,把屋檐下挂满长而透亮的冰凌弄下来含到嘴中,作出各种"鬼脸",是兴奋中的兴奋。一晃,企盼的春节就到了,在穿新衣、吃饺子、放鞭炮、甩板炮中迎来新的一年。

麦假一般为两周时间,是小学时难忘的时光,没有作业,主要任务是帮大人们夏收秋种。在那抢收麦子的田地里,大人们在前镰刀飞舞,割下麦子,小孩紧随其后,拣散落在地上麦穗,保证颗粒归仓。那时的麦假,在小学生眼里,有田野的美丽、丰收的喜悦,有大人的辛苦、大自然的神秘。一个麦假,课堂从教室搬到麦田,看到了劳动景致,收获了课本上没有的知识。

秋假比麦假稍长一些,一般为三周左右,秋假学生们在忙碌中度过。帮大人们掰玉米、摘豆子、收棉花、割红薯秧、刨红薯、摆红薯片、打坷垃是经常干的活。特别是红薯片摆过几天时间后就要收回,遇到下雨天就更麻烦,会半夜时分被大人们叫醒,抢收红薯片,非常紧张。如抢收不及时,被雨淋后,红薯干发霉烂掉,即便晒干,苦得要命,一季的劳动心血被毁于一旦。

白天虽忙,晚上是不知疲倦的伙伴们撒欢的时候。遇到晴天,月光更加明亮,稻草垛、玉米笼成为伙伴们玩耍的天堂。做得最多的是捉迷藏,钻进稻草垛和玉米秆搭成的笼子里,任你左找右寻、大喊小叫,很难找到踪影。一阵子后,自己获得胜利,会钻出稻草垛、玉米笼,向找的伙伴"示威",全身上下,从头到脚,满是稻渣和玉米灰，引得一片大笑，疲劳之困一扫而光。整个秋假，在这有意义的时光里，小伙伴们吃苦耐劳的意志品质得到磨炼，父辈们生活的艰辛得到体验，愉快的游戏得到实现。

我自认禀赋一般，天资不聪。但在校期间，学习努力，成绩优良，表现积极。一上学就是班长，高年级还担任少先队大队长。这些因素的影响更加促使自己在各方面都要做得更好，表现得更为积极，养成了良好的学习和行为习惯。不论任何假期，只要学校布置作业，会一边劳动一边完成作业后，再享受假期愉快生活。

上学时间，早上，不论春夏秋冬，不管天热地寒，只要传来公鸡的打鸣声，奶奶轻声一喊，我就会应声而起，穿好衣服，背上书包，以最好的心情开始一天的生活和学习，从没有耽误过上学时间。冬日的早上，起得早，都会把伙伴们头天晚上准备的用铁丝串好的蓖麻籽点燃后当照明之用。中午放学钟声一响，我就径直回家，尽力帮母亲打水、烧锅做饭。吃过晚饭，虽没作业，但在母亲的念叨下都要点上油灯，学习一阵子后再去睡觉，在奶奶纺车声的催眠下，很快入睡。整个小学阶段，生活虽然很苦，但学习优秀带来的是不断成长中的幸福和快乐。

穿着"皮鞋"去上学

那个年代，大人们由于整天劳动，忙于全家生计，孩子的学习基本上不会过问，全靠自觉。我努力学习，成绩优秀，让母亲放心。生活上是散养，从一个人成长的角度看，可使儿童从小就具有独立生活的能力，处理成长中遇到的各种问题。现在看来似乎有些残忍，但确有一些道理。

我小时候，母亲都会放心让我独立处理各种问题。从十来岁开始，每年春节会一个人去走亲戚，我最想去的是大姨家。大姨比母亲的岁数要大得多，像是一个长者一样关心母亲。我去大姨家后，她总会询问母亲的情况和我家各方面的事。

有一年暑假，不知有什么事情，母亲让我去大姨家。因为是暑假，就在大姨家住了几天，大人们忙的时候，我同表姐一起翻看她家的东西。有一次看到了一双较好的胶鞋，尺码我穿的话很合适，就问表姐这胶鞋是谁的，表姐说是她穿的，已经穿不上了。由于我家住在湍河边，下雨后没那么泥泞，一般情况下都不会穿胶鞋，但心里很羡慕这双胶鞋。停了两天，要回家的时候，大姨随口问了一句："你还要啥东西。"

想要胶鞋的愿望一直驱使着我的内心。试着说："有一双旧胶鞋是表姐的，她说已经穿不上了，我拿走行不行？"

大姨说："在哪里放着？"我回着大姨的话，就到放鞋的地方把胶鞋拿了出来。大姨已经看到我想要胶鞋的样子，二话没说，找纸包住，用绳子缠好后，放到我带的篮子里。这是第一次，也是有生以来唯一一次开口向别人要东西。虽然是大姨家的，也是别人家的东西。但是，母亲从小就教育我，再穷再苦不能无缘要别人家的东西。

回到家后，母亲看到了胶鞋，厉声问我："拿胶鞋时，你大姨知道不知道？"她怕我偷拿了大姨家的东西，我如实向母亲讲了整个过程，得到了母亲的谅解。

不知过了多长时间，我穿的布鞋已经很破，不愿意向母亲讨要新鞋。没有下雨就穿着胶鞋上学。由于我是班长，课间操时间，需要在学生前面领操。班主任张老师发现我晴天穿着胶鞋，他以为我在捣乱。待广播操结束，学生们散去后叫住了我，他略带讽刺地说："咋的，今天穿'皮鞋'来上学呀？"

我有些委屈，就顶了张老师一句："是啊，想穿'皮鞋'。"

张老师觉得反常，因为是班长，学习和表现在班里都是最好的，今天的反常表现使他感到一定有些意外。

他缓和了口气说："你说说今天为啥穿成这样？"

我控制着委屈的心情，向张老师如实说明了情况。他了解真实情况后，从一位班主任、一位任课老师的角度对我说了很多鼓励的话，"不论穿成啥样，都是暂时的，只要你努力学习，一定会改变现状。"这句话没有大道理，没有深道理，我是听懂的，听到内心的。

为了报答这位普通老师，一位如同父亲一样的老师，我唯一能做到的是更加地努力学习。在两次年级算术考试中都得了第一名，语文成绩更加优秀，各方面表现更加积极，以"三好学生"升入五年级。

一次特殊的发言

学校是学生爱国主义教育的主阵地。对国家建设成就及其他方面重大事件的宣传，是激发学生热爱祖国、努力学习的最好方式。

有一天上学后，看到校园里大黑板上写着很大的标题"热烈庆祝中国人民解放军击落美国 U2 高空侦察机"，我就围到了黑板前去看具体的内容。我记得是 1965 年 1 月 10 日在内蒙古地区击落了美国 U2 高空侦察机，那一次飞行员被俘，而且具有一些传奇色彩。进教室之后，班主任给我说，课间操活动结束后，你到办公室去一趟，我有事给你说。

课间操后，我到了班主任老师的办公室，喊报告老师允许后，就到班主任跟前。

老师对我说："明天下午全校要召开庆祝中国人民解放军击落美国 U2 高空侦察机大会。经校长同意，由你代表全体学生在大会发言,你先把我这里的报纸拿去看看具体内容,写一份发言稿。发言稿包括三个方面,一是要简单回顾击落的过程,包括时间、地点等。二是要谴责美帝国主义及台湾当局的罪行。三是要代表学生表明态度,如何好好学习,长大后保卫国家等。"

我说:"我记住了"。

老师又说:"稿子不要太长,写好后让我看看。"

上午放学回家后,吃过饭我就把报纸看了几遍,心中已经有了些数,而且默默地给自己打气,一定要写好稿子。因为当时我既是班长,又是学校少先队的大队长,不能给班级和全体学生丢脸。

晚上吃过饭,我在煤油灯下写好稿子,并且工工整整抄了一遍。第二天上午上学后,交给了班主任老师,班主任看后基本满意,又改了一些句子,让我重新抄了一遍。

下午全体学生都集合到操场上,大概有五六百名学生,每班都排着整齐的队伍,打着少先队中队队旗,学生们都佩戴着红领巾。大会主席台前拉着巨大横幅,气氛热烈、庄重、严肃、欢乐,而我心里既忐忑又激动。我顾不上欣赏这难得的大会风景,又坐在前排,不时低头去看稿子,生怕发言时出现什么错误。

学校的副校长宣布大会开始,全体学生起立,敬少先队队礼,唱少先队队歌,还有学校的鼓乐队奏乐,氛围十分热烈。

大会开始后,另一位副校长讲话,接着是教师代表发言。当宣布学生代表发言时,我走向讲台,环顾了一下参会的老师和同学们,敬了少先队队礼。那天我穿了最好的衣服,肩上佩戴着少先队队长臂章,脖子上系着鲜艳的红领巾,显得非常精神,紧张的情绪一扫而光。当我用响亮的声音念完发言稿时,全体师生给予热烈的掌声。学校大队辅导员安排学生高呼口号,大会进入了高潮,我的心里非常地激动。

最后是校长讲话,他从当时国家的形势讲起,到最后要求全校教师要为祖国的下一代教好课,培养好接班人。要求全体学生要刻苦学习,努力向上,长大要建设好祖国。

大会结束时,天已经渐黑,虽然冬季天气十分寒冷,但在大会精神的激励下,小学生们个个精神焕发,张张笑脸驱散了冬日的寒意,向着美好的明天迈进。

作文成"范文"

在小学上学期间,我培养了阅读兴趣。除完成正常的学习任务外,我看了较多的小说和其他课外读物。

记得最清楚的是《鲁宾逊漂流记》。它主要讲述了主人公鲁宾逊在一次航海中遭遇风暴,漂流到一个无人岛上,开始了与世隔绝的生活。他靠着坚忍的意志和不懈的努力,在荒岛上顽强生存下来。他经历了种种困难和挑战,通过独自建造住所、制造工具、猎取食物、种植谷类、驯养羊群等,生活得很自由。他还救了一个土著人,收养他为佣人,在岛上生活了28年。他最后还帮助一名船长制服叛变的水手,乘船返回了故乡,后来成为一位有巨大财产的富人。

《小布头奇遇记》也是一部童话小说,书中描写了一个小朋友名字叫苹苹,苹苹得到了一个布娃娃,取名字叫小布头。小布头非常胆小,特别害怕爆竹声,因而受到了小朋友们的嘲笑。从此,小布头决心做一个勇敢的孩子,但小布头并不懂得什么是真正的勇敢,它一次次地从酱油瓶上跳下来,结果打翻了苹苹的饭碗,苹苹生气地批评了小布头不爱惜粮食。小布头不愿接受他的批评,就在不告诉苹苹的情况下逃了出去。后来,小布头遇到了很多奇怪的事情。经历了许多奇遇后,小布头最终又回到了苹苹的身边。这些奇遇的故事构思巧妙，写作语言幽默风趣，一直吸引着我，我看完后还会再看一遍。

《宝葫芦的秘密》就更有意思了，小说中的主人公王宝得到了一个宝葫芦，但他发现宝葫芦并没有他想象中的那样完美，会偷别人的东西来满足王宝的愿望，这让王宝感到羞愧和困扰。最终，在良知的驱使下，王宝向家人、同学和老师坦白了实情，宝葫芦也消失了。

这些都是我在三、四、五年级的时候阅读的小说，是从老师那借到的。我通过阅读这些小说，提高了在小学时的语言表达能力和作文写作水平。同时，从小说中也获得了辨别是非的能力，对个人的成长提供了知识营养。

五年级暑假中，老师们就在为我们升入六年级做准备。暑假中有一位女性许老师是我们邻村的，可能要教六年级的缘故，她借给我一些长篇小说，像《红旗谱》《苦菜花》《野火春风斗古城》等，让我暑假中阅读，为的是进一步提高我的写作能力。

升入六年级后，不是这位女性许老师教我们语文课，而是一位男性庞老师任班主任兼我们语文课。他更加严格，让我订一些适合高年级学生阅读的报纸。后来才知道，这是一个重点班级，担任语文课的庞老师是当时学校最好的语文老师。他不仅字写得好，而且课讲得更好，我的字就是上课时模仿他的板书字，才写得较好。数学课是一位有丰富教学经验的贾老师。后来，他们两个都调到了内乡初中教学。语文课的庞老师又调到了河南省招生办，负责河南招生报的编辑工作，是主编。我到河南大学上学时，还看望了他多次，以续师生情谊。

六年级第二学期开学后，学校组织进行作文比赛活动。当时，我不知道学校组织的真正目的,现在想来可能是升初中前的作文模拟写作吧,老师要求我做好充分准备,积极参加。我能感到这是老师的特别关爱,就积极做着参赛准备。小学作文基本上是写景、写人、写物这些方面,而且写人的可能性最大。果然不出所料,作文比赛没有实际题目,要求学生自拟题目,写一位先进人物。现已忘记我写的题目,但还清楚记得我写的是一位优秀生产队长,如何带领全队社员科学种植小麦、玉米、棉花。我从描写小麦、玉米、棉花的长势上来烘托生产队长人物形象,既有写景,也有写人,更有写事。其中有一句描写棉花"喜温怕渍"的句子,至今还没有忘记。

结果,我的这篇作文获得第一名而受到老师的赞扬。后来,我把这篇作文又抄到作文本上保存下来。这篇作文被作为范文,在全辅导区学校六年级班级传阅、评讲。班主任始终没有告诉我,这是事后听其他老师讲出来的,可能是怕我翘尾巴,这也是班主任老师的另一种厚爱。

二、生活获技能

那个年代那个年龄的农村孩子,割草是成长过程中一个必有经历,是我生活在缺少男劳力这个家中更早练就的劳动"技能"。当年,生产队分粮食靠工分多少来计算,由于父亲不在家,我家唯一能挣工分的就母亲一人。为此,每年因工分少都要给生产队交缺粮款,家里年年季季要为缺粮款发愁,是我童年时心灵中一种挥之不去的阴影,总想为家里挣点工分,割草便是能挣到工分的最好手段。

割草

割草看似简单,要想割得快、割得多实在不易,学问蛮多的。

割草要能够找到好的"草源"。一般情况下,有水的地方草就长得旺盛,但有很多危险。有一次我看到了挨着水渠埂上有一片很好的青草,心里非常高兴,割了几把放到箩头里,当继续割草时,突然窜出了一条蛇,吓得我往后连退了几步,裤子也弄湿了。

我大声地喊同伴们:"你们赶快来呀,这里有蛇了!"

当同伴们来后,蛇又窜到水里去了。其实我们看到的是一种草蛇、水蛇,它无毒,比较温顺,不会攻击人,但我还是胆小怕蛇。后来就有了经验,看到类似的情况,先用树枝在草上搅一阵子,发现没有啥动静时再去割草。

割草要到稍远且偏僻的地方。这些地方也往往存在风险,而且割满一箩头往家运时就更难了。一次,我和伙伴找到了一个草长得比较好的地方,心中窃喜。当箩头装满准备回家时,我们没法扛起较重的箩头。束手无策时,同伴突然对我说:"你把我的草箩头帮我扛到肩上,再帮我站起来。"我说:"行吗?"

他说,"试试看",却也奏效。为了怕箩头从他肩上滑下来,我必须用手扶着箩头同他一起走一段路,然后再帮他把箩头放在地上,我俩一起返回到我放箩头的地方。他再帮我重复这个动作,扶着我走到他放箩头的地方。这样往复十多次,才艰难地回到家。那一次生产队计秤时,我俩都第一次割了有三十几斤的草。虽然身体很累,心里是乐着的,因为我俩都是第一次能挣到三个多工分。

割草要学会剐草。剐草是草被割过一次又发出来的草。这些草短且硬,割的时候要贴着地面把草剐起来,然后用手拢起装到箩头里。剐草的时候,割草的镰刀要锋利些,有时提前做好准备,一次拿两把镰刀,需要剐草时,用锋利的镰刀,不然你根本剐不到草。

割草时还能做游戏。伙伴们割草累了的时候,会想出一个娱乐活动——撂镰。撂镰是几个小伙伴事先都同意，而且要遵守这个活动规则。找一个较为平坦的地方，在这个地方扎上一个较直的树枝杆。每个小伙伴都先割一把草，草必须一样多，要放到一起。然后在离树枝几米远的地方画上一道线，每位小伙伴要站在线外，用自己割草的镰刀向扎的树枝杆处撂。大家撂完之后，共同走到树枝杆前，看谁的镰刀离树枝杆最近，而且必须都承认是谁。如果没有形成共识，需要进行测量，直到大家都同意为止，谁离树枝干最近，谁就是赢家，赢家把堆在一起的草装到自己的箩头里。然后，每人再去割一把草，重复前面的操作，直到有的小伙伴输得多了，不愿意再继续下去，这次撂镰游戏就结束了。这个游戏不仅刺激大家割草的精神劲，而且会通过游戏解除一个人割草的孤独，在这种乐趣中完成割草任务。如果撂镰技能不高的话，会输得很惨。真出现这种情况时，大家会有一种互助精神，再割些草，无偿地送给他，以免回家后受到家长的打骂或训斥。毕竟那些伙伴们是非常具有同情心的，也是那个时代的特点。

割草会寻找"意外收获"。割草的孩子，农村称之为"割草娃"。割草娃会十个八个成一伙。在那个年代，能吃上点水果是最幸福的事，要达到这个目的，就会在一起想些鬼主意，干些"偷鸡摸狗"的事。割草娃对哪里有瓜田、哪里种花生、哪里有苹果树了如指掌。待箩头快割满时就开始行动，先把草箩头背到较远的地方，手里拿着烂衣服，光着膀子，准备行动。还有明确的分工，至少有两个小组，一个小组径直朝看瓜棚方向走去，吸引看瓜老人的注意力，而另一小组看准时机，从另一个侧面猫着身体进入瓜地，还会在瓜地里拔些花生秧，花生秧下面有结满的花生。当同看瓜老人在一起闲聊的那一组望到另一组成功时，他们就会大喊一声"老爷爷，我们要吃瓜了"，撒腿就跑。当看瓜老人反应过来时，这群机灵鬼已跑得看瓜老人追不上了。

接着找一个地方，开始"吃脏"，分配"战利品"。有时偷回来的西瓜打开之后不熟，使大家很失望。毕竟还有花生，一般情况下，花生半生半熟是能吃的，大家会在一起享受这些"战利品"，商量着下一次的"作战方案"。次数多了，也能积累一些"作战经验"，失手的概率大大减少。至于偷苹果的事，那就更有戏剧性，反正哪里有能够解嘴馋的水果，哪里就会有割草娃的身影，因为好吃的瓜果会一直吸引着割草娃的味蕾，是割草时伙伴们最感到快乐的时刻。但有时也会惹出祸来，看守人有可能跟踪追到生产队，向队长告状，找家长诉苦，不时有小伙伴们受到惩罚，享受"皮肉之苦"。

割草其实就是给家里挣点工分，但确实提高了我们这一代人适应环境的生存技能。这些生存技能只有在经历中才能学会。

扛竹竿

我小时候，百姓生活困难，缺衣少食，挨饿、畏惧、恐慌，为生活奔波、是人们生活的常态。有些家庭住的是破瓦房。遇到刮风，屋里同样不能避风；遇到下雨，外面大下，屋内小下。睡的是木床，铺的是稿席，盖的是破被，是一些人家的生活场景。在穿衣方面，小孩儿们的衣服，老大穿后老二穿，老二穿后老三穿，一直穿到实在穿不成为止。吃的方面，一天三顿红薯，早上煮红薯，中午红薯面条，晚上蒸红薯。60年代三年困难时期，发霉的红薯干，育秧后的红薯母、榆树叶、槐树叶、杨树叶、涩罗秧（野草）都是充饥的最好食物。

大概在我上小学时，按照辈分称为三爹的人是一个稍有残疾和驼背的光身汉，年龄不是特别大，但看着有些老相，并且独自居住。

为了生存，他掌握一门编竹耙子的手艺，可能是出于同情心的缘故，我总到那里去帮他做一些如打水、搬捆好的竹耙子等力所能及的活。时间久了，他从县城卖完竹耙子，会时不时地给我捎几块糖或烧饼之类好吃的东西，我俩就很有感情了。随着我年龄的长大，帮他干活的次数增多，能帮他干的活，就是扛竹竿。

编竹耙子需要竹竿，我们村不长竹竿，他会到湍河西岸离我家有十多里的地方去购买，让我去帮他扛竹竿。

第一次是他领着我去的。从我家去要过湍河，当时湍河上只有一座桥，人们称之为"洋桥"。从"洋桥"上去湍河西岸扛竹竿来回要走30多里路，他的身体状况不允许，我扛着几十斤重的竹竿更受不了。最好的办法就是从我家住的地方蹚过湍河去对岸，来回就十来里地。

有一天，我同他一起过河去买竹竿。到了卖竹竿的地方，事前双方就已经谈好价格，不需要磨嘴，主要是挑适合做竹耙子的竹竿。竹竿粗了，细了，高了、低了对编竹耙子有一定的影响。有经验的他一眼就能看到哪根竹竿利用率最高，但卖方也很精细，需要讨价还价议论一番。接着就是刨竹子，竹子放倒后，砍去根部和枝条及顶部，用竹条捆好后过秤。他付过钱后，我们就动身回家。

第一次扛竹竿还需要试几次才行，主要是掌握好平衡点，竹竿很长，平衡点的确难找。况且扛的时间长了还要换肩，路上遇到人群要小心，不能碰到或扎到人家，对我来说算是技术活了。蹚河时我还要照顾他，以免他跌到水里。好则第一次还算顺利。到家后，三爹会给我做一顿有丁点肉块的面条饭解馋。

第二次、第三次仍然是我同他一起去，次数多了，对方也熟悉了。三爹还教我要砍什么样的竹子，懂得点这方面的皮毛知识，就让我单飞。单飞时我从不带钱，对方砍好捆好称好后算账，我给人家写一张条子放到卖家，凑够几次后，三爹就去给人家清账。

再后来过湍河时，我有了经验，事先准备好一条绳子，回来过河时，把竹竿放到水面上，用绳子拉着走，节省很多力气，过河轻松了许多。

有一次刚下过雨，天就晴了，三爹又让我去扛竹竿。去时河水很平静。返回时，看到河面上有些涨水，经验不足的我还是强行过河。到河中央时，水已经涨到我的腰部，我有些紧张，加快速度向东岸趟去，到岸上歇息时，明显能看到水在慢慢地涨，如果再晚上半个小时过河的话，有可能发生意外。这件事我始终没有跟母亲说，直到过去很长时间后，我无意中说漏了嘴，得到了母亲的一顿臭骂。从此后，我就非常小心了，在几年帮三爹扛竹竿的过程中，庆幸都很顺利。

在扛竹竿的过程中，我有了同情心，因为三爹是位残疾人，帮是为了他生活得更好，解决生活、生存中的困难。扛竹竿使我有了克服困难的勇气，不论再难的事，只要做了就一定要把它做好。扛竹竿还使我提高了根据不同情况快速处理问题的能力，也使我看到了世间人生百态，我应当感谢这件事情！

帮母亲做家务

由于父亲经常不在家，母亲既要到生产队做活，又要照顾整个家庭的生活。我幼小的心灵中，一直感到母亲特别辛苦，会照着母亲的样子做一些力所能及的家务活。

那些年生活比较苦，冬天吃青菜是很难的事。因此，秋季收获时，各家各户都要准备过冬的菜。过冬的菜除了萝卜外，主要是卧酸菜，卧酸菜原料是红薯秧和萝卜秧两种。起萝卜时，要把萝卜秧用刀切掉，切的时候每个萝卜整秧最好，割散了，洗的时候就很麻烦。把萝卜秧外的黄叶去掉，摆放整齐，装到箩头里，担到河里清洗干净，再担回家后放在锅里蒸，蒸熟后放到一口大缸里。蒸萝卜秧时候要把握好火候，不要蒸得轻，也不要蒸得太熟，蒸轻了卧酸后不好再煮熟，蒸熟过了卧酸后会腐烂得快。把蒸好的萝卜秧放缸里时也有技巧，摆放整齐还要很实，避免把生水带入缸里，如果有生水带入缸里，这缸菜就会坏了。最后上面压上清洗干净的石头，再浇上事先准备好的酸浆引子，过几天菜就发酵了。需要吃的时候从大缸中取一些就行，而这缸菜可以一直吃到第二年春季。

一缸酸菜是不够吃的，有时还要再卧一缸红薯秧酸菜。每年过了霜降节令后，就可以拉红薯秧。把红薯秧拿回家后，其操作过程同卧萝卜秧酸菜一样。有了两缸酸菜，母亲就不用发愁。小时候，每年我都会同母亲一道完成这些任务，年龄大一点时，我也可以单独完成这些操作。

那些年，每人一年能从生产队分到一斤香油就很不错了，其他用油是猪油或棉籽油。特别到春节、灯节，要炸油馍，但炸油馍不可能用香油，主要是棉籽油。棉籽油是用棉花籽榨出来的油，这种油不能直接炸油馍用，需要熬油。熬油要掌握好技巧，事先把白碱用水和好，放到碗里，以备熬油时用。熬油时总是母亲烧火，火不能太大，也不能太小。我主要是在母亲的指导下，看锅里的油和点碱水，点碱水同烧火一样，要恰到好处，点多了容易把油溢出来，点少了有可能熬不好。油熬后退去灶里的火，使锅里的油慢慢变凉，变凉后油的表面会形成一层硬壳，拨去硬壳就是可用的棉油。

如果要使炸的油馍颜色黄亮，还有一道程序，就是要在熬好的油里试炸。试炸不能用小麦面，因为小麦面太稀罕，可用红薯面，

第三章 学生时光

这样连续两三次后再用小麦面炸油馍,油馍的颜色同用香油炸的油馍差别不大。如果要同香油炸的油馍颜色一样,就在棉油里加点猪油,而炸出来的油馍不认真鉴别的话,会当成香油油馍。

过年时很少能吃到肉,全家几口人能买到五六斤猪肉就算不错。过年要煮萝卜菜,这些活基本上都是我干的。煮萝卜菜要先洗好萝卜,有白萝卜也有红萝卜。洗好后拿上一个案板,把不好的部分切除,然后切成萝卜块。全部切好后放到大锅里煮,煮时为了使萝卜菜好吃,先把准备好的几斤猪肉切成块,放到锅底下面,再放上萝卜块,需要一个多小时的时间,萝卜菜就煮好了,把肉块拿出来放到盘子里,然后把萝卜菜盛到一个大盆中,以备春节时用。

那时没有机器可以把稻谷打成大米,把红薯干打成红薯面,把玉米打成玉米糁。要吃大米、红薯面和玉米糁都需要在碾上完成。推碾的任务基本上是姐姐和我完成的。只要想到母亲的艰难,我都有使不完的劲,再累也不在母亲面前说出来。因为我是长孙会有些优越感,也很调皮,但帮母亲干活,基本上都能使母亲满意。

那些年穿的衣服基本上都要经过纺线、拐线、缠线、刷线后,在织布机上织出布,染色后做出需要的衣裤。这个过程最劳累的还是母亲,为了帮母亲,我从小就学会了拐线、刷线这些女孩干的活。织布前要在一个相对平坦的麦场上刷线,我会帮母亲刷线、递线、卷线等。甚至如果裤子上有被刮破的直烂口子,也能把它织好,使人眼看不到有多大差别。至于出粪、担粪、担大粪这些活,都不会觉得脏而不干,而且会卖力地干。连种菜、搭菜畦田、拉萝卜沟这些农活,我都能干得非常利索,不输老农。

回想起来,我应当感恩母亲,是她的言传身教,使我从小就学会了很多生活技能和生存之道,也使我在这种生活中快速成长成熟,并受益终生。

三、发展须全面

六年级时学习非常紧张，主要是围绕升学安排教学活动。班主任每天早读时间，都要有针对性抽查学生能否完成背诵任务。数学方面也开展了一些竞赛活动，紧张而有序。那个年代、那个年级学生的我，虽然把心思都放在学习方面，但也能从报纸上了解到国家的形势。六年级上学期就看到了《评新编历史剧海瑞罢官》的文章。对一个六年级的学生来说是不可能有认知的，甚至连《海瑞罢官》也不了解。

20世纪60年代作者

1966年全国各地各类学校全面停止招生。东王营小学也不能置身其外。虽然我们已经拍照了为毕业考试准备的半寸黑白照片，做好了毕业考试后升入初级中学学习的准备，但只能把这张照片作为永久的纪念，作为那个时代历史的见证而保存下来。

第三章　学生时光

我记不清那个暑假是怎样度过的，只有一些模糊的记忆，大辩论开始。麦子割好后剁起来的麦垛只能停在麦场里，由于遇到雨天，到七月份，大部分麦垛出芽。农民们只有望麦垛兴叹。那时只有12岁小学生的我只能在心中期待熬过暑假再说。

小学"老三届"

"老三届"是特殊历史时期形成的一个特殊名称，主要指当时在校的66届、67届、68届三届初中高中学生。这些初、高中学生因学校停止招生造成了在校堆积，到1968年就出现了古今中外绝无仅有的初中、高中六届学生同年毕业的特殊现象。

老三届中学生大都出生在新中国成立前后，在他们的成长中经历了一些特殊时期和事件。这是共和国历史上遇到的一个非常特殊历史时期，历史给予了这一代人极大的考验，也淬炼出无数担当历史重任的国家人才和栋梁。小学阶段没有"老三届"的概念，是我从初高中学生老三届的概念推之而来，也算广义上的"老三届"，即66届、67届、68届应当毕业的小学生，到1969年才上了初中，故也称为小学生"老三届"。

秋季开学，我仍然到校报到。那时的学生经历了暑假前后的事情后，似乎成熟多了。校园里能看到一些大字报，因为是农村小学，大字报的内容主要是抄写报纸上的文章，加上少量个人的议论，很少有针对老师的大字报。老师们对这样的形式有自己的看法，都不会轻易表露出来，教学的积极性受到影响，上课也不正常，老师们是无奈的，学生们是轻松的。

当时，四年级的学生正常上课，讲什么，怎么讲，老师们都是谨小慎微。学生不守规矩，纪律松弛，教师不敢管理，也不能管理。后来，学校从我们这届学生中找了原来任学生干部和学习好的学生，挑选一批所谓优秀分子，经过教师培训，让我们去管理这些学生，美其名曰"教学改革"，实则是推脱责任。让年级高的学生管理年级低的学生，一旦发生争执，出现矛盾，老师可以处理，就顺理成章了。

我当时被挑选到这批学生中，分配到四年级，主要任务是领读课文，要求学生在规定的时间里要背诵一些文章。如果哪位学生完不成任务，会采取一些惩罚手段。大学生管小学生，年龄大两岁，他们也不敢反抗，起到了一定的效果。有时会学着老师的样子，在做好充分准备的前提下，试着讲读一些课文，即便讲读得不好，低年级学生也不敢指责我们。

这批学生还有一项任务是维持纪律。有一次，我拿着教鞭维持秩序，那时为了照明，教室里会挂上两个大的汽灯。因有一学生捣乱，我举起教鞭准备教训他时，因没有注意到上面的汽灯，一下子把汽灯打烂了，引起学生们的骚乱和起哄。我立即向老师报告并承认错误，老师没有批评我，到教室稳定秩序，为我找了能够下台的理由，得到了学生们谅解，树立了在学生们面前的威信，我非常敬佩老师的教育机智。后来的管理中，没有遇到任何麻烦，学生们也会喊我们"小老师"。

这个时候我还是挺兴奋的，不仅当"小老师"，还积极参加学校组织的活动。一阵兴奋之后，似乎有些明白，学业白费了，升学被无限期地往后拖，期盼着运动很快过去的想法成了不可实现的妄想。

在这种无奈的煎熬下，我们这些学生的注意力有了转移，会以各种理由不到学校去，帮家里干活挣工分。我也一样，不到学校时就割草挣工分，到学校后，照着老师写的字练钢笔字，学写美术字。回忆起来，我钢笔字美术字较好，是这段时间打下的基础。有一段时间我对打乒乓球和吹笛子非常感兴趣，那时不可能有培训班，就自制乒乓球拍，买笛子后自己进行练习。

比赛有"诀窍"

在这段"老三届"的学校生活中，我的兴趣和爱好得到了很好发展，虽然各方面都不是最好，但好多方面在学生中还比较突出。学打乒乓球是其中的一个方面。

那时的学校体育设施与现在比，是天上地下的区别，全校共有两个用水泥制作的乒乓球案板。在自觉和不自觉中就形成了女生一副案板，男生一副案板。不然的话，很难轮到女生们发展这种兴趣和爱好。

学校很少有专业体育教师，一些体育课大部分是班主任兼任，但打乒乓球的技能，老师不可能进行专业指导。

学校有了简易的乒乓球案板，只是提供了一个学习的场地，更重要的是还要有打乒乓球的工具——乒乓球拍和乒乓球。乒乓球容易买到，几分钱就可以，但乒乓球拍就难了，在那个年代，先不说能不能买到，即便能够买到，家长也舍不得花这笔钱，因为很多家庭饭都吃不饱，衣都穿不上，想得到一副乒乓球拍，比癞蛤蟆想吃天鹅肉还难。

那个年代，学生们虽然没有进行过什么智力培训和创造力训练，但总会在实践中想出解决问题的办法，以达到满足自己爱好的目的，自制乒乓球拍。

自制乒乓球拍要首先选好一个厚薄均匀、木质较好、大小适宜的木板，由于木材很缺，找到木板也很难。找到后再借一个乒乓球拍放到木板上面，用铅笔沿着拍的边沿画下来，用砍刀慢慢地把多余部分削下，有条件的人家会用锯锯下来，然后用小刀把毛边削得很光滑，条件好的人家会用纱布打磨光滑。由于父亲经常不在家，我只有自力更生了，虽然制作的乒乓球拍不是那么光滑好看，但实用性是同样的。

制好乒乓球拍，再买一个乒乓球后，每天上学都把它装到书包里。到校后，如果时间早，作业完成了，就拿着球拍和球到乒乓球案前去。很少乒乓球案前没有学生，如果有学生在打球，就需要排队等候，等轮到的时候不可能是上去就能打。那个年代没有什么规矩，但这种约定俗成的规矩大家都会遵守，需要在胜者跟前进行考试。考试时就发一个球，如果胜者输了，算你这次考上了，考上之后只能打一局，共21个球，谁输了谁下台。如果是自己输了，算没考上，需要重新排队，有时候机会不好，会遇到强者，连续考几次都考不上，应当说练习的机会还是很少的。

我的球艺不是很好，为了能够争取到打球机会，空闲时间就对着墙壁打。因为没有正规学习，发球和打球的动作不很规范，有时虽然能够赢球，会受到其他想打球同学的议论，我不管这些，不看动作，只求结果。

1968年的春期，辅导区要举行乒乓球比赛，各校都派出了代表队。由于我校是辅导区校长所在地，而且是举办地点，就直接参加到最后争夺前三名的决赛阶段。不知道我是学生干部还是其他什么原因，成为我校代表队的一员，而且男女各队只有三名学生。

比赛中我观看了其他学校选手打球的情况，心里有些底数。到决赛时实行直接淘汰，我是学校三号选手队员，排兵布阵是有学问的。因我校在这之前没有打比赛，其他队对我们的情况不很清楚，本来学校安排我同对方三号选手进行比赛，结果学校安排我同对方二号选手比赛，如果输了属于正常。如果赢了，干掉对方二号选手，就为这次比赛立了大功。

第三章　学生时光

比赛开始后，我心态很正常，心里想着即便输掉也不丢人，是按老师的安排进行的。由于心态正常，加上对方摸不准我的打法，我竟奇迹般地干掉了对方的二号选手，首战告捷。接着我校二号选手轻松干掉对方三号选手，最后两个一号选手对阵，占据天时地利优势，我校选手淘汰了这所学校的一号选手。

接着，我校直接同另一所学校对阵，原有的办法有了战术上的变化，我对阵对方三号选手，由于有了信心，我淘汰了对方三号选手，其他二位选手也是一一对阵，最后学校荣获冠军。

在总结会上，老师表扬了我这个三号选手，因此我成为学生心目中的功臣。

此后上初中、高中，后来恢复高考后又上学到参加工作，由于一直为适应生活环境，一直为上学和工作，几十年都没有再碰过乒乓球。前几年退休后，有一次几个同事约着去玩，挥了几拍，他们还笑话我是一个小学水平。

我笑着说："你们说对了，就是这个小学水平，当年还为我校争了荣誉哩！"

玩笑中包含了很多很多，只有我知道。

"滥竽充数"

1968年4月，内乡县革命委员会成立，这是当时内乡40万人民政治生活中的大事。上级领导非常重视，要求动员尽可能多的各方面人员参加庆祝大会，从公社到大队都在积极做着各种准备。

我们学校的所在地是内乡城关人民公社，距县城当时召开庆祝大会的地点有两公里左右。大队又是当时的重点大队，派出的参加队伍是空前的，大队要求学校准备鼓号队，并安排一定人数的红旗方队。

学校接到这项任务后,立即着手准备工作。由于学校几年来管理处于半瘫痪状态,学校的鼓号一直放在储藏室中,有些已不能正常使用。另一方面,没有学生会打鼓。在这种情况下,任务自然落到了教师的肩上,学校挑选了部分青年教师开始练习,又从青年教师和学生中挑选了笛子队,配合老师的鼓号进行练习,我被挑选到学生笛子队里。实际上我的笛子吹奏水平非常一般,用现在的眼光看,是初级中的初级,但按当时的那个要求还算有点小基础,至少能装模作样,像吹笛子的样子,实际上我心里是忐忑的。

笛子的节奏是很简单的曲子,我记得是:嗦发发发嗦,啦嗦发发嗦,哆哆拉嗦,哆哆拉嗦,啦嗦发发嗦……。这个节奏随着鼓点和号声,听起来还是蛮有氛围的。

经过几天的练习,教师和学生们都能很好地配合起来,能够按要求参加庆祝大会。

到开大会的那一天,我们按老师的要求穿了比较新的衣服,脖子上系着鲜艳的红领巾,早早地都来到学校集合,代表公社参加庆祝内乡革命委员会成立大会是很庄重、严肃的事,自我感觉很是骄傲。队伍前面有人扛着印有小字形的"城关人民公社"和大字形的"东方红大队"一面大旗,在迎风招展下显得非常耀眼。紧接着是约有二三十人组成的红旗方队,红旗方队后是由教师组成的少先队鼓号队,他们腰间都勒着红布飘带。再接着是由少数青年教师和学生组成的笛子队。又接着是女教师和女学生组成的腰鼓队,她们的头上都扎着红布条。最后是由各生产队派出的代表组成的群众方队……看着非常壮观,热烈而有朝气。

从学校出发,沿着通往县城大会会场的大路缓缓向前。由于当时很少能看到这样的阵势,听到鼓号声和笛子声后,大路两旁的群众驻足观看，不时还会热烈地鼓掌，伴随着"热烈庆祝我县革命委员会成立"和"毛主席万岁"的口号，汇成了激荡在原野上美妙的乐章。

不到一个小时的时间，我们就到了大会会场。会场上红旗飘飘，高音喇叭中播放着《大海航行靠舵手》等歌曲。由于不止我们一个大队派出了这样的队伍，还有其他单位也有锣鼓队，只是形式不同罢了。鼓号声此起彼伏，一浪高过一浪，会场上形成了欢乐的海洋。

当大会主持人宣布大会开始后，鞭炮齐鸣，人们高声呼喊"毛主席万岁"之后，会议进入正常程序。

大会散会后，我非常疲惫，因为从早上五六点集合到会议结束六个多小时，饿得受不了，随着这支队伍急速回家。

大会后我一直沉浸在这种氛围之中，因为这是一次从不会忘记的大会，是个人成长过程中有意义的活动。虽算是滥竽充数，但我却努力了。

爱好有了用场

1969年夏季，生产队在一个较为宽大的山墙上，请人画了毛主席大幅画像。后来，人们觉得只有画像看着有些简单，想在画像两边写两条标语，就显得更加庄重。

生产队长知道我好在土墙壁上练习美术字，他找到我说："我看你写的字怪好看哩，你给咱队毛主席画像两旁写上标语咋样？"

生产队长也不懂得是仿宋美术字，只知道怪好看。我对他说："写小的字还可以，不知道写大的字咋样，不行了我试试再说吧！"

隔了一天，我找生产队长说："你说让写标语的事，我觉得能写成。你们先找工匠把毛主席像两旁和上面都用白灰刷好，要刷整齐。"队长说这事儿好办，就立即安排去了。

因为在墙上写美术仿宋体大字和在纸上写有很大不同，我做了充分的准备。根据毛主席挥手画像的特点，用红漆在毛主席画像两边刷了类似于对联的宽度，在上边用红漆刷了同样的宽度，用当时最具时代特征的四句话"毛主席热爱我热爱，毛主席支持我支持，毛主席挥手我前进，毛主席指示我照办"中的后两句作为画像两边的标语。上方选用"毛主席万岁"这句话。写美术仿宋体，我稍有基础，就在纸上先按比例写了几遍，直到自己满意为止，留作往墙上写字的底稿。

根据当时的实际情况，我让队长找来了梯子，把标语的天地头按比例先留出来，用尺子量好后分为八个方格，形成了八个正方形，然后用铅笔先把每个字模画好，站到画像前感到满意时，再用黄颜色油漆，用小排笔慢慢地描写每一个字。一天的时间，两边的标语就写好了，从字的大小、比例、颜色上看，还挺合适。

第二天，写上面"毛主席万岁"几个字时遇到了麻烦，不能用梯子往墙上靠的办法，因为往墙上靠有可能影响画像。生产队长也非常注意，他说："不管咋费事也不能使主席像受损。"

然后，就找了几个人搭架子。我仍然用上述办法，完成了"毛主席万岁"几个字的书写。后来人们看了都非常满意，还有人夸我年龄不大，字写得还蛮有水平。我心里暗自高兴，感到发挥了作用，爱好有了用场，为生产队做了应该做的事。

上"戴帽初中"

1969年地区宣布农村小学包括部分农村中学一律下放到生产大队办学，公办教师绝大多数都各回各原籍，由贫下中农管理学校的代表重新选用教师。此后不久，不少地方提出上小学不出小队、上中学不出大队、上高中不出公社的发展口号，大量增设普通中小学校。在这种形势下,许多农村小学都附设了初中班,称为戴帽初中,初级中学附设高中班,甚至有的小学也戴上高中的帽子,有些地方单独建立高中。

我于1969年在家乡小学的戴帽初中开始进入初中阶段的学习。与其说是在初中学习,倒不如说是一边长身体、一边干农活、一边学知识的二年。由于缺少中学教师,任课教师不是从小学调过来的,就是民办教师,管理上是贫下中农代表最有发言权。班级体制也改为班、排、连,学生的素质很不平衡。

66届、67届、68届小学毕业生可编在一个班级学习,很多是小学四年级和五年级的水平。我们66届的小学毕业生,文化素养和学习习惯相比来说还是好点的,即便老师讲得不生不熟,自己还是可以能够理解。教学内容除一些文化知识课外,还增加了适合当时形势要求的课及劳动课等。

初中共两个班,名称上叫两个连,我为一个连的连长。连长的作用是维持纪律,组织活动。尽管那时不重视文化知识的教学,我还是能自觉完成所学的各科学习任务。一晃两年过去了,而初中这段学习经历让我回忆的内容不多,记的事情更少,因为隐藏在心中最纯真的部分最温暖的地带被在家劳动的场景所占有。

四、推荐上高中

1970年底,因公社办了高中,有少数学生要继续上高中,上学的办法是贫下中农推荐。当时,已改为春季招生,年前推荐,1971年春节后入学。

推荐办法和程序不知如何制定,更不知怎样研究。凭在学校的表现,我感觉良好,因为是学生干部,遵守学校纪律,学习成绩优秀，积极参加学校和辅导区组织的各种活动，甚至包括比较大的活动都会有我的身影。家庭出身虽然为中农成分，也是团结对象，在全校教师和学生心目中，属于不是出类拔萃也是优秀学生。从各个方面看，觉得十拿九稳，能被推荐上高中。

有些事情确实难说，在一个人的成长中，不可能不遇到坎坷，不可能不会有曲折，不可能事事如愿，在推荐上高中这件事上，我确实遇到了麻烦。

有一天，被推荐上高中的学生名单公布出来，记不清是什么时间公布的。那天我正在家里帮母亲干活，姐姐那时在学校帮老师代课，她回来说推荐上高中的学生名单没有我。我瞪大眼睛用怀疑的眼神望着姐姐，好一阵子都没有反应过来，停了片刻后才说："你从哪里知道的？"

她说："我是从公布的名单上看到没有你的名字，咱全大队一共有18名学生。"

听姐姐说了被推荐学生的名字后，我知道基本上都是大队干部或生产队干部的子女，少数几个是有脸面人家的子女。

母亲知道情况后安慰我说："让你姐去问问是啥情况。"

姐姐又返回学校，我在有太阳的地方坐在椅子上发愣。中午吃饭时姐姐又回来了，她说："我问了贫协代表，人家说你社会关系有问题。"

母亲和姐姐一直在安慰我。待平静之后，吃了中午饭，我一直在不停地想着上高中的事。

下午，我去找班主任谢老师。不去不知道，去后真是感慨万千，当名单在校内公布后，引起了教师们极大的不满情绪。大家议论纷纷，特别是初中部的老师更是有些愤怒，不约而同地去找贫协代表。

第三章 学生时光

那个年代，教师是弱势群体，但又是一个特殊的弱势群体。因为教师的职业情感、教师的职业道德、教师的职业良知会驱使他们为培养下一代做出他们发自内心的作为。

他们说出了当时最有力的语言："你是贫协代表，应当把最优秀的贫下中农子女推荐到高一级学校去学习，这才是对毛主席的无限热爱。而我校推荐的这批学生中有几个是学校最优秀的学生？"

朴实的语言问得贫协代表无话以对。一直向教师们说："你们放心，我会向大队革委会说明情况，争取把最好的学生推荐到高中去上学。"

没隔二天，学校又公布了推荐上高中学生的名单，这批名单基本上是品学兼优的学生。我在这批名单之中，被推荐上高中。

我有些激动，去找班主任谢老师表示感谢！

班主任老师说："这是每一位老师都会做的，你应当感谢自己，是你们这些学生成绩优秀了才给了我们底气。希望你到高中后要更加努力学习！"

几十年来我一直同班主任有联系，在心底里感谢他对我的教诲和帮助。

第一次穿棉靴

母亲知道春节后我要上高中的情况，为我做着上学的准备。因为高中学校虽然离家不算很远，但毕竟一天三顿不在家吃饭，晚上也不能回家睡觉。当时是母亲身体最不好的时段，她基本上不到生产队做重活，而且每天必须吃药。尽管在这样的身体情况下，还要给我上高中提供她认为最好的条件。

那时我基本上穿的是母亲亲手织的棉布做成的衣服，因为要上学，母亲还要准备一些新的衣服和棉被。

我在小学和初中上学时，穿的棉裤一般情况下是裹腰的，不仅外观不好看，而且大小便不方便。上了高中，一方面随着年龄增大，感到不太美观；另一方面，到县城上学，城里的学生穿的要好于农村学生，母亲当然知道这些。尽管没有布票和钱到商店去买所谓的洋布，不可能到裁缝部去用钱让人家做衣服。母亲想了办法，把白棉布用染料染成青黑颜色，找生产队会做衣服的年轻姑姑帮忙，做成一条男性前开衩，腰间带裤鼻儿，还能系皮带，算是很时髦的棉裤了，虽然比不上裁缝部做的棉裤，但也相差无几。

从我记事到上高中前，从来都没有穿过棉靴。母亲知道，到高中上学后早上要起早，晚上要上自习，怕我受冻，就着手要为我做棉靴。做棉靴要比做鞋难度大很多，而且要经过好几道程序。首先是鞋底要厚，纳鞋底时很不容易，针扎上后要用针拔子才能把针拔出来，费时费力。靴底做好后，要在上面垫一层用布做成的棉垫，棉垫要同靴底连得结实才行，不然穿靴的时候容易把棉垫弄坏。再者，靴帮不是老式的靴帮，要做成带气眼的靴帮，这对母亲来说很难。她就请生产队比较年轻又会做这种样式的婶婶到我家帮忙，做好之后看起来还是很新潮的。最后，为了使靴底耐磨，要熬桐油，把靴底和靴沿油上两三遍，晾干透时才可以穿。

春节后，我如期到校报到，当时是城关高中，共两个班。因校舍没有盖好，只好到工农一中（内乡高中）借用教室上课，吃住都在工农一中。工农一中招收的主要是城镇公社的学生，共三个班，市民户口的学生占了不小的比例。开始时，集会、出操是各自举行，时间不长，就合到一起集会和出操，总共五个班。

穿着母亲做的棉裤和棉靴，我浑身似乎增加了无穷的力量，虽然看着土气点，但我从不把这些放心上，心中只有一个念想，要用自己最好的表现和学习成绩回报母亲对一个儿子倾其所能的关爱和心血。

我是班级中的军体委员，职责之一是要轮流在学生面前领做广播操。早晨下操时，五个班级的军体委员站到队列之外领着学生们下早操。穿着母亲做的棉裤，虽然看着不错，但有些笨拙。有一次早操结束后，一个调皮的家庭经济条件好的学生奚落着说了一句："当干部指挥学生下早操就穿这棉裤啊！"

我敏感地回应了他一句："你穿的好，咋不当干部哩，肯定学习不行吧"。说得他哑口无言，对这些同学，我只有这么对付。

六斤半小麦

入学之后，一天三顿饭必须到学生食堂吃，要先将家里的小麦、玉米、红薯干交到学校，换成饭票后到食堂打饭。那时候，农村户口的学生吃的比较差，早饭有玉米糁稀饭，一两一碗，馍不论白馍、玉米面窝头还是红薯面窝头，都是二两一个，很少有菜。一般情况下，一碗稀饭加上两个红薯面窝头就需要半斤粮票。很多学生是从家里带来用罐头瓶装着制作成的咸菜或辣椒水，用筷子蘸一下抹到红薯面窝头上，有点咸味即可。中午饭同早饭一样，有条件的学生可吃玉米面窝头或白馍。晚饭有面条，一碗一两半饭票，吃两碗需要三两白面饭票，加一个红薯面窝头，又需半斤饭票。这样算下来，一天要用到一斤半饭票，对一个十六七岁正在发育成长的男孩来说，显然不足，但就这些农村户口学生的家庭也很难承受。

到收红薯的季节及冬季，学生食堂改变策略，照顾农村户口学生吃饭的困难。中午改成蒸红薯，每个学生吃过早饭后，把洗好的红薯放到网兜里，到伙上厨房排队称重，称重后，在网兜上系上用布条写好的班级和姓名，放到蒸笼里。待到开饭时，学生们在蒸笼中去找自己被蒸熟的红薯，网兜拎在手里，再排队盛稀饭。

蒸红薯也要计划好一周的用量，一般情况下每顿都是二斤左右红薯。后来为了方便称重和领取，两个较好的同学可以结伴而行，省了时间，也方便排队盛稀饭。

一学期结束后回到家里，很多人看到我时有些惊讶，由于长时间这样生活，营养不良，身体很瘦，面色发黄。他们关心地说："你上了高中，不论咱再困难，要吃饱了再学习，你还要长身体哩。"说得我心里热乎乎的。

母亲再三叮嘱我，无论咱家再缺粮，妈也要养好你。我有时会被感动得泪流满面。

后来在学校，虽然生活上改变不多，但注意锻炼身体。母亲从家里把芝麻炒熟，在案板上碾碎，拌上盐，做成芝麻盐，让我带到学校去吃，这在当时算得上最好的营养品了。

尽管我懂得母亲的关爱，一星期有计划地吃到一两个白馍，还是尽可能在保证身体承受的情况下量力而行。

白面饭票要用小麦换取，麦子按当时的规定有85面或90面，就是1斤小麦换到0.85斤或0.90斤面粉。学校考虑到学生的实际水平，又要兼顾市民户口学生的供应标准，原则上是按85面的标准来折合的，1斤小麦换0.85斤白面票。

一次星期天回家，自己知道白面票已不够下一周的用量。就向母亲说过完星期天到校时要带点小麦。

母亲知道家里没有小麦，但她没有表露出来。只是缓缓地说："知道了！"

母亲着手准备，她是到邻居家借粮去了。实际上，她没有如实地告诉我。

第三章　学生时光

星期天下午我要到学校去。母亲从里间拿了一个小布袋递给我说:"家里就剩下这点麦子,你先拿去交到学校,下星期天回来了,再多拿些。"

我一看就这么个小布袋,估摸着就几斤的样子,不知出于何种心理,口气不爽地对母亲说:"我不要了。"眼泪唰地一下流了出来,径直就出门走了。

母亲立即赶上,拉住我说:"听话,这麦子不多,肯定够你一星期用的。"并把麦袋放到我手里。

我倔强地走了!

到校后没有先进班级,而是到学校后勤处收粮的地方称重。称重后是六斤半,后勤处的人员说:"咋拿这么少啊?"我没有向他说明什么原因,不友好地回了他一句:"拿不动!"

他折合后说:"6斤半小麦折合5.5斤白面,你先交钱(换成面票时还要加工费),我给你发饭票。"领过饭票后我就到教室了。

这是我上高中后第一次在母亲面前因要粮食而耍了脾气。几十年来,老感觉愧对母亲,那个场景我一直都没有忘记。

元旦特刊

带着美好的期望到高中上学,主要想通过上学获取文化知识,为一生奠定良好的基础。但20世纪70年代初,全国初中、高中的学制都由原来的三年改为两年,废除了入学、升学和毕业等考试制度。管理方面的"教学计划,课程体系、规章制度,学生守则"不健全。教师不敢管、不想管,学生不想学,学不会成为常态。还要有一定的时间到农村学农、到工厂学工的要求。

虽然上面这样要求,但在具体操作中教师们还是有很多自己的想法。特别是年龄较大的教师看到这种情况,出于教师职业的良知,心中很清楚，这样教会荒废学生，耽误学生一生。他们会在教学中尽最大可能增加讲授一些基础知识的内容。我记忆最为深刻的是教语文的杨老师。

杨老师当年已近五十岁，个头不高，身材微胖，戴着一副眼镜，说话文质彬彬，确有知识分子的形象。他在"文革"前工资为73.5元，这在当时来说是高工资，也说明他是一位任教时间较长、资历较高、教学优秀的教师。他对学生们和蔼可亲、关心备至、嘘寒问暖，特别是对农村户口的学生更加关爱。由于我既是学生干部，又喜欢读书，接触的机会稍多。当他知道我的情况后，会不时地找我谈心，关切地要我不论现在的情况如何，努力学习，掌握更多的文化知识才是真本事。循循善诱，话语入心，我把他的话一直牢记在心，除认真听他讲课外，还按照他给提供的书籍，借到后认真阅读，掌握了较多的文化基础知识。

那些年，每到"五一""国庆""元旦"，学校都要选一些学生中好的作文，用大字的形式抄写后，到县城醒目的地方出"庆祝特刊"。

那年元旦前，我的作文被初步选为要出元旦特刊的文章。一天，杨老师下课后让我到办公室去，我就跟着他到了办公室。

他说："咱校元旦要出特刊，你写的《我爱祖国》的作文，批改后觉得基本上达到了选用的要求，但你把它拿去再修改修改，交给我。"又拿着作文本详细地给我提出了要求。

隔一天后，我把修改后的作文交给了杨老师，他看后表示满意。

元旦前的一天，学校组织班级干部到县城大街上，按事先老师选好的地方，张贴用大白油光纸、黑墨、大字、毛笔写好的文章。在这些文章里有我的《我爱祖国》的作文，而且是第二篇，标题加了一些修饰，标题下面注明高一二班和我的名字。

一位另一班参加张贴特刊的学生突然喊叫我的名字，大声说："还有你的作文，真为你高兴。"我礼貌而谦虚地回了他的话。

张贴布置好后，我站在特刊前，端详了又端详。为特刊的事，我幸福了好一阵子，从心底里敬仰我的语文老师。

学工

当时学校安排的另一项主要学习任务是到工厂学工。美其名曰学工，实际上是帮工人师傅干活和干一些简单易学的工种。我们班先被分配到县城机械厂。机械厂最基础的工种是"翻砂工"，到翻砂车间先看工人是如何操作，待熟练后，在工人师傅的指导下再进行具体操作。

翻砂的基本工序是先将沙过筛，再把事先准备好带有黏性石粉混合在一起，雾上水进行搅拌，凉一凉，用手捏住，松开后能散开，就基本上达到要求了。然后，把机器零件的模型放到一个四边固定好的方框中间，进行填充，填充后用工具压实，压实后取出机器零件模型。这一环节最主要的是取出模型后空的地方不能有一点儿沙土，如果取不好需要重新再来。最后一个环节是浇铸，把在高温下熔化的铁水用一个长把的勺子盛好后浇到取出模型后空的沙盘中，冷却后扒掉沙盘，粗糙的机器零件就成功了。经过后续技工师傅打磨、抛光、验收，一个机器零件就为成品。在机械厂我学会了翻砂，体验了工人的辛苦。

两周后，两个班调换工厂，我又被分配到县软木厂。软木厂要学的是粗活：一类是搬栓皮，就是汽车从山区收购站把收购的栓皮运回软木厂，学生们要从汽车上把这些捆成一捆一捆的栓皮搬下来垛好。这是一个体力活，很多学生体力承受不了，特别是女同学。

另一类是到栓皮粉碎车间往粉碎机中输送栓皮，这个工种体力上都能够承受，但粉碎后粉末较多，一般操作时要用薄毛巾把嘴捂住，以免粉末呛到嗓子。这个工序的操作最主要的是手动自耦减压启动装置的操作，若操作不当，开始时电流较大，负载过大会烧坏电机。

那时工人师傅文化水平普遍较低，甚至有些年龄较大的师傅识不了多少字，对具体操作只是机械地重复，不了解原理，更不了解操作失误如何造成损失及避免操作失误的有效方法。

我到这个工序实际操练后，一直在思索，如何让工人师傅了解其工作原理和有效的操作方法。通过到书本上去找有关内容，联系实际情况，我写出了《运用自耦减压启动装置的有效操作方法》的文章，文章被刊登到该厂的板报上，落款是实习生加自己的名字。

文章刊登后，被负责技术的副厂长看到，他找到我说："你为啥要写这篇文章？"

我回答了他的疑问后，他接着说："你可不可给师傅们讲一讲？"

我答应他可以，又讲了担心讲不好咋办的话。他表示理解和支持我。

隔了几天，我给师傅们讲了自耦变压启动装置的基本原理和有效操作方法，提出要注意两点。一是自耦变压器的功率应与电动机功率一致，如果小于电动机的功率，会因启动电流大发热损坏绝缘带来巨大风险。二是自耦变压启动电路不能频繁，如果一次启动不成功的话，二次启动应至少间隔五分钟时间。同时，也提出其他注意事项，受到了工人们肯定。

这件事情学校知道情况后，刊登到《学工通讯》上，受到表扬。我认为自己在学工上发挥了作用，心里美了好长一段时间。

五、休学有理由

1972年春节后,我升入高中二年级学习,学校的情况同一年级相比,有一些微妙的变化。学校教学有注重文化基础知识教学的倾向,很多方面出现了一些新的气象。我想着要好好学习,说不定遇到机会也能上大学。

当年五月份,母亲本来身体不好,又生了小弟弟,家中无劳力的情况更加突出,在这种情况下促使家里做出让我休学的想法。五月底,麦假过后,我向学校说明家里的困难情况,办理了休学手续,回家参加劳动。

帮车

当时是大集体,割麦后要把麦子捆好,放在麦田里晒干,然后用生产队牛车,在适当的时间把麦子拉回到生产队的打麦场里,先垛起来,接着一边种地一边在麦场打麦子。

拉麦时有牛把式赶着牛车,我同他一起到麦田里去装车,牛把式既是赶车人,也当作一个劳力。到麦地里后,有一人要用火杈把捆好的麦捆挑起来装到车上,这个人就叫帮车。车上还必须有一个人装车,这个人有一定技术,不然车装不好的话容易翻车,会损失很多小麦。牛把式都是有经验的庄稼人,会在车上装车,我在地下拿麦捆,还会赶牛车。帮车人干的活很重,开始装车时,可以用手把麦捆拿到车上,因为是炎热的割麦季节,麦芒、麦秆扎得帮车人很难受。车上装的麦捆越来越多,越来越高,帮车人就要用火杈扎住麦捆,举起来给车上的牛把式,这是最出力的活。有些麦捆很大,要用尽全力,才能举起,一车下来,会满头大汗,实在难受,但获得的工分是比较高的。当时我才十六七岁,是身体发育的高峰期,个头和身材还相当不错,承受这种极限的体力劳动,再累也不愿意说,基本上能坚持下来。

麦车装好后,用大绳把车上的麦子捆好,我又坐在上面,牛把式赶着牛车从麦田拉到生产队麦场中。到麦场后牛车不动,帮车人要把整车的麦捆用火杈一捆一捆地挑下去,这才是帮车人最需要付出力气的时候。一车麦捆挑下来会汗流浃背,特别麦芒、麦灰呛得、扎得帮车人难受至极。

每天基本上要来回四五趟,刚休学回家劳动的我,能受得了吗?为了生活,为了挣工分,受不了也要坚持,我就是坚持下来的那个帮车人。

上堰

我们大队是水稻产区。一个生产队要种上几十亩的稻田,种稻子最不能缺的是要有足够的水源。生产大队在距我们生产队上游十几里的湍河岸边上游处修了一道堰门,河水充足的时候,湍河水可以从上游自流到稻田两边的干渠里,然后分流到稻田,保证水稻生长用水。

遇到天旱的时候,湍河上游的水不能从堰门流入干渠里,就需要在上游堰门处进行截流,确保一定的水位高度,使湍河水流入堰门,顺干渠而下,保证稻田有水灌溉。不然,稻田里的水稻就有可能被旱死,轻者减产,重者颗粒无收。到上游堰门处截留,俗称"上堰"。

上堰时要派壮劳力,每个生产队都分配有一定的名额,因为上堰时进行截流,要在河里堆起一道临时的沙堤,长度随水流情况而确定,有长也有短。但不论如何,要确保水位能顺利通过堰门流入干渠。

我是作为生产队的壮劳力被派去上堰的。因为生产大队是按人头分配截流任务,每人一段,截流时修临时沙堤要形成合力,不然就很难修成。

上堰时,早上天不亮吃过饭,向距家十多里的堰门处出发。中午,为保障沙堤不会溃堤需要人们一定坚守在附近。中午吃饭就成了我的难题。一般情况下,会擀面条的劳力从家里带上面粉和一小捆麦秸,中午时到上堰附近村庄的农家户里借用灶具,擀成面条,下锅后用河水冰一下,捣点蒜泥,就是捞面条饭了。

记得有一次,我只从家里带了两个白面和玉米面混合而蒸的馒头,因为是夏季,出力流汗,身体缺水,吃着较干的馒头很难咽下,有人看到后让我一同吃饭。我不会这样去做,因为那时生活都较困难,带的面不多,我要吃了饭,别人就会挨饿。最后,等别人吃过饭后,喝了他们煮过面条的面汤,才把馒头吃下去。干上堰的活,披星戴月,晚上回到家就已经很晚了。至今回忆这些事,还会有一种心酸感从心中涌出。

插秧

插秧是当时生产队男壮劳力干的活,也有个别妇女能适应这个劳动强度较大的农活。

插秧前,先把麦茬地犁好,晒干后放水浸泡,然后耙地。地耙过后用一种农具,用牛拉着进行抄地,抄地的作用是让这一块稻田比较平整,秧苗栽后浇水时不会因地面不平,有些秧苗吸不到水被旱死。稻田整理好后,要把田里的水放掉一些,使稻田里水恰好能看到土层为最好,这时插秧的人就可以下田插秧苗了。

插秧时大体上几个人一排,每人几行,使这一小块稻田从左至右能到田埂处为最佳。一般情况下，每人一趟要插八行左右，行距基本上差不多。插的时候插秧人脸向前，左手拿秧苗，右手插。右手取秧苗时每一撮秧苗数量差不多，不能有多有少。插秧在稻田里是倒行的，插时要时刻把握株距，一般情况下一趟要一鼓作气，到地尾时才可以歇息，一个上午要反复这样几十趟，腰痛腿酸，累得要命。

为了保证充分利用土地，要求插的秧苗行直，株距基本上一致。生产队就想了一个办法，在每个人要插秧的宽度内，从前到后拉上绳子，插秧时确保行距、株距基本上能整齐划一。

后来，为提高稻田的产量，提倡合力密植，就发明了划行器。利用划行器插秧，对稻田土地的平整要求更高，整个稻田土质稀和平整。达到要求后放出多余的水，使一块稻田看上去像小的足球场那样平整。然后由有经验的老农拉着划行器在稻田里划行。划行器过后，稻田中就出现了非常规整的一个个小方格，等多余表层水蒸发后，插秧人下去插秧。这种操作较为科学，而插秧人下到地里插秧时，会毁掉一些方格，但基本上能照划行器划出的方格进行插秧。

这种办法给插秧人带来了更多的困难，由于插秧时田中水较少，插秧人倒退着插秧时更加费力，付出的汗水更多。

我是生产队同龄人中比较利索的插秧人，也是队长喜欢的插秧人。不论采取何种方法插秧都能做到行距、株距、行直、株量达到要求。如果现在不用插秧机插秧的话，我还能做到这些，但时代的发展只能把这作为一种美好的回忆了。

多挣工分

那些年，我家由于没有劳力挣工分，一直是缺粮户，缺粮户分粮较少不说，还得交缺粮款。我休学回家后，内心中有一种强烈的

第三章 学生时光

意识,要让生产队的社员看看,这个还不到成人年龄标准的男人,不是因为上学,一定不弱任何人家,多挣工分就是当时最能做到的。凡是生产队的活能用称重衡量去计工分的,我都会拼命地干,像摘豆角、摘棉花,都能获得较高的工分。夜里看场,一般人都不想去,因为夏秋季蚊虫较多,又没有防蚊虫的设备,蚊虫叮咬会使自己睡不好觉。好在自己年轻,身体又结实,能够坚持下来,多挣了工分。拉粪土是以量方多少来记工分,我也尽量伙同他人去拉得更多。

割草是挣工分来得最快的农活,这时的割草就有别于小时候的割草了,挣工分是最主要的目的。早上是能割到草的最佳时间,因为是夏季,可以起得早些,跑得远些,能寻找到草多的地方。有一次,我同生产队的同伴约好,第二天到较远的地方去割草,运气较好,发现那里草好久没人割过,非常茂盛,我俩像发现了新大陆一样,快速进入割草状态。当筹头装满后,觉得还不到吃早饭的时间,我俩把装满的一筹头青草,用肩扛到生产队洗草的渠边,把草全部掏出来放好,又在附近的一户人家门口把镰刀磨了一遍,背着筹头又返回到割草的地方,生怕被别人发现把草割走。又割的草装满筹头后,已过了早饭时间,肚子饿得咕咕叫,也渴得受不了,我俩就在渠沟清水的地方,用手拨去漂在上面的浮萍,喝了几口。农村有一句话叫做劳饥变渴,这句话只有亲身经历才能深刻感受。当我俩又把第二筹头草艰难背回来后,躺在渠边不想动弹。经生产队称草员称量,那天早上我割了64斤草,同伴割了62斤草,青草9斤1分,我一早上割草所得的工分,同一个女劳力一天挣的工分差不多,心里有些高兴。

从当年五月底休学回家劳动,到第二年春节前生产队决算,我挣了将近1600工分,是平均能分到两个人口粮的工分。

编箩筐

农村家庭使用的箩头都是从街上买回来的。当时用的箩头有两类,一类是竹篾编的箩头,一类是荆条编的箩头。竹篾编的箩头很少,主要是种竹子的人家少,原料有点缺,而且工艺水平要求高,价格昂贵,一般家庭买不起这种箩头。买荆条箩头不仅要钱,而且荆条箩头小还不实用,这就使我萌发自己编箩头的想法。编箩头一般都是用的荆条,由于我家住的地方没有荆条,就寻思着找来类似荆条的替代品,就是柳条和簸箕柳。找到这些能替代荆条的原料后,反复看,仔细琢磨着使用过的荆条箩头的底部是如何编的。因为编箩头的最关键环节是起底、上靠和收沿。

我先找来几个已经用坏的荆条箩头,拆掉后把能用的荆条捆起来,放到水坑里浸泡几天,待荆条变软时再具体操作。第一次试着编还算顺利,有些效果。然后,进行第二次,当第三次编好后,还确实有模有样,与街上买来的箩头相差无几,增加了自己编箩头的信心。

后来,我就着手找编箩头的柳条。选柳条要选适中,不能太粗和太细,太粗了柳条发硬不好编,太细了编好后不经用。后来发觉簸箕柳条柔软度最好,而且条长,好用。但簸箕柳是生产队专门种的,一般不让砍伐,我就找生产队说明情况,得到允许后,编箩头茎的材料得到解决。

接着要选用箩头绊,就是提箩头的地方,它的材料有柳树和茅糕树(一种树种)两种,主要是有柔软性,便于打造。先用斧头砍好样品后,在麦秸火上烧烤,达到一定程度时用绳子拉住,待放凉后就基本能用了。

各种材料准备好后,我就开始编,起底已经实验几次,没费多

第三章 学生时光

大劲。上靠时我有了新发现,就是底部编时本来是两根的纬条,我用了三根纬条,隔两根经条编,箩头底部就起了一个小棱,好看又耐用。到收沿时仍用这种办法,箩头沿显得粗厚,增加观感,又结实耐用。编的箩头比一般的都要大,特别是拾柴装草时能盛得多。

我用自己编的箩头去割草时,邻居们发现这个箩头既美观又实用,问我从哪里买的。我神秘地告诉他们是自己制造的,引来好一阵笑声。

后来,邻居周妈想让帮她家编一个箩头,我爽快地答应了她,给她说了要选用的材料。待材料准备好后,先放在阴凉地方,等到下雨天,不能下地干活,我就到她家用一上午的时间编好了一个箩头。那天上午周妈家给我改善了生活,吃了鸡蛋捞面条。

随后还有几家也想让我编箩头,我都一一答应,尽量满足他们的要求。后来,只要我家有什么困难,他们知道后都会主动帮忙,邻里关系更加和谐。

拉桐壳

在农村,家中用来煮饭的柴火是重要的物资,那时候遇到阴雨天柴火潮湿,做一顿饭很费时间不说,有时候由于火量不够,煮的饭可能半生半熟。还有因缺了一把柴火,面条下到锅里水烧不开而煮成了面糊糊的事。因此,人们千方百计为柴火而不断奔波,为烧柴而不时发愁,我家也一样。

1972年后秋时节,因为缺柴,各家各户都在想办法自己解决。我们生产队论辈分叫六叔的一家,准备到西峡县丁河亲戚家去买桐壳,因为桐壳的燃烧火力足,含有油脂而耐烧,拉回来当柴火烧,不知母亲是如何知道的。

她同我商量说:"咱家缺柴,你六叔要到西峡亲戚家买桐壳拉回来烧柴，我想让你同他们一起去。"

我对母亲说："咱家没有拉车（人力架子车），咋去呀？"

母亲又说："你乔妈家有车，我去借她们的车，借到车你能不能去？"

我说："能借到车我就同他们一起去。"

母亲到乔妈家商妥了借车的事，同六叔家商量好出发的时间，在家做了去拉桐壳的准备。当时，没有什么好准备的，母亲蒸了白面和玉米面混搭的馍。因为是深秋，多准备了两件穿的衣服。听说山里面有草鞋穿就没有准备鞋子，只穿了一双平时穿的旧布鞋。

从内乡到西峡是山路，称之为八岗八凹。那个年代是沙石泥路，有100里开外，西峡到丁河还有几十里路，加起来140多里的路程。因为不能在路上过夜，也没有在路上过夜的条件，所以去的那天后半夜我们就动身了。六叔和大儿子一起，他大儿子同我的年龄差不多。他们俩一辆架子车，我一个人一辆架子车。开始走时，六叔坐在车上，儿子拉着，我一个人拉着。走了很短一段路后，我们想了一个办法，把我拉的架子车前把捆绑到六叔家拉车的后面，六叔仍然坐在车上，我同他儿子轮流坐车，轮流拉车，遇到上坡时，车上的人下来。

平路时一人拉着，不时有上下坡，下坡时不用费力，借助于冲力能到前面的半坡上。因为是第一次同别人出远门，又是拉车，还有些兴奋。到中午后我就感到疲惫，但不会说出来，一直以一种较好的状态坚持着。中午饭啃了些干粮，到路边有户人家找了水喝，将近半夜时分，赶到了六叔的亲戚家。

山里人热情好客，又是亲戚。六叔向人家介绍了他的儿子和我，亲戚家烧水让我们洗了洗脸和手，又给我们下了面条，安排我们三

第三章 学生时光

个人住下。

第二天起来时，已到了中午时分，亲戚家等我们吃完饭后，六叔向亲戚家说了来意，攀了家长里短。下午和第二天，我们就买了桐壳，亲戚家要挽留。第三天中午又买了一些，达到六叔的基本要求。他爷俩的车子装得很满，约有1000斤开外，我的车子也有七八百斤。中午吃过饭后，告别六叔家亲戚，从丁河往家赶路。

六叔家的车子较重，他不放心儿子驾把，自己亲自驾着，儿子在前面当拉手。我是一个人驾着拉车走在他们前面，遇到小坡路时，他儿子可以从后面帮推一下车，这样我也能顺利上坡。遇到大坡，我坚持到拉不上去的时候，慢慢地把车停下。他爷俩把车拉上坡后歇息片刻，儿子折回，帮我把车推上去，之后我们再一起赶路。

我不知道，可能是六叔早计划好的，过西峡县城时，已近夜色，六叔对我说："今天晚上咱们就住这里，明天再走。"

我说："我随你们，咋都行。"

我们找到了西峡县戏院门前，两辆拉车并排车把向着墙壁，上面用一个单子照着，下面铺上六叔准备的草席。我和他儿子手里拿着干粮去找吃的，六叔在原地看车。好不容易找到一家卖粉条汤的饭馆，忘了是一毛钱一碗的吧。我俩各自喝了一碗汤，吃了自己的干粮，他儿子给卖饭的人说了好话，用碗盛了汤给六叔喝，之后又给人家还了碗。

随后，我们都没脱衣服，躺在草席上。由于非常疲惫，天气虽冷，我很快就睡着了。

天刚蒙蒙亮，六叔喊醒我们往家赶路。开始时还是仍用头天下午的办法赶路。天不凑巧，走了一段路后，就下起了蒙蒙细雨，细雨落到身上，冷飕飕的，我们都换上了事先准备的草鞋，绑紧后还是挺把滑的。

　　由于下着细雨，路上有些泥泞，拉着重车特别吃力，遇到坡路，我不能把希望全寄托到人家身上，咬牙坚持，达到极限时才停下来让六叔帮助。

　　到晚上时，我们到了内乡赵店乡大谢岗村。天仍下着小雨，六叔说晚上要住在这里，因为这里是六叔儿子的外婆家。我姐婆家也在这个村子里，只是姐姐、姐夫都在外省工作，家里只有姐姐的婆婆和公公及姐夫的一个妹妹。

　　六叔和儿子先到村里安置好后，向姐姐的婆婆和公公说了情况，他们到村口接我。由于一直下着雨，路面很滑，遇到一个小沟，我在前面拉不动，他们就从后面用力连抬带推。我没有把住滑，一下子趴到了地上，待起来后把车子拉到门口时，他们发现我脸上有血。我没有觉得疼痛，他们赶紧从家里找了止血草毛拉穗按到伤口上，这才止住了血。

　　姐家老人给我烧了水，洗了手脚，吃了他们做的饭后就睡下。

　　第二天雨过天晴，吃过早饭，我们都把桐壳拉回了家。过几天揭去止血用的毛拉穗，发现眼角眉毛上方破了一个小口子，已结痂。后来，眼角眉上留下一个小小的伤疤，这伤疤使我一生难忘。

　　经历了休学的各种劳作生活，我长大了很多，成熟了很多，懂得了很多。从高中毕业后回乡劳动，到后来参加工作，直到退休，不管遇到任何困难，我都能百折不回、勇毅向前，我都会感恩给予我生命的人、给予我帮助的人、给予我指导的人、给予我力量的人。

六、逐梦又复学

1973年春季，我又复学到内乡第一高中上学，被编在高二五班。在"教学回潮"的思想影响下，学校基本上走向了正轨，开设了英语课。从我们任课老师的情况来看，反映了学校对这届学生重视的程度。任课的各科教师都是"文革"前具有一定知名度的教师，实际上都在做着这届学生要直接考大学的准备。

复学后，我的目标是努力学习，通过考试上大学。班级里恰好有小学就认识的同学明超，我知道他的学习很好，就自然成了好朋友，一起努力学习。

因为在初中和高一欠账较多，英语学科是最薄弱的。我首先从英语学科上进行突破，缩小和同学们之间的差距。担任英语课的是学校教导主任，他是新中国成立后名牌大学英语专业毕业，教学方法适合我们当时学生学习英语的特点，授课时讲解通俗易懂，易于学生接受。我除了认真听课外，主要是邀上明超，每天都要到学校靠院墙没人的地方进行英语朗读，背诵英语单词，还要相互提问看掌握的程度如何。英语进步速度很快，靠着这些方法我补回落下两册英语的内容，基本上和大家能同步学习。

文科学科，只要老师要求背诵的内容，我一定同明超一起用朗读、默读、背诵、互背这些形式加强记忆，牢固掌握知识。理科学科，上课认真听讲，独立完成作业，遇到不会的地方记下来，或者询问其他同学，或者找老师解答。我衣兜里装着不同的小本子，记录有理科公式、文科背诵内容、英语单词等，空闲时随时可以看看，便于掌握知识要点。

半学期下来，我在班级的学习成绩自认为是前列的。然而，

1973年夏，由于受到"白卷英雄"特殊事件的影响，短暂的"回潮"被批，又出现了否定文化知识学习的歪风。

当年7月，发生了震惊全国的"马振扶公社中学事件"。由于受这个事件的影响，很多中小学校都不敢再提抓文化课的教学了。

12月15日，该县革委会对"马振扶公社中学事件"做出组织处理，但事情并没有因此而结束。上级把这件事称为"修正主义教育路线进行复辟"的典型，随即要求各地区检查是否存在类似情况。刚刚恢复的正常教学秩序再次受到冲击。

1973年底，河南省教育行政部门下发通知，要恢复秋季招生。按照这个要求，内乡第一高级中学准备让我们这一届学生延期到1974年秋季毕业。春节过后，满怀着一片美好期待的心情，冒着严冬踏着积雪又到学校报到，自己从心理上做好了开学的一切准备。

然而，从1974年开始，在全国范围内又开展了"批林批孔"运动，教育方面紧随其后。快到学校时，映入眼帘的是学校大门口外大幅白纸黑字所写的"迅速掀起批林批孔运动""全面肃清修正主义教育路线回潮的流毒"的大幅标语，没有开学的一点迹象，一场"寒春"又要到来。

到1974年4月，具有市民户口的一些学生学着别的地方的样子，要求提前毕业，不在城里吃闲饭，要下乡接受贫下中农的再教育。随之也有类似内容的标语在校内出现，上课成为"天方夜谭"。在这种情况下，县里和学校同意这届学生可立即毕业，在县城东关剧院召开了"欢送知识青年上山下山"大会。随后，市民户口学生都在做着下乡的准备。

农村户口的学生如何办，学校没有明确表示，但也不可能再留到学校上课了。三五成群地议论着、商量着，无奈地提前离校。

第三章 学生时光

那些天，自己一直想着，学不成了如何办？那个年代，那个年龄，那个阅历，那个经验，不可能有明确的目的，只有随波逐流，回家再说。

离开学校之前，我到新华书店购买了一幅纸画，用那个年代最为流行的做法送给尊敬的班主任，也是任语文课的老师。用这种表达方式感谢他对我在校期间生活上的关怀、学习上的教授及各方面的关爱。几次到他的寝室的门前，都没有找到他，我就从门框上方的天窗处，把写有祝福老师话语和落款自己名字的这幅画塞了进去，望着门框缓缓离去。

隔一天，正当我们几个学习较好、交往较多的农村户口同学商议着啥时候离校时，碰见了班主任老师。

他见面后对我说："你啥时候离校呀？今天晚上到我住室一趟。"我回答了他的话。

晚上，我如约到他的住室。

他开口就说："送的画收到了，感谢你在这个时候能想到老师，我就知足了……"

不够明亮的灯光下，师生两人沉默了一会儿。他接着询问了我的家庭状况，给了我回去后如何能得到大队干部了解和熟悉的"锦囊妙计"，再三告诫我在以后的成长中要特别注意的方面。我没有更多的话对老师说，甚至连谢谢老师的话也没说出口，回望着老师，心中有一种说不出的不舍，离开了班主任老师的住室，向寝室走去。

事先做了一些准备，学习用品等都提前拿回了家。第二天几个关系非常好的农村学生按照计划，准备轮流到各家相互熟悉后再回生产队。就这样，没有毕业的毕业生，没有毕业仪式的毕业生，没有领到毕业证的毕业生，没有告别就告别了，没有告别仪式就告别了，没有相互告别的鼓励话语就告别了。我们都离开了学校，结束了高中时段的生活。一个特殊的时代，留下了我们这一代人最难忘的印记。

按照事先约定，我们五位同学都是一个公社，相距也不是特别远，无论到谁家都要吃一顿饭。

第一家去的是明哲家，他父亲那时在供销社工作，是当时人们工作时最向往的单位，他家是我们五个人中条件最好的。

四月间，和煦的阳光温暖着大地，空气中弥漫着乡村中特有的泥土香。到他家后，我们在房前屋后溜达了一圈，中午，他母亲给我们做了好吃的饭。下午本来要转到克俊家，但午后明哲说今天大家不走了，帮他家出猪圈粪，实为挽留大家在他家住宿。

下午，明哲从邻居家找来了锨锹、箩筐、勾担等劳动工具，开始出猪圈粪。出猪圈粪的活在农村既是脏活，也是累活，有的刨，有的装。我个子稍高，有点力气，挑粪的任务就落到我的头上。中间休息时，不知是谁说了句，一会儿要把粪筐装满，看谁能一次挑得最重。恰好生产队称量的秤放在他家里，我们都说行。

接着"比赛挑粪"的活动开始了。他们几个人有点想坑我的意思，故意把粪筐装得很满。我先用勾担挑着试了一下，确实很重，但故意没挑起来，他们几个人开始起哄，还说了几句调笑的脏话激我。我说你们信不信我能挑起来？

他们仍然起哄说："你要能挑起来，晚饭我那个馍不吃，让给你。"我说："说话算数。"

话音刚落，猛一用力，两个箩筐一离地，担箩筐的勾担咔嚓一声从中间折断，箩筐落了下来。我又调笑着说，是你们这些丧门星说坏的，引来大家一片笑声，比赛就这样夭折了。明哲又到另一家

第三章 学生时光

借了勾担，一个下午，我们就把猪圈的粪土清理干净，又垫了新土。

晚上没有什么可干，特别是农村，没有电灯，只能透过门窗看到每家煤油灯发出的微弱光亮，村里显得比较安静。我们几个结伴到村头空旷的地方转悠，七嘴八舌、没有方向地胡侃了好一阵子，约摸时间差不多了，又回到了明哲家。由于家里没有多的床铺，就在他家厢房的地上铺了些麦秸，找了两张席子和两床被子，没有脱掉衣服，闹腾了好长时间才睡下。

第二天天刚亮，我们几人早早起来打扫房间，他母亲已做好了饭。吃过早饭后就要向离明哲家十几里路的张庆家去，随后是克俊家和明超家。经过四天的转悠，我们对各家的情况有了一些了解，看到了农村的实际情况，发出许多对社会、对个人今后如何发展而"无知"的议论，感慨人生，憧憬未来。

最后到我家时，已是第五天的中午，母亲为我们准备了四个简单的菜，还做了大家都想吃的咸大米干饭。不知是几天来都觉得累了，还是感觉吃过这顿饭后要离别的原因，每个人的情绪不高，闲聊的话语少了许多。因为是在我家，心里明白其中缘由，打足精神说了很多调侃的话，大家的心情才好了许多。吃过饭后，不愿意离别地离别，不想分开地分开，这种场景实难表达，但我们还是离别了。

时光荏苒，学校的生活，我们一起努力过，一起幻想过，一起分享过，不管未来怎样，成长的路上一定有你有我，不管相聚在何时，我们都不会抹去这段记忆……我在心里默想着。

望着他们离去的背影，那短暂的时光与点滴的苦涩在心里流淌，心里一下子觉得空荡荡的……

第四章 乡村生活

第四章　乡村生活

告别同学们后回到家中，心里难以平静。人生就是这样的奇妙，多年的学习努力，多年的生活磨炼，在这一刻似乎如云烟一般向着远方飘去。夜里，更深夜静，万籁俱寂，躺在床上，思绪万千，难以入睡。

第二天早上，打开窗户，一股清新的空气随风而入，我缓缓走出房门。院子里老槐树、梨树、椿树还是那样挺拔，已冒出了新芽。我曾在这树下度过无数的春日和午后，在茂密的叶子遮蔽下，读书作业，充满着对未来的憧憬和希望。从今以后，我还要在这里同它们做伴，迎来又一个明天。

我出村向湍河岸边走去，河水潺潺流动，没有一丝涟漪。一阵微风从南吹来，大脑清醒得出奇，一下子找回了内心深处的希望和自信。猛一回首，村中各家各户屋顶上的一缕缕炊烟向空中飘起，我迈步往家里走回，不然，母亲还要为我吃饭着急。

早饭中，我向母亲述说了高中毕业回家劳动的一切来龙去脉，她不时发出叹息。饭后，我独自一人向村东边的田野走去，看到了许多熟悉的面孔，不时地同他们打着招呼。春日的阳光高高升起，洒满大地，田野似一幅美丽的画卷，各种颜色交织在一起，构成一幅生机勃发的春景。春风吹过，带来阵阵清新气息。

一个上午，我都沉浸在这气息中，心旷神怡。我向大地呼喊，要用这土地深处储藏的丰富养料助我再进一步成长，无怨无悔，一如既往。

一、回乡决心书

一天,我到了生产队长家,论辈分问生产队长称三爷。我向他打了招呼。

他说:"怪稀罕的,你不是在城里上学吗?有啥事就说。"

我说:"提前毕业回咱队劳动,就是来向你报到的。"

他说:"好啊,你还是咱们队这很多年的第一个高中生,比俺有知识,以后有用着的地方,先歇几天再说。"随后,又寒暄了几句,我就回家了。

回家后,想到了离校时班主任老师给我出的"锦囊妙计"。思索了又思索,想了又想,采取当时最时兴的一种方式,发挥我的特长,以忐忑的心态给大队党支部写了一封回乡决心书。

决心书写在当时大白油光纸上。根据当时的形势,我用红色墨水隶书字体,按比例写了"毛主席语录"几个大字,并用蓝色墨水在"毛主席语录"几个字的外边都镶了一个边。下面用黑色墨汁写上了毛主席语录中最著名的那一句:"农村是一个广阔的天地,在那里是可以大有作为的。"接着,空一格按规划好的字矩写了"决心书"三个大字。三个大字的字体是仿宋美术字,颜色是黑色,并在每个字的外边用红色墨水镶了一个边,离远看去非常醒目。下面是决心书的正文。

正文开头是"东方红大队党总支部"。

接着,第一段用了大量的文字赞美祖国的大好河山和当时国家的形势。第二大段回顾了自己从何时到高中上学,以及在学校中受到的教育、学得的知识和建设农村的本领等方面。第三大段主要是向大队党总支部表态,如何在这样一个知名度很高、做出贡献很大、成为全县先进典型大队的广阔天地里，战天斗地，接受贫下中农再教育。在语句上经几次修改，语言流畅，体现出一定的政治觉悟和一定理想，读起来有些感人。

最后落款是内乡第一高级中学和自己的姓名及某年某月某日。整整三满张。写好后我铺在地上，反复阅读，生怕有什么纰漏，满意后卷了起来。

原东王营大队旧址

一天，我带着在家煮的浆糊和决心书到了新址的大队部所在地。这是第一次到这个地方，见到了一个老人，他自我介绍是大队通讯员。他问我有什么事，我向他说明到大队部的原因，老人非常热情。我看到一个挂有会议室标牌的墙壁能够贴下，而且位置较好。征求了那位老人的意见后，就把决心书贴到那里，反复检查贴实了没有，直到放心为止。

我告诉他帮我看住,别被小孩们撕掉,就告辞了那位老人,离开了大队部。已是近五月的季节,麦田的青味和油菜的芳香扑鼻而来,一幅田园风景。我无心思去欣赏美景,也无心思去品味花香,思索着,回味着,畅想着就到了家。

世界上的很多事情是那么不可思议,"有心栽花花不开,无心插柳柳成荫"。写决心书本来是从老师毕业时告诫自己的那些教诲中受到启发,所想的一种当时流行的笨拙方法,却在那个特殊的年代,使一个没有任何背景的高中毕业回乡的学生被大队干部认识和了解,给自己提供了成长的机遇。

决心书虽然是一篇稚气很浓的文章,但从中可以看到一个学生的文化基础知识、综合素质、文字水平及书写特长。追根求源,主要是受到当时学校教育环境,特别是小学和中学老师及班主任的影响。如果没有小学老师上课板书时对自己文字方面潜移默化的影响,如果没有高中语文教师对自己作文的指导,如果没有班主任推心置腹的离校忠告,也就不会有这篇"回乡决心书"。

作为一个教育人,从回乡后写的这篇决心书以及个人成长发展过程中,想到了一些值得深思的东西。

学校作为教育的主阵地,不仅要教会学生掌握必要的文化科学知识,还应给学生全面发展提供更多的机会。在儿童的心理发展中,社会环境,特别是教育起主导作用。这种作用,使儿童心理发展的可能性变为现实,决定儿童心理发展的方向、速度和水平。当环境有利于发展时,潜在的可能性得到充分体现,会达到发展的高水平。否则,就只能是低水平发展,或者根本不可能实现发展。所以,学校教育应在学生掌握文化知识的同时,在尊重儿童心理发展规律的基础上,根据学生个人的具体情况、兴趣和特长,充分发挥教育的功能，努力提高儿童的心理素质和能力，培养他们成为全面发展、适应社会要求的合格人才。

教师是一个非常重要的角色，在学生成长中发挥的作用举足轻重。不仅在给学生传授知识中的角色无法替代，而且在学生个性发展、培养兴趣爱好、指导人生方面更有特殊的作用。特别是教师的言谈举止、行为习惯、兴趣爱好，会事事、时时、处处对学生起着潜移默化的影响作用，甚至有些方面会决定学生的发展方向，影响学生的一生。

学生在校学习期间，应按照要求，努力完成学习任务，听从教师的教诲，从周围的教育环境、老师日常要求的一点一滴中感悟学习的深层含义，纠正、规范家庭和社会上耳濡目染的认识偏差及言行，学会做人。在老师的指导下，观察事物，学会做事。从老师的学识、才能、品行中汲取力量，做一个德智体美劳全面发展的好学生。

二、四次换"工种"

20世纪六七十年代，我县建了化肥厂，生产的化肥是碳酸氢铵，因为有一种刺鼻的气味，农民们就称它为"臭肥"。氨水是生产碳酸氢铵的副产品，可当作肥料来用，特别是化肥厂附近的生产队，因为有地理优势，生产队会派社员去拉氨水。

拉氨水的工具是在人力车上装一个铁油桶，在铁油桶一头的上方安一个喇叭口形的进水口，底部焊一个约直径十公分的铁嘴，铁嘴处绑好一个用旧人力车车轮内胎做成的出水口。

由于每天拉氨水的人很多，按生产队分配的任务，我一天要至少拉三桶氨水。因此，就要早早地去排队，特别是早上要起得更早，不然就完不成任务。

排到装氨水时需要动作快，不然后面的人会大声吆喝、骂娘。有时为争得一桶氨水也会"大打出手"。装氨水时要把人力车的轮胎处用两块砖头支住，以防滑下去，然后用随车携带的桶，提氨水从漏斗入口处倒进去。装满后为防止拉时氨水从漏斗口处溢出，用事先做好的纱布袋把漏斗处堵住。

从化肥厂到生产队指定放氨水的地方，有五六里的样子，中途要上两个坡和过一个村庄。那时年轻气盛，拉车时不用背带，只用两只手攥紧人力车的两个把，用力拽着车子往前拉。

放氨水的地方，是在地头挖一个方形的池子，池子底部用黄泥夯实，四边用和好的黄泥块堆砌起来，保证氨水放出后不会渗水。因为氨水容易挥发，不及时用到田里，会降低肥效。氨水放出后，人要用桶担到地里，或者有人在地头等着，立即用到田里。

放氨水时那刺鼻的气味会熏得眼睛直流泪，有时不注意用手抹一下，会使眼睛睁不开。那时没有好的卫生条件，装氨水后没有地方用清水洗手，在裤子或衣角处抹几下就算了。时间长了，不是手上脱皮，就是有颜色的衣服会褪色得深浅不一。为了拉氨水有时还饿肚子，特别是早上，如果人多时排不上队，不可能回家去吃饭。遇到下雨天就更遭殃，光着膀子在雨中拉氨水还是小事，最麻烦的是到岗坡上，不是拉不上去，就是快拉上去时车子会倒下来，这是最危险的时候，有一次不小心扭伤了胳膊。

我那时拉的氨水主要是浇红薯窝，要先在每株红薯窝附近用锄头挖一个小窝，把氨水浇上去后再用土封好，以免氨水挥发。

拉氨水的人和把氨水施到地里的人必须配合好。有一次我把氨水拉回后，那人有事半晌没回来，事先说好让我帮他把氨水浇到红薯窝上，我因为浇的氨水多了，有几十株红薯苗几天后被烧死。生产队长检查时发现，不仅罚了工分，还挨了一顿臭骂。

拉了一个月的氨水后，棉花已经出苗了。

一天，生产队长见我说："你不要拉氨水了，咱队种的棉花多，缺一个打药的（实为棉花技术员），从明天开始，和你二叔一起去打药，他有经验，带你几天就会了。"

我说："行。"第二天就同二叔一起背着药桶到棉田。我"转岗"了。

到棉田后，二叔给我讲了具体任务主要给棉花打药，还要根据棉花生长情况给生产队长提建议，什么时候需要在棉花地里做什么活等等。

棉花技术员对棉花的病虫害防治是其重点任务。刚开始，我不知道棉花生长到什么时候，有啥虫害出现，更不知道用什么药来防治，我就向二叔请教。那时的农药种类，主要有666粉和1059、1605、3911剧毒液体农药，还有毒性较小的"乐果"液体农药和石灰硫黄合剂（土农药）。

棉花刚出苗时，最怕的虫害是"地老虎"，俗称为"土蚕"。它们昼伏夜出，一只"地老虎"一个晚上可危害多株幼苗，而且都是从幼苗挨着土层的根部咬断，咬断后这株棉苗就不会再长了。"地老虎"会再次钻入地里，没有有效的药物进行防治，最好的办法是喷洒敌百虫粉和666粉。喷洒时用的是粉状喷雾器，人们很少戴口罩，只用一个薄手帕把鼻子和嘴捂住。由于是粉剂，一个上午下来，头发上都是粉剂，到水渠里用凉水和肥皂洗一洗就算消毒了。打这种粉剂药都是这个程序。

棉苗长到一定高度时，最大的危害是红蜘蛛，它可使正在生长的棉花苗叶部呈干枯状态,如果不及时防治,棉苗都会成为没有叶子的小枯枝而死亡。防治这种病虫害要用剧毒农药3911或1059。用这种药不能估摸着用,因为那是沾唇落心、三步断魂的毒药。还是二叔告诉我,用这种剧毒农药时要十分注意自身的安全,注意药量和加水的比例,不能过浓,也不能过稀。

打这种农药用的是桶式喷雾器,先把水加入喷雾器,用量杯量药液倒入有水的喷雾器桶内,合上盖子,然后打气。这些程序完成后,把喷雾器背在肩上,用右手拿住喷杆,拧开开关,喷雾头向棉花的叶子上喷洒,一个上午要喷洒10桶左右。

由于是剧毒农药,喷洒时需戴上口罩,如果没有口罩,必须用毛巾把鼻子捂紧,但在炎热的田地里会让人透不过气来,十分难受。干完活后必须认真进行手部、胳膊、口、脸的清洗,预防中毒。

由于剧毒农药的特殊性,管控非常严格。收工后,要在一个人们不注意的地方挖一个坑,把药瓶深埋地下,做好标记,下次用时再把它挖出来。

棉花长到夏季伏天时会结棉桃,伏天结的棉桃大,长出来的棉花纤维最好,能卖出好价钱。为此,棉花技术员在伏天要全力保伏桃。这时的虫害主要是棉铃虫,棉铃虫能钻进刚结出的棉铃内,把棉铃攻掉,棉花会减产。那时生产队唯一的经济收入是卖棉花的钱,生产队长非常注意棉花在这个时期的生长状态,会不时地检查,保证棉花在伏天结出更多的伏桃,秋后才能丰收。

防治棉铃虫的农药可用剧毒性的1059等,也可用毒性稍低的农药乐果。不管用哪种农药,关键是要及时防治。及时防治的办法主要是打药,因为已进入伏天,棉花都长到人的肩头处一样高。打药进入棉田,会汗流浃背,使人透不过气来。因为我刚当棉花技术员,又知道生产队长高度关注，这一时间段不出问题，才能确保秋季棉花能取得丰收。在将近一个月的时间里，我和二叔无论天气再炎热，太阳再毒辣，棉田再不透气，汗水流得再多，始终奋战在棉田里，确保伏期棉花坐桃时段不发生病虫害，为那一年棉花丰收打下了基础。加上那年天公作美，棉花高产，我和二叔都受到生产队的表扬，这项劳动也受到队长的充分肯定。

经过几个月的劳动，我对棉花的播种时间、生长习性、生长中各个阶段需要注意的技术问题，如整枝、打杈、打顶等都有了很多了解，获得了棉花技术员应当掌握的基本知识。

正在我一心扑在农活方面时，又遇到了意想不到的事，当民办教师。民办教师出现在20世纪50年代，是我国中小学全部为公办学校的时候，不列入国家教师编制的教学人员，是为补充当时师资不足的主要形式。除极少数在农村初中任教外，绝大部分都在农村小学任教。一般情况下，由学校或大队提名就可以，这被称为队办民办教师。后来，需经教育行政部门审查批准，发给任用证书，这被称为正式民办教师。在待遇上，除享受生产队同等劳力工分报酬外，还有国家按月发放一定数额的经济补贴。

随着改革开放，到1992年，国家明确提出了解决民办教师问题的"关、转、招、辞、退"五字方针，民办教师成为历史。

我这里所说的民办教师实际上就是校长临时决定使用的教师，被称为代课教师。一天，我正在菜地里浇水，东方红小学（原东王营小学）的李校长找到我家。他自我介绍说："我是咱们学校的校长，姓李。"

我有点丈二和尚摸不着头脑说："好，你坐，到我家有事吧？"

他说："确实有事，听说你今年高中毕业？还给大队写了决心书，大队干部们都觉得你写得不错，今天我捷足先登，想请你到学校当老师。"后面他又讲了当老师的很多优势。

我一怔，然后缓过神来对他说："谢谢你，我得给生产队长说说。"

他又说："你不用说，我已经跟大队干部说了，如果同意，大队干部会给生产队长说的。"我应了一声。

他说："如果你没有啥意见的话，明天到学校找我。"说罢，他就告辞了。我当时一点社会经验也没有，不知道如何处理这个事，第二天就到学校找校长了。

他直截了当说："五年级缺一名语文老师，你就任这个班的课。"然后让学校一位老师带着我领了教材、笔记本之类的东西，并带我到该班，向学生们介绍我是一位新老师后，我俩都离开了该班。下午我就见了该班的学生。

我不知道如何备课和怎样讲课，就按照在上学时老师给我上课的样子，第二天就到班级上课了，要求学生们如何学好语文等。

说来也巧，晚上住在邻队的大队团支部书记到我家，讲了很多大队青年团工作的情况。

临走前对我说："咱们大队团总支部是县里的重点，最近要成立一个'法家著作译释小组'，要求咱大队牵头，你又是高中生，想让你参加。"并讲了很多参与此项工作带来的好处，临走时又对我说："想让你担任大队团总支部二分支部书记，以后有很多锻炼机会。"我感到话里有话。

没隔几天，大队通讯员找到我家，自我介绍后说："我来是通知你下午到大队部去，民兵营长找你。"

我回了他的话说："知道了"。

第四章 乡村生活

下午我到大队部去，民兵营长已在小会议室等着我。实际上我不认识他，但已估摸到他就是民兵营长了。

我到门口问："你是李营长吗？"自我介绍我是谁。

他说："你过来坐，咱俩谈谈。"我顺势在他对面坐下，他谈了大队民兵营的情况，说了几句夸奖我的话。

最后说："你回家后写一份材料，谈谈从学校回到农村后如何在农村发挥青年人的作用。"

我回了他的话后，就告辞回家了。

事情就这么凑巧，几天接连三件事，我基本上清楚了，是那篇决心书"惹的祸"。特别是民兵营长的手段最为高明，还要再"考察考察"。事后知道了我的判断是正确的，他想让我任大队专职民兵副营长。

"好事"连连，却难倒了我，一连两天抓耳挠腮，没有办法，这时我又想到了班主任老师。

找班主任老师倒没费劲，我向他详细说明了回家后的情况，特别是近几天发生的事情。

他直截了当说："我是老师，你父亲也是老师，你不知道老师地位低吗？我不反对你当老师，但要做好心理上的准备。"

我听出了话外音，他实际上是不赞成我当民办教师。当谈到民兵营长的谈话和团总支部书记意见后，他倒比较明确地赞成后者，因为他谈到青年团是最能锻炼青年人的地方。我如获至宝，心里已经有了底。告辞了班主任，在依依不舍地回望中走回了家。

当民办教师的第六天，我事先想好了原因，找好了托词，向学校校长请辞。他表面上看着若无其事，其实内心非常生气。事后知道他找了当时全部的主要大队干部"告了我的状"，说我"不接受贫下中农再教育"之类的话。

我没有理会这些,也不找大队干部自证清白,正常参加生产队劳动。

后来,我任大队团总支部书记后,有一次到学校作一个辅导报告。报告结束后校长敞开心扉给我谈了他当时的迫切心情,我理解了他。参加工作后,我与他经常联系,成了忘年交。

转眼一晃,回到家乡已经好几个月。我目睹了当时生产队的状况,了解了生产大队的生产经营情况,掌握了从事生产队劳动的一些技术,听到了普通老百姓的声音。初步经历了从一个对农村生产劳动认识不多到对各方面都有所认知的阶段。思想感情、从事劳动、待人接物、语言表达都很接地气。

当时,大队驻有县委工作组,我们生产队有包队的工作组两人,一人姓江,他四十多岁,是县委组织部的工作人员。另一位姓朱,是县妇联会的干部,年龄比我大不了几岁。我回到生产队后,在劳动和开会时有一些接触。同时,我那时已担任大队团总支部二分支部的书记,参与了一些大队青年团举行的活动,他们也有一些耳闻。

进入冬季后,由于生产队劳动任务相对少些,要开展一些教育活动。一天,工作队小朱给我谈了生产队的情况,说明他们两个包队的任务之一是要抓好基层组织建设,话里话外都能感到对我的期望,最后明确说了想让我做生产队会计的事。

生产队会计不算什么职务,但在生产队中的作用举足轻重。因为那时的生产队长一般不识字,即使识字也不很多,都是凭经验来带领生产队的。生产队会计要通盘考虑生产队的经济发展情况、经济收入支出情况、社员们春秋两季分配情况以及农村基本建设、水利设施建设等情况。

我对她说:"刚高中毕业,没有经验,不知道能干好不能。"

她说:"经我们反复商量,虽然你经验不足,但有很多别人不及的地方,年轻、有知识,在学校担任过干部,基础好,只要用心,一定能胜任。"

她接着又说:"这不是我们俩的意见,是经过工作组同意,报大队党总支部研究的,希望你能够愉快接受。"他还讲了对这件事的认识和自己的工作经历。

一天晚上,生产队全体社员大会在牛铺场的屋内召开(那时就这条件)。会议宣布了大队党总支部的决定,由我任生产队会计,队长表了态,我也向大家表了决心。

任生产队会计后,我就进入了状态,要采取通过调动广大社员劳动积极性、抓好生产劳动、提高单位亩产量、发展经济作物生产、增加收入的初步想法,同生产队长和工作队形成了一致意见。

先是同生产队长商量,对生产队已种植的冬小麦进行镇压、施肥、浇水一起抓。要保证麦田在上冻前既能有效分蘖,又不出现旺长,就必须对小麦进行镇压。要根据墒情,在上冻前浇封冻水,保证麦苗安全过冬,避免受到虫害。来年春季气温回暖之后,浇返青水,促进小麦进行二次分蘖,在分蘖期间还要加大氮磷肥料的施入。由于抓好了这些环节,这一年小麦获得了丰收。

麦收后和生产队长、工作组干部抓了两件事。一件是在种玉米前把从县城换的几座旧房屋的壮土全部拉回到生产队堆起来。种玉米时地里都撒了壮土,苗出来后,非常壮实,中间抓好除草深耕。玉米苗长到八大叶时,我找到在物资公司工作叫大奶奶的人,好话说尽,死缠烂磨,批了 900 斤尿素。这在当时非常不容易,因为物资供应是有计划的。买到 900 斤尿素后,生产队召开会议,给社员示范如何给玉米施这些化肥，做到科学、细致、均匀。在土肥和化肥的作用下，玉米苗像喝了油一样，生长态势非常好，玉米根粗、秆壮、叶绿、穗大。秋季玉米又获得了大丰收。

另一件事，抓好棉花早期种植和后期管理。早期种植是营养钵育苗移栽，要经几道手续。先把粪土碾碎，再洒上适量的水润湿，拌匀后用类似于打蜂窝煤球一样的工具打制出来，打制出的营养钵呈圆柱形状，一端有一个凹坑。然后，在每一个钵的凹坑里植入棉籽，把钵体整齐放入育苗的棚子中，上面封上一层薄土。待棉籽发芽长到一定的高度，把钵体连棉苗一同取出来，用架子车拉到田里进行栽种。这种方法，棉苗长在粪土上，养分充足，生长速度快，而且把种棉花时间提前，利于棉花生长。在后期管理方面，着重狠抓病虫害防治，提高棉花伏桃率和结桃率。秋天主要提高摘棉花、晒棉花的技术。

在那一年，有一件事至今回忆起来，总觉得对不住社员们。那时生产队在晒棉花时，主要是在牛房上，牛房是机瓦盖的，平展还方便翻晒，夜里不用派人看守。缺点是周期长、不透风，棉花颜色差，卖棉花时价格要受到影响。还有一种方法是在麻秆织成的簿子上晒，这样周期短，透风，棉花颜色好，卖棉时价格会高些。但是，生产队里没有簿子，各家各户的簿子都在晒自己的萝卜丝。我和生产队长商量后召开会议，分配每家拿出簿子的任务，虽然社员们都按要求做，但个别户有一些意见。

在晒棉花的高峰期，牛屋的房坡上用檀条支着簿子晒，一部分在场里用架子架起簿子晒。有一天，感觉天气有些变化，但不能确定有雨。我没有惊动社员们，有意识安排了一个有经验的老农，让他夜里不睡觉看天气是否变化，实际上我也一直没有睡觉。因为遇到下雨天，如果不及时把晒的棉花收回，那损失是不可挽回的。大约后半夜时分，那位老人找到我说："凭经验，这天憋不到天亮，肯定要下雨。"

我同意老农的看法说："你打钟去，我马上就到。"

钟声敲过之后，有一些社员相继到打钟的地方集合，我提高嗓门说："天可能要下大雨，大家抓紧把棉花拿到保管房。"社员很快行动起来，但人员较少，又去敲了一遍钟，还是有个别人没来。我像发了疯一样，到各家各户去敲门推门，大声喊着天要下雨了，快起来到场里拿棉花，不时带有几句"脏话"。这些人起来后，都一路小跑到场里，紧张地干起来。

那位老人的预测和我的预测一样，当刚把全部所晒的棉花收拾好后大家还没回家时，大雨就下起来了。事后，社员们都非常佩服我能把天气预测得那样准，要不然队里一定会遭到损失的。这是二十来岁的我在任生产队会计不长的时间里，第一次向社员们说些脏话，几十年来每每想到此事，总感觉愧对他们。

这一年，生产队取得了夏秋两季小麦、玉米、棉花大丰收。夏季社员人均分到了 125 斤小麦，秋季不说分到的红薯，还分到折合净玉米籽 170 斤，创造了生产队历史上社员分粮最高水平，棉花也获得了好收成，工分值增加了约 20%。

到第二年春季，已担任大队团总支部书记的我，看到社员们早上还能喝上玉米糁汤、中午还能吃到白面条饭时，打心眼里高兴。

三、灵山拉石头

为了保证旱涝丰收，整个大队田间地头都修有"硬边渠"。它用石块砌成，再用水泥勾缝，保证渠水能自流到田地里。

修"硬边渠"的石块按修渠的长短，经粗略计算，石块按斤数要均摊到生产队每一个社员身上。拉石头不讲原因，拉回来后到指定的地点进行称量。

　　那时我刚高中毕业回家不久，生产队已催过多次，队里还有一家同我家有点类似，也没能完成任务。我同那家的男孩商量，啥时间一起去拉石头。按辈分，他是叔字辈，因年龄一样大，平时就喊名字。

　　拉石头要提前借到人力车才能去。我俩约定好去拉石头的日子后，我就到大姨家借来了人力车，他从别人家借了人力车。

　　拉石头要到离我家有二三十里的灵山。夏天非常炎热，吃过中午饭后，俺俩就出发了，去时下身穿了长裤子，因为上山后怕有刺条扎腿，上身只穿了背心，拿了长袖衣服和一条毛巾。为了减少体力消耗，把另一辆绑在后面，去时俺俩互换，一人在前面拉，另一人坐在车上。

　　经过两个多小时的路途，就到了灵山某一处的山上，找到别人用炸药爆炸过的地方，是人家拉走后剩余的部分。拉的石头应当有平面，不然到生产队验不上就等于白费力。俺俩先将挑好的石头堆起来，然后要一小车一小车地把石头运到稍平坦的地方后再装车。这时已到下午五点左右的时间。俺俩抓紧时间，要在太阳落前下到山底的路上，不然就很难下山。

　　拉着石头下山最怕的是翻车和跑车，俺俩必须在车把前一人扛住一个车把，然后慢慢下山。当我俩把各自装有1000多斤石头的车安全运到山底时，太阳已经落山了。

　　稍作休息后，我俩开始往家拉。由于天气太热，背心已经湿透，一拧就流汗水，干脆脱成光膀子，把毛巾缠在拉带上，以免肩膀受

第四章 乡村生活

伤。开始时还觉得能够承受，时间一长，筋疲力尽，迈一步都有些艰难。当快到县城南关时，又饿又渴，一点力气也没有。我俩就到附近的户家，要开水喝了一点，躺在路边有草的地方歇息，体力恢复后，继续往家拉。时间是晚上十点多钟的样子，我俩把车子拉到了县城北关"四新饭店"门前，商量着吃碗面条再往家拉。

为了到饭店不至于很尴尬，我俩都把衬衫穿上。到饭店时人家正准备下班，我问："有啥饭？"

一位稍年轻的师傅一看我俩身上脏兮兮的，不耐烦地说："你们想吃啥饭？"

我知道自己兜里就只有几毛钱的样子，虽然他态度不好，也不想呛他。就说："吃两碗面条。"

他也看出来我俩不像有钱的人，更不耐烦了，顺口就说："没有面条！"

我的同伴一看他在故意刁难我们，就高声说："你啥态度，是看我们没钱吧？我现在就回家拿钱去，你等着。"摆出一副像走的样子。

他也摸不着头脑，以为我俩是附近的人，态度稍有缓和。我借势来了一句："你们'四新饭店'不是有标语写着为人民服务吗？你这态度离为人民服务差得还远着呢，不然叫你们领导来。"我提高了嗓门。

大概里边的人看到这两个年轻小伙子不好惹的缘故，生怕事情闹大了影响不好。一位年龄稍大的师傅说："好说，你们吃啥都行。"

同伴乘坡下驴，感到再僵持下去不好收场。就说："不麻烦你们了，就做两碗炝锅面。"在那个年代，两个二十来岁的年轻小伙子，为了能完成生产队分配的任务，竟然采取非常办法达到吃一碗饭的目的。

就这样，在同他们斗智斗勇中，我俩吃了炝锅面。

吃完饭后，我俩都恢复了体力，当把石头拉到生产队指定的地方卸了车后，午夜已过。这件事现在回想起来，觉得非常可笑，也感到非常辛酸，从不想回忆。

第二天过了秤后，我俩拉的差不多一样重，都在1200多斤。

这次拉石头后，我俩有了经验，后来又拉了几次，每次都带有干粮，完成了生产队分配的任务。

四、同队长一起买牛

20世纪70年代，牛是生产队的主要生产工具，生产队要靠牛犁地耕种，各种运输任务是用牛来完成的，牛最好高大、体壮、膘肥。我们生产队由于经济条件不好，有三头牛既老还弱小。1975年春，每逢农村有庙会，队长都要去集市上买牛。我因为去的次数多了，连牛经纪人交涉的手势暗语都能看懂，什么牙口是牛的什么年龄，牛的领头代表牛的力气这些方面也略知一二。

在农村集市上买不到理想的牛，队长打听到西峡山里面牛的价格便宜些，有可能买到理想的牛，就商量着准备去买牛。队长非要我同他一起去，主要看我是会计又年轻，能帮助他一起处理问题。

五月的一天，生产队长、牛把式组长和我三人背着在家蒸的用化肥袋装的馍，从县城汽车站坐车到西峡县城。我们带着在大队开的证明，那天晚上好不容易找了招待所住下。

第二天，我们到距离县城还有几十公里的深山区桑坪公社买牛。原因是桑坪公社卫生院有我们邻队一个人在那里当医生，还是院长，想通过他帮助我们联系当地的熟人。那时候通往偏僻公社的班车基

第四章 乡村生活

本没有，就早早起来徒步前往。我是第一次到深山，一边走一边向老百姓打听如何走近路。

走近路，距离上看是少走了。但道路崎岖泥泞，一会儿上山，一会儿下山，对走惯平路的人来说，腿脚实在受不了。有时在路上还会碰到有毒蛇爬出，吓得提心吊胆，时不时会冒出冷汗，好在有他们两个给我壮胆，还好受些。

中午我们吃带的干粮，由于是用化肥塑料袋装着，加上天气又炎热，馍上一层水珠，有一股很不好闻的气味，拿出来晾晾，散去气味就吃了，找一个干净的水沟用手捧几口水喝，中午饭就这样解决了。

下午继续赶路，在天黑前，我们到了蛇尾公社，住到了公社简易的招待所，吃了点热饭就睡觉。

第三天早上起来后，我们向公社周边的群众打听有没有卖牛的，得到的结果使我们非常失望。早饭后，我们又向桑坪公社出发。

越往前走，看到的是层峦叠嶂的深山和茂密的森林，道路更加崎岖，沿着人们踏出的小路艰难地行走。在下午四点左右的时间，我们赶到了桑坪公社，找到了卫生院。我们向卫生院的人询问老乡，因为他是公社卫生院的名医又是院长，大家都知道他。接待的是一位副院长，他告诉我们李院长已经出差几天，不知道啥时间能回来，听后我们的心一下子凉了半截。由于他已知道我们是李院长家乡的人，又明白我们找李院长的来意，加上山区人特有的热情，我们不安的心情得到了缓解。

晚饭是在医院伙上吃的，这是近三天吃得比较如意的一顿饭，晚上安排我们住在医院。

早上起床后，在医院伙上吃了饭。饭后，我们又到附近的村民家打听，才知道山里牛的价格和平原差不多，我们只带了300多元钱，想为生产队买到好牛的愿望不可能实现。我们三人商量，既然买不到牛，不如趁早回家。这时已近中午，副院长又挽留我们吃了中午饭后再走。

他告诉我们，到县城最近的距离，是从桑坪向西过老鹳河到对岸的陈阳坪公社，基本上是山路。饭后，因为我们穿的布鞋已破，在附近买了几双草鞋。

从桑坪公社到陈阳坪公社大约有50里路的样子，必须在天黑前赶到，如果赶不到，一旦迷路了是很危险的。开始走路的速度比较快，蹚过老鹳河后，遇到的是一片草地，基本上没有路的痕迹，凭着感觉的方向，拨开草和树枝，快步向前，一点也不敢耽误。

好不容易走出草地后，又是崎岖不平的山间小道，我们换上了新的草鞋，绑紧裤腿，忘记疲劳，擦着汗水，相互鼓励，绊倒了，爬起来，朝着陈阳平公社的方向急速快走。

在天黑前，看到前面已有灯光，感觉就是陈阳坪公社。几个小时的急速行走，体力消耗非常大，再不歇歇恢复一下体力，几乎走不动。

歇了一会儿，感觉又饥又渴，找了点水喝后继续行走。虽然非常疲惫，紧张的心理消除后反觉得稍有些轻松，晚上十点左右的时间到了公社所在地。山里虽说是公社，但人口不多，很多住户已经掌灯准备睡觉，安排住宿后就去找吃饭的地方。在紧挨公社一个饭店的地方，觉得是公家经营的，已没有其他主食，服务员态度很好，告诉我们只有粉条汤。我们又到住的地方拿出几个馍，让服务员给我们在锅上馏一馏，他爽快地答应了。

那天晚饭，我们每人可能是花了两毛钱喝了粉条汤，吃了两个自带的馒头，就和身躺下。天亮之后，吃过饭就往县城赶，买了回家的车票于当天下午到家。

经历五天的时间，我们翻了几座山，蹚了该县最大的河流，经过六个公社，步行几百里，怀揣300多元钱，不仅为生产队买牛的任务没有完成，还每人连同吃饭和住宿花掉了生产队10多元钱，都内疚了一阵子。

五、当了团总支书记

虽是生产队会计，我却在生产队发挥了比较重要作用，受到县委驻大队工作组的表扬，还是大队第二分支部的团支部书记，参加县委宣传部组织的"法家著作译释"小组等活动，受到了工作队的关注。

这时，原大队团总支部书记被招工。工作队提议大队党总支部研究由我担任大队团总支部书记，我仍是生产队会计。任大队团总支部书记后，又担任大队总辅导员，参加了在县招待所举办的全县批林批孔辅导员培训班。

培训班结束后，自己根据培训内容撰写了辅导材料，写好交给公社负责宣传组织工作的副书记。经审核后，我在全公社举办的各大队辅导员培训会上，作了辅导报告，受到了参会人员和公社工作人员的充分肯定。接着又连续在不同人员参加的会议上作辅导报告。

回到大队后，大队党总支又召开大队、生产队全部干部参加的大会，在会上又作了辅导报告。辅导报告后，干部们对我有了一定的认识，为后来开展各项工作提供了便利。

为了使运动往更深处发展，根据工作队的要求，又召开了大队团干部、骨干团员参加的大会，就如何开展各项活动做了具体安排和部署。要求以各分支部为主，通过举办宣传专栏、张贴大幅标语等形式，形成浓厚氛围。挑选有一定知识水平和书写能力的团干部组成写作小组，在大队部写专刊。

到大队后工作非常忙，为了不耽误生产队的事情，我向工作组和大队党支部提出不再担任生产队会计，他们同意了我的要求。大队团的工作主要是按照上级要求，配合大队党总支部的中心工作，调动广大青年团员积极参加农村社会主义建设，完成各项劳动任务。按照当时的分工，我主要配合党总支部副书记（实际上是大队长的角色）抓好全大队的农业生产。大队副书记住在我们隔队，他姓杨，社员们都称他为"杨书记"。

当时全大队重要的农作物有小麦、水稻和红薯，大队宏观指导，从季节性和计划性方面做好保障，具体检查督促。安排生产任务主要是分支部书记负责，大队主要是抓好经济作物的生产，特别是棉花生产。

棉花虽是经济作物，还是一种战略物资，上级政府高度重视棉花的种植工作。我们大队是县里确定的重点棉花种植区，每年都要下达种植任务，面积在1000亩左右。

杨书记高度重视这项工作，从任务下达、棉田整理、棉花育苗、长势、收摘、卖棉各个环节都要召开会议，严格检查，确保完成上级下达的任务能够圆满完成。

杨书记是新中国成立后从农村成长起来的那一代基层干部，由于受到党的培养教育，对党对老百姓的情感非常深。他常对我说，没有共产党，一个贫苦农民的儿子不可能成长为一个干部，也不可能有一个幸福的家庭，一定要以最出色的工作成绩报答党的恩情。他干起工作来，有一种"拼命三郎"的劲头，有一种火一样的热情，有一种舍身忘我的"痴心"。

他个头不高,身材稍瘦,外表干练,虽然识字不多,但安排工作讲起话来,声音高亢,语言精练,思路清晰,要求严格,深受干部和社员们的爱戴。

他不会骑车,走路似小跑,下田间,走村户,有时我都追不上。后来,我看他辛苦又劳累,就主动说骑自行车带他,他婉言以对:"农村干部脚上没有泥,腿上没有灰,手上没有茧,就不是称职干部。"我只有服从。

有一次到公社开会,任务是安排到各大队联检,而且都是骑自行车下去的。我看他没有办法,就趁机说骑自行车带他去开会,一直带着他检查工作。这次之后,他不再拒绝我骑车带他检查工作了,还调笑着说:"你成专车司机了!"

到棉田检查工作,他总要给我讲关于如何管理棉花的知识。由于我当了几个月棉花技术员,对这方面也懂一点,他讲后便加深我对这方面的认识。

棉花苗小的时候很娇嫩,易受"地老虎""红蜘蛛"等虫害的危害,容易得黄萎病、枯萎病等。这些病虫害不仅难以根治,而且蔓延很快,药力小了不起作用,容易造成棉苗腐烂,叶片枯黄皱缩,导致棉花减产,必须进行土壤消毒和用药。

棉花喜温怕渍,喜热耗光,下雨天必须排除棉田的水,棉田应当用垄式的。

棉花要进行整枝、打杈和打顶,特别要根据长势情况,打掉多余的枝条。长出多少条枝了才打顶,学问非常多。还有,打杈要区别果杈和荒杈,即便都是果杈,也要根据周围的地势和通风、透光情况来选择该打去哪枝、留下哪枝等等。

  他非常关心我的成长，教我学会工作方法，多次通过让我单独在会上发言锻炼胆量。有一次，公社组织的检查最后总结时，各大队分管工作书记要发言。他事先要我做好准备，让我在会上作总结发言，告诉我要着重讲什么。由于有所准备，发言结束后得到公社领导的肯定。

  我们大队自南向北，沿湍河东岸有27个生产队，距离有十几里长。到生产队检查工作时，中午不可能回家吃饭。他从不给生产队找麻烦，一般情况下，到大队的农技站吃中午饭。

  农技站是生产大队非常重要的单位，承担着全大队农业科学技术推广、良种繁育、生产队农技指导的任务，对分管农业的大队领导干部来说非常重要，利用吃饭时间，顺便听取他们的工作情况汇报。农技站也是一个知青下乡安置点，吃饭时从不搞特殊化，同大家坐在一起吃，总不忘关心知识青年的成长和生活。因此，使我对知青们有了更多的接触，了解他们的思想和生活情况，为做好这方面青年工作提供了第一手资料。

  还有一个地方是他必须要去的，就是大队的湍河林场。它位于湍河西岸，每次不是蹚河去就是要从湍河大桥去，很不方便。湍河林场是为整个大队所用树苗的育苗基地和苹果园，还担负着公社湍河西岸林带所需树木育苗任务，各项工作都要仔细询问，周密安排。湍河西岸地势较低，遇到夏季，林场更是他关注的重点，以免发生灾害事件。

  至于麦田、稻田管理等涉及农作物的事情，杨书记都要亲临场地统筹安排，检查督促。从我协助他工作的过程中，看到一个老党员、老干部的工作态度和为民情怀，看到了一个老党员、老干部对党的无限忠诚和工作作风。从他身上我学到了很多很多，后来我求学、工作都以他为榜样。

六、大队"多面手"

中国共产主义青年团是中国共产党领导的先进青年群团组织，是党的助手和后备军。在工作实践中要紧紧围绕大队党总支部的中心工作，组织广大青年积极参加社会主义建设，开展各种活动，完成各项艰巨任务。作为团的带头人，除具备较高思想觉悟、工作能力外，还应当是一个"多面手"。

在那个年代，政治宣传活动是青年团的重要任务之一。按照工作队和上级的安排，紧跟时代步伐，开展一系列教育活动，并按照青年团的特点，每年"五一""五四""国庆""元旦"节日都要出大型专刊。

要出专刊必须组织写出文章。我们要求，五个团分支和大队知青点必须写出一定数量和质量较高的文章，然后进行审稿，选出符合要求的文章，任务由三分支书宜刚承担。进行抄写的任务主要是一分支书和我承担。抄写用的是白油光纸，一个特刊大约需三四十张纸，工作量很大。在抄之前要设计好整个版面图案，为使专刊美观、大方、好看，有些文章标题是横写，有些竖写，用啥字体，设计什么图案，都要做到心中有数。

那时有参考价值的是报头图案手册，因为没有美术功底，对颜色的搭配是摸索的。一般情况下是用不同的广告颜色在废纸上先试好，觉得看着入眼了，就达到标准。标题字也有讲究，基本上用隶书、行书、黑体和美术字四种。抄写的地方是在大队会议室，一般要二三天的时间才能完成。贴专刊时，先到大队的伙上做浆糊，事先通知各分支部成员一起去贴，每年至少要出三期。

元旦和春节，大队部门口必须贴对联，这个任务落在我的头上，自己认为是义不容辞的，这件事情看似简单，做起来并不容易。首先是对联的选用和编写，既要符合当时形势，还不能过于激进；既要工作队感到满意，还要大队干部能够理解（文化水平相对较低）；既要体现一定的文化高度，还必须使老百姓能够明白。这样，每次都要选择几副，以征求各方面意见，在大家都能接受时才着手去写。

大副对联，写的时候要先接纸，那时没有胶水，都是用土法制作的浆糊，一不小心就会接坏。字体的选择是用大排笔刷黑体字的方法完成，看着庄重大气。每年如此。

抄写工作队总结是我的义务，也是必须做好的工作。每年年终，县里工作队都要对当年在大队开展的工作进行总结，向县委进行汇报，还要报送公社领导和存档。

工作汇报一般情况下，由工作队负责人指定成员或自己亲自完成，完成后交给我抄写。抄写时要用复写纸隔一张垫一张，抄写后成为四份一样的材料。那时没有打字机，必须这样干，因为抄写一遍只能印出四份，还要再抄一遍，就有六份比较清楚，可分别送给领导或上级组织，两份稍不清楚的可留存。

抄写时间大体上是在春节前，那时没有取暖设备，天气又特别冷，我的手脚都会因长时间抄写而冻伤。后来抄写时会根据意思改动少量内容，工作队负责人发现还有些水平，就让我先根据他们写出的提纲来完成初稿，再交给他批改。

有一年已近春节，工作队把写总结的任务交给了我。由于时间紧迫，任务重，就同第三分支书宜刚好友一起，在他家先讨论提纲和要写的重点内容。由我先写前半部分，他写后半部分。那几天刚下过雪，虽然房间里生了火，但冷气依然逼人，不一会儿就手脚发硬。后来想了一个办法，我写时他帮着把火炉提到我跟前，他写时我帮着把火炉提到他跟前，这样有一点热气，写字时手不至于发硬发抖。我俩整整熬了一夜，到天亮时基本完成任务，早上在他家吃饭。上午我坚持又把稿子重新抄了一遍，下午送到了工作队，还算满意，我们如释重负。

1976年春夏之交，我成为"大队工作组"的一员，进驻到一个群众意见比较大的生产队，任务是帮助生产队解决群众反映强烈的问题。

工作组由时任大队会计、妇联主任和我三人组成。进驻生产队后，我们先召开生产队全体社员大会，由大队会计主讲进驻生产队的任务和要求，让全体社员配合，主动反映生产队存在的问题，帮助我们出主意，想办法把生产队各项工作搞上去。

然后，到各家各户座谈交流或者召开小型会议让社员们提意见。到各家各户去后，因为面对面，社员们只说一些轻描淡写的事，小型会议基本上没有社员发言。

根据这种情况，我们调整了策略，三人分开到各家各户吃饭和有意识地参加生产队劳动。这两招真起作用，分开吃饭时，因为是一个人，社员们的顾虑少了，就会把实话讲出来。参加集体劳动，同社员们的感情拉近了，无意对话和闲谈中能嗅出一些"味道"，经分析联系一些具体事情，能理出看似不是问题的问题。

经过将近月余时间的工作，这个生产队的问题基本摸清，甚至连产生问题的根源我们都很清楚。鉴于很多问题错综复杂，涉及方方面面，不可能一蹴而就，我们写了报告，向大队党总支部汇报后就撤了。

我在大队做"多面手"，虽然很忙很累，付出了心血，但值得回味的是，写字水平提高很快，后来在墙壁上刷大幅标语从来不发愁，工作后写个总结可垂手而得。至于工作思维、工作能力、工作方法，在潜移默化中受益多多。

七、工地指挥部

1964年2月10日，《人民日报》刊登了新华社记者的通讯报道《大寨之路》，介绍他们的先进事迹，发表社论《用革命精神建设山区的好榜样》，号召全国人民尤其是农业战线学习他们的革命精神。这一年，全国农村掀起了轰轰烈烈的"农业学大寨"运动，大寨成为农业战线的榜样。1975年9月15日，中共中央召开第一次全国农业学大寨会议，会议在山西省昔阳县开幕。我们大队农业学大寨运动在这种形势下掀起了高潮。

1975年11月底，全大队社员们正在按生产队安排忙碌地进行着秋收，最晚的小麦基本上播种结束，刨红薯入窖，晒红薯干成为最繁忙的劳动。就在这个时间，大队召开了全体党员干部参加的掀起冬季农业学大寨高潮大会。大会要求，会议结束后三天之内，全大队各个生产队要全部完成红薯收藏任务。时间之紧，任务之重，使基层干部始料未及。

会议还要求各个生产队男女劳力全员参加"农业学大寨"大会战，早饭、午饭时一律不准回家，在工地吃饭，每个生产队找好地点，修好锅灶。大队五个分支部各为一个"作战单元"。"农业学大寨"大会战指挥部，由大队支书做指挥长，副支书做副指挥长，具体负责工地的副指挥长是副书记兼民兵营长，成员为各分支书和大队中层干部，我也在其中。

会后，具体负责工地的副指挥长又安排了工作，进行了分工，我具体负责工地宣传等具体工作。要求大队电工立即到大队集合，建立工地指挥部。大队社员各家各户广播要联通工地指挥部，统一指挥，采取军事化管理。早、中、晚以播放军号片为令上下工，工地全部架起探照灯，提出"大干快上一百天，敢叫大队换新颜"的响亮口号。似有"大战"即将来临的感觉。

会议之后，生产队都传达了大队会议精神。很多生产队为了在三天之内能够把红薯收藏好，都想了绝招。人工刨红薯速度慢，就用牛犁红薯垅，社员们从土中扒出红薯。全大队都在这种抢收中结束了收藏红薯的任务。

一切准备就绪之后，大会战开始。第四天天不亮，在各家各户的广播里响起指挥部播放的军号片声音后，社员们拉着架子车，扛着铁锹、镢头、钢钎等劳动工具，打着生产队的队旗，在天空星星的陪伴下，进入预先分配的"战斗阵地"。在探照大灯照射下，工地如同白昼，"战斗"随之打响，任务是从东坡的高处把土拉到有沟的地方，填土造田。

早上收工是同一号令，听到军号片声音后才可到事先安排的饭点吃饭。那时早饭主要吃蒸红薯和萝卜菜，喝一碗玉米糁煮成的稀饭。不到一个小时，军号片声又响起，社员们随即又进入"阵地"。

上午中间休息时间由各生产队自行安排。中午收工、吃饭、都统一听号令，饭后社员们都睡在地上稍作休息，在号令的指挥下，仍然继续"战斗"。晚上晴天时，月亮已挂上树梢，星星也做欢送的姿态，探照灯光仍然光亮十足，当听到收工号令后，社员们拖着疲惫的身躯，扛着劳动工具，拉着人力车，摸黑回到各自的家中，吃上一天中最后一顿饭。

第二天，社员们仍重复着头一天的程序，在两头不见太阳、举头望着星空中，继续一日接一日地劳作着。

我的工作在非常忙碌中进行，开始时给各生产队分配任务（预方）。由于第一次没有参照物，同工地副指挥长一起估摸着进行。几天后，各个生产队都有了一个劳动平面，用测尺可以量出长、高、宽，根据分配参加人数和每人完成的土方数，预测出要完成的任务，时间一周一次，由随同的人用白石灰撒上标记。

另一任务就是根据劳动时间，要求指挥部管理人员准时播放号令，指挥工地上下工。

还有一个任务是编写工地上出现的好人好事和选用能激发工地人员昂扬斗志的文章，由播音员在工地广播中播放。

后来，随着工作的进展，增加了编写《战地通讯》和指挥放炮的任务，这两项任务工作量大，也非常重要。

《战地通讯》，主要公布一周每个生产队人均挖土方的数量和名次，宣传工地上好人好事，摘录上级领导讲话精神等。

我们充分发挥青年团各分支部的作用，各个支部要每周报送给工地指挥部二至三篇稿子，经筛选后刊登，作为评选优秀分支部的主要内容。

《战地通讯》的征稿由各分支部轮流进行，编辑以三支书宜刚为主，我和二分支的庚申主要负责版面和刻蜡纸，保证每一期《战地通讯》的版面合理、美观、好看，然后在油印机上印刷，最后通过各团分支发放到各个生产队。

各个生产队为了赶进度，通过各种关系买来炸药和雷管进行爆破，虽然加快了施工进度，但带来了风险。发觉这个问题后，指挥部召开会议，提出具体要求。由大队统一购置炸药和雷管，每个生产队有专人负责打炮眼、装炸药。放炮全部统一时间为早上收工后进行。我的任务是，待各个生产队都做好后，指挥发出放炮的号令。这样一来，我每天的早饭都会因为指挥放炮而吃的是剩饭。

炸药是紧缺物资，很难买到。那一年已进入腊月，大队经过研究，派专人自制土炸药。自制土炸药的原料主要是锯末和化肥碳酸氢铵，用火把大锅里化肥熬化，然后倒入锯末，经均匀搅拌放凉后可用。大队派专人给各生产队进行分配。

一天中午后，大约四点钟的样子，我正在工地指挥部编印《战地通讯》。突然听到巨大的爆炸声，窗户的玻璃都被震碎，待冷静后出门一看，大队部各个房间有玻璃窗户的玻璃都被震碎，工地上的人跑向了有爆炸声的地方，大队指挥部的主要干部不约而同也向爆炸地点跑去，我即速跑向那个地点。眼前一片惨状，炒炸药的地方成了一个大坑，大锅被甩到了几米外。大队指挥部指挥长们到后，人们才从万分惊恐中醒悟过来。经询问，是有人在搅拌炸药时，上衣口袋装有雷管，不小心滑落到将要炒好的炸药锅中引起爆炸。

指挥长当即要求各生产队查找失踪人员，共有四人遇难。

指挥部立即召开大队党总支会议，研究具体处理办法，并立即上报公社，这时已近夜色。

会议安排，晚上七点钟召开全大队党员干部大会，通报事故情况，成立四个善后工作小组，分别由一名大队主要干部带队。又通知全大队电工立即到大队部集合，全大队木工晚上八点到大队部集合，有重要任务安排。

七点会议准时召开。负责工地指挥的副书记通报了事故情况，另一副书记宣布四个工作组的任务。最后，总支书又提出更为具体的要求。

会议结束后，四个工作组分赴四个遇难者的生产队，由生产队长亲自带领到四个家庭,做好家庭成员的思想稳定工作,把遇难者家里的旧衣服带回大队部。

我的任务是书写遇难者的悼词。在大队会议室,由于心里非常害怕,那天夜里找了一位分支书作伴,身边放着半自动步枪,以壮胆量。天亮时,四口棺材连同他们的遗体和遗物都已装好。悼词我已全部写好,交到大队负责工地指挥的副书记手中。全大队主要干部、生产队干部和全体党员都是通宵达旦地忙碌着。

第二天早上,在大队部召开了全体党员干部参加的追悼大会,护送棺材到安葬地点,这些程序完成后,已近中午。

这就是当时影响全大队社员的"爆炸事件"。

工地于当年农历腊月二十九放工,第二年春节初三开工。春节放假的几天,我在家过了初一、初二两天,其余时间为工作队的年度工作总结忙碌,一直住在工地指挥部。

那一年,大队"农业学大寨"会战实现了大干100天的目标。

1976年12月10日至27日,全国第二次农业学大寨会议在北京召开,再次掀起农业学大寨的高潮,我们大队同样又一次掀起了高潮。我也同样做着该做的工作,为大队东岗坡上的造田和沙田改土运动付出着汗水和努力。

八、非常特殊的一年

1976年是中华人民共和国历史上极不平凡的一年,也是最悲痛的一年,发生了震惊中外的许多重大事件。

一月的一天,正当我在大队农业学大寨指挥部刻印《战地通讯》时,突然从广播里听到了周恩来总理逝世的消息,心里为之一震,不相信这是事实,就询问同我一起在指挥部负责大队功放器的年轻师傅,他又调了其他台,也收到同样的播报,心情一下子处于悲痛的状态。1月11日下午,百万群众扶老携幼,在十里长安街为周恩来总理灵车送行。1月15日,党和国家领导人及首都各界群众代表5000多人,在人民大会堂隆重举行周恩来总理追悼大会,邓小平致悼词,全面回顾了周恩来总理一生的卓越功勋,号召全党和全国人民学习周恩来总理的革命精神和崇高品质。

1976年3月8日,在我国吉林省吉林市降落了中国历史上也是世界历史上罕见的陨石雨,有世界上最大的一颗天外陨石。

1976年7月6日,党和国家领导人朱德同志逝世。全国人民都沉浸在无比悲痛之中。

天有不测风云。7月28日晚上河北省唐山市发生了里氏7.8级罕见大地震。由于地震发生在凌晨,很多人还在睡梦之中,一瞬间这座城就被夷为平地,变成了废墟。地震罹难场面惨烈,为世界罕见。

8月4日,中共中央第一副主席、时任国务院总理带领中央各部委领导干部火速赶往灾区,传达毛主席对唐山人民的关心。

9月9日,全国人民敬爱的毛主席在北京逝世。

9月9日上午,大队接到上级通知,下午要全体党员干部和广大群众收听中央重要新闻。吃过午饭后我就赶到大队部,四点钟从收音机里听到了我从来都没有听到的那种低沉、悲痛、语速非常缓慢的男性播音员声音:"中国共产党中央委员会、中华人民共和国全国人民代表大会常务委员会、中华人民共和国国务院、中国共产党中央军事委员会告全党全军全国各族人民书……"当听到这里,心情紧张起来,继续往下听,播音员声音还是那样低沉。

中国共产党中央委员会、中华人民共和国全国人民代表大会常务委员会、中华人民共和国国务院、中国共产党中央军事委员会,极其悲痛地向全党全军全国各族人民宣告:我党我军我国各族人民敬爱的伟大领袖,国际无产阶级和被压迫民族被压迫人民的伟大导师,中国共产党中央委员会主席,中国共产党中央军事委员会主席,中国人民政治协商会议全国委员会名誉主席毛泽东同志,在患病后经过多方精心治疗,终因病情恶化,医治无效,于1976年9月9日零时10分在北京逝世。

这时,会场一片寂静,连人们的呼吸声都能听到,不知是哪位女干部实在忍不住了,哇的一声哭了出来……

随即可听到会场一片哭声。

我心是紧揪着的,在流泪中听完了"告全党全军全国各族人民书"。会议结束后,没有人说话就散去了。人们六神无主,在短吁长叹中小声说道:毛主席走了,我们咋办呀?在悲痛、无奈、无语的心情中慢慢走回了家。

接下来的几天时间里,在生产队,在大队,在城里,在公社里,在学校里,看到的都是吊唁活动,那种哀乐的声音听后使人心碎。

大队布置了吊唁大厅,中间安放着毛主席的大幅画像,画像上面用黑色洋布挽成花朵,两边黑布上用白色广告色写上挽联,周围摆放了松树枝和柏树枝,庄严肃穆,哀乐一遍一遍地播放。

吊唁活动先开始的是大队干部,胳膊上都带着黑色袖圈,胸前挂着纸做成的白花,排成队向毛主席遗像鞠躬后依次退出。而后是按生产队顺序进行,吊唁的都是广大社员代表,他们自觉地排着队在灵堂外默默等候,时有哭声。进入灵堂后,当站立在毛主席像前鞠躬时,人们都不能控制自己的情绪,神情凝重,不住地擦去眼泪,有的放声痛哭,很多老年人一边哭一边诉说对毛主席的情感……那场面,那情景,那哭声,反映出广大群众对毛主席的无限深情。

时间一直持续几天,干部们轮流值守,心情无比悲痛,撕肝裂肺。

9月18日,毛主席追悼大会在天安门举行。毛主席巨幅遗像悬挂在天安门城楼中央,城楼前面筑起了红色高台,上面存放着党和国家领导人敬献的花圈,天安门广场庄严肃穆,追悼会由中央人民广播电台向全国和全世界转播。

各种仪式进行完毕后,时任中共中央第一副主席、国务院总理华国锋致悼词。他说,毛泽东主席的逝世,对我党、我军和我国各族人民,对国际无产阶级和各国革命人民,对国际共产主义运动都是不可估量的损失。全党全军全国各族人民一定要积极响应党中央号召,化悲痛为力量,继承毛泽东主席的遗志,在党中央的领导下,将毛泽东主席开创的无产阶级革命事业进行到底。

各省、自治区、直辖市的政府所在地,各城镇、公社作为"分会场",先收听中央实况广播,之后举行追悼会。

毛主席逝世后,全国广大干部和人民群众思考最多的是中国今后向何处去的问题。

1976年10月6日,中共中央政治局执行党和人民的意志,采取断然措施,粉碎了"四人帮",党的历史进入一个新的发展时期。

九、我的"知青"朋友

在任大队团总支部书记的几年中,我同下乡知识青年有很多交往,同他们交流思想,探讨人生,一同参加高考,很多成了知心朋友。

1967年10月一批北京的红卫兵自发组织去内蒙古锡林郭勒盟插

队落户,开创了红卫兵上山下乡的先例。1968年12月,毛主席发出指示:"知识青年到农村去,接受贫下中农再教育很有必要。"于是,全国掀起了知识青年上山下乡的热潮。

我们大队是县委驻村工作点,响应国家号召,安排知识青年到大队接受贫下中农再教育,是义不容辞的责任。为此,大队成为县知识青年安置点,第一批是1969年接受上海的知识青年。他们在大队农业科学技术实验站劳动,指导农民如何科学种植水稻,后来这批知识青年全部返沪。返沪后,实验站在1973年到1976年,接受了地区和县里的知识青年达几十人之多。他们一边劳动,一边在农业技术人员的带领下进行农业科技实验。

这些知识青年年龄大体在15岁至18岁之间,都是第一次从城市离开家乡、离开父母来到这里,不仅生活上需要照顾,思想上更需要交流,这是青年团工作的内容之一。虽然管理任务主要由实验站承担,但作为大队团总支部的主要负责人,由于工作原因,同他们接触的机会相当多,加上年龄差距不大,更加容易沟通和交流,能够体谅、感受、理解他们的很多想法。一些生活、交往、思想上出现的问题,对实验站领导有所保留,对我都能毫不保留地说出来,我也会帮助协调解决他们的一些正当需求。

那时下乡的知识青年中,家庭出身不同,距离家的远近不同,父母职业不同,文化程度不同,在推荐上学、招工、当兵等方面会遇到不同的问题,我都会帮他们做一些力所能及的事。大队要为他们撰写考察报告,有些是我写后交给大队,经大队主要领导同意后,再按程序上报。我都会以真诚之心对待,时间久了,就建立了深厚的友谊。记得有一位知识青年,她被推荐上学,是我熬夜帮她撰写推荐要求的事迹材料,使她深受感动。后来,她被推荐到一所卫校

第四章 乡村生活

上学，毕业后成了县里妇幼方面的专业人才。另一位当兵后转业到南阳工作，有一年，我到南阳有事，由于耽误了时间，晚上找不到住宿的地方，我就在他家住了一个晚上，他热情招待，那情景至今难忘。

1977年恢复高考前，他们中间通过推荐上学、招工、当兵、接班等不同途径走向工作岗位的就有十几人之多。恢复高考后，通过参加高考进入到中专、高校学习的也有很多人，一些人成为专家、领导、技术能手，他们在各自的工作岗位上都做出了骄人的成绩。1978年之后，这些知识青年离开了大队，我也上学了，很多人都有联系。最使我不能忘记的是玉魁，他家住在县城，当时是知青队长，在大队时我们交流很多，互相鼓励参加高考。为解决复习时的吃住问题，他想尽办法，克服困难，让我在他家吃住，给予无私的帮助。他1978年高考步入大学校门，毕业工作后，成为工作方面的行家里手，多次被提拔重用。现已退休，在上海随儿子居住，我们时有联系。

有一位到知青点时，年龄较小，不善言谈，生活苦恼。我得知后，同他在一起交流畅谈，慢慢地活跃起来。1978年考入省城一所学校，毕业工作后成为单位的主要领导。退休后我们经常小聚，畅谈过往，感恩人生。

庚申，虽是回乡知识青年，在实验站劳动。我们生活上互相帮助，学习上互相鼓励，高考复习期间，在一起交流学习方法，研究知识难点，提高学习效果。他1978年以县里理科第一名的高考成绩被复旦大学微生物专业录取，毕业后被分配到省城一所研究机构工作，成为工作领域里的研发专家，取得多项专利。女儿在国外工作，他退休后，在国内国外两地生活。我们经常联系，回忆过往，畅谈

人生

  裴雷，南阳知识青年，父母都是当时知名度很高的医生。他下乡后摸爬滚打，啥活苦干啥活，从不挑肥拣瘦，甚至连赶牛车、犁地这些活他都能做得如农民一样。1978年，已被一所卫校五官科录取，又考取石家庄坦克兵技工学校。在上那个学校和不上那个学校的二难选择中，同我商量，放弃了学医而去上他认为当时最好的技校。而我在接到师范录取通知书后，在犹豫上与不上的"二难"选择中，是他劝我做出了一生为之努力的专业选择。都是"二难"，都是两个年龄差不多的年轻人，就这样商讨着，矛盾着，再商讨着，再矛盾着，最后放弃了，选择了……他毕业后留校任教，后从事银行工作，歪打正着，又成为全国知名的训鸽专家，参与组织全国各种比赛活动。我们几十年书信不断，探讨交流，从人生、家庭、下一代，无不探讨。2006年回家，邀我去他曾经战斗过的实验站，探访了他知心的农民朋友，心理上得到满足。他先居山东，后随儿子居住上海，去年又回家邀我再次探访故地，当年的迹象一点也没有找到，在周围村庄转了一个上午，总想捡回那时的记忆，只好在湍河岸边和湍河老桥的地方拍了两张照片，作为美好纪念。

  还有同他们在一起很多值得回忆的事情，还有很多一直怀念的"知青"朋友！

十、难忘的高考经历

  1976年底和1977年初这段时间，大队继续开展农业学大寨运动，大批社员参加治坡造地和沙土改田运动。后期大队抽离少数社员组成挖沟专业队，主要任务是对平整出的几百亩梯田，保证夏季雨水较多时梯田不被冲垮，需要在每块梯田与上一块梯田接壤的地

第四章 乡村生活

方开挖一条横向排水沟，每一大块的梯田还要开挖纵向的排水沟，以保证横向排水沟的水能通过纵向排水沟顺利流出。大队让我负责专业队的管理，实际上就是专业队长，每天要分配任务并检查任务完成情况。整天早出晚归，忙得不可开交。

10月的一天，我碰到非常熟悉的一位"知青"，他神秘告诉我今年要恢复高考了，有些人已开始准备。我问是从哪里得到的消息。因为他家在南阳，说是他的一个叔叔告诉的。我说："确切不确切？"

他比较坚定地说："千真万确"。

晚上回到家，吃过晚饭后躺在床上，恢复高考的消息一直在脑海中浮现，难以入睡。

第二天就到县城打听消息是否属实，得到的情况基本是一致的。但到底怎么考，啥时间考试，都说不出个子丑寅卯来。

那些天，我仍然坚守在专业队的工地上，心里想着有可能推荐加考试。

在这种思想支配下，对大队安排的工作没有任何懈怠，也没有做学习的任何准备。一晃就到了11月，县城已有复习班，大批准备参加高考的青年都参加了复习。听到这些情况后，我有些发慌，向大队干部说明情况并请了假，在离高考还不到一个月的时间，到县城参加了复习班。

那时参加复习的人特别多，内乡高中没有条件能满足那么多人复习，也不可能有什么计划安排。到学校后，哪个教室有老师讲课，复习者都会蜂拥而至，教室里挤得使人喘不过气来，后面的人根本听不清老师在讲什么。后来学校改变了教师讲课的策略，在县城东关人民剧院教师进行辅导，听课仍然是人山人海，抢到前面座位的人还可以听得清楚，后面的人听讲效果就差很多。

　　十年多了，当人们被压抑的情感被释放出来后，那种求知的欲望之火被点燃，那种想通过高考改变命运的理想被激发，从每一个人的脸上，从每一个人的眼里，都可以捕捉到不管再苦再难再累都不可阻挡的学习劲头。虽然听课效果不太理想，但没有一个人想失去听课机会。我的"知青"朋友玉魁解决了我生活上的困难，因为他父亲是厂长，白天在他家吃饭，晚上我俩就住在他父亲的办公室，熬灯夜战。

　　时间一晃，将近一个月的复习就要结束。由于几年没有接触到数理化知识，高中学习的那些不系统的知识也基本上忘得差不多了，复习的效果不太理想，在到底参加理科考试还是文科考试方面犹豫不决。在没有办法的情况下，我找到高中同届熟悉的同学商量。他父亲当时是县二轻局局长，总觉得他有见识，见了老同学后直言不讳，让他谈谈到底如何选择。

　　他分析情况后对我说，文科录取率低，理科这几年耽误了很多这方面的人才，国家非常急需，录取率要高很多，被录取的概率也肯定高。又针对我是农村户口的情况，建议我先考上再说。在反复酝酿和犹豫中，虽然理科不是想要选择的，但我做出了影响一生的决定，选择理科报考。

　　将近到12月考试的日子，心里七上八下，总感觉月余天的复习很慌张，似乎学了点知识，细细回味，觉得啥也没学到，心里空荡荡的。晚上在家看书听到一点微小声音都会感到心烦意乱，夜里睡不着觉。熬到考试前的那一天，姑父从县城到我家，关于学习方面的事啥也没问，核心的话题，高考是非常严肃的大事，一定要遵守考试纪律，还用了"千万"一词。下午到县城看了考场，很晚也没有睡着，后吃了安眠片才勉强入睡。

考试那天，上午是考语文科目，打开语文试卷，好些题目似是而非，还能静下心去思考。到作文时，两道命题作文题目是《我的心飞向了毛主席纪念堂》和《为抓纲治国初见成效而热烈欢呼》。这两个题目写成作文体裁是不一样的。纪念堂只是在报纸广播中听到，到底啥样子根本不知道，放弃写这个题目。选择第二个题目，题目很别扭，但我明白要写议论文，如何入题，思考了好几分钟才动笔，考试结束后觉得作文写得不好。主要问题出在审题上，如果题目改成《热烈欢呼抓纲治国初见成效》，可能进入状态会更快些。

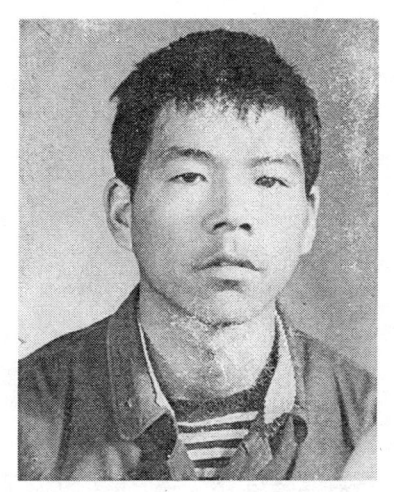

20世纪70年代作者

两天的考试如期结束，休息了一天后，仍然参加劳动和完成大队安排的工作任务。

我知道考得很不理想，但1978年春节前的一天，县里通知被预选，需要进行体检，我按要求参加了县里组织的体检。

春节过后，陆续听到一些参加体检的考生被某某学校录取的消息。那些天是一种煎熬，对什么事都没有热情。一直等到四月初，听说最后一批被录取的考生接到了通知，我才意识到录取已经没有可能，不能再等下去了，决定到县城参加复习班，为1978年的高考做好准备。

距离高考还有近三个月的时间，县高中的复习班已经开始，我到校报名后插班复习。在一家远房亲戚家做饭，住在县委大队工作组队员的办公室，开始夜以继日不知疲倦的复习生活。

白天在县高中复习班听老师讲课，晚上回到住处消化复习内容，这时才感觉到以前掌握的知识太薄弱了，有些方面的知识基本上是空白，压力前所未有。即便早上把闹钟定在四五点钟，晚上睡觉时间为十二点钟，总觉得时间是那么的宝贵，是那么的不够用，才理解时间是黄金的含义。

妹妹那时也在高中毕业班，为保证我有更多的复习时间，她牺牲了很多学习时间，做饭基本上都是她完成的，偶尔我也做几顿饭。现在回想起来，也愧对了妹妹。

春天的早上是最美的，绿色铺满大地，微风轻轻地吹着，鸟儿欢快地唱着，柳枝优美地舞着，美丽的春光给人们带来了希望，也给我这个为希望通过考试改变命运的复习者带来了美好前景。我无暇顾及这美好的景色，躺在草地上背诵考试内容是我必须完成的任务。

夜里明亮的月光幽幽泻下，有时也会没有月光洒落，沉淀了一天的喧嚣，是那样的寂静。一间屋子，一个人，守着一扇窗，撑着一盏灯的我，在寂静中略显孤独，独享那份寂静，也感到幸福，因为在寂静中演算，在寂静中思考，是我求之不得的最好时光。

时间就是过得那么快，两个多月后，复习班进行了摸底测试，有付出总会有收获。在约有200人的三个复习班中，我的排名是属于靠前的，特别是作文在复习班中被传阅，被熟悉的同学另眼看待。

老师们在总结会上鼓励我们："几个月的拼搏虽然紧张，洒下的汗水就要结出丰硕果实，用你最后的努力圆一生的梦想。"同学们相互鼓励，我也说了一生中唯一一次"吹牛"的话。

几个月的复习，紧张、焦虑、疲劳同时袭来，加之住在县委大

第四章　乡村生活

院,又是大队"名人",还是"二次作战",多重角色,大有喘不过气来的压力,在距离高考还有十来天的时间,我支撑不住了。不知是命运的捉弄,还是上天的有意,我吃不下饭,睡不着觉,恶心呕吐,低烧持续,吃药也没有效果。妹妹告诉了父母,让我回家调养,一直熬到高考的那天。

高考的头一天晚上,我在家把复习资料、学习用具、高考证件检查了一遍又一遍,生怕有什么遗漏,都装到一个书包里。父亲第二天要送我去考场,我说自己一个人能行,他只给自行车的轮胎打了气,一切准备妥当后,要我早一点睡觉。我把钟点闹钟定好后就躺到了床上,一直到很晚才有点睡意。

母亲早早地就起来做好了饭,我没有食欲,喝了点稀饭就反胃,还呕吐了一些。稍微停顿后,把稀饭中加了水熬了熬,喝了一点更稀的汤,骑着自行车到县城,先把自行车和书包里的东西放到在县委组织部工作在我们生产队任包队干部小江那里(他已40多岁,是到生产队后这样称呼),只拿了必要的学习用具和准考证,步行到县高中考点参加了上午的考试。

上午考试科目是语文,还算正常发挥,只是在我稍有优势的作文方面不够理想。当年的作文是一篇文字缩写,给出的文字大约2000字,而且文字内容不连贯,要求缩写成不超过600字的文章。

中午的饭小江费了心思。我和庚申一起去吃饭,因为我俩在一个复习班学习,他的住宿也是我托人找的住处。小江在县委的伙上买了包子馍,在自己住室里煮了面条,想让我们吃好一点。但包子馍又大又香,我闻到那个味道就有呕吐的感觉,只喝点稀面条汤。没有办法,那时街上已经有卖梨的,庚申同我一起到街上买了几个小梨,吃后才好受些。休息片刻后,按照时间要求,同庚申一起步行到距吃饭处约有1000米的考点，继续迎接下午物理科目的"战斗"。

当跨入考点校门的那一刻，我突然发现准考证和学习用具忘到了小江住处，心里猛然一惊，不假思索地给庚申说了一声，飞快地往小江住处跑去。拿了这些东西立刻返回，还算准时进入了考场。

七月的天气相当炎热，加上来回奔跑和心里紧张，浑身大汗淋漓。当拿到试卷准备做题时，心里咚咚直跳，汗水从脊梁和胳膊如水般往下直淌，胳膊放到演草纸上会被浸湿，根本做不成试题。

监考老师看到这个情况后，掏出了她的手帕让我擦汗，安慰我要冷静下来。我非常感动，但根本静不下来。大约有半个小时的时间，汗水没有那么多了，心里稍微平静一点，开始答卷。看着试卷内容也都熟悉，题目似曾相识，心里明镜似的，就是答不上来。一直熬到考试结束的铃声，我还觉得没缓过劲来，考试结束后，庚申找到我，一直安慰，但我知道这一科目考试肯定砸了。

这一年的考试在开局不利的情况下，经过三天的奋战结束了。

高考结束后是一种漫长的等待，虽然预测到成绩不很理想，但还是期盼着能早一点知道自己的成绩，也是心灵上的一种解脱。

一天，刚吃过中午饭，我在树荫下乘凉。庚申来找我说："县招办已通知我下午去，说有重要信息公布。"又接着说："通知你了没有？"

我没有正面回答他的话，只是说："你下午去吧，看看是啥情况了告诉我。"他走后，我独自一人向湍河岸边的树林里走去。

盛夏的午后，有火一样的阳光，没有一丝风，河岸边的柳树垂下了高昂的头，蚱蜢在草丛中发出微弱的嘈杂声。闷蒸的空气和复杂的心情交织在一起，我似有一种喘不过气的感觉；听着树上知了

第四章　乡村生活

的叫声，更觉得心烦意乱。我找了一个地方，躺在茅草丛中，仰望天空，思绪把我带回了往事：

是父母亲含辛茹苦，历尽艰辛，养育自己慢慢长大。高中毕业后回到生产队，在社员们的疼爱、身教、言传中自己快速成长。是县委工作队领导，教育培养自己能够具有独立工作的能力。是大队党总支部的每一位前辈手把手、口传口教自己工作和处理复杂问题。是妹妹放弃宝贵的学习时间，帮我在复习期间承担着做饭的任务。是县委工作队驻队干部为自己复习解决住所，考试期间提供好的生活……

他们，她们，都为了什么？他们，她们，为的是父（母）子之爱，为的是兄妹之情，为的是人间最真挚的情感……

不觉间，太阳已落到山腰，阳光褪去夏日耀眼的光芒，变得柔和亲切多了。突然，我看到庚申从河堤上向我走来，我拍掉身上的草渣站起来，向庚申走去。

原来，庚申从县招办回到家后就来找我。母亲说我可能在河边，他就到我们曾经一起在河边聊天的地方来找。见到后对我说："下午去的都是今年高考本科上线的考生。"并告诉我，复习班中关系密切的几个人都说，你没有在本科线上考生名单中是根本想不到的事。

我苦笑着对庚申说："他们都在安慰我，我感谢他们。"接着，庚申又告诉我，他找了招办的同志问了情况，在中专上线考生的名单中有我。此时，烦躁不安的心情这才有了那么一丝的平静。

他在我家吃了晚饭，我俩畅谈了很多很多，也畅想了很多很多！

知道了高考的一些基本情况后，我向最好的知青朋友进行了交流，也得知他们中间有好几位要被录取，大家心里都有些兴奋。

我还是一如既往地干着我该干的大队工作，参加各种会议和劳动，见到熟人，都不免出于关心地问上一句，是哪个学校录取了？录取通知书收到了没有之类的话，我都向他们解释，说了一些打哈哈的话，但心里很烦，有一种不可名状的焦虑。

一天中午，当我从农田里拖着疲惫的身子回家准备吃饭时，有人在喊我的名字。我出去一看，是邮递员，他又问了名字，我回答了他。他说有一封挂号信，请盖章后领取。我回到屋里拿了章子领了挂号信，拆开一看，是内乡师范学校的录取通知书，专业是理化班。我没有兴奋，更没有激动，把通知书放到抽屉里后就去吃饭了。

我一直在想，在所有填报的志愿中，我根本没有填报这所学校，只是在服从分配栏目中填写了"服从分配"，没想到能被这所学校录取，而且物理成绩较差，又怎样会被录取到理化专业班呢？不是这所学校不好，而是从父亲的经历中，看到了在那个时代教师职业不被人尊重的现状，回想到教我们课的老师在那个特殊年代中的遭遇，我不愿意走父亲的老路。

多少天来，没有人知道我被录取的事，没有人了解我内心的感受，没有人能帮助我做出选择。在上还是不上这所学校，在放弃录取还是重新复习的艰难选择中我焦虑着，徘徊着，犹豫着。

一天，裴雷找到我商量他的事，他讲了放弃学医的理由和选择另一所学校的原因，最后我俩达成共识，我支持他的放弃和选择。又谈到我的事，他分析最主要原因是我同他的户口不同。在当时人们的普遍认知里，农村户口只要被哪所学校录取，就成了市民户口，脱离了脸朝黄土背朝天的农村生活，就有了铁饭碗。

他又说："你一定能保证明年能考得上理想的学校，而且考得比今年好吗？"

第四章 乡村生活

我若有所思地听着,最后对他说:"你说的有道理,我明白,但我相信自己,容再思索一阵子,咱俩再决定。"

眼看着离开学的时间很近了,我才向父母说了被录取的事,向他们说准备放弃到学校报到再复习的想法。母亲只是不同意我这种想法,父亲很平静地讲了很多道理,是有生以来第一次这么对我讲的:"咱是农村户口,能考上师范学校,混上商品粮是很多人梦寐以求的事,将来能当教师也是好事。"并给我分析了再复习一年能否考上理想大学的许多影响因素,但他始终没有强迫我一定要上这所学校。

我理解父亲的良苦用心,明白自己年龄已经没有优势,来年复习脱皮掉肉不说,确实有很多不确定的因素难以预料。虽然自己觉得基础知识功底不错,到底有多少胜算,能考上更好的学校,没有完全把握。最主要的一点,因为自己是农村户口,折腾的代价有时会更大。

隔了一天,我又找到裴雷,说了这些天家里的情况,他仍是要我上学的坚定支持者,说了些留得青山在,不怕不努力,先上了学走出农村之类的话,坚定了在两难选择中的倾向性。我做出了最为艰难的选择然后,就公开了被师范学校录取的消息,乡亲们明白这虽然不是大学,知道李院村又出了一个吃商品粮的人,他们都表达了良好的祝愿。

此后,我专程告知了我的亲朋好友,告知了县委包队的两位干部,特别为我高考期间做饭的小江,告知了大队主要领导和杨书记,让他们一同分享这个即将吃上"商品粮"人的快乐!

接着从家里拉了玉米和红薯干,到粮管所转了粮食关系,到公社派出所开了户口关系证明,并在家中干活,静等到学校报到的日子。

第五章

梦圆大学

第五章 梦圆大学

新中国成立后,百废待兴,国家通过高考选拔培养一批又一批各行各业的建设人才。由于特殊的历史原因,从1966年到1976年的十余年间,国家停止了招生考试制度,内地所有大专院校全面停止高考招生,全国积压的城乡社会知识青年已达3000万之多。

1976年之后,社会逐渐又一次走向正轨,但人才青黄不接,国家经济和社会发展受到巨大影响。在这种形势下,1977年10月,国家做出了恢复高考制度的决定,重启停止十余年之久的高考。这年高考是在天寒地冻的12月份进行的,在那个孕育着无数人青春梦想的冬天,尽显希望的色彩。奋战在田间地头、工厂车间、林场、边疆的一代有志青年,寄予了重读书本的希望,看到了知识改变命运的春光。全国570多万知识青年踊跃报名参加高考,27万多人被学校录取。仅隔半年,1978年夏季,又有610多万知识青年报名考试,录取新生40.2万人。这两批人中,绝大多数都是政治坚定、有理想抱负的知识青年,他们经过学习,参加工作,都成为各领域的优秀人才。

我是这1000多万参加高考考生的一分子。1978年夏季,通过高考被师范学校录取,毕业后留校工作,迈出了做教育人的第一步。1984年夏季,又一次通过考试,到高等学校学习,为做一位教育人奠定了厚实的文化知识和专业技能。

一、专业要学好

1979年春节过后,已近三月,虽有寒气,但冬月已逝。微风拂来,似感春意,万物复苏,大地一片生机。如期到校报到的我,心情虽然复杂，但也有一丝轻松，要开始一段美好的学校生活。

从学校新生报到的名单中找到了分配在理化班的我，按要求分别交了录取通知书和粮户关系等手续，到寝室安置了床位。第二天，到了教室，见到了班主任。下午，班主任在教室里讲了一些新生到校后要注意的有关事项，介绍了自己的基本情况，宣布了临时班级负责人，没想到自己竟在其中。结束后，我向班主任谈了要想调整专业的想法，班主任没有回避这个问题。

他问："你咋想要调到文科班？"

我对他说："高考成绩我理化不好，政治语文学科成绩相对较好，特别是政治在各门学科中分数最高。"

他来了一句："我知道你的情况，分班挑选干部时看过你填写的情况，有一些印象，专业录取时已确定，你又是理科考生，不可能调整专业。"

我转专业的希望就这样破灭了，在无奈中只有这样安心学习。

第二天举行开学典礼。这一届招收的学生文科班 100 名，数学班 90 名，理化班 100 名，音乐班 30 名，美术班 30 名，共 350 名学生。一周后，班级进行了班干部的选举程序，我被同学们选为班长。

我在理化一班，全班 50 名学生，年龄有一些差距。学生成分比较复杂，有应届高中毕业生，有亦工亦农者，有在家务农者，有民办教师，还有个别人在农村高中任教，有市民户口，大部分是农村户口。不管年龄大小，不管原来是学生是老师，还是工人或农民，大家都有一个共同的心愿，铆足劲头，只争朝夕，把失去的知识学过来，把耽误的青春补回来。

理化班开设的主要课程有力学、电学、光学、有机化学和无机化学，还有政治、语文，数学主要是为配合物理教学开设了微积分。

任课的基本上是有经验的老师，也有个别青年教师，他们教学认真，对学生要求非常严格。

这一届学生是恢复高考后的第二届，特别是已参加工作和在农村劳动的这些学生，通过高考被录取到这所学校。"知识就是力量"，考试改变命运，成为激发大家学习的最大动力，恨不得在这里要将前些年经历的艰辛、落下的知识、所受的委屈，通过学习得到补偿。对知识的渴望如饥似渴，正所谓"一心只读圣贤书，两耳不闻窗外事"。我感到，学生的主要任务是学习，必须把所开设的各门专业课学好、学深、学透，打好专业基础知识，为将来当教师做足准备。针对物理学科的弱项，除认真听老师讲解、完成布置的作业外，还从其他方面找些资料进行自学补充，似有高考复习的劲头，不能理解的地方记下来，集中找老师解答。其他专业课同样如此。那时没有教材，上课主要靠记笔记，下课再整理笔记，便于平时学习和考试时复习。我心里有一个既定目标，要达到专业课成绩全部优秀。

因为我是班长，必须要参加学校安排的其他会议和教育活动，组织班级全体学生按照学校的要求去做，对一些个性突出的学生还要配合学校进行教育。

那时，学校各方面的条件较差，寝室条件更差，三十几位学生集中住在上下铺的三间旧教室里。晚上睡觉尿桶放在门口，第二天早上，学生轮流把它抬到厕所后，进行洗刷。夜里睡觉时，一个学生稍有不注意，带来大的响声，全寝室的人都会醒来，大家为此而发生矛盾。一次，有一位同学起来解手，一不小心从上铺摔了下来，头上碰了个口子，找到卫生室医生包扎，全寝室同学一夜都没睡觉。

吃饭时窗口较少，需要很长时间排队，有时排队晚了，伙上就没有饭菜。拥挤、吵闹是常有的事，一旦发生，需要班长出面协调，帮助学校解决学生纠纷。

我和另一位班干部还承担了每周一期的板报编辑和书写任务。学校要定期检查评比，耗费精力是当然的事，我都会尽力做好。

我们班主任老师担任理化两个班物理课力学部分的教学任务。他是一位年龄40多岁、教学效果非常好的老师，能把力学枯燥无味的理论概念、原理推论、公式运用讲得如同文学欣赏课。为了调动同学们的学习兴趣，还不时地采取一些竞赛活动。学期即将结束时，在两个理化班中进行了一场物理竞赛考试。

那个时期的学生都能自觉地遵守学校考试纪律，不可能在考场有作弊行为发生。但班主任为了检验自己教学效果和学生学习的真实情况，经与学校协商，采取了单人单桌的考试方法，一切安排都按规范程序进行，试卷留有密封线，便于装订、改卷和登记分数。我全力以赴，在考前做足功课。考试中答题进行得比较顺利，最后有一道分值较高的题，是物理原理推导综合题，花费了很长时间才勉强做好，检查完毕后交卷。考试结束后，对最后一道题是否完全正确心里非常忐忑，就向老师问正确答案。

对我的答题思路及答题结果，老师不可能当场进行验证，只是说改了题后再讨论。隔两天公布考试成绩时，我的考试成绩只差了两分就是满分，是两个班级中的最高分。班主任老师在评讲这次考试时，把这道题作为重点进行讲解。他讲了在评卷时老师们的争论，认为我是从不同路径进行推导和解答，只是呈现方式不一样，最后会获得一样的结果，因此扣了两分。他对这种精神给予充分肯定。

第一学期在紧张有序中即将结束，学校进入全面期终考试。自己以饱满的精神状态，在中断学校生活后的第五个年头做好全力冲刺，接受进入学校后的第一次检验。

考试结束后，成绩公布，我的各科专业成绩都是优秀，心情久久不能平静。

二、班主任的误会

刚刚恢复高考，学校各方面条件都非常简陋，教室、寝室、教师办公室、食堂餐厅、学生活动场地都满足不了教师教学和学生学习的需要，但学校在日常管理、教学管理、学生管理等方面做得非常规范。

放暑假前，学校召开了全校师生大会，学校负责人安排了放假前的各项工作任务，初步提出了下一学期的工作设想，最主要的方面不是学校基本建设，因为那时百废待兴，经济条件不足以能够支撑学校花费大量的财力、物力来改善办学条件；而是把功夫下在如何采取有效措施激发广大教师教学和学生学习的积极性上，提高培养质量，为四个现代化建设培养合格人才。为此，在大会上宣布，要求各个班级放假前对本学期工作进行全面总结，评选"三好学生"，颁发荣誉证书，减免下一学期全部的学杂费并号召全体学生要向"三好学生"学习。

学校会议结束后，教导处召开各班主任会，安排具体工作，规定在评选三好学生时，各专业班学生期终考试的专业课考试成绩必须在 90 分以上，否则没有资格参加评选。理化班的专业主要是物理课的力学、电学（光学没开），化学课是有机化学和无机化学。可把物理两科考试成绩相加取平均分，化学两科相加取平均分，但必须满足学校规定的硬性条件。

班主任在班级宣布了学校评选"三好学生"的条件，公布了事先对学生成绩测算后满足评选条件的学生名单，全班学生只有七名符合条件。随后召开班委会，因为每班只有一名学生可以享受减免杂费，班主任在会上提名推荐我为这名学生。事先我不知道班主任老师会做出这个决定，当他提出我的名字后，不假思索地就对老师说："咱们班委会还有学习委员和团支部的宣传委员都符合这个条件，我觉得应当从他们两人中选出一位报到学校更好。"

不想这句话说出后老师很不高兴，他以指责的口吻说："你是班长，报你咋就不合适了，我觉得你这是出难题。"

我忍着没有接话，心里想着让给其他班干部，有利于调动工作积极性，班级工作会做得更好。停了片刻后缓缓地说："我能理解你这样安排，觉得我不当这个'三好学生'，报其他学生，主要是为了班级工作，没有其他原因，也不是不服从你的意见。"

团支部书记看到这种场面后，怕再继续下去，会出现尴尬的局面，直接说了我的不对，缓解了双方的情绪，给班主任留下工作的余地，班委会就在这种情况下结束了。

事后，我主动找班主任谈了当时的情况，承认错误，表明自己确实是从有利于班级工作方面考虑，才说出自己不当"三好学生"的一些理由。班主任也谈了他家里的一些情况和困难，下学期已向学校提出不再兼任班主任。最后仍然坚持向学校报"三好学生"的必须是我。

世上的事情有很多巧合，当我毕业留校后和班主任成了同事。后来，他被调到另一所师范学校任校长。十多年后，他又被调到一所高校任职。我"接班"紧随其后，在他调走后，任这所学校的校长。

暑假中，我报名参加学校护校活动，在学校物品集中放置的教室里住宿护寝，白天参加学校提供的一些勤工助学劳动。

三、学生"班主任"

1979年9月暑假后按时开学,正如原班主任给我谈的情况一样,他辞去班主任,只担任物理课教学,学校又选派了同我年龄差不多担任化学课的老师为班主任。年龄上相近,思想上就会有很多共识,虽然他是老师,但交流起来非常顺畅,交流机会不免会有所增加。他是一位有才华的年轻老师,不仅课教得绘声绘色,说话也很有吸引力,同学们从心眼里佩服。他时常教给我做班干部工作的方法,我有很多心里话毫不保留向他诉说,我俩既是很好的师生关系,也是知心朋友。得到他的教育启迪,我进步很快,收获颇丰。

有一段时间,他父亲生病,请假伺候老人,任的课由另一位老师带着。学校召开班主任会议要安排各项工作,教导处就直接通知我参加,从开始时的羞羞答答,到后来的大大方方。学校安排的任务及时传达给班级,工作方法有教导主任传授,"现学现卖",得到了学校认可。时间一长,同学们都便喊我李班主任,我一笑了之。

我身份是学生,既是班长又当"班主任",也算"一岗三责",得到很多方面的锻炼机会,不仅学习成绩遥遥领先,而且班级管理井井有条,各方面都不逊色。学校有关负责人在大会上多次表扬我,这也是此后留校工作的一个主要原因。

在理化专业课学习比较轻松的情况下,想到文科班学习的想法不时还会冒出来,想学习文科基础知识。但理化班语文开的课节很少,后来一段时间取消了语文课,我就自己在空余时间看文科方面的书,记录一些好的片段,偶尔写篇文章自我欣赏。

前些时,为写这本书在整理材料时,发现1979年的一个笔记本中所写的《我爱春色》的一篇文章,反映当时学校情景和自己的思想。虽然文字稚嫩,有些地方表述不够准确,但它反映了那个年代一个学生的内心世界和求知欲望。现抄录如下。

我爱春色

在人们纯洁的心灵中,没有人不爱美吧,在生活浓厚的气息中,还有谁不喜欢春色呢?

我爱美好的学校,我更喜欢校园绚丽般的春色……

春天,校园里,美丽极了!春风习习,花香缕缕,桃李盛开,杨柳挺拔,奇花异草,郁郁繁茂,鸟鸣雀跃,鸥歌鹊唱,诱人入胜……犹如一幅斑斓的自然画卷,充满无限的生机与活力,身居其中,令人陶醉,心旷神怡!

看到这一切,怎能不使我回想起那春色暗淡的时代?

怎能忘,天空乌云,蔽目遮天。那张着血口、露出吃人獠牙的豺狼,那伸着毒舌、化妆成美女的毒蛇,在教育阵地上逞凶。白卷小丑被树为样板,不学知识被视为光荣,教育基地——学校被搞得乌烟瘴气,"臭老九"滚出学校"接受改造","五分绵羊"也被迫自找门路。学校在一片凄凉的气息中,春光被遮蔽着,哪还有什么春色呢?

那是一个金色的十月,百花吐艳,万物绽放,人们迎来了期盼的春天,春光照到了学校,学校又有了春色……

又是一个十月到了,春意更浓,春光更好,春色更艳……

那站在楼台前的是被一棍子打下去的老校长,在这明媚的春光中,他又恢复了原职,苦闷十年而熬白了的满头银丝在春光中发亮。为祖国的花朵,他愿洒下毕生的汗水。

那挥动着花来的是重返岗位的老教师,他吮吸着春天的雨露,精心浇灌着每一朵鲜花。

那坐在白杨树下的正是披春色而来的新生,她手中的画笔描绘着春天的一切,她愿春天的每颗种子都快快地生根、开花、结果……

那高大的学校办公楼是披着春光而新建的。科学之官的指引人,人类灵魂的工程师——辛勤的园丁,在这里繁忙地工作。

那明窗净几、宽敞亮洒的教室里,新长征的攀登人,祖国建设的接班人,在那里学习钻研。

清晨,钟声唤醒梦乡中的师生,操场上一、二、三、四的呼喊声,伴随着广播中的喊操声,震荡原野……

旭日初露,冉冉升起。教室里,大树下,池塘边,探讨数理化的,背诵动人诗章的,练习二胡独奏曲的,专心致志,一丝不苟……

课堂上,祖国的花朵吮吸着知识的乳汁,饱含着智慧之水,记录笔记的声音,沙沙沙沙……

课外活动到了,篮球场上,一片欢笑;乒乓球台中,乒乓、乒乓;音乐教室里,叮咚、叮咚。这一切的一切,都荡漾在学校的上空……

晚上,教研大楼里,教室里,灯光明亮,宏伟的理想,远大的抱负,"四个现代化"的前景,把师生的心连在一起……

啊,多么美好的春色啊!这不是春天的春色,胜似春色,这是又一个十月的春色!

我喜欢这春色,我更喜欢引来春色的英明领袖!

我爱我的学校,我喜欢学校的春色,让四个现代化春色伴随着我们的理想,早日来到吧!

1979年10月1日

教育梦　教育情——一位教育人的心路历程

当一个人处在繁忙状态时，总会感到时间的短暂。强烈的求知欲，忙碌的学校生活，眨眼间第二个暑假就要到来了。时光就这么紧张、有序、如梭，充实的学校生活不以个人的意愿而继续下去。1980年7月我们就离校了。由于当时的特殊情况，上级要求78级离校学生要在9月份到各地学校实习。

中师班委会团支部合影（前排右一为作者）

四、实习的收获

9月初，按照学校的统一安排，78级全部学生分配到各公社进行一个学期的实习，我被分配到大桥公社。该公社共分配实习生二三十人，各学科都有，我担任该公社实习组的副组长。到后我又被分配到公社所在地一所规模较大的初级中学实习，同我一块分配到该校的有中文专业三人，数学专业一人，理化班包括我在内二人，我为该点的实习小组长。

学校非常重视我们的实习工作，安排了寝室，修了临时厨房，专门派人为我们六人做饭。按照分配时的要求，实习生必须遵守实习纪律，接受实习单位的领导和安排。我被实习学校安排为初中物理学科教学的实习教师，并兼任班主任工作。

开始时主要跟随辅导老师听课，帮助辅导老师批改作业，并积极进行备课。待辅导教师觉得备课准备工作做好之后，才允许上课。

担任我辅导老师的王老师是该校物理教研组长，他教学经验丰富，要求严格认真。那一段时间，我不断向王老师请教，从备、讲、批、考、评各个环节向老师学习，初步对教学的各个环节有了一定的了解，着手做上课的准备工作。写好的教案王老师都要严格把关，在上课各个环节上进行具体指导。比如，怎样从复习旧课导入新课上有一个好的开讲，怎样用精准的语言表述物理概念，怎样在课堂上讲清重点、突破难点，怎样进行物理公式的推导和板书等等，都手把手地进行讲述，使我收获很大。

第一次上课，王老师坐在教室后面，开始时我稍有些紧张，由于准备比较充分，除在对一个学生提问回答后没有及时纠正不准确的地方外，比较顺利地完成了这节课的教学任务，得到了王老师的充分肯定。这是我开始教学生涯的"首秀"，能得到教研组长的认可，增强了讲好课的信心。

后来的课都是我一个人独立完成，课堂教学得到了学生们的认可。一个单元结束后，在王老师的指导下进行了测验考试，取得了比预想效果要好的成绩。

这一学期的期中考试以后，学校组织实习生进行验收课，我选择了浮力定律这节内容,这是一个重点,也是一个难点课。我反复备课,在得到班主任王老师的肯定后开始讲课。

参加验收课的是物理学科的全体教师,校长和教导主任在没打招呼的情况下参加了听课。开始有些紧张,心里默想进行自我调整。当板书课题后,情绪已经正常,我用眼扫视了全班同学后,进入正常讲课程序。

进行实验后,我对学生说:阿基米德发现,当一个物体浸入液体中时,液体会对物体产生一个向上的浮力,这个浮力的大小等于物体排开液体所受的重力,这就是阿基米德定律,也称为浮力定律。

然后板书:$F_b=\rho V g$。

对学生们解释:F_b 表示浮力,ρ 表示液体的密度,V 表示物体排开液体的体积,g 表示重力加速度。

又对同学们解释:根据浮力定律公式,可以得到以下结论:

板书:(1)物体在同一液体中所受的浮力与物体排开液体的体积成正比。并解释,物体排开的液体越多,它受到的浮力就越大。

(2)浸没在液体中的物体在液体中所受的浮力与液体的密度成正比。并解释,液体的密度越大,物体所受的浮力就越大。

接着举例:根据浮力定理公式,解释为什么一些物体可以浮在液体表面,而另一些物体会沉入液体中。比如,具体解释木头和铁块都在水中,为什么木头会浮在水面而铁块会沉入水中的道理。

最后布置了作业和思考题,这节课就结束了。下课的铃声响起,我如释重负,长吁了一口气。

验收课结束后王老师给予了很高的评价,并说校长也认为你可以成为一个好老师,我心里得到了小小的满足。

一个学期的实习,我除了上课之外,还兼做班主任工作。从如何了解掌握学生的整体学习情况，到怎样进行家访，争取家长的配合；从命题到刻印试卷，从监考到评讲试卷……我都虚心求教，从不马虎，取得了满意的实习结果。年底实习结束，离校前，教师和学生们对我依依不舍，特别是王老师和学校校长表达了我毕业分配可到该校的良好愿望，我都一一致谢。带着对未来工作的一种美好期盼，带着对学校教师的一种感恩之心，结束了实习生活。最触动内心的是感到教师职业的光荣与伟大，诱发了从事教育工作的满腔热情。

五、唯一"留校"者

1981年春节悄然而至，又一个春天来临。大地苏醒，万物复苏，阳光明媚，春意盎然。春节过后，机关都全员上班，我们这一届学生即将毕业分配，政策是全部分配到学校从事教学工作。

有一天，我突然接到了内乡师范学校的通知，要求到学校一趟。

我按要求到内乡师范学校办公室，说明来意后，接待的同志很热情，安排我先坐下，直接找学校领导去了。

同我谈话的是学校一位负责学生工作的领导，他没有拐弯抹角，而是直接说："结合你们这届毕业生的表现和学校的实际情况，经学校研究，同意你留校工作，看你有什么意见。"我没有思想准备，顺口就问了一句："留校工作能做老师吗？"

他又说："老师教学直接面对学生，而你的工作是教学管理，具体工作在教导处，只是侧重点不同，同样接触老师和学生。"

接着又重复说："这届学生只留校一名，机会难得呀。"

我稍停顿了一会儿，对他说："既然学校已经研究了，我服从组织安排。"还不忘自己的初衷，强调了一句："不论如何，还是想当老师。"

事隔两天，我就到学校报到，正式开始了教师工作生涯。

具体工作在教导处，那时学校的管理机构非常精简。除教导处外，还有办公室和总务处，工作人员总共十几人。教导处具体负责全校教师的教学管理和学生管理工作。一共六人，两位教导主任，一位书籍管理员和一位资料管理员，其他两位各协助一位教导主任。我协助负责教学管理的王主任，具体任务是，每学期初步提出教师课程分担意见，撰写教学计划，安排课表，收集教师对教学管理的意见和建议，召开不同类型专业的学生座谈会，收集学生对教师教学的意见，检查教师备课和学生作业情况，组织考试成绩统计等工作。琐碎具体、严肃认真、细致周到是其主要工作特点。

王主任是位德高望重，在全市语文教学领域知名度很高，又有丰富管理经验的老教师。他思维缜密，条理清晰，待人和蔼可亲，工作敬业勤奋，很受教师们的尊重和学生的敬仰。我同他在一起工作，总会有一种亲切感和尊重感。他不时地教我如何工作得更好，如何处理同教师们的关系，如何通过学生座谈会收集教学信息，如何编写教学计划、分担教师课程和编排课程表等，把涉及教学管理方面的内容和盘托出，我的管理水平得到快速提高。

我按照王主任的要求，勤奋努力，认真工作，以回报他的教诲和指导，得到了各方面的肯定。

1982年，当时正值提倡干部"四化"，不时有一些县市和单位到校对我们这届学生进行个别考察，作为干部使用，受其影响，我思想上有一阵子有些躁动。教导主任发觉这些情况后，找我进行了谈话，我一五一十、毫不隐瞒地说了真实的想法。我对他说在这里工作，虽然比较满意，但学历不达标，对今后有很大影响，要么调出

第五章　梦圆大学

学校，要么提高学历。他理解我的想法并给予鼓励。

1982年秋，河南省教育委员会举办河南省中等师范学校教育学心理学教师培训班，分配给我校两名名额。培训班是根据当时全省中等师范学校缺少教育学科教师的实际情况，要通过培训补充师资力量，缓解师资不足的情况。

教导主任知道我的想法，经学校研究，同意我和另一名教师，暑假后到在新乡师院举行的培训班参加培训。从此，我与教育学、心理学的教学和研究结下了不解之缘。

一年的培训班结束回到学校，1983年暑假后，我担任了两个班的心理学教学工作任务，仍兼任教导处的教学管理工作。虽然教学效果不错，但我心里非常明白，要想做一名好教师，做一名优秀教师，自己的专业知识还是不够扎实的，仍然需要系统地、全面地学习，才能充实教学基础知识，提高教学能力。

这一年，我收获了爱情，年底同妻子结婚成家，完成了人生最大的一件事。

1984年5月，我在翻阅《河南日报》时，发现了一则招生启事。大意是根据国家教委的部署，河南大学教育系招收专科起点的二年制本科生，纳入当年河南普通高招招生计划，招生人数为50名，专业为学校教育，为师范院校培养教育学、心理学师资。看到这个招生信息后，心中一直在想，我符合条件，欣喜若狂，感觉圆梦大学的机会偶然来了，便着手复习准备参加考试。

那时已近五月底，麦假中回家帮助家里割了几天麦子后，回到学校。我又一次拿出参加高考复习时的那股拼劲，下决心一定不能失去这次难得的机会，妻子也全力支持我的决定，那时我已将近"而立"之年。

20世纪80年代作者

通过报名审查符合条件,又知道考试的科目为政治、语文、数学、历史、地理、教育学、心理学七科。历史、地理和教育学、心理学各为合卷,共七科五张卷。我反复分析情况,感到虽然上了师范学校,但学习的是物理、化学,在考试科目上没有一点优势。政治、语文、数学只能吃高考时那点老本,不用耽误时间去复习。教育学、心理学,在培训班学习时掌握了基本的内容,算是优势,不用复习。最后决定在最薄弱的历史、地理两科上下功夫。复习方案制定后,我开始为期不到一个月的紧张复习。

那时我还担任两个班的教学任务和一个班的班主任,白天一边教课,一边做教导处工作,一边处理班级事务,繁忙、紧张,累但快乐着。

6月的天气已经很热,早上4点钟后我就起床。为了不影响妻子休息,就到教导处办公室复习。天色明亮之后到空旷人少的地方大声朗读和背诵。晚上同样在办公室熬到很晚才回家休息。还把地图和做好的历史重要事件图表贴在家中的墙上,便于吃饭时记忆。

过了半个月的时间,我请了学校地理和历史学科的教师,进行系统的辅导和知识点的检验,效果还是明显的。此后的10余天时间,对考试的所有学科进行了有重点的复习和回顾,进行强化记忆。

7月初,学校即将放假,安排好我承担的一切工作后,怀揣着那份上大学的梦想,搭乘开往要去考试地点的班车,到河南大学参加又一次决定人生的考试。考试单设考场,来自全省中等师范学校和师专学校教师近200余人参加了考试。考场内，监考教师认真负责，考试组织严密。两天的考试结束后，我立即返回学校，因为假期前的各项工作需要安排，非常繁忙。

8月中旬，我收到了河南大学教育系的录取通知书。接到通知书那天，我比较激动，第一个告诉了妻子，让她一同分享快乐，感谢她对我的支持和付出。这一次我没有像1978年接到录取通知书时，思来想去，犹豫不决，第二天就告诉学校领导被河南大学教育系录取的消息，准备按通知要求到校报到学习，以圆多年的大学梦想。

六、很快适应大学生活

9月2日，怀揣着求学的激情，我离开了可爱的妻子，她当时已有孕在身；离开了敬爱的父母，母亲常年有病；离开了担任班主任的该班学生，他们已进入中等师范学校三年级的学习；离开了万分留恋的家乡，当时改革开放在农村全面展开……又一次踏上了求学之路，到河南大学报到。

河南大学是一所历史悠久的高等学府。1912年，在全省教育界的呼吁下，在河南贡院所在地原址成立了河南留学欧美预备学校，是当时中国三大留学培训基地之一。从1912年到1922年的十年间，这所学校培养了200多名毕业生，他们在留学欧美后取得了重大成就。1923年在这里建立了中州大学。1937年"七七事变"后，华北局势急剧变化，河南大学迁往豫西南山区办学。1949年解放后，河南省人民政府以中原大学医学院、教育系师训班以及河南行政学院为基础，重组了河南大学，设立了文教学院、农学院、医学院、行政学院等四个学院，开启了河南大学历史新篇章。后经多次院系调整，河南大学曾先后更名为河南师范学院、开封师范学院、河南师范大学。1984年恢复了原有的校名河南大学，是我报到前刚刚恢复后的校名。

我为能到这所大学学习而兴奋不已，顾不得研读学校的发展光辉历史和取得的辉煌成就，更顾不上欣赏古老、庄重、大气、美丽如画的校园风光，报到后就为学习做着充分的准备。

根据上级教育行政部门的要求，针对我们这届学生的特点，教育系筹各方安排了教学计划和课程设置。除大学语文、英语、一些选修课和教育实践课不开设外，教育系本科四年的全部专业课要在两年内完成，增加了必要的基础选修课。第一学期开设教育学总论、普通心理学、中国教育史、外国教育史、生理学、中共党史讲座六门课。第二学期开设中国哲学史、逻辑学、教育论、普通心理学、中国教育史、外国教育史、学校行政管理七门课。第三学期开设国际共运史、教育论、儿童心理学、比较教育学、心理学史、实验心理学、教育统计学、小学教材教法、马列论教育九门课。第四学期开设教育心理学、教育社会学、教育哲学讲座、社会主义经济问题讲座、现代教育技术及另一门有关课程等六门课。为了使我们学到更多的知识，每周基本上安排30学时的听课及一些学术讨论、体育锻炼、美术欣赏等课程，紧张而有序。

学校教学计划公布后，我心里已有了底，一直做着自己的学习计划安排，琢磨着如何利用有限时间，按照学校要求，认真学习，为从事教育工作，奠定深厚扎实的知识基础。

恢复高考制度后，学校的办学条件有了一定的改善，但仍满足不了教学的需要，小班上课有限，合班、大教室上课是经常的事。为了占据有利的听课位置，有时顾不上吃饭，也要早早到听课教室去等候。吃饭需要排队才能打到可口的饭菜。我们的寝室是上下铺，

20多人住一个大房间，每人的生活习惯不同，晚上一人有大的声响，随时都可能惊醒全寝室同学。30岁左右求知若渴的我们都做足了心理准备，但仍然觉得有好多不适应。

担任授课的老师是一批教学经验丰富的老教师。第一次听课后，我被他们精湛的教学艺术、渊博的知识涵养、端正的教学态度、科学的授课方法所折服。深切感受到，要以他们为自己的典范，利用这珍贵的学习时机去获取充足的知识，开阔自己的视野，练就自己教学的本领，摄取为做一个合格教师的一切知识营养。之后，我根据自己的情况，对两年的学校学习生活做了具体计划安排。

一是制订了学习计划。包括每学期、每周、每天的学习目标和时间安排，将学习任务划分为若干部分，每天自我检查目标如何实现。

二是针对开设课程列出所购、所读书目。做到提前预读和学习，为教师讲授做好一切准备，课中要记好详细的笔记，对有些没弄明白的地方做好标记。课后自己重新学习或者找教师询问，对笔记进行归纳整理，记好学习感悟和体会，保证每节课每个讲座都弄懂弄通。

三是利用好学习空间。根据教育系资料室对我们这批学生"特许准入"的有利条件，及时查阅学习资料和参考，扩展知识广度和深度。利用课余时间参加学术讲座、社团活动，丰富知识，培养兴趣，提高综合素质。

四是培养科研能力。及时完成教师布置的各类作业，定期进行学习反思，调整学习策略。根据自己有一定的教学实践经验的实际情况，要求自己在二年内主动完成教育科研目标和任务。

时间不长，我就适应了这种学习生活环境。每天都是教室、餐厅、图书馆、寝室四点一线，阅读、听课、整理笔记成为生活常态，甚至连星期天基本上是在图书馆或阅览室里度过。自己按照既定的目标，繁忙着，愉悦着，学习着，快乐着。

河南大学同学好友合影（左一为作者）

在完成学校安排的各科学习任务和其他活动之外，根据自己制订的学习计划，把其他业余时间聚焦到利用好条件，进行教育理论方面的初步研究，把所学的教育理论知识结合实际工作感悟，认真梳理归纳，提炼升华，总结成文，用以指导具体实践。11月份，我把自己撰写的《运用心理学知识　改进课堂教学》的文章，投稿到全国公开发行的《小学教学研究》编辑部，没想到12月份就收到了该编辑部寄回的录取稿件通知书。通知书中说道，经编委会研究，你的文章《运用心理学知识　改进课堂教学》准备在1985年第2期刊用。此时，心里有一种说不出的兴奋，心想着自己的心血没有白费，由此对教育科学研究产生了浓厚的兴趣。

已近学期期末，我正以全部精力投入考试中的时候，突然接到家里的电报，说妻子马上就要生产了。按当时学校的规定，不论何种原因，因缺考或者考试不及格达到三门以上，要按没有完成学业处理。在这样的情况下，我虽然心急如焚，仍然极力稳定情绪，认真进行复习，坚持又考了两门学科，才向班主任说明了家里的情况，办理了请假手续，购票乘车回家。到家后，妻子已经生产了，这是一生中的遗憾，在最需要我的时候竟没有在她跟前。但妻子能够理解，我心里才好受了一些，也非常高兴，因为我做父亲了。寒假期间，我在家尽力照顾好妻子，以弥补心中的缺憾。假期后，我安排好家里的事情，如期到校开始第二学期的学习。

七、"四环式"学习法

开学不久，我就收到了《小学教学研究》编辑部寄到的发表有自己署名文章的杂志和随后寄来的36元稿费。手捧杂志，我心情激动，感慨不断。这是我人生第一次收到的好礼物，也是在河南大学收到的第一份礼物，更是对坚定自己从事教师职业的第一份回报，还是对自己进行教育理论研究、指导教育实践、做一个好教师的第一份回报。又恰逢中国女排在1984年获得洛杉矶奥运会冠军之后，1985年在日本举行的世界杯以七战七胜的战绩获得冠军，全国各行各业受女排精神的鼓舞而奋力拼搏的时候。女排那种"顽强拼搏、团结奋进、勤学苦练、同甘共苦、无私奉献、为国争光"的精神成为激励我努力学习、奋力向前的动力源泉。我有一种朴素的认知，人生在世，不求有名有利，一定要对得起自己的良知，能在有限的年华里，为从事的职业做出一点贡献，就是对养育的亲人、培育的组织最大的回报。虽然年龄"而立"，但只要辛勤付出，总会获得预期效果。

我对自己的学习有了更加明确的目标。对老师的授课，我力争做到笔记清晰、记录完整；对教师提出的富有建设性的问题，都会尽最大可能做到查阅有关资料，以得到佐证后记录出自己对此问题的认识。对老师布置的作业，我会当做课题研究来对待，从查阅资料、反复论证到拿出提纲、撰写成文，都井井有条，从不马虎。每篇作业都在4000字左右。例如，《从数学录像课教学中，谈课堂教学中如何开发学生智力》《谈谈学生掌握知识的基本过程和主要环节》《浅谈教师的职业道德——学习反杜林论后》《试述学生的"动力·智力·能力·自我评价"的学习结构理论》《用心理学理论指导课堂教学改革的几个问题》都获得了教师很高的评价，给予了优秀的等次。教学论课结束后，要求每位学生都要撰写一篇论文，我撰写的《情感·课堂教学·艺术性》论文被评为该课优秀论文，收入教育系编印的"教学论小论文选"中。

教育系为了培养我们从事教育教学的能力，从各个方面进行教育教学方面的改革。儿童心理学是我们重要的专业课之一，任课老师是当时河南省心理学会理事长、河南大学教育系心理学教研室主任。他别出心裁，为培养我们的能力，课程讲授完成后，学生学习成绩考核是为本学科出一套试题，优秀者可免于本学科考试。这一方案公布后，我又全部把儿童心理学这门课的教材从头到尾仔细研读，划出重点，结合所记老师讲课中的笔记，找出题眼，按要求进行命题。几遍之后认为符合命题要求，才交给老师。老师公布成绩时，我是全班被免试五人学生中的其中一位。

我们这批学生都是成人，根据成人和文科学习的特点，为加强记忆，巩固知识，我在实践中摸索了适合学习的"四环式"学习法。它是通过由点到面的综合概括逐步缩小记忆范围、利用较短时间掌握全部材料内容的一种学习方法，我把它概括为四个环节：

一是精读材料。对学习的内容抓住中心，细心阅读，根据材料的不同类型、不同分量，掌握其要点、重点和难点，理解知识间内在的必然联系，在脑子里形成一个知识的网络。

二是编写提纲。在理解所学内容的基础上，仔细进行筛选、概括、组织、总结，然后根据材料的性质，用自己的语言，提要钩玄地编写提纲，从而使学习内容有条不紊、简单直观地呈现在学习者面前。

三是尝试背诵。根据所编的提纲，按照顺序一遍一遍尝试着背诵记忆，遇到不会或不清楚的地方，再翻开书本对照，进行反馈。然后有针对性地记忆薄弱环节，进行二次反馈，进一步增进对知识的理解、深化和记忆。这一过程是对学习内容进行迁移内化的过程。

四是有效强化。用最简洁的语言，抓住概念、内涵、实质和学习材料的核心内容，再对提纲进行压缩，使之成为简纲。然后，针对简纲进行强化记忆，在头脑中留下长久的抹不去的印象。

我把在实践中总结出的这个方法，又从理论的层面进行了阐释加工和整理，写成了一篇题为《"四环式"学习法》的文章，寄到国内外公开发行的《自学》杂志，被该刊全文登载在1985年第6期上。文章发表后，引起了广大读者的强烈反响，收到了一些来信，进行咨询。该文后来被《国内外教育文摘》期刊 1985 年第 10 期摘录。

  此后，我更加努力学习，以获取扎实的教育理论基础知识。为了弥补其他方面知识的欠缺，到中文系去蹭听有关适合自己的专题讲座。虽然教育系资料室和学校图书馆对我们这些成人学生特别给予厚爱，让我们查阅有关资料，为学习和研究书本之外的知识内容提供了便利，但也未能满足自己求知若渴的需要。只要一有空余时间，我都会到学校图书馆学习。在这里贪婪地吮吸着知识的甘霖，摘抄记录笔记会使自己忘记一切，有几次竟忘记吃饭。新华书店更是我星期天喜欢去的场所，只要有新书上架，都会深深吸引自己的眼球，购书成了最大的嗜好。期中考试我高度重视，为了获取优秀的成绩，每科我都按照"四环式"学习法的要求，对老师所讲内容和笔记进行整理梳理，自制成小本本装入口袋，一有空就翻阅，强化记忆。

  记得在复习"中国古代教育史"这门课时，我对教材进行二次阅读，结合笔记摘录，重点编写记忆材料。为了免受其他因素的干扰，有两天的时间，我都是吃过早饭后买了上午的"干粮"，带着茶瓶到校外一个田间废弃的机井房进行学习。午饭喝开水，吃干粮，虽然天热又有蚊虫叮咬，但这些对一个渴望求学获知的成人学生来说不足挂齿。这种复习效果显著，考试成绩优异就是对付出这种汗水的最好回报。如今这门课程里很多段落内容我都能背诵上若干段。

河南大学教育系学生党支部合影(后排左五为作者)

八、135元稿费

  有了一年的学习经验积累,第二学年学习和生活虽然还相当紧张,心理上轻松了许多,学习方法和技巧的掌握使自己的学习效果取得了事半功倍之效。我仍然坚持上一年的方向,学习科研两不误,学习科研两收效。期中以后,我准备撰写一篇理论性更强、能指导广大教师在实践中运用的论文《课堂教学中学习动机的激发》。当确定题目后,就着手收集资料,在立意上给自己提出了三点要求,一是立意要新,文章要反映出教育理论的最新发展趋势;二是具有一定的理论高度,文章要从理论层面进行阐释;三是要具有实际指导意义，文章要使读者在实际教学中能够具体运用。

当时的学习任务仍然很繁重，除了完成学习任务外，我还承担着班级管理和学生会工作的一些任务，既要保证学习成绩优异，又要不辜负同学们的信任，为大家服务好。撰写论文只有挤出空余时间，好在自己已有这方面的经验。

这篇文章在提出"学习动机是直接推动学生进行学习的一种内部动力，是社会和教育对学生学习的客观要求在学生头脑中的一种反映。它以先天具有的需要和后天个体发展的需要为基础，通过后天的学习，获得自己特有的目标和指向，又随着学习实践的发展变化而发展变化"后，简述动机的作用和学习动机激发的理论作用，提出在课堂教学中激发学习动机的主要做法有五个方面：一是培养学生对教师的信任感；二是旨在培养学生的兴趣；三是创设问题情景，把握激发动机时机；四是进行智力竞赛活动，及时给予反馈信息；五是把学习和创造活动结合起来。

文章初稿写好后，我又反复推敲，修改为9000多字的定稿后，誊抄在规范的方格稿纸上，抱着试一试的心态，投寄到《河南大学学报》（哲学社会科学版）编辑部。之后，如释重负，继续着正常的生活和学习。

一个多月的时间过去了，当我以为此稿件石沉大海时，一天，教育系办公室通知我到系心理学教研室主任那里去。我即刻见到了主任，因为他是我们班的任课教师。打了招呼后他就问我："你有一篇《课堂教学中学习动机的激发》的文章是不是寄到咱校学报编辑部了？"

我回答说："是啊，自己写后不知道水平如何，就直接寄去了，咋的，惹啥事了！"

第五章　梦圆大学

主任看我既紧张又认真的表情，缓和了语气，带着微笑的口吻说："你本事真大，学报编辑部主任把电话打到系里询问，咱系里是否有位教师叫李英世，系里说没有。又把电话打到我这里看是否是研究生，我才知道是你。"

上大学期间在《河南大学学报》上发表的论文

接着又说:"主编感到这篇文章很有水平,准备刊登在学报上,请你到学校学报编辑部去找主编,他认为有两处需要改动。"

这时我的心情才放松下来,内心激动。文章能发到学报上,这是我没有想到的。

我按照主任的要求找到了学报主编,他热情地接待了我,讲了对这篇文章的整体评价,认为一个本科生能达到这样的理论高度,难能可贵。提出了一点修改意见,让我修改好交编辑部拟刊发。

最后,出于教师职业的特点,还不忘鼓励我要努力学习,希望再次能看到我的文章。

春节过后开学的第二学期,收到了《河南大学学报》编辑部寄给我的《河南大学学报》1986年第3期,上面刊登有我《课堂教学中学习动机的激发》文章,随后又寄给我135元稿酬。

九、优秀毕业论文

岁月如梭,时光荏苒,转眼已到了即将毕业的时候。二年级下学期,按照教学计划的安排,我们到了撰写毕业论文的时候,而且必须选指导教师。我选择了比较年轻的心理学教师作为指导老师,他虽然年轻,但精通业务,同学们都喜欢听他讲课。由于年龄相差不大,沟通起来相对容易,最后根据自己的意见,选择了一个在当时引起教育领域高度重视的方面——学生非智力因素的研究问题。

论文大方向确定之后,关于如何确定一个合理的课题,费事不少,经过反复琢磨推敲,最后题目确定为《关于非智力心理因素的探讨》。

题目报到老师处又作了一番探讨,我认为课题探讨的是非智力问题,觉得非智力因素涉及面太广,过于宽泛。智力以外的因素都应称之为非智力因素，而非智力心理因素包含的面就窄了许多，研究的范围主要是非智力以外的心理因素，更加符合教育工作者研究的方向，与教育工作者的工作对象有密切联系。指导教师同意了我的看法和认识，课题顺利通过。这个问题虽然当时关注度高，但研究成果很少，能参考的文章少之又少。因此，在收集资料时费时费力，除翻阅大量的中外书籍外，还阅读了国内这方面能看到的大量刊物，摘录了能摘录到的研究内容，进行参考。经多次琢磨、推敲、整理，初步提出了详细的写作提纲，经指导老师修改后开始写作。

第一部分为非智力心理因素的定义及构成要素。开宗明义地提出：非智力心理因素是一个较为复杂的问题，就其提法上来说，意见也是不一致的。有提"非智力因素"的，有提"非认知因素"的，也有提"人格因素"的，还有提"个性心理品质"的，等等，但内容上大同小异，我认为应提"非智力心理因素"较为科学。

接着提出了非智力心理因素的概念。文章中指出，非智力心理因素是指那些不直接参与认知过程，对认知过程起着始动、定向、引导、维持、强化作用的心理因素，是除了智能以外的心理因素，它包括动机、兴趣、情感、意志、性格、信念等心理成分，是促进人学习和工作积极性的外部动力，对一个人的成长起着至关重要的作用。这种提法即便不是专业人员，都会被清晰地感知到，也会被深深吸引而具有阅读下去的愿望。

在简要阐述非智力心理因素各构成要素的概念、内涵和作用后，提出了非智力心理因素是各种成分组成的"彼此联系、相互制约、相互渗透、相互影响、密不可分，促进人们认知活动的动力结构系统"。第一次提出了"非智力心理因素动力结构系统"的概念和模型。文章提出，在动力结构系统某一因素的作用下，人的非智力心理因素结构系统会出现一种不平衡状态。通过彼此间的相互作用和人们行为的不断变化，以适应社会实践活动，达到相对平衡状态。继续发展，又出现了一种新的不平衡。这种平衡－不平衡的循环往复，螺旋式向前发展，促使人的行为不断发展变化，心理活动也更加复杂，非智力心理因素系统就形成多水平、多层次、多特点不断发展变化的性质。而每一循环过程都使人们心理面貌向更高的水平发展，促使人的认知活动也向更高一级的方向发展。

这些结论的提出，不仅丰富了非智力心理因素的概念内涵，而且提出了非智力心理因素在促进人心理水平的发展和认知活动的发展方面也具有重要的作用。

第二部分非智力心理因素与智力的关系和第三部分非智力心理因素与人才的关系。这两部分从理论层面进行论述并列举大量事实，得出了人才的成功是非智力心理因素和智力因素综合效应的结论。

第四部分建议和设想。文章提出了"应重视早期教育在培养非智力心理因素中的作用"和"应创设有利于非智力心理因素培养的学校和教学活动"两个方面，继而提出教学改革的"五点"设想，使本课题研究的落脚点得到了升华。

那些天，阅览室是我最好的去处，只要阅览室开门，我肯定是第一个占到座位，也是最后一个离开的学生。说废寝忘食、夜以继日、两耳不闻窗外事，一点也不夸张。经过月余天的奋战，14000字的论文圆满交卷。毕业论文交稿后，指导教师的评价是：立题深远，论点鲜明，探讨充分，有一定的理论深度和重要的参考价值。在当年近100多位本科毕业生的毕业论文中，被评为七篇优秀论文之一，同当年研究生毕业生被评为的十篇优秀论文，在1986年12月结集出版了河南大学教育系《研究生本科生优秀论文集》。

第五章 梦圆大学

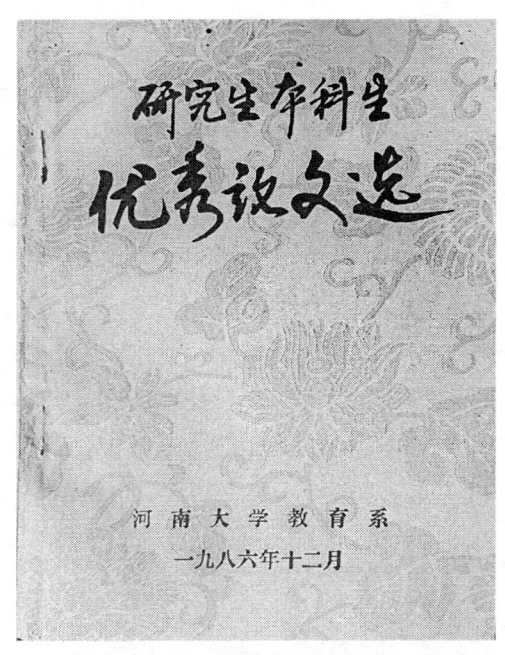

优秀毕业论文

后来，这篇论文在指导教师的推荐下，被当时公开发行的心理学专业期刊《心理学探新》删减为9000字，发表在1987年第2期上。文章发表后，一些观点被后来研究此类内容的近二十位作者引用。

十、又一次重要抉择

在进入第二学年第二学期时，我和同寝室的同学在一起学习、探讨和交流中达成了一种共识，要在毕业前编写一本心理学方面的普及读物。因为在当时，不只是社会上人们对心理学比较陌生，就是大学生和中小学老师也对心理学知之很少，社会上有少数人还对心理学有一种误区。针对这种情况，我们觉得做好心理学知识的普及是一位教育工作者不容推辞的责任。为此，我们商定这本普及读物为《大众心理趣探》。该书包括普通心理学、教育心理学、社会心理学、医学心理学等方面。经过半年多的努力，在撰写毕业论文前，书稿已编写完毕。联系了几家出版社，都表示有出版的意向，经再三斟酌，考虑到多种因素，特别是校稿的方便，最后选定由河南教育出版社出版发行。这本《大众心理趣探》专著由时任河南省心理学会理事长写了序言，在1987年出版后，被评为当年河南省社会科学项目优秀成果奖。

两年的大学生活和学习是紧张的、艰辛的、有序的、规范的、惬意的、愉快的、充实的，虽然没能在闲暇之时欣赏校园优美的风景，没有游览学校所在地开封十三朝古都的灿烂历史遗迹，但我在这座具有悠久历史的校园里，在阳光雨露的照耀滋润下，在老师们的精心教育培养下，在自己不懈地努力学习下，收获了知识，丰富了头脑，开发了思维，拓展了视野，提高了能力，练就了本领，为此后从事教育工作奠定了扎实的丰富的牢固的专业知识根基。

第五章 梦圆大学

毕业前夕，某高校教育系主任到校了解毕业生的具体情况，准备在这届毕业生中挑选优秀学生到该校任教。通过系领导和任课教师的座谈，查阅学籍档案和教育科研情况，初步确定了几位候选学生。我在校表现积极，学习成绩优异，两年时间在专业杂志和学术期刊发表了六篇高质量的论文，和同班同学合著的《大众心理趣探》书稿已交付出版社，科研能力较强，都一致认为我最符合该校的选人标准，极力推荐。

该校系主任约见了我。同他在一起，从我参加工作谈到如何到河南大学学习；他也从该校的办学条件到发展前景规划，从教育系的师资队伍情况到如何加强师资队伍建设，从个人当前情况到未来职业发展规划等方面，谈得非常投机，也很深入具体，而且连到校教什么学科都不忌讳，使人有一种亲切和向往之感，推辞之话难以出口。

事隔几天，他又一次来到学校，见到我后直言不讳地说："考虑咋样了？我意是到校先见一下负责人事的校领导，至于最后决定权，还是你说了算。"而且承诺如果到该校工作，他们帮助协调解决家属的工作调动问题。

在这种情况下，我心里虽然稍有底数，但推辞语言都显得有些多余，我顺从了他。同他一起到该校组织部见了分管领导，按程序填了一些表格，又返回河南大学。面对在当时对我个人来说算得上是最优厚的条件，我心情更加复杂，很难做出决断。

1986年7月，我怀着浓浓不舍的心情，眷恋着尤为珍视的两年学校生活，怀揣着河南大学毕业证书和学位证书回到了家中。

正值暑期，本来想在身心方面进行短暂的休整，但一个电话又打破了这种愿望。这所高校教育系办公室通知我，要到该校进行所教学科的试讲，这是进人的程序。接到电话后，我平静的内心又掀起了层层波浪。不论如何选择？必须要做出选择，是留在省城高等学校任教，有一个好的发展前景，还是要在培养了我、又送我到高校学习深造的母校为基础教育培养师资呢？我坚定而委婉地谢绝了高校的特殊关爱，毅然决然地要回到母校工作，做出了最为果断的选择。

事后，我给该校系主任写了一封长信，从各个方面谈了做出这一选择的认识和想法，得到了他的谅解和支持。后来，我还多次参加他在省里牵头的一些科研课题项目，多次在学术会议上交流认识，多次向他请教有关科研方面的问题。他成了我的好朋友、好长者、好前辈。

第六章

躬耕教坛

第六章　躬耕教坛

谢绝高校的"特殊厚爱"之后,我心里平静了很多。利用暑假时间,为能做一个好老师而谋划着、准备着、畅想着。

到底什么样的老师才是一个好老师?到底什么样的老师才是师范学校的一个好老师?我在思索中去找答案,确实没有一个标准,但都有着共同的特点:热爱教育,有强烈的责任心和使命感;学识渊博,有扎实的专业知识;乐教爱生,有甘于奉献的仁爱之心;品德高尚,有优秀的人格形象。对师范学校的老师来说,要求更高。

做一个好老师,是自己对从事职业的理想向往,是人生追求的规划设计,需要在平凡的教学岗位上辛勤耕耘,我努力践行着……

一、每节课都受欢迎

开学后,按照学校教学工作的安排,我承担了16节普师心理学的教学任务。虽然任务很重,但感到这是学校对自己的一种信任,是对自己教学能力水平的一种考验。做一个好老师必须把课教好,受到学生欢迎,我把功夫下在"课外",做好内功,认真备课。

从理论上讲,备课首先要"备大纲",教师要明确学科的教学目标、教材编写的意图和原则、每部分内容在整个教材中的地位和作用以及某些章节安排的实验作业、实践活动、课外读物等。其次要"备教材",通过熟读教材、钻研教材、分析教材、提炼教材等环节,对教材熟烂于心。再次要"备学生",根据学生的年龄特点和基础知识水平,设计教学过程。最后要"备教法",根据教材内容选择适当的教学方法进行课堂教学。

我根据中等师范学校普师生年龄较小、生活经验欠缺、没有社会认知的特点，心理学课又是中等师范学校生的专业课，同其他文化基础知识课在讲授和要求上不同，着重在教学过程设计和教学方法选择两个方面下功夫，力求使自己上的每一节课都受到学生喜爱和欢迎。

我对任课班级学生和自己都"约法三章"，一是自己力争把课讲好，学生必须认真听课；二是自己不随意耽误上课，学生也不能无故缺课；三是学生认为课讲得不好，可随时不告而辞，自己不能批评学生。我心里明白，这是一种没有退路的"约法三章"。为此，我力求做到每节课的导入都能根据教材内容不同，利用学生求知心理特点，巧妙运用教材中蕴含的知识、智能和情感因素，使其产生强烈追求学习和摄取知识的期望心理。采用唤起情感、联系旧知、设置悬念、巧设比喻、形象描绘等导入方法，如同高超棋手下棋一样，一开始就引起学生学习兴趣和共鸣，为上好这节课奠定基础。好比优秀的乐师拉琴，第一段乐曲就悦耳动听，先声引人，先声夺人，把学生带入一种求知的状态中。

我总结出导入要做到"四性"。导入要有针对性，要具体、简洁，与所教内容和学生心理特点相适应。导入要有启发性，能引起学生的积极思维，给学生创设出思维上的矛盾冲突，产生"新奇"感。导入要有趣味性，能引人入胜，激发学生学习兴趣和积极性，使其处于渴求学习的心理状态。导入要有艺术性，教学语言要生动、形象、准确、科学，易于学生接受。

在课堂教学中，我着力做到"四讲"。要情感性地讲。因为课堂上教师的情感对学生有着直接的感染作用，良好的情感使学生精力充沛，生理机能活跃，大脑思维处于最佳状态。在这种状态下，能引起学生愉悦的、肯定的情绪体验，与教师的情感在心理上发生共鸣,易于接受教师知识的传授,提高讲课的效率。师生良好的情感互动,会打开教师思维的闸门,"其言皆若出于吾之口,其意皆若出于吾之心",教师会有条不紊、恰如其分地进行知识的表达,推动学生进行复杂的智力活动。师生良好的情绪互动,还会增强教师的语言表达效果,会带来生动、活泼、愉快、乐观的课堂氛围,催化学生的智慧。

要激励性地讲。教师的讲课体现在"精、气、神"三个字上,它反映在只要教师站在讲台前,应当表现为精力旺盛、神采飞扬的气场,甚至有气吞山河之势,去激起学生的探究欲望,产生同步思维,展开想象的翅膀,摘取知识的硕果。

作者在翻阅杂志

有经验的教师有一种体会,精神萎靡地讲和情感激荡地讲,教学效果会天壤之别。为此,每一节课在备课时,我就对教材进行反复的加工提炼,内化为自己的"血肉",达到课堂上烂熟于心、得心应手、运用自如的程度。在课前酝酿情感后,才能进入"角色"。

同时，注意发挥语言表达的作用，在抑扬顿挫、节奏快慢、声音大小上下功夫，根据教材内容和学生听课情绪，时而"大弦嘈嘈如急雨"，时而"小弦切切如私语"，时而"嘈嘈切切错杂弹"，时而"大珠小珠落玉盘"，表现出丰富的感染力和激励作用。

要示范性地讲。根据中等师范学校学生毕业后要从事教师职业的特点，自己在讲课中力求给他们以示范性的启示。我主要从两个方面着手：一方面注意教师的仪表，它是教师内心修养的外部表露，虽然它不直接传送教学信息，但却是一个影响课堂教学效果的潜在因素。为此，要做到外表落落大方，衣着整洁、简朴、自然，不刻意打扮，不穿奇装异服，不搞新潮发型等。另一方面注重课堂教学的板书。因为课堂教学中简洁明快、计划周密、布局合理、重点突出、字体工整的板书犹如一幅艺术珍品，会激起学生兴趣，激发学生思维，引起学生联想，帮助学生理解，加深学生记忆，启迪学生对知识渴求和向往。

我利用自己的书写优势，对每一节课都精心设计不同的知识"线路图"，既给学生以视觉美感的冲击和内心美感的向往，又引导学生曲径通幽获取饱饮知识的乳汁，还能使学生深切地感受到板书在自己未来教学工作中的无限魅力。

要联系实际地讲。在课堂教学中，根据教学内容和学生对教学内容的理解程度，将深奥的知识载于生动形象的、深入浅出的、恰当贴切的实践生活案例之中，帮助学生触类旁通，"以例释疑"，化解教学难点，理解和掌握所讲内容，从而活跃课堂气氛，激发学生思维，使课堂的教学始终沿着既定的目标进行。

课堂教学中，我既要根据心理学教学内容来联系实际，还要根据学生毕业后从事教学工作方面来联系实际，帮助学生深刻理解教学内容。做到课前联系实际、课中联系实际和课后联系实际。课前联系实际，是在备课时就查阅资料，反复斟酌后选取最能和本节内容紧密联系的实例，做到胸中有数。课中联系实际，是在课堂教学中选取最为恰当的时机将课前准备的案例呈现给学生，帮助学生加深理解所讲知识。课后联系实际是在给学生课后布置作业时，根据所讲内容，让学生能够联系将来自己从事教师工作的实际来完成，以此检验学生分析和解决教育实际问题的能力。同时，将课堂所讲内容投入学生的生活当中，尤其是身边的事，更容易引起他们的关注。这种联系实际的最大一个好处是，让学生在非课堂时间去关注所学知识，使他们感受到所学知识与自己生活联系得如此紧密。

作为一位老师，每节课都要受到学生的欢迎，是对自身讲课的要求，但不是教师教学达到的最终目的。最终目的是通过教学使学生明白学习的作用，喜欢这门课，愿学这门课，提高学习的内驱动力。因为心理学课是中等师范学校学生的专业课，他们在中小学校从来没有接触过，也没有听说过。对师范学校开设这门课既新鲜又陌生，甚至有一些误解。如何让初次接触到这门课的学生能够全面把握心理学的研究对象、心理学课的基本内容、儿童心理的研究方法、儿童心理发展的特点和规律，明确学习这门课的重要意义，对将来从事教师工作的作用，以此激发学生学习心理学的兴趣，调动学习心理学的动机，是我着力要解决的一个问题。

在后来的教学中，针对这些方面，我不断摸索和实践。在每届学生学习这门课的开始，我都会根据教材内容，增加"师范生为什么要学习心理学"的内容，从理论、生活、将来工作等方面作了全面的讲解，产生了意想不到的效果。在布置每节课的作业时，除教材要求必须完成的以外，增加案例分析作业，检验他们对学习内容的理解和运用这些知识去分析如何解决案例中的问题。在期末考试环节，除按正常命题考试外，增加了实践性命题内容，作为选考题目，把学生的注意力引导到学习和应用上。

在此基础上，我还利用课外活动时间，举办心理学讲座，开展课外兴趣小组活动等，拓宽喜欢心理学学生的学习渠道。内容主要围绕教育心理、社会心理、个性心理、心理健康等方面，采取喜闻乐见的形式，如进行学生气质测试、性格分析、梦境心理分析等，深受学生欢迎。多年后，遇到当年所教的学生，他们还对我当时在课堂中讲的一些内容、所举的事例以及举办讲座中的有关案例仍记忆犹新。

后来，根据学校的安排，我担任了政、史、地、教、心五个学科的综合教研组长。教研组长在学校是挂不上号的"领导"，但事情烦琐，责任很大。教研组要组织本组教师按规定开展教研活动，学习教育方针、有关政策法规、先进的教育理论和教育教学方法，提高教师思想素养和业务能力。要组织教师深入钻研本学科的课程目标、教材教法，督促各学科有目的地进行教研。要有计划地开展教育科学研究，申报课题计划，组织集体备课、听课、评课，进行命题、阅卷、考试分析，改进课堂教学，提高教学质量。作为教育心理学科还要指导教育见习、实习活动，帮助学校制订实习计划，督促检查学生实习活动。我都同全组教师一道共同学习、共同研讨、共同提高，教研组还被评为先进教研组。

1988年3月，我被任为学校教务科副科长，除完成正常的教学任务外，协助科长全方位参与学校的教学管理，在教学计划制订、教师课程分担、各类教学活动的组织等方面，都尽心尽力，尽职尽责。

十年来，按照做一位好老师的要求，我始终如一地在教学一线坚守着、学习着、研究着、提高着。通过教学使学生获取知识，提升能力，感受学习的快乐。通过教学使自己教学相长，快速成长，享受教学的幸福。通过各种教研活动，教师们相互切磋，提升教学技艺，感受教师的荣光。即便后来当了教务科副科长、科长和教学副校长，教学的"手艺"一直没有丢。

作者在主持学生演讲歌咏比赛大会

二、班主任工作有招数

"一个好班主任就是一个好班级"与"一个好校长就是一所好学校"的道理一样，它反映了班主任工作的重要性，从一个侧面说明在学校管理工作中，应当充分发挥班主任的作用。师范学校的班主任与中小学校的班主任相比，最大的不同点在于，不仅要做好班主任工作，还要教会学生在今后工作中如何做好班主任工作。

我充分认识到，班主任是全面负责班级组织和学生教育管理的领导者，是学校各方面工作的第一落实者，是联系和协调各方面力量、促进学生不断进步的组织者。它既是一门科学，更是一门艺术。

实践中有人总结出一句话——"班风正，学风浓"，它反映出班风在班级工作中的重要性。良好的班风体现着每一位学生的主人公意识，对全班学生具有熏陶、感染和潜移默化的作用，是促使学生热爱、关心班集体，产生推动班集体前进的无形力量。良好的班风还是一个班级的精神面貌，通过学生的思想、言行、举止、风格表现出来，对他们的成长起着激励、感染和奋进作用。良好的班风建设需要班主任根据班级学生的整体情况，适时建立坚强有力的班集体，培养学生的集体合作意识，树立关心热爱、团结一致的精神风貌，自觉服从班集体形成的共有目标。

有一年，我担任中等师范学校二年级一个班的班主任。接手后，做足功课，掌握了班级的情况。班级的一位学生担任学生会主席，又兼任班长，既有繁重的学习任务，又忙于学生会工作，疲于应付，班级工作主要靠副班长来做。发觉这个问题后，我先同担任学生会主席的这位学生进行了几次谈话，他把心里的话全盘托出。他认为，做学生干部只有学习好，才能在学生中有威信，做起工作来会得心应手。他一直没有因为是学生干部而耽误学习，成绩名列前茅，这是引以为自豪的。但他又把一肚子苦水向我诉说，学生会主席兼班长，两个方面的工作虽尽全力，但力不从心，曾提出过二者只能选一，但没有实现。

我顺势说："咱俩想法一致，最好不任班长，全力做好学生工作。"

这话一出,他非常激动,言语中表现出对我的信任。我鼓励他要好好学习,全面掌握文化知识,还就如何做好学生干部出了点子,激励他全面发展,为将来工作打下坚实基础。

随后,我又同其他班委会干部谈话,了解那位担任副班长学生的情况,同学们从各个方面给予很高评价,心里有了初步打算。接着同那位副班长进行了交谈,说了让他做班长的想法。

他谦虚地说:"你的信任是我工作的动力,会尽全力做好工作。"

话语中流露出要我随时给予指导的想法,我全都应允了他。接着,我向负责学生工作的教导主任汇报了想法,他全力支持。

后来,学生会主席工作积极,学习努力,受到学校的充分肯定。班级工作在那位班长带领下也有了很大起色,工作非常顺利。

抓好班风建设,要寻找有利的时机。学期期中学校举行秋季运动会。运动会前班级学生报名的情况班长送给我看,发现几位有体育特长的学生没有报名。我了解这几位同学没有报名的原因,主要是怕取得不了好成绩,影响自己声誉。我抓住时机,想通过这次运动会增强班级集体合作意识、协作精神和集体荣誉感,使全班学生心往一处使想,劲往一处使。我在班里做了动员,要求为了班集体,每位同学不管遇到多大困难都应积极参加。

有一位女生,她身材高挑,有短跑基础,但身体不适就没有报名。听了我的动员后,她决心要为班争光,报了100米和200米的短跑。课余时间抓紧训练,体力恢复很快,经预赛两项都进入了决赛。决赛时,我组织学生重点进行保护,到现场为她加油。100米决赛她取得了第一名。200米决赛起跑很好,一路领先,快要冲刺的时候,她踩到了一个小石子,用力过猛,脚一滑,突然跌倒了,爬起来，又接着冲刺，只取得了第七名的成绩。同学们接到她后，竟放声大哭，说对不起老师，对不起班级。我也到跟前进行安慰。

由于班级同学的共同努力，那一届运动会班级获得了总分第二名的好成绩，荣获体育道德风尚奖。运动会结束后，我及时进行总结，肯定同学们的拼搏合作精神，表扬了为班级取得好成绩的学生，要求全班同学向他们学习，特别要学习那位女同学为班级荣誉而拼搏的精神，为班风建设打下了坚实的基础。

在班级管理中，我做到坚持三个原则。一是坚持以身作则原则。凡是要求学生做到的，自己首先做到。早上出操，我准时起床，站到操场迎接他们的到来，同他们一起跑步，做早操。晚上自习时间只要一有空，会到教室里去了解学生的学习情况，收集学习中遇到的困难，然后同任课老师交换意见，改进教学方法。我觉得只要做到腿勤、眼勤、嘴勤，细心、用心、耐心，一定会感动学生，工作必然成功。

言传不如身教，身教不如自己做到。感人心者，莫先乎情。在平时工作中，我努力做到细微之处见真情，以真诚之心关心他们。有一年运动会，为激励同学们积极参加，并取得好成绩，我报名参加教师组铅球比赛。同学生一道利用业余时间锻炼，切磋、探讨。不仅班级学生在铅球项目获得了第一名，自己也获得教师组铅球第二名的成绩。

为增加同学们厚实的文化基础知识，在另一届任班主任的班级中开展了课外读书活动，同他们一起列出了读书目录，制定了读书计划，我也成为读书的一员。师生互相监督、互相检查，都完成了读书任务。回想起来，应该感谢学生，是他们的督促，在一段时间内，我读了许多应该读但没有时间读的书，为教学和科研工作增加了后劲。

　　二是坚持全班激励原则。就是激励全班每一位学生充分发挥自己的智力、能力、兴趣和特长等各方面的潜能，达到个体目标和班集体目标共同实现。班级目标是班级全体学生的共同愿望、追求和达到的愿景，它具有导向和激励作用。我利用这个作用，引导全班学生经讨论后一致通过的班级目标。在此基础上，根据班级总体目标制定个人目标，把班级目标同个人目标紧密联系起来，帮助学生分析自己的潜在优势，寻找适合自己成长的有效方法。在实现班级目标的过程中化为自己的实际行动，从而实现个人目标。这种做法效果非常明显，全班学生都不同程度地取得了可喜的成绩。

　　在实现班级目标的过程中，我注意发挥班干部的作用，培养他们主人意识、服务意识、创造意识和效率意识，在宏观上指导，在细微处观察，放手让他们独立为实现班级目标而努力。他们不仅知道如何做、如何做好，而且在这个过程中提高了组织能力、协调能力、处理问题的能力。从这一届任班主任的班级看，这个班级的七名学生干部走向工作后很快适应了教育教学岗位，加上个人努力，有一人从事了行政工作，多年后成为县里有名的局长。有两人成长为中小学校长，一人成为教育局中层干部，一人成为特级教师。他们不忘这段难忘的班级干部经历。

　　三是坚持协调一致原则。就是班主任要主动协调班级各个方面的教育力量，相互配合，达成共识，步调一致地做好班级管理工作。师范生大部分时间都在学校度过。他们远离家乡、远离父母，社会和学校里的一切都会对他们起到一定的影响，而随着年级的升高、年龄的增大，对人生、对社会有了初步的认识。班主任的作用就是汇聚各方面的力量，共同施加对他们的教育影响，使他们在走向工作岗位前能够树立正确的人生观、世界观、教育观。

教学永远具有教育性。我从如何培养合格师范生的角度，同任课教师达成一致，在各科教学中，根据教学内容注重渗透道德教育。自己首先做到，撰写了《关于心理学教学渗透德育的思考》的文章，被评为省中等师范学校优秀教学论文一等奖，给教师们以启迪。我还注意做好学生会、学生团委和班委会、团支部的协调工作。一次，班里一位副班长因工作同学生会一位副主席发生争执。了解情况后，我找到了负责学生会工作的老师说明情况，征得同意后，当场找了那位学生会干部，向他讲了事情的来龙去脉，解除了误会。我又同副班长做了交流，他放下包袱积极工作。

得法者事半功倍，不得法者事倍而功半。教育方法受教育观念、教育思想和教育态度的影响。有了正确的教育观念、教育思想和教育态度，就会在实际工作中发现、总结行之有效的教育方法。在班级管理工作中，我不断实践总结出适合师范生的教育方法。

一是环境感召法。就是利用良好的班级人际关系、优美的班级生活情景、向上的班级学习氛围，对学生施加心理影响，使他们在和谐、温馨、催人上进的情景中，不知不觉受到教育的方法。

环境是影响人发展的重要因素。有位教育家说过："教学从本质上讲是一种环境的创造。"事实上，好的环境有利于陶冶情操，美化心灵，启迪智慧，激发灵感。比如，良好的校风、积极的班风、健康的班级文化会对学生起到潜移默化的影响。"无声之教"就是指环境育人。

我从抓好班级文化和寝室文化入手，提出了"在班级里快乐学习每一天，在寝室里安静舒心每一晚"的要求。教室里有名人语录、励志语言和标牌，虽不多，但布置得具有艺术性。还有文化视角，展示学生才艺,定期更换。根据当时条件,书桌干净整洁,书本摆放整齐,产生了一种浓厚的学习氛围。寝室里根据具体位置,张贴了学生制作的各种作品,温暖而美观,给学生一种静态的美。

树立榜样对学生感召力最强,特别是本班做出成绩的学生,使大家觉得先进就在眼前,形成学习榜样的良好人际环境,触景生情,感染心灵,产生追赶目标的情感和动力。

二是以情激励法。就是选择最佳的教育情景,让学生自然而然地接受班主任的教诲。在运用这种方法时,班主任必须做到,内容要有针对性,情感要有激励性,态度要有民主性,教育要有时机性。要力争使学生在接受教育时,符合学生当时的个性差异和心理状态。要用满腔热情唤起学生的情感共鸣,激起学生心理上的波动。要在民主、平等、和谐、诚恳的态度中循循善诱,坦诚相见。要在最佳的教育时机中拨动学生心弦,使之心悦诚服接受教育。

在我任班主任时,听同学们反映,一位学生只有我上课时注意听讲,其他老师上课时心不在焉,甚至缺课。这引起了我的注意,连续跟踪两周后,找这位同学谈话。他个头稍高,能说会道,我有心理准备,做了一些"功课",第一次竟没有达到预期效果。第二次谈话,我改变策略,从他的家庭情况谈起,一直谈到他如何考入师范学校和到校后的一些表现,才知道他积极上我的课,不是喜欢,而是因为是班主任。他有体育特长,喜欢篮球,报考师范学校前曾练了很长时间的篮球项目,体育和文化课成绩都不错,准备报考体育专业,将来当体育老师。迫于家长的压力,他报考了普师,舍弃了体育,而且被顺利录取。我抓住时机,充分肯定他的体育特长,讲了想当体育老师,必须把文化课学好,不然不能顺利毕业,不仅愧对家长,而且当体育老师的想法也不可能实现。讲到入情入理时,他甚至落下了眼泪。我感觉时机已到，推心置腹地要求他一定要学好文化知识课，答应帮他向体育班班主任推荐，在学习时间允许的情况下，适度参与体育班的一些篮球教学活动。

这次谈话后，这位学生改变了态度，学习努力刻苦，而且体育特长得到了发挥；毕业后当了一名体育老师，由于勤奋敬业、成绩突出，还被提拔为校长。

三是心理疏导法。就是运用心理学知识，对学生中出现的一些心理问题，运用专业知识进行诊断、疏泄、引导、教育，因势利导，对症下药，保障学生心理健康发展的一种方法。

中等师范学校学生入学时大都在十四五岁，随着年级的升高，到毕业前十七八岁，是处于个人成长变化最快时期。他们面对生理、心理、学习、社会认知、人际交往、性格、恋爱和毕业分配等压力，容易产生这样或那样的心理问题。这些问题如果长时间得不到解决，会影响学生身心健康发展。

我利用所学专业和做班主任的优势，对学生出现这方面的问题，能够及时发现，从而采取有针对性的教育。对因为学习紧张、争强好胜、目标过高而产生精神压力、影响学习成绩的学生，给他们讲动机与效果的关系。指出动机过强和动机过弱，不利于取得好成绩，而中强度的学习动机是最有效的。如同蹦一蹦能摘到桃子的道理一样，蹦几蹦摘不到桃子和不蹦就摘到桃子都不会取得最佳效果。学生明白道理后，自己解除了精神压力，轻松学习，反而取得理想的学习成绩。

针对性格内向、不善交往而产生孤独感的学生，我对他们讲解拓展教材之外有关个性心理、性格、气质等方面内容，用一些案例说明气质的稳定性和性格受后天社会环境影响可以塑造的道理，不论气质和性格如何，只要努力，都可做出很大成绩。要求他们正确处理，加强同学之间的正常交往，敞开心扉，倾诉内心，融入集体……这些压力迎刃而解。

针对发现个别有早恋倾向的学生，我个别谈话，讲清利害，追踪观察，必要时进行家访。对这些学生教育时，关键是把握好度。要认识到随着学生年龄增长和临近毕业的实际情况，伴随着生理和心理上的逐步成熟和周围环境的影响，某些情感就会自然而然发生。男女同学产生爱恋之情，班主任明察秋毫后，一定不要武断处理、公布于众，更不要"扣帽子""打棍子"。反之，不仅得不到班主任想要的结果，而且处理不当，后果会不堪设想，甚至发生意想不到的悲剧。

有一年，我任班主任的班级一位女生学习成绩下降，情绪低落，她向我请假，称身体有病需回家治疗。由于是女同学，不便追根问底，就同意她的请假要求。随后，经详细了解，听同学说她失恋了，引起我高度重视。先找了那位男生，他承认了"事实"。掌握了"证据"后，利用星期天，邀请了班级任课的一位女老师，骑车40多里到女同学家里进行家访。

女同学家庭情况一般，但父母重视教育，女同学的姐姐在大学上学，她又被师范学校录取。到三年级时，知道女儿交往了男同学，家长态度十分坚决，极力反对，给她施加压力，造成了这位同学在学校的那种情况。

我和女老师详细听了情况后，给家长讲了很多正确处理的道理，得到了家长的理解。我和女老师商议，由女老师单独同女同学进行谈话交流，效果较为理想，女同学答应回校学习。中午，在她家吃了便饭，返回学校时已日落西山。女生回校学习后，我又同男生进行了多次谈话，自始至终没有指责、训斥，而是动之以情、晓之以理进行交流，他非常感激老师的关怀，表示正确处理。这场两个同学的"恋爱风波"在和风细雨中得到化解。

三、心中要有那份爱

教书育人是需要融入情感的工作。这种情感就是对工作的热爱，对学生的热爱。情感和爱是教育的灵魂，是师德的核心。它具有表率性、传递性、无私性、恒常性特点。它突出表现为对这一职业的深刻理解，也表现为对这份职业的责任意识。

自己感到心中的那份爱是对从事教师职业的爱，就是作为一名教师要敬重这份职业，具有"畏而不敢怠慢"，"凡做一件事，便忠于一件事，将全部精力集中在这事上面，一点不旁骛"的精神，体现在从事教育教学的方方面面。要把自己的教学工作，不仅看成职业，而且看成生活的一部分，不断地想着它、念着它、琢磨它、感悟它、经营它、享受它。要在繁忙的生活和工作中，去用心观察、品味在教育中发生的现象，感悟教学中的规律，启迪教育智慧闪现，达高致远，实现自我。

作为老师，我要求自己做到"四有"。一是有志。好多人说自己的志向是成为一名老师。成为老师，志向就算实现了吗？我觉得，成为一名老师，只是志向的开始。要想成为有志向的老师，必须经过时间的考验和经验的积累，需要不断完善，不断学习，不断充实。"学然后知不足，教然后知困"就是这个道理。

二是有识。作为老师，有丰富的学识是最基本条件，要想成为一名"好老师"，还需要对自己的学识不断积累，既要所教学科知识厚实，还要博学多才。要给学生一杯水，教师必须要有一桶水，并不断积累完善知识。

三是有恒。教师工作辛苦、繁忙，有时还会有诸多烦恼和委屈。坚持一年、几年可以，坚持数年而且数年如一日很难。一位好老师应当持之以恒地坚守。坚守那种"捧着一颗心来，不带半根草去"的清贫和无私精神，坚守那种"燃烧自己，照亮学生"的蜡烛精神，坚守那种"俯首甘为孺子牛"的默默耕耘精神，坚守那种"春蚕到死丝方尽，蜡炬成灰泪始干"的自我牺牲精神。

四是有格。教师的人格力量会对学生起到潜移默化的作用。"其身正不令而行，其身不正虽令不从"，从另一侧面反映了教师人格的影响力。正如教育家乌申斯基所说："教师个人范例，对于青年的心灵，是任何东西都不能代替的有用的阳光。"自己在教育教学中一直坚守着要求学生做到的，自己应当先做到学生前面，要求学生不应当做的，自己坚持首先不做。用教师的人格师表在学生的心灵中刻下良好形象，教育会水到渠成。

心中的那份爱更重要的是体现在对学生的爱。这种爱就是师爱，它可是一种真实而纯洁、质朴而深邃、无私而宽广、高远而伟大的爱。它可表现在课堂上，也可表现在课堂外，还可表现在生活上，又可表现在成长上，是无处不在、无时不有的对学生的关爱、呵护、期望……诚然，就会不由自主地亲近学生，乐意为他们付出一切。

教师对学生那份爱与其说是教师的职责，倒不如说是一种严慈相济的神圣付出，学生一旦感受到教师的这种付出，就会"亲其师"，也会"信其道"，更会沿着教师指出的路径，把自己塑造成"有用的人"。从这个方面讲，师爱就是师魂。从教学实践中我能深切地体会到这种师爱的神奇力量。

一位我任教班级的普通学生，因严重违反学校纪律而受到即将开除的处分。他是一位家庭比较贫穷的学生，母亲知道后到校找到有关负责人求情，没能如愿的她见到我时老泪纵横，甚至要下跪让我为她的儿子求情。当详细了解到这位学生违纪的原因后，我觉得处分有些过重，答应帮他"求情"。我找到时任学生管理的负责人，同他一起分析学生犯错原因，他也感到这位学生违纪是有一定的客观因素所导致，而且有"浪子回头金不换"的可能，答应我对学生以观后效的请求。我找到学生，用家长的口吻，用教师最无私的"感情投入"，使学生深受感动，表示痛改前非，报答师爱。最后，这位学生顺利毕业，多年之后见到他时，已成为一名骨干教师。

到"学生中去"是师爱的另一种途径。这是用教师的一种良知去架起师生之间互动的情感纽带，是一种学生对教师真诚的理解和纯粹的情谊，会使教师对学生的要求和教诲变成一种极大的精神动力，沿着崎岖不平的路走下去，最终获得成功，而教师为此也会激动不已。

1995年，我已任副校长，还仍然上课。有一位我任教班级的学生，在参加"特别优秀毕业生"选拔到高等学校继续学习的一次预选考试失误后，我对她鼓励性的一次谈话竟起到了意想不到的效果。谈话后她振作精神，最终被河南大学录取，她到校后给我写了一封信表示感谢。我摘录她来信的几段话：

我真的感谢您，复习那一段，我曾一度失去信心，是您那一句句虽平淡却实实在在的话鼓起了我新的勇气……您也许并没有料到您的话会给一个普通的学生带去了那么多力量……这时，也是您的几句话，再次鼓起了我的信心，您说我基础好，还是有很大的希望的，而且指出我主要失误在教育学和政治上。失败中的我听到这些话，无疑把它当作一种最权威的定论，这使我看到了一丝光明，也

第六章　躬耕教坛

明确了方向，及时加以补救，奠定了成功的基础。

去郑州考试前，您又千叮咛万嘱咐，想得那样周到……您把通知书递给我们时，那样高兴地向我们祝贺，又那么真诚地鼓励我们……我们在心底感谢您，这成功的喜悦背后有您洒下的心血呀！

这就是教师心中那份爱的力量，当学生们"金榜题名"、获取成功之时，作为教师，同样享受着那种成功带给自己的喜悦！

学生写给作者的感谢信（一）

学生写给作者的感谢信（二）

四、第一次上录像课

1989年1月，学校接到省教委的通知："为帮助我省学历不达标的小学教师学好《专业合格证书考试》教材，省教委决定录制一套小学教师专业合格证书考试教育学、心理学、语文、数学学科教材自学辅导电视录像片。经研究请你校李英世老师担任心理学讲课任务。"学校随即通知我及早做好准备，保证备好课并按时参加录制工作。

第六章　躬耕教坛

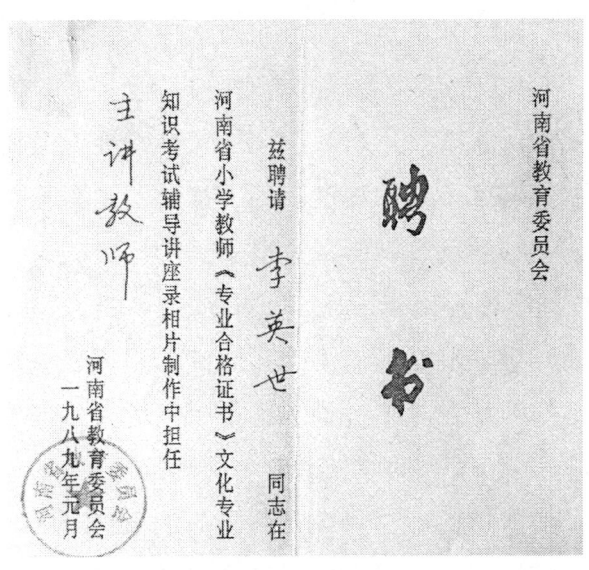

作者录像课主讲教师聘书

当时学校的教学任务非常繁重。接到任务后，我就着手做着准备工作。

按照省教委的具体安排，心理学课共六讲十八学时教学时间。这种录像课自己是第一次接触，需要对教材重新编排讲授。担任这门课还有五位教师，他（她）们中间有一位同我一样属于年轻教师，其他（她）四位都是全省中等师范学校、师专和教育学院教授，教育资历很深，教学经验丰富，在全省有一定的知名度。

我的录像课任务是第三讲想象和思维，共3个学时。这部分内容在原教材中是二章，需要8个课时才能讲完。如何将8个学时的内容在3个学时内讲完，并要适合成人学习的特点，需要重新备课，对教材内容进行整理。同时，这是成人学习的辅导课，要讲好这三个学时的课，必须下功夫设计好。

在备课方面，我把这两章的内容都做了一个综合的概括，按串讲进行。备课时紧扣教学大纲要求，着重区分一般、了解、理解、掌握的不同要求，区分重点、难点在教学中怎样掌握和突破，对在命题时有可能要涉及的重点都做好合理的设置。

备课完成后，我开始试讲。所谓试讲就是要对备课的内容进行反复讲解，达到熟练于心的程度。为了检验所讲效果，我先用录音机进行录制，录制后反复试听，觉得不妥的地方记下来，改正后再进行录制，直到满意为止。

从接到通知到录制时共有1个月时间。白天要完成承担的教学任务，这些工作都是在晚上进行。这个时间的天气非常冷，为按时完成任务，忘记寒冷不按时吃饭是常有的事。

为了给参加考试的教师提供品质优秀的录像片，我还请学校口语教师，帮助我纠正在讲课中的不正确发音，尽最大可能使自己的语言表达能达到普通话乙级水平，特别在对方言的纠正方面下了更大功夫，达到口语老师要求为止。

自己基本满意后，开始按照录像片制作的要求在教室试讲。为了不影响学生学习，全部是学生晚自习结束后进行，有时要熬到夜里一点左右。讲课时我尽量做到教态端正、表述清晰、语速平缓、板书规范。特别在全部内容讲解完成后，我又根据自己的经验，对这一讲设置不同的题目类型进行预设练习题。

这些任务完成后，我按时间要求到录制地点报到，参加省教委组织的录制工作。

虽然我做足充分的准备，但录制场景和教室的场景还是有很多不同，灯光、摄像及镜头对准自己的时候，眼睛和面部表现有一些不太适应。录制人员让我反复试镜，消除紧张心理，使自己处于一个正常的状态才开始录制。

那一天，我讲三个课时内容，除中间作了片刻休息外，基本上一气呵成。录制工作完成后，大家对录像课还是满意的。

这是第一次上录像片制作课，我尽力了，我也做到了。

五、部队邀请作报告

20世纪80年代末，我被批准为中国心理学会会员，担任河南省心理学会心理学科普委员会委员、心理学教学研究会副主任，除完成正常的学校教学工作任务外，业余时间进行心理学教学研究和心理学普及宣传。受邀为部队、机关、学校做各种讲座是义不容辞的义务。

当时，我校同灵山空军部队是联谊单位，他们多次承担我校新生军训教育，学校多次到部队进行慰问，同他们建立了深厚的友谊。一次，部队首长邀请我为他们作一场针对军人价值观的教育报告。当校长给我安排这一任务后，我既兴奋又高兴，也有一种紧张和不安。因为给部队作报告是自己从来没有做过的事，虽然有这方面的知识储备，要取得比较好的教育效果，心里没有底数。为此，我先到部队做调研，同部队首长进行交流，召开部队干部座谈会，了解他们思想认知需求。最后确定把"当代军人的需要与价值"作为报告的主题。为什么要确定这样一个主题呢？

我认为：在个体成长的过程中，人的行为发生与需要紧密相连。人的行为发生、人的个体活动积极性、人的思想产生源泉与需要有直接关系。正如心理学家认为的："个体需要的增减，是维持和破坏个体行为的力。"当一个人的需要得到满足时，个体行为会处于一种暂时的平衡状态。随之而来是一种新需要的产生，再一次推动个体为实现这种需要而努力求索，新需要会再一次满足。当新需要满足后，人的心理又处于一种平衡状态，这样循环往复，推动个体向前发展。而每一位军人从士兵到干部的成长与需要密切相连。

此后，我着重在军人的需要及特点内容上下功夫。认真总结了军人的"求知、求爱、求社交、求婚恋、求成才"五种需要，以大量的事实和具体的数字进行分析，归纳了军人"社会性需要增多，需要强烈丰富，需要具有不稳定性，个体的发展需要"四个方面的特点，提出了军人需要的满足与自我调节。

在当代军人的价值方面。我从"价值和人生价值的含义、军人的价值在于奉献、对市场经济条件下军人价值的认识和军人价值的实现"四个方面，从理论、事例、具体数字、辩证关系方面进行阐述、分析、探讨，提高了他们对当代军人价值的认识，明确了在我国"四化"建设的征途上，要经历一场场惊心动魄的"激战"，要爬更多高耸入云的"雪山"，要跋涉片片"沼泽"，穿越茫茫"草原"，坚定了他们在部队这所大学校里，从实际需要出发，实现军人真正价值的信念。

报告结束后，我又同参加报告会的部队干部和战士进行了交流。他们纷纷感到报告内容丰富、资料翔实、数字具体、事例鲜明，受到了深刻的教育。

第一次这样的报告会收到了较好的效果，自己感到，作为教师，不论讲课、课题研究、举行报告会，只要勤于付出，都会得到回报。此后，我又给县总工会作了"儿童智力开发与早期教育"，给县城教师作了"学生心理挫折及其防御机制"，给县领导干部作了"领导人际关系及人际知觉中的心理偏见"等专题报告，都得到了一致好评。

六、五个暑假参加省命题

1986年10月，国家教委颁布了《中小学教师考核合格证书》制度，并开始在全国实行。《制度》规定，只有具备合格学历或有考核合格证书的人才能任教。考核合格证暂设教材教法考试合格证和专业考试合格证两种。分《高中教师专业合格证》《初中教师专业合格证》《小学教师专业合格证》三种。获取证书的基本要求有三条：

一是思想品德好。拥护四项基本原则和党的十一届三中全会以来的路线、方针、政策；忠于人民的教育事业；以身作则，为人师表。

二是文化专业知识考试合格。中学教师考所教学科的有关课程、教育学和心理学基本原理；小学教师选考语文或数学一门，其他学科选一门教育学和心理学基本原理。

三是具有一定的教学能力。能初步运用教育学和心理学基本原理组织和进行教学，教育思想端正，教学效果较好。

实施合格证书制度是为了建设一支合格的中小学教师队伍，更好地为普及九年制义务教育服务。

河南省教委按照国家教委的安排，于1987年暑假组织全省小学教师参与合格证书考试。6月底，学校收到了省教委寄往学校的通知，通知这样要求："你校教师李英世同志，被选聘参加全省1987年小学教师《专业合格证书》文化专业知识考试心理学学科的命题工作，时间50天。"

省教委要求学校接到通知后，通知教师本人，做好临行前的准备工作。报到时，教师需自带粮票60斤和必备的日常生活用品。

当时，学校进入期末考试阶段，学校通知时，我正在班级上课。看了通知后，感觉责任重大，任务艰巨。又恰在这一年，我利用星期天时间，被邀请到一些县对组织参加合格证书考试的教师进行辅导讲座。

接到通知后，我交接了学期少量的遗留工作，和妻子一道简单安排了家庭生活，按照要求如期报到。

报到后，省教委有关负责人给参加命题工作的各学科人员开会，着重讲了命题的任务、时间节点和具体要求。特别讲到命题工作是一项保密性很强的严肃工作，涉及面广，关系重大，要求大家配合省教委做好保密工作，在命题期间统一行动，不能离开命题地点，断绝一切电话传递和接听（当时都没手机）。要求家里的书信统一寄至确定的一位领导负责同志，拆封看过内容后交命题人。命题人有特殊情况，可写信交领导负责同志，看过后再按照地址邮寄到命题人家里。具体到什么地点命题，随着工作进展的程度确定。

我们吃过午饭后，统一乘坐大巴车开往非常保密的地点。到地点稍作休息，就进入命题工作的正常程序。先是学习上级文件精神，明确命题各项要求。再进行命题专业性学习，使每一位命题人掌握科学的命题方法。然后，分命题学科学习教学大纲，进一步明确各学科教学大纲对教材内容的要求。最后命题人制定命题方案，方案包括试题的难易程度、知识覆盖面与重点、题型与设计、科学性与知识性、如何体现成人考试特点、准确把握及格率和具体措施等内容。方案通过后，进入正式命题阶段。

每一学科命题人为二位老师。命题阶段没有参考依据，主要凭命题教师对命题指导思想的理解和对教材熟悉程度的把握判断。为此，我们反复学习，研究命题指导思想，熟读教材，准确把握题眼后开始动笔。

试题初稿完成后，我们反复推敲、改动、调整，待满意后确定试题内容。

试题内容确定后，要列四种表格进行判断和分析。这些表格包括试题内容分布情况表，试题内容同教委要求比较表，试题内容与大纲要求情况对照表，试题难易程度比较表。

各种类型表格统计完成后，还要作一次命题结构分析。结构分析包括命题指导思想、试题设计类型（突出成人特点和教育教学实际相结合的特点）、试题体现的主要特点、试题容量的判断、试题的梯度分布、试题合格分数线预测控制等六个方面，并要向命题领导小组进行汇报，汇报同意后，命题进入最后阶段，制作样本试卷。待各科命题人员都进入这一阶段后，全部命题人员转入试卷印刷厂的工作地点。

为了保密的需要，试卷在河南省第一监狱印刷，我们也随之进驻。试卷印刷先进入排版，排版后要进行三校，确定无误后，由二位命题人签字后留档备存，开始进入正式印刷工序，后续工作全由印刷厂负责，命题工作进入尾声。待全省考试结束，从进入命题到结束一共56天。这对于一个第一次参加命题工作的青年教师来说，面临着巨大的压力，承担着多重风险，这种压力、风险来自自身、社会、上级、考生。但我从教师的职业精神、教师责任担当、教师队伍培养任务方面严格要求，勇于承担，甘于奉献，取得了较为满意的结果。在全国同类同学科的考试试题评比中，河南省教育学、心理学试卷被国家教委评定为优秀试卷。而我同其他教师参与的某县教师考试辅导工作，取得了喜人的结果，该县成为当年全省各科考试成绩合格率最高的县，县教委给我送来了"夺魁源于师"的匾额以示谢意。

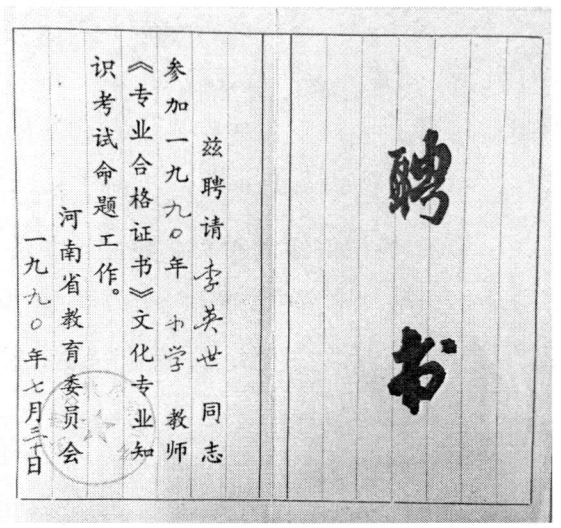

作者命题工作聘书之一

此后的 1988 年至 1991 年,虽然命题人有所调整,但我连续被省教委选聘为命题教师,五个暑假参加这项非常有意义的工作,为全省教师培训出了微薄之力,受到了各方面的肯定和高度评价。

七、参加中师教改研讨会

1990 年春季开学后,我收到了市教委的一纸临时调令,要我安排好当前的各项工作,到那里上班,理由是工作需要。我当时是教务科副科长,还承担着五个班级心理学的教学工作,任务非常繁重。我有点丈二和尚摸不着头脑,去找校长询问情况后得知,由于自己在学校各方面表现比较突出,多次参加省教委组织的各种教学业务活动和其他工作,兼任了专业学术团体的职务,开展了一些专业活动,具有扎实的教育专业功底,适合从事师资培训工作,事前同校长打了招呼交换过意见,领导让到市教委从事这方面工作。

我不大同意这种安排。在我的内心，始终有一个做好教师的梦，有一个做名师的梦。经过这几年的不断努力和实际教学，我已经有了努力方向和追求目标。但是，校长还是从工作大局出发，说服我要服从组织安排，只要心中有理想，到哪个地方工作都能实现。在这样的情况下，我到市教委报到，在师资培训科上班。

习惯了学校的工作节奏和方法，刚到师训科确实有些不太适应。参加多次会议后，对师训科的工作性质有了初步了解，在同志们的帮助下慢慢有一些适应，积极地努力工作。但一有空闲，学生们由于老师的课讲得精彩而欣赏的眼光，学生们期盼通过老师的讲授而获得知识和能力的渴望心情，学校操场上学生们排着整齐队伍高呼口号蓬勃向上的场景，不时地从自己的脑际中闪现。年底，我说服了科长返回学校，仍然在自己曾经的工作岗位上繁忙。

当时，在国家教委颁发了《三年制中等师范学校教学方案（试行）》后，全国各地中等师范学校从实际出发认真贯彻落实，中等师范学校教育改革进入一个新阶段。我校按照上级的要求，进行了教育教学改革的不断探索和实践，着力培养热爱山区教育事业"一专多能"的合格小学教师，取得了一定的成绩。而在这时，国家教委准备召开全国中等师范学校面向农村、深化教育改革的研讨会，发现典型，推广经验，进一步推动全国中等师范学校的教育改革向更深的方向发展，要求各地推选先进典型和经验。

我当时任学校教务科副科长，对学校教育教学改革有一些深入的思考，做了很多工作。我按照校长的要求，根据学校的具体做法，执笔撰写了《针对山区教育实际 培养合格小学教师》的经验文章。文章分为两个部分：第一部分是，针对山区教育实际，把握学生特点，进行专业思想系列化教育。文章中提出了对中等师范学生进行专业思想方面系列化教育的内容：一是运用"三个激励"，确立专业思想。"三个激励"是情境激励、榜样激励和目标激励。二是搞好"四个教育"，坚定专业思想。"四个教育"是学习目的教育、遵守纪律教育、职业道德教育和制止"二次选择"教育。三是开展"五个活动"，巩固专业思想。"五个活动"是社会调查活动、今昔教育对比活动、教育实践活动、职前试教活动和职后教育活动。第二部分内容是，根据山区实际，深化教学改革，培养学生多种应教能力。文章提出，根据在山区做一名小学教师不仅要具有深厚的文化知识，能担任语文、数学、体育、音乐、美术各门课程，而且要懂得学校行政管理，具有独立工作和组织管理能力的实际需要，学校采取措施，提高师范生的基本技能，使其成为既有广博知识，又有一定专长的合格小学教师。一是做到一个转变，提高教学质量。主要是克服学校教学和管理的中学化倾向，切实转变教育思想。学校主要通过坚持教学规范化，加强课堂教学管理和开展各项教学活动来达到这种转变，实现中等师范培养目标。二是进行两项改革，培养应教能力。从改革课程设置和改革课堂教学两个方面进行改革尝试，着力培养学生担任多学科教学能力。三是抓好三个方面，加强基本功训练。学校制定学生基本功考核实施方案，坚持"课内与课外相结合，以课内教练为主""平时和集中相结合，以平时训练为主""个人与集体相结合，以个人训练为主"的"三结合三为主"原则。从管好课外、狠抓竞赛、开展"三自"活动三个方面着手，培养学生的多种教学技能。

  文章写好后，我反复斟酌修改，经校长把关后报送河南省教委师训处，筛选审查后推送到承办全国这次会议的吉林省教委师范处。经会议筹备组对各省报送的经验材料进行筛选和研究，认为我校这

第六章 躬耕教坛

篇文章"从山区教育实际出发,在抓好专业思想教育和培养多学科教学能力两个方面进行深入探索,总结经验,很有价值",可以入选为会议的经验材料。之后,通知河南省教委师训处,"如同意,请组织人力认真修改"。并提出了两点修改意见:一是突出山区特点。二是调查反映出毕业生的弱点是"突出表现在口语表达、写字、组织管理能力方面"。请进一步在文章中明确写出如何提高学生的组织管理能力。要求务必于1990年12月底前将修改稿打印一式五份寄回吉林省教委师范处。

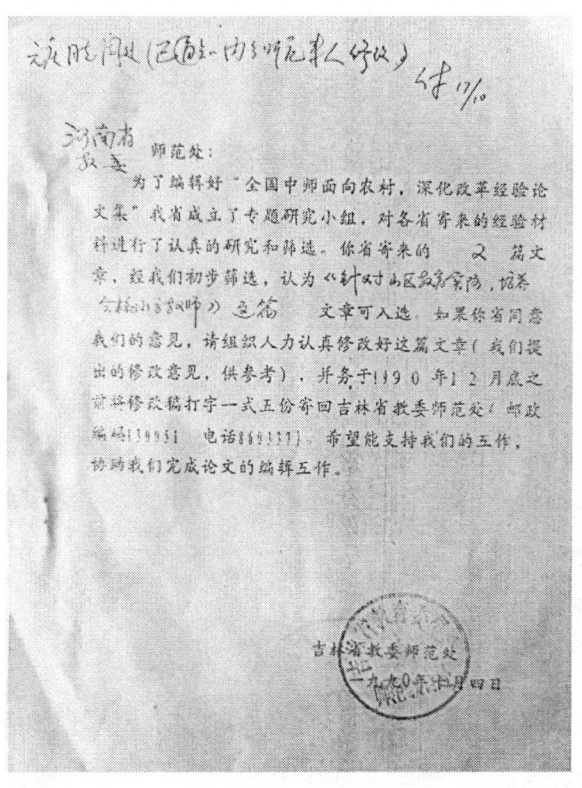

参加全国中师教改研讨会修改经验文章的通知

在学校接到河南省教委师训处通知后,按照提出的修改意见,我又结合学校实际情况进行了多次修改，经校长同意打印后按时报送。

第二年春天，我又一次被"盯上"了。市教委又通知学校让我继续到教委上班。这一次调换了工作岗位，在教委"燎原计划"办公室上班。这次门槛似乎高了，对我而言显然是"门外汉"，有些术语连听说都没听说过。后来，才知道"燎原计划"是一个很宽泛的概念，它涵盖了农村教育改革、农村经济发展和社会进步等方面的工作内容。国家当时在科技方面实施"星火计划"，在农业方面实施"丰收计划"，在教育方面实施"燎原计划"。

后来，我从学习河南省的文件中进一步认识了"燎原计划"的意义。它是一项推动和深化农村教育综合改革实验的系统工程，是加快农业开发、建立健全农村科技推广网络、促进农村经济发展的战略措施。实施"燎原计划"必须把农村经济工作转移到依靠科技进步和提高劳动者素质的轨道上来，必须把农村教育转移到为当地经济建设服务的轨道上来。

学习之后，我对"燎原计划"的实施有了认识上的提高，认为既是一项巨大的长远工程，又是一项涉及多个方面的工作，实施起来会有很大的难度。实施这个计划，从大的方面要做到农、科、教统筹，从小的方面（教育内部）要做到基教、职教、成教"三教"统筹，有了很大的工作压力。

这项工作直接面对教委主任，大的工作由主任安排，小的工作自己讨论决定（当时办公室共三人）。遇到重大事情向主任汇报，得到指示后遵照执行。

开始时主要是下乡调研，了解情况，发现问题。那时，下乡条件较差，坐过班车，骑过自行车，也徒步远行过，吃过街铺和农家饭。虽然艰苦，但确实了解了那个时代农村经济发展的实际情况，看到了农村中小学校的办学状况，听到了最基础群众的声音，明白了最基层教师的心声，甚至连计划生育、宅基地纠纷、族群势力、干群关系等也都耳闻目睹，从不同的视角了解了农村，了解了农村中小学校，了解了当时农村的经济发展状况，可以说震撼内心，激起干好工作的愿望。

回到教委后写了报告，为领导决策提供了一些情况和依据。

接着起草地区"燎原计划"第二期工程实施意见。经过几易其稿，多次讨论征求多方意见，领导层层把关，最后以政府文件形式颁发。看到自己的一点劳动成果心中还是比较高兴。

为了深入扎实开展这项工作，我们三人利用业余时间，编写印制了《农村教育综合改革材料选编》，发放到基层单位，加深广大干部群众教师对教育综合改革意义的认识和理解，推进农村教育改革的积极性和自觉性，提高农村教育质量和劳动者素质，促进农村经济发展。

其间，1991年7月初，我同校长一起参加了国家教委在吉林省吉林市召开的"全国农村中等师范学校教育改革研讨会"。会议于7月3日至7月6日进行，采用参观考察、经验介绍、分组讨论、大会总结的形式进行。

7月3日上午在吉林市永吉师范学校举行了开幕式。吉林省教委主任、副主任，吉林市委、市政府主要领导，吉林市教委领导到会祝贺。来自全国40余所中等师范学校的代表及有关人员参加了开幕式。

开幕式上国家教委师范司主要领导就如何深化农村中等师范学校教育改革作了重要讲话。吉林市永吉师范学校校长作了以《努力办好农村师范,主动适应"两个需要"》为题目的专题报告。全体参加会议的领导同志和代表全方位参观和考察了永吉师范学校教育教学改革的情况和会议组织方提供的考察地点。

会议进入第二阶段,吉林省"深化农村中等师范教育改革"课题组作了专题报告,大会进行了典型发言,又分为两个大组进行经验交流和讨论。学校校长在会上作了题为《针对山区教育实际,培养合格小学教师》的专题交流发言,受到了与会代表的高度评价。

会议讨论环节,主要是根据大会规定的讨论内容进行。讨论题目:(1)当前农村中等师范教育改革的必要性与迫切性;(2)社会主义建设和教育的发展对小学师资素质提出的要求;(3)今后农村中等师范教育如何深化改革。

我和校长被分配在两个不同的小组进行讨论。每位代表从各自学校的情况、经验和遇到的问题紧紧围绕讨论题目进行积极发言,认真讨论。我从对中等师范学校教育改革的认识和结合学校的做法方面发了言,谈了一些感受和体会。

最后,国家教委师范司有关领导同志作了会议总结,会议于7月6日结束。

我校是河南省参加此次会议的唯一单位,按照会议的要求,我和校长商讨拟写了汇报材料,向省教委领导进行专题汇报。

能代表全省中等师范学校参加这样的会议,校长也特别高兴。在汇报参加会议的体会时,校长谈道:一是进行农村中等师范教育改革,应当首先解决思想认识问题。认识问题有学校自身方面,也有外部因素,只有这两个方面都解决好了改革才能取得成效。

二是农村中等师范教育改革,必须从当地实际出发,着重要在办好学校特色上下功夫。

三是要提高小学教师的基本素质，应当从培养好师范学生方面抓起，这也是最根本的问题。

四是农村中等师范教育改革的突破口，主要是教师队伍建设和《教学方案》的贯彻落实两个方面。教师队伍建设的侧重点在青年教师的培养。

在汇报学校今后工作打算方面，校长说道：一是认真学习传达会议精神，贯彻落实到各项工作中。

二是积极创造条件，全面实施《三年制中等师范学校教学方案（试行）》。

三是学校通过建立有利于培养优秀农村小学教师的工作机制和措施，使教育改革落到实处。

四是恳请省教委把我校列为第二批标准化建设学校，为中等师范学校教育改革创设有利的外部条件和环境。

回到学校后，校长召开了不同类型的会议，全面传达了此次会议精神，结合给省教委领导汇报的内容，提出了学校进行教育改革的具体要求，推动学校进一步发展。

参加此次会议，我收获满满，不仅了解了全国中等师范学校教育改革的发展方向，学习了很多学校先进的教改经验，而且受到了极大的鼓舞，明确了肩上的责任和工作方向。

转眼在繁忙的工作中又过了半年多，师范学校教育改革的热潮和那种做老师的极大吸引力使我以最充分的理由，得到领导的同意，又一次回到学校的工作岗位。

八、随着处长去调研

1989年，国家教育委员会颁发了《三年制中等师范学校教学方案（试行）》，各省、自治区、直辖市及计划单列市教育委员会、教育厅都按照国家教委制定、颁发的方案，选定少数学校实施。河南省教委根据国家教委《方案》精神和要求，结合实际情况，于1990年7月下发了实施意见，《三年制中等师范学校教学方案（试行）》（简称《新方案》）在全省中等师范学校全面实施。

为了总结两年来各地各师范学校贯彻落实《新方案》的经验，省教委准备在1992年6月召开全省中等师范学校贯彻新方案研讨会。在这样的情况下，省教委师训处通知我于4月中旬报到，做好会议前期筹备工作。

我按时间要求报到，同我一起报到的还有另一所学校的一位同志，初次见面，打了招呼，在省教委招待所住下。

下午，一位副处长给我们谈了具体的工作任务。主要分两个阶段：第一阶段，有目的到全省中等师范学校进行调研，了解两年来各地中等师范学校贯彻实施新方案的具体情况，发现先进典型和先进经验及存在的一些具体问题。第二阶段：筛选6月份召开研讨会时的先进典型发言材料及准备领导讲话材料。

第二天，我们三人开始了为期近半个月的调研。当时，全省共有各类师范学校47所，我们有目的地挑选一批学校进行调研，采用听取汇报、实地察看、观摩活动或表演、查看资料等方式进行。

我对国家教委的《新方案》内容比较熟悉。为了使调研工作做得周密细致，由我执笔提出了调研提纲，配合调研设计了一些表格，经我们讨论修订后到调研时发放，结束时收回后进行统计。

每天的工作非常紧张，有时还需要长途跋涉，晚上加班是正常的。两周之后，结束了第一阶段的工作。自己收获满满，对全省中等师范学校的整体情况有比较全方位的了解，特别对一些先进学校的办学经验有了深入的认识，对全省中等师范学校实施《新方案》的一些情况、遇到的问题、创新的方法、积累的经验、采取的措施都有不同程度的了解。对如何办好师范学校，如何提高师范学校办学质量，如何培养"一专多能"合格中等师范学校学生，如何办出具有地方特色的师范学校，特别是如何创造条件积极稳妥实施《新方案》，如何逐步建立以必修课为主、必修课与选修课结合、课内与课外结合、教育与实践结合的整体改革教学模式，如何明确必修课、选修课、课外活动、教育实践"四大块"各自在中等师范学校教育教学工作中的地位、作用及相互关系，都有了自己的认识、感受和体会，为下一阶段的工作顺利进行打下了一个较好的基础，使自己对如何办好师范学校的思想认识有了一个飞跃的提升。

接下来，我们就着手会议材料的准备，按当时的安排要求为省教委分管副主任写一篇在研讨会上的讲话稿。我是执笔人，经讨论后觉得，既然是贯彻实施《新方案》的研讨会，偏重于业务方面的内容要着墨多一些、细一些、具体一些，那些"高、大、上"的内容尽量少一些。

基本思路确定之后，我就进入写作状态。由于第一次给大领导写稿子，内容又比较专业，到底拿捏到何种程度，才能既符合会议主题，又符合领导"口味"呢，再三捉摸、斟酌后就动笔了。

其间，还要阅读各地各校送到的经验材料，提出修改意见后，通知他们按要求改写。最后确定哪些单位作为经验材料单位。

领导讲话初稿写好后，经反复推敲修改，觉得满意时，送到处长那里把关。处长对文字方面比较满意，觉得从主任的角度看，有些高度不够。要求我们提升高度，做大的修改，随即按照处长的意见，从结构上进行了调整。当我又一次觉得满意时，送处长审阅。这一次没有什么意见，但处长说分管主任由于到外地参加全国会议，会期有交叉，分管主任参加不了此次会议，改由处长自己讲话，这时离会期报道时间已经很近。

我感到，主任和处长的讲话高度是不一样的，我又紧赶慢赶整整两个晚上基本上没有睡觉，到会期的前一天晚上交稿，基本内容正是我们开始商讨时的那些方面。一是认真总结贯彻新方案的经验。内容为组织深入学习，统一思想认识；制订教学计划，积极稳步推进；抓紧教材建设，共同突破难点；先进典型带领，努力创建特色。二是不断深化对贯彻新方案的认识。包括贯彻新方案是时代的要求，贯彻新方案是国家的期望，贯彻新方案是人民的重托，贯彻新方案是自身需要四个方面。三是进一步明确贯彻新方案的要求。这部分内容重点强调了"贯彻新方案必须坚持的指导原则"和"贯彻新方案必须构建新的教学模式"两大方面及10条具体要求。四是努力创造贯彻新方案的条件。提出了要进一步加强师资队伍建设，进一步改善办学条件，进一步抓好"三大基地"建设，进一步加强科学管理四个方面的要求。

自己感到整个材料内容从面到点、从上到下、从宏观到具体，既有一定的认识高度，又结合具体实际操作，任务完成后，才有那么一丝的轻松。

会议以现场会的形式召开，两个现场相距150公里左右。会议采取实地参观、小组讨论发言、大会交流发言、领导总结讲话的形式进行。会议结束后，与会代表们反映，会议非常成功，对领导在会议上的讲话给予较高评价。我才稍觉轻松，压在心头的那一块石头在大家的评论之中总算落了地，自己尽到了一个会议筹备者的责任。

从会议筹备开始到会议结束，四十天有余。学生进入毕业阶段，我又回到学校，对因此而耽误的课时集中进行了补课。

九、参加教育部培训班

1993年4月,国家教委委托江苏省教委举办全国中等师范学校教育学科青年教师培训班。主要内容是进一步学习党的十四大精神以及基础教育、师范教育改革和目标要求;交流中等师范学校贯彻落实《三年制中等师范学校教学方案》和《中等师范学校教学大纲》,深化教育教学改革经验;参观考察有关中等师范学校、小学及乡镇企业;学习观摩优质课,开展教学基本功友谊赛等。参加学习的对象是全国中等师范学校的青年教师。按国家教委分配的名额,由各省市教委确定,河南省分配名额三名,我是省教委确定的参加培训班的三人之一。

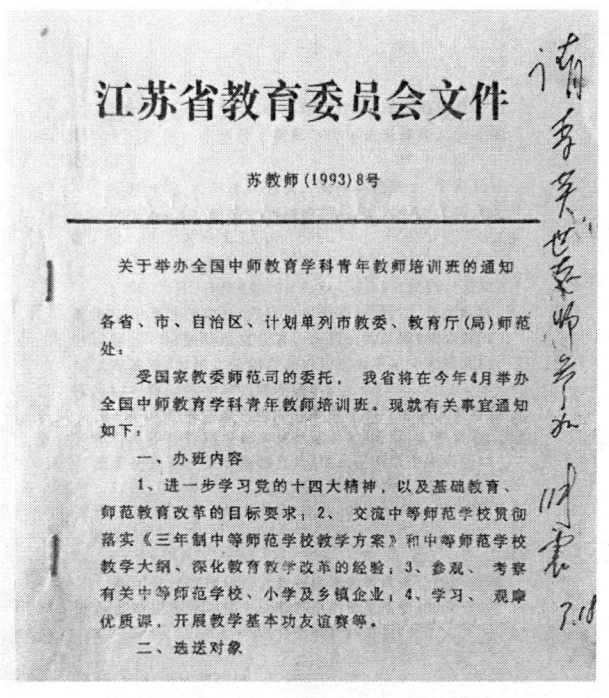

作者参加全国中师培训班会议通知

我于 4 月 6 日到江苏省无锡市报到。4 月 7 日上午举行了隆重的开班典礼，来自全国各省、自治区、直辖市、计划单列市的 97 名学员参加了开班式。国家教委师范司领导，江苏省人民政府秘书长，江苏省教委负责人，江苏省无锡市、锡山市领导出席了开班式。在开班式上，国家教委师范司负责同志作了重要的讲话。他明确指出了培训班的指导思想是贯彻党的十四大精神，贯彻教育发展纲要精神，使中等师范学校主动适应基础教育发展，主动适应当地经济发展，全面贯彻党的教育方针，全面提高教育教学质量，加快步伐、加大力度进行教育改革，使中等师范学校教育更上一层楼，再上一个新台阶。

他的讲话阐述了为什么要把中等师范学校青年教师培训放到非常重要的高度上来认识。他语重心长地对青年教师们说："从全国中等师范学校的情况来看，教师队伍中 60% 的是青年教师，这是师范的希望所在。"他称参加培训班的青年教师是中等师范学校的"希望之星"。

他在讲话中明确提出，培训班的任务是：通过培训使青年教师从宏观上了解中等师范学校发展改革的趋势，进一步培养青年教师。基本思路是，青年教师们从了解经济的发展→了解基础教育的发展→了解本学科的发展→了解师范教育的发展→了解师范学校的发展到加深对整个教育改革的认识和提高。

最后，他希望参加培训班的青年教师们，要在师范的园地里发挥自己的智慧才华，把个人的成才与国家的命运和发展联系起来，为十年甚至二十年后以自己走过的这段路而感到自豪。他勉励大家要成为中等师范学校教育教学改革的先行者，成为我国未来的教育专家。

他的讲话热情洋溢鼓舞人心,听后兴奋而激动,纷纷让他签名留念,他都会让大家如愿,至今我的笔记本上还能看到他的签名。

接着锡山市政府接待办主任、锡山市教育局局长先后介绍了当地的经济发展和教育发展情况,听后使学员们脑洞大开,感叹不断。

为了增强培训效果,举办方聘请了当时国内知名专家、中小学优秀教师和中等师范学校校长,为培训班作了十余场高质量的报告。这些报告有:华东师大教科所教授的《当代教育的改革和发展方向》,华东师大教育系教授的《关于课程问题》,江苏如皋师范校长的《中等师范学校新教学方案的实践思考》,江苏省教委师训处长的《浅谈当代中等师范教育思想》,常州师范附小校长的《小学素质教育对新教师的要求》,无锡市教科所所长的《班集体建设研究》,南京师大博士生导师的《教育学学科发展的走向》,南京师大教育系主任、中等师范学校心理学教程主编的《中等师范学校心理学课程体系及具体特征》,上海第二师范校长、特级教师、著名教育家于漪的《我与师范教育》,江苏如皋师范学校校长、中等师范学校教育学教学大纲教材编写者之一的《中等师范学校青年教师师范化—— 兼谈中等师范学校教育学科课程改革》,江苏南通师范附小情景教学创始人李吉林弟子二人的《师范教育和情景教育》。这些报告从高等师范学校到中等师范学校,从中学到小学,从理论到实践,从教材编写到大纲制定,从不同角度、不同侧面、不同纬度,围绕培训目的进行讲述,使学员们受到了强烈的震撼,获得了广泛的教学、科研、管理、改革信息,内心感受无法用语言表达。

作者参加全国中师培训班会议合影（左三为作者）

培训报告进行一段后，举办方又组织全体学员，考察了长三角地区的锡山市、江阴市、张家港市、盛泽镇、华西村等名扬全国的经济发达地区的乡镇企业，参观了无锡师范、太仓师范、常州师范、丹阳师范、晓庄师范、南通师范和如皋师范等七所中等师范学校，参观了无锡师范附小、江阴市周庄镇周庄小学等五所小学，参加了包括青年教师基本功训练在内的各种形式的交流活动。

培训班4月20日结束，国家教委有关同志作了总结。因为我是培训班两个小组长之一，负责同志指定由我代表学员发言。我作了《努力拼搏，让生命与师范同在》的发言。学员们普遍反映，这是一次全国中等师范学校教育学科青年教师的空前盛会，给青年教师带来了无限的成长希望和发展前景。

培训班期间，我还得到了意外收获，建立了湖北沙洋师范、福建泉州师范、广西南宁师范、上海第六师范、辽宁锦州第一师范、北京昌平师范、天津市第二师范、哈尔滨师范等20余所师范的联盟。在此后的很多年里，大家相互联系、交流经验，为每一位同志的发展提供了很多帮助。

回校后，我做了一些准备，到省教委向有关领导作了培训班学习的汇报。通过培训对苏南教育有了自己的认识和感悟，我认为是大教育观下的三个"良性循环"已经形成。

其一，领导重视教育——教育迅速发展——推动经济迅速发展——领导更加重视教育的良性循环已经形成。

其二，人民办教育的积极性高——教育迅速发展——推动经济迅速发展——人民办教育的积极性更高的良性循环已经形成。

其三，教育行政部门重视教育的程度高——教育迅速发展——推动经济发展——教育行政部门重视教育的程度更高的良性循环已形成。

在汇报中我认为，苏南大教育观的形成归根到底是正确处理了"教育－人才－经济"三环模式，这对参加培训班的学员来说，就不只是启迪意义了。

感悟是一种对现象再现的认识，它有时是短暂的。为了使学习的结果能够在实际工作中发挥作用，我又提出了三点思考：

思考之一：师范学校的青年教师应该放开眼界，肩负起党和人民赋予的历史重任。特别是邓小平同志南方谈话之后，全国各地各行各业改革迅猛异常，广大青年教师应该在改革的大潮中长见识、显身手。

思考之二：正确认识自我，勤于思考，刻苦工作，为师范教育的改革发展出谋划策，努力贡献。要在实际工作中有一种奉献精神，有一种追求精神，有一种奋斗精神，有一种竞争精神，有一种开创精神。

思考之三：青年教师应该心怀长远，深入实践，面向基层，着力解决自身的师范化问题。青年教师要了解小学、熟悉小学、研究小学、预测小学的发展趋势，从而适应小学、服务小学、指导小学。如此，才能把中等师范学校学生培养成为适应经济发展和基础教育改革需求的新型教师。

回来之后，我又受邀给全区各县市负责师资培训的干部作了专题报告，还受邀到师范学校给老师和学生们作专场报告，都详细介绍了苏南等地的办学思想和经验，畅谈了自己所学、所听、所看、所闻的感受，说出了自己对师范教育一些问题的思考，提出了师范教育如何服务基础教育的认识，对本地师资培训工作提出了一些建设性的意见。

十、四次毕业质量检测

1993年6月，由于年龄原因，教务科长退出了领导岗位，我担任了教务科长，仍承担着12学时的心理学授课任务。从这时起，我就一直在思考和探索，如何通过教学改革，培养中等师范学校学生毕业后成为"一专多能"的小学教师。我利用自己参加省教委组织的多次教学改革会议，参加讨论省小学教师继续教育课程设置与教学计划、研究有关课程的教材编写提纲、确定教材编写与分工等工作，以及参加省教委实施新教学方案研讨会筹备和参加全国中等师范学校教育学科青年教师培训班的这种"信息优势"，向校长汇报了自己的一些设想，阐述如何从课程改革方面着手，在必修课、选修课、课外活动、教育实践这"四大块"上下功夫，着力培养中等师范学校学生过硬的教育教学能力，夯实教育教学基本功。使每一位学生毕业时既能"一专多能",又能"多才多艺",成为符合时代要求的毕业生。校长赞同并支持这种想法,从这以后,我按照新方案的要求,积极开展教学改革。

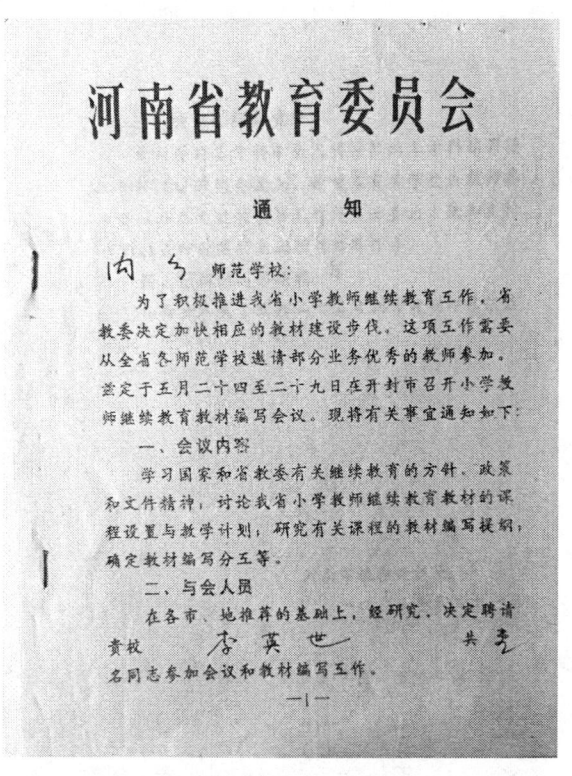

作者参加教材编写会议通知

改革首先从教师开始,经学校会议研究,学校先后出台了《教学工作优秀奖励实施办法》,提出了鼓励教师优劳优酬、多劳多得的分配原则,为全体教师施展才能、创新工作创造有利的环境。奖励涵盖了学校教学各方面的工作,包括培养指导教师奖、优质课奖、青年教师教学基本功优胜奖、教学改革创新奖、课外活动成果指导奖、教育教学研究成果奖、服务教学优秀奖等七大类五十余项奖励。同时,学校配套出台了《优秀学生和先进班集体评选和奖励办法》,

包括"三好学生"奖、单项先进奖、先进集体奖、其他类奖等四大类二十余项奖励。各种奖励既有物质奖励，也有精神激励。教职工包括颁发奖励证书、奖金、合影留念、公开展示、记录档案、晋级优先、向上推荐等方面。学生包括颁发奖励证书、奖金、合影留念、校内广播、向用人单位推荐等方面。

接着，从全面提高培养学生素质入手，通过课堂教学改革，在必修课和选修课上下功夫，打牢学生文化知识功底。组织开展各类课外活动学习小组，着力发展学生爱好、兴趣和特长，促进全面发展。强化教育实践环节，组织编印《教育实践教程》，列入课程系列，缩短从师范生到真正成为合格教师的过渡时间。采取一系列有效措施，把各项任务落到实处，初步形成了一种既生动活泼又扎实见效的"课改促教学提升——教学提升促教师发展——教师发展促学生成才"的良好教改态势。

教改的载体是学生毕业质量检测活动。经给学校领导班子汇报，学校研究同意，在中等师范学校学生毕业前，邀请市教委主管领导、生源县教委领导、用人单位代表到校检测本县学籍学生的教学基本功。检测的项目有：一是集体汇报项目，包括拳术表演、拍手操表演、儿童舞蹈表演、广场舞表演、民乐合奏表演、剪纸表演、小学课本插图绘画表演、口令队列指挥表演、简笔画表演等。集体汇报项目要求全体毕业生人人参加，表演一般情况下在学校操场进行，学生自带表演器具。

二是全体学生必备抽测项目，包括毛笔字、粉笔字、钢笔字、简笔画、口头作文、小学课文朗读、小学课本故事讲述、板书设计、作文汇报、讲实习课（15分钟）、个人特长项目（自定）等。

毕业质量检测的汇报形式主要有集体汇报、展板汇报、全体学生抽测项目汇报、主题班会、文艺晚会、小学教师素质研讨会等。

抽测项目汇报打破原班级编制，学生以生源县为单位重新编班，各生源县教委分管人事、师训方面的负责人及乡镇教办室主任代表、中小学校长代表为评委。通过检测活动，用人单位可与毕业生直接见面，选定学生毕业后到该单位工作。

学校首届毕业质量检测活动是在1993年底进行的，这一活动受到了地区教委领导、各生源县教委领导、各方代表和全校师生的极大欢迎和支持，在社会上引起了很大轰动。活动结束后，《南阳日报》记者以《架起学校、社会和用人单位之间的桥梁》为题，报道了这次活动的过程，可以从报道中感受当时的热烈场面。

虽是寒冬岁尾，校园内春意融融，我们同学校邀请的地区教委和生源县教委的贵宾一起观赏校容，贵宾们不时发出声声感叹："学校变化太大了……"

在隆重、热烈、喜庆、散发着春天气息的氛围中，我们来到了毕业质量检测活动的现场。同学们身穿校服，胸挂学生卡，手提小黑板，英姿勃发，以当代师范生的风采恭候着家乡领导和亲人们的验收。

人人参与，是毕业质量检测汇报的最大亮色。主持同学一声令下，400名参与汇报的学生在指定的位置上整齐如一地放下小黑板，五分钟时间，工工整整、一丝不苟地用粉笔写出了同一的诗句；又是五分钟，六副飞禽走兽、鱼虫花草的简笔画跃然黑板，令家乡领导赞不绝口；数字绘图也是五分钟，学生们根据给出的条件，用直尺画出棱锥、棱台、棱柱的多面体几何图形，如出一人之手；五分钟地理绘图，学生们用彩色粉笔在小黑板上勾画出伟大的祖国、灿烂的河南、美丽的家乡三幅图，如同印刷品粘贴在黑板上一样，不时赢得阵阵掌声。儿歌弹唱、古筝演奏、诗歌朗诵、故事演讲、中国画表演、篮球裁判指挥，使人赏心悦目，整齐的动作、相机的闪光、喝彩的掌声汇成一曲美妙的乐章。口令队列、指挥表演，领导们在名单上任意抽查本县学生汇报表演，所抽学生个个都能按规定内容顺利完成，口令声、脚步声在礼堂上空回荡⋯⋯

任意抽查、个别考核是毕业质量检测汇报的"硬功"。来自生源县教委的领导被编为八个小组，深入班级，任选某人某项登台汇报。钢笔字、毛笔字、粉笔字，书写小学课本内容、古诗背诵、儿歌表演、小学课本朗读、口头作文、讲故事，每一个项目都能从容自若，彬彬有礼，对答如流，争相在家乡亲人面前一展风采。

人人能主持班会是毕业质量检测汇报的"绝活"。地区教委领导随即命题的"基本功与教师"的主题班会开始了，学生们在这个特殊的"舞台"上进行"亮相"。

主动适应"两个需要"，突出表现了毕业生的"内功"。展室里，一幅幅栩栩如生的书画、一篇篇学生发表的作品、一件件精雕细琢的手工制品，使家乡亲人大饱眼福、激动不已。

宿舍文化把亲人们带到一个令人神往的境地。每个床前都挂着学生卡片，被子叠得方方正正、棱角分明，鞋子在床底下排成"一路横队"，墙上贴着自己制成的书画条幅，手工科技制作精品点缀其间，使家乡亲人们仿佛进入到一个艺术的殿堂，使其流连忘返。

毕业质量检测的晚会，学生们更是各领风骚、大展身手。歌唱声、钢琴声、二胡声、古筝声、鼓号声、唢呐声、欢呼声，动人的旋律汇聚成一曲天籁之音，飘向夜空，扩散到整个校园。

岁末是寒冷的，毕业质量检测汇报犹如春天里的春风，使参加观看验收的各级领导感受到春意的盎然、春风的和煦、春天的生机。

小学教师素质研讨会上,他们感慨万分:"学生在校练就硬功,回家乡后个个顶用。"校长诙谐地说:"为了21世纪的明天,我们的'产品'保证个个都是'合格的'。"

学校的毕业质量检测汇报活动,在各级教委领导和全体师生中引起了强烈反响,产生了极大的社会效应,它不仅在学校、学生和用人单位之间架起了一座桥梁,而且在培养合格小学教师方面探索出了一条新路。

在繁忙的工作中,我仍时刻牵挂着自己所教的学科,认真备课,高效上课,雷打不动,所教学科在全省特优生选拔考试中得到了验证,取得了不错的成绩,地区组织抽考,所教学科成绩优秀。忙着、累着、乐着,是当时心情的真实写照。

1994年12月,学校又组织了第二届毕业质量检测活动。这届活动兼有地区师范教育师资培训现场会的内容,参加人员范围扩大到全地区师资培训干部和师资培训院校领导。

1995年4月,由于工作需要,我被市委任命为学校副校长,分管教学、学生管理和教学研究工作,仍兼任教务科长。我懂得,要成为一个真正的教育人,一定要成长在校园里,也一定成长在课堂中。虽然工作更加繁忙,但给学生讲课的"手艺"仍然没有丢,即便有时外出开会,回来后仍要把耽误的课补回来。

这是一次实现自己教育梦想的转折,我在学校的领导下,基本按照自己的思路,在依据中等师范学校培养目标的前提下,大胆进行教学、管理、科研改革的探索和实践,为培养"合格+特长"和"一专又多能"的小学教师,做着自己不懈的努力。

学生军训后与部队官兵合影（前排右三为作者）

　　同年10月教师节前夕，我被评为优秀教师，经层层申报，获得"河南省优秀教师"称号，受到了上级的表彰。十余年来，按照一个好教师的标准，严格要求，努力工作，辛勤教学，积极探索，勇于奉献，基本实现了自己许下的诺言和定下的目标，心情异常兴奋。11月，经申报评审，获得了曾宪梓教育基金奖中等师范学校教师三等奖。1997年3月，我被南阳市委、市政府授予"专业技术拔尖人才"称号。4月，我主持的"小学教学艺术研究"课题获得国家教委全国师范院校基础教育改革实验项目优秀成果三等奖，参与省教委教师技能课题研究也一并获得该项目三等奖，参加省教委组织的四部教师继续教育教材的编写工作，可以说收获满满。

　　1997年4月，我被省教委任命为河南省中等师范学校教育学科中心教研组副组长，积极参与组织全省中等师范学校的教学研究、教研指导、教材研讨、教改实验等活动，受到同行、领导和专家的充分肯定，教学业务、教研能力得到进一步的提高。

在召开的教材研讨会上（左一为作者）

1997年5月，学校又组织了第四届毕业质量检测活动。事实上，在举办每一届活动时，学校都编辑印发了以《春芽》命名的学生作品集和以《论文集》命名的教师科研成果集，在学生和教师中引发了积极参与作品写作和教学研究的热潮，形成了浓厚的学习和研究氛围。

这届毕业质量检测活动除了与前三届活动内容有相同之处外，着重在展示学生学习作品和教师科研成果上下功夫。把毕业质量检测活动举办成推动学校教育质量提高，检验毕业生全面素质，加快"合格＋特长"培养目标实现，深化教育教学深度改革，加强学校同社会、家庭、用人单位的联系，探索中等师范学校教育服务基础教育的有效途径。我在动员会讲到学校为什么要坚持这样做的主要原因，一是自加压力，突出办学特色的需要；二是总结经验，促进学生发展的需要；三是深化改革，服务基础教育的需要；四是形势发展，为"四化"建设培养人才的需要。全面反映了开展毕业质量检测活动的最终目的。

这一届毕业生质量检测活动，学生们参与的积极性达到空前的高度，每一位学生都希望把三年的学习成果展示给家乡亲人，展示给教育他们的老师，展示给同窗三年的同学，都希望给亲人、老师、同学留下永远抹不去的美好印象。他们自制展板，路两旁，操场边，办公楼前，都是他们展示的最好场所，使参加活动的家乡亲人、在校老师、全体同学无不受到感动，看到这些我更是兴奋不已。学校的办学经验多次在全省师范教育工作会上进行交流，《中师教育研究》以长篇文章介绍了学校开展这项活动的做法，《师范教育》《中国教育报》都从不同侧面进行了报道。

1997年9月初，按市委组织部的要求，我到市委党校进行培训学习。我做好学期工作的安排后，按时间节点如期报到。开学一周后，接学校通知，市委组织部到校进行考核考察，我按时返校后才知道是对干部的选拔考核。9月29日市委召开会议宣布我任南阳第三师范学校校长、党委副书记，主持学校全面工作。

第七章 执掌学校

第七章 执掌学校

"一个好校长，就是一所好学校"，反映了校长在学校工作中的重要作用。陶行知说过："校长是一个学校的灵魂。要想评论一个学校，先要评论他的校长。"从这些方面看，校长在教育思想、办学理念、工作作风、人格品质上，通过影响全体师生的思想，对学校工作发挥着不可替代的作用。

1997年10月6日，带着做一个好校长的强烈愿望，到南阳第三师范学校报到。当天上午，时任市委组织部分管领导和市教委主任到校宣布市委任职文件，分别作了重要讲话。之后，作为即将执掌学校全面工作的我，向参加会议的同志们从四个方面作了简短的表态发言。

要勤于学习，这是做好工作的前提。要学习马列主义、毛泽东思想和邓小平理论，提高自己的政治理论水平、政治敏锐性和政治鉴别力；要学习党的方针政策，提高贯彻执行党的路线、方针、政策的自觉性；要学习管理知识和先进工作经验，提高决策能力和驾驭全面工作的能力。

要靠组织和大家，这是做好工作的基础。向上依靠组织和领导，坚持民主集中制，保证政令畅通。向下依靠学校领导班子和全体教职工，发扬民主作风，树立全体人员的主人翁意识，充分发挥各方面的工作积极性和主动性。

要理清工作思路，这是做好工作的关键。学校的培养目标、学校的各方面管理、学校的发展方向与每一位教职员工息息相关。只有遵循学校自身的特点和发展规律，理顺各方面的关系，按规律办事，才能减少失误，取得事半功倍之效，实现办学目标。

要抓关键和落实，这是做好工作的根本。每个单位如同每个家庭，必须有一些规矩和制度，这是给全体教职工提供良好工作环境和工作秩序的保证，也是推进工作、落实任务的有力抓手，更是促进学校不断发展的关键所在。

我又说，按照上述想法，在上级的领导下，在各方面的关心支持下，在大家的共同努力下，同心协力，精诚合作，明方向，向前看，不争论，务实干，努力把学校办成全省中等师范示范性学校。

一、一个月没开会

这所师范学校是一所办学时间较长、有着较好基础的学校，曾受到国家教委的表彰，是当时为数不多的省级文明单位。在我到任之前，学校出了一些特殊情况，省级文明单位被取消。在被宣布当天的会上，面对上级领导和学校班子成员及全体中层干部，我虽然表了态，立下了"军令状"，但到底如何在短时间打开工作局面，取得初步成效，心里还是没有底数的。夜里，我睡在床上，没有一丝睡意，脑际之中始终有挥之不去的学校现状。面对这样的学校，从何处入手稳定局面，果断突破，促进发展，不辜负上级的信任、领导的重托、广大教职工的期盼，一连几天都沉浸在这样的思索之中。我始终相信，从某种意义上讲，"一位好校长，就是一所好学校"的深刻含义，感到肩上的担子沉甸甸的。

俗话讲"新官上任三把火"，但我觉得在情况不熟、方向不明、思路不清的情况下，急于烧"三把火"，只会适得其反，弄不好会使局面更不可收拾。因此，我谢绝来自各方面的看望、慰问和祝贺，闭门"思想"，寻找治校良策。

我找来了有关学校管理的书籍和一些报纸杂志刊登的介绍先进学校的办学经验，认真阅读，摘录笔记，掩书静思，仔细品味，自身感受，几天都处在这样的状态中。一些思想火花会不时迸发出来，一些思路会从大脑中突然冒出来，一些创新想法会被无意中诱导出来。我明白，要成为一位好校长，必须办成一所好学校，它需要有自己的办学思想，包括办学理念、培养目标、发展方向。最重要的是要将自己的办学思想付诸实践。它涉及领导班子队伍、中层管理队伍和教师队伍的水平，教育教学质量意识的树立程度，办学的内外环境及条件。根本目的是如何促进学校的发展，这是凝聚全校教职工思想和焕发无穷力量的核心。

那些天，除了领导到校宣布时，我在会上同少数教职工见面作了表态发言外，大小会不开。一些教职工们都迫切想通过开会对新的校长有所认识，来判定到底校长是不是他们期望的校长。一些同志私下有些议论，校长来这么长时间不开会，是咋想的？我没有心思去揣测他们的想法，知道这是一种关心，是一种期盼，是一种常态。但我明白，在心中没有十分把握时，绝不能开会讲话。

心中有底之后，我深入教研组、教室、学生寝室、餐厅、办公室查看。每到一处都自我介绍，同教职工座谈，倾听他们的声音，了解学生的诉求。还有目的邀请有声誉的老教师到我的办公室攀谈，向他们咨询，获得了大量的第一手资料。我看到了学校发展的前景，明白了广大教职工的期许，找到了一些问题的症结，理清了学校发展的思路。

我找到了一个时间节点，借助于安排该年度教师们最为关注的职称评定工作，于11月3日晚召开了全体教职工会议。在会上我作了题为《共同携起手来，促进学校全面发展》的讲话。

我从学校的实际现状、全省中等师范学校教育发展态势、影响学校发展的因素和如何促进学校全面发展四个方面进行全面分析后，提出全体教职工在今后的工作中，要正确处理好上级政策要求与学校全面工作的关系，正确处理好近期目标与长远发展的关系，正确处理好个人工作与学校全局的关系，正确处理好民主与集中的关系，正确处理好教学质量与学校发展的关系。强调每一位同志都要把自己置身于学校的发展之中，要把教学质量置于学校的全部管理之中，要把今天工作置于学校远景工作之中，要把质量意识置于全体教职工的思想之中。最后响亮地提出"办学质量就是学校发展的生命线"的认识。会议结束后，教师们纷纷议论，多时没有听到这种声音了。

接着，我趁热打铁，在大家还广泛议论之时，又在全体教职工中开展了"我为学校发展献良策"的思想学习大讨论。要求学习学校安排的学习内容，解放思想，广开言路，吸纳建议，充分发挥广大教职工的主人翁意识，向学校建言献策，并收集、归纳、整理，作为学校制订工作计划时的重要参考。"校荣我荣，校耻我耻"，广大教职工产生了这种共识。

11月初，省信访办、市信访室和市教委信访室领导到校解决积压多年的一位教师三级信访案件。我又把在当地和全校教职工中有广泛影响，单位把老师起诉至县、市两级法院，教师不服判决的案件合并处理。在信访与被信访、原告与被告中，本着讲清事情发展的主客观因素、事件发生的来龙去脉，秉承依据法律法规、实事求是、协助调解的原则来解决这两个问题，回应学校教职工和社会关切，挽回各方声誉。涉及当事人的切身利益问题，按照领导意见和"宜宽不宜严，宜粗不宜细，关心教职工"的处理思路，经多方努力、反复协商、学校领导班子研究，比较顺利地解决了这两个问题，在教职工中引起了较好的反响，提升了学校领导班子在全体教职工中的威信。

11月12日，市教委领导到校检查工作，在听取学校情况汇报后，对学校工作提出了"提出一个奋斗目标、抓稳定求发展、抓班子增合力、抓中心求质量，抓管理上水平"五个方面的明确要求，给自己工作有力地支持，也为打开工作局面开了一个好头。

二、找准工作突破口

学校的工作在各级领导的关心和自己的努力下步入正轨。管理秩序稳定后，我一直在思考着如何找准工作突破口、凝聚各方面力量、使学校步入发展快车道的问题。

在此之前受国家教委委托，省教委承担了对《三年制中等师范学校课程方案》的前期修订工作，我是修订《三年制中等师范学校课程方案》河南研究组成员。此时，国家教委为贯彻落实全国师范教育工作会议精神，提高中等师范学校教学质量，于1997年11月28日在浙江宁波市召开《三年制中等师范学校课程方案》论证会。省教委通知我参加会议，接到通知后按期报到。到会后知道，河南参加会议的有刚从工作岗位上退下来的原师训处处长，还有来自湖北、湖南、四川教委师训处领导，华中师范大学、华东师范大学和人民教育出版社的教授专家，以及江苏省南通师范学校、丹阳师范学校，广西柳州师范学校，浙江杭州师范学校、宁波师范学校的代表。开幕式上，国家教委师范司领导宣布会议内容为修订中等师范学校《德育大纲》《三年制中等师范学校课程方案》和进行中等师范学校课堂教学研讨，并说明两个方案以江苏省教委和河南省教委为主进行。

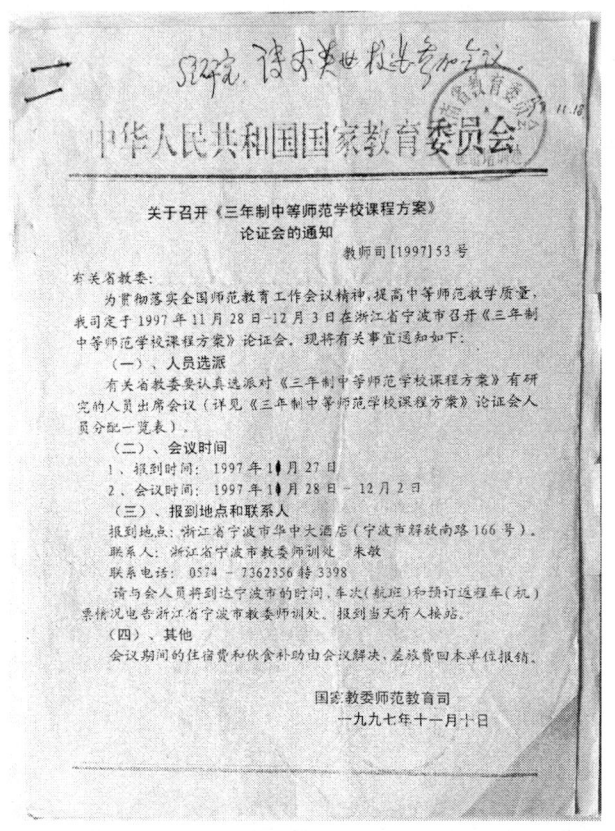

作者参加全国会议的通知

会议规格较高，专业性也特别强。四天的论证会，除自己发言外，聆听了专家们对师范教育改革方向、发展趋势的分析报告，各省教委师训处领导及知名优秀中等师范学校代表，对中等师范学校教学改革实施新方案和对课程方案设置的充分论证，更加清楚中等师范学校课程方案改革对中等师范学校培养目标的作用，更加明确了自己的办学方向。期间，省教委老处长对我的工作变化情况已有了解，我向他详细汇报了作为校长和如何办好一所学校的构想。他语重心长谈了对我的期望，给予在办好学校方面的"独门绝技"，鼓励我心中要有师生，胸中怀揣理想，将来成为一名好校长。

第七章 执掌学校

会议结束后,我又随老处长一起到河南开封、商丘两地进行师范教育和师资培训工作方面的调研。一周时间,接触了当地中等师范学校的领导、师生、师资培训机构的负责同志及乡镇中小学校教师,同他们就中等师范学校培养目标、课程方案设置、中小学教师队伍的基本情况、中小学校对教师的基本要求进行了深入的探讨,收获之丰、启发之深、触动之大从未有过。

几天时间,在同老处长的交流中,了解他对中等师范学校教育的一些看法和认识,获得了一些省教委对中等师范学校改革的信息,特别是立足于小学教学实际在课程设置方面的意见。我谈到小学开设英语课,主要是缺乏师资,中等师范学校开设英语专业班,可为其培养师资,他给予积极的支持,并告知省教委已有这方面的考虑。

返回学校后,我感到学校工作的突破口就在当下,立即做了两件事。一是着手为学校开设英语专业班做好前期准备。一方面组织有关教师到小学进行调研获取第一手资料,撰写调研报告,向市教委提出申办要求。经市教委充分论证,取得了一致意见,以市教委名义向省教委提出申请报告。另一方面选聘教师和选用合适教材。通过招聘,挑选能够承担英语教学任务、学历达标的英语教师六名。在教材选用方面强化英语文化基础教育和英语口语表达方面的比重,制订比较合理的三年教学计划,向省教委申请报批。

经省教委批准,下达招生计划。1998年秋期学校举办了英语专业班,是全省五所中等师范学校设置英语专业的学校之一。三年后,首批招收的100名学生毕业时成了"抢手货"。接着又连续招收了几届。如今,这些毕业生已成为小学英语教学的主力军。

二是修建标准化操场。这件事现在听起来轻描淡写、不足挂齿,但在当年的那种环境下,属于学校的一桩大事。学校本来有专业体育班，多年来很多教师都期盼有一个标准的400米跑道操场，但多少年过去了，说了一遍又一遍，就是没有实现。我到校报到时，正值夏末，操场杂草丛生，周边堆放着乱石砖瓦。听老师们讲，晴天学生们上早操，满天黄灰，乌烟瘴气，队尾学生看不到队头学生。一遇雨天，坑洼不平的水坑，学生下操时一不小心溅得满身泥水。这种场景与师范学校的名称极不相称，与学校环境格格不入，实在大煞风景，师生怨声载道，期盼改变这种环境的呼声一直不断。为了听从群众呼声，改变教学环境，经学校研究，把修建操场作为学校硬性工作列为大事之一。一经宣布，大家兴奋而欢呼，我为之感动，立即动工，决心一气呵成。

更使我受到感动的是开工之日，全校教职工除上课教师外，全部扛着自家工具自觉参加劳动，连那些年龄较大、手脚不便的老教师、老职工也不约而同到工地参加。不少人到校外寻找丢弃的石块，有的还把垒在家属区门前的小石板也拉到操场。一位老教师激动地说："凭力气我没有多少，但做一点小活，为的是多省一分钱，把它用到教学中去，算为学校发展做了贡献。"从这些教师们的行动和朴实的话语中，我看到了他们的爱校之心，看到了学校当中那种蕴藏着的巨大力量。我告诫自己，每做一件事，都要对得起自己的良知，对得起全校师生，把每一件事情都做到他们心坎上，这才是做好工作的根基。

按照施工要求，春节前圆满完成了操场的修筑任务。看着400米跑道，8条100米直道，中间有绿地足球场、沙池、铅球、标枪场地的操场，看着学生们出操的场景，看着教职工晨练晚游的身影，看着操场北边旗杆上的五星红旗迎风飘扬，心里自然是美滋滋的，一种成就感油然而生。

三、再谈学校发展

1998年1月10日，学期即将结束，是我到校任职三个月的时间，在召开的全体教职工会上，我从总结工作的角度，以争创示范性学校为主要内容，又一次讲了学校的发展问题。

这一次讲学校发展和第一次讲学校发展有很大不同。这次主要是从为什么要争创示范性学校和如何争创示范性学校两个方面讲学校发展。

我在为什么要争创示范性学校问题上讲了两个方面：一方面创建示范性学校是形势发展的需要。我指出，从全国全省师范教育工作会议主要精神方面看，按照全国师范教育工作精神，我省提出："今后十五年是全省师范教育承前启后、继往开来的重要时期，师范教育将由以规模、数量发展为主要特征，进入到以提高素质、优化结构、提高效益为特征的改革发展阶段。"从这段表述中，我的理解是，国家教委和省教委对师范教育的管理在指导思想上发生了变化，前一阶段是以实现学校标准化建设为载体，从规模和数量方面来推进师范学校建设。而下一阶段，是以通过提高管理水平，推进教学改革、提高教学质量为载体，推动师范学校内涵建设。前一阶段是"雪中送炭"，下一阶段是"锦上添花"，有着本质的区别。我又指出，从国家形势发展的方向看，党的十五大之后，教育优先发展战略地位得到进一步确立，各方面改革进入深水区，发展是硬道理得到进一步的体现。只有发展才能生存，只有发展才是方向，已成为各行各业的共识。我们应当在这样的形势下，做好自己各方面的工作促进学校发展，才能无愧于人民、无愧于时代。

另一方面，创建示范性学校是学校发展的需要。我强调组织上把一所学校的管理任务交给我，是对我的信任，而每一届班子都应当同心协力、忘我工作，把单位建设好，把学校发展好，不然既愧对组织重托，愧对大家信任，愧对自己良知。而从当前的形势看，我校有着良好的传统，有着良好的发展基础，有着省、市教委良好认知和高度评价，我们应当乘势而上，借力而为，向着更高的目标攀登。我又要求全体教职工要自加压力，不因循守旧，不盲目自行，奋力前行。要在工作中处理好与省教委、市教委的关系，处理好在学校区域内的各种关系，以良好的声誉，以学习的姿态，以美好的形象，展现给方方面面，为学校创设最佳发展环境。

在如何争创示范性学校问题上，着重阐述了在争创中应当如何做，应当如何做好，才能促进学校发展。我提出了要做到"四抓"。

一是抓根本，这个根本就是办学方向。全体教职工要充分认识到，师范学校的最根本任务是育人，有别于其他学校的育人，我们育的人又承担着培育下一代人的重要任务。因此，要坚持育人的方向性，提出了育人责任制模式。就是坚持由学生科牵头的各级学生管理组织为育人主阵地、班主任为育人主力军、课堂教学为育人主渠道的"三主育人"责任制，由党办牵头的全体教职工为育人主人的"全员育人"、从学生入校到毕业的"全程育人"、从思想生活到学习"全方位育人"的"三全育人"策略，由教科室牵头的"学校-家庭-社会"共同参与的"三级育人"网络，把培养合格的小学教师作为学校教育的中心工作来抓。

二是抓关键，这个关键就是科学管理。我提出了向科学管理要效益、向科学管理要质量、向科学管理要发展的"三向"要求。确立在教学管理上要强化教学常规管理系列，健全教学研究系列，严格量化考核系列和完善业务档案系列"四个系列"。以学校考核办为牵头单位，修订、完善、制定各项规章制度。提出制度的"三性原则"和考核的"三联系原则"，即制度一经形成，必须具有权威性、公正性和严肃性，考核结果要与每一个人的奖金相联系，与每一个人的评先晋级、职评相联系，与每一个人的进步发展相联系，把制度管理打造成学校的民心工程，用制度推动学校各项工作向前发展。

三是抓重点，这个重点就是教育质量。我对大家讲，教育质量是衡量一所学校的最核心因素，从某种意义上讲是学校的立足之命。保证一所学校教育质量的最重要因素有三个，或者说是决定的条件就是三支队伍。

首先是校长队伍。伟大的人民教育家陶行知曾说过："校长是一个学校的灵魂，学校的好坏和校长最有关系，一个好校长就是一所好学校。"我认同这种说法，但我觉得最主要的是要有一个坚强有力的校级领导班子队伍。这个队伍的每一位同志都应当做到"德行要高，方向要明，见识要远，能力要强，胸怀要广，用人要专"这"六要"。在这支队伍中，校长要成为"办学方向的掌舵人、学校发展的谋划人、师生员工的贴心人、优化环境的协调人、各项工作的督导人"这"五种人"。

其次是教师队伍。我讲到教师队伍在学校教育质量上有着举足轻重的作用，是学校发展的主力军。要求全体教师要做到：理想信念要远，育人观念要新，业务水平要精，师德品行要高，仁爱之心要有，这"五要"。要着重在课堂教学上下功夫，把每一节都上成精品课、优质课、示范课。

再次是管理队伍。我指出，管理队伍包含了学校各方面的管理人员、教辅人员和班主任工作队伍。这支队伍要始终牢记"服务"两个字。要服务教师，为教师提供良好的工作环境、生活环境、学习环境，想他们所想，急他们所急。要服务学生，为学生创设有利于食宿、有利于学习、有利于成长的各种条件，尽最大可能满足学生非学校禁止的一切合理要求，做他们的知心人、贴心人。

我进一步强调，要用这三支队伍把学校的发展推向新高度。

四是抓基础，这个基础就是资金问题。我向大家说明，学校的发展应当有必备的教学设施和良好的校园文化氛围及基本建设，这些要投入大量的资金，但当前有限的资金制约这些方面工作的进展。我向同志们讲明，不论学校资金再紧张，教学设施一定要满足教学的要求，还要投入较多的资金搞好校园文化建设。

我向教师们提出"文化育人"的设想，特别是师范学校更要树立这种观念，让校园的每一个角落都能体现出育人的氛围。

我提出"要以优良的设施吸引人，要以优美的环境塑造人，要以不同的景致教育人，要以独特的设计激励人"的"四人"校园文化建设。要把校园谱写成一首曲子一首诗，让面面墙壁会说话，让棵棵花木能含情，让条条道路成景色。达到在校园里，学生有美的熏陶，有智的启迪，有行的规范，有心的享受。

会议最后，我要求学校的每一位同志都应当树立艰苦创业、奉献敬业的精神，理解当下，放眼长远，约束自我，用自己的付出为学校的发展出力增色！

这次讲学校发展，实际上是自己办学理念的一次公开展示，将随着在实际工作中的检验不断完善。这次会议把全校教职工的思想和认识进一步统一到学校的全面工作和发展上来。

四、抓住办学评估契机

1998年1月，河南省教委下发了全省中等师范学校开展办学水平评估方案，公布了办学水平评估的指标体系及细则，并分期分批组织实施。收到方案后我及时组织学校领导班子进行学习，详细理解方案的内容和具体要求。肩上的责任使我敏锐地感到这是一次推动学校工作、促进学校发展的难得机遇，一定要紧紧抓住这次契机。立即要求学校有关科室制定具体实施方案，全方位做好迎接评估工作的一切准备，做好动员工作。

3月29日，省教委师训处处长到我们地区就贯彻全省师范教育工作会议精神、研究提高中等师范学校教育质量、推进教学改革等方面带领调研组进行调研，我受邀参加了此次调研会议。从调研的内容到领导讲话精神，我对省教委关于本年度主要工作思路有了更加深入的理解。其基本精神就是紧紧围绕实施素质教育，以教育改革为核心，以中等师范学校办学水平评估为手段，以教学手段现代化为突破口，以师资队伍建设为根本，全面提高中等师范学校教育质量。我在会上作了发言，就中等师范学校培养目标的层次问题、强化中等师范学校专业班建设问题、深化中等师范学校学科设置问题、中等师范学校学制的三年制或四年制问题、教师队伍建设问题、教学手段现代化建设问题谈了自己的认识和看法。很多方面同领导和与会人员取得了共识，引起了大家的热烈探讨。从而更加明确全方位做好我校迎接评估工作的有效途径和方法。

4月8日晚，我又一次召开全体教职工会议，以创办特色学校为内容，向全体教职工通报了参加省教委调研组调研的主要情况，感到形势逼人也喜人，机遇难遇又可遇。在讲到为什么刚刚提出要争创示范性学校，怎么又提出要创办特色学校的原因时，认为这是不矛盾的，是一个问题的两个方面。强调说明，这是根据中等师范学校办学水平评估要求提出来的，是中等师范学校教育改革方向决定的。就中等师范学校办学水平评估方面来讲，我们要争创示范性学校，没有办学特色是不行的。从办学规律方面来认识，同是一所学校，管理的对象都是人、财、物、信息等方面，但管理风格、模式、规章、措施、方法各有不同，也不可能相同，各有特点，这些特点经实践检验，效果明显，就成为特色。我们培养学生"一专多能"，"多能"就是特色，在中等师范学校举办英语实验班就是办学特色。因此，我们要提出创办特色学校。

在讲到如何创办特色学校方面，我提出，普师班要在学好各科文化知识课的基础上，每一位学生必须学一门特长，专业班在巩固文化课的基础上必须有专业的专长。这就要求教师必须在教学中要有自己的教学特色。在学校课程设置方面，除严格执行新课程方案的要求外，要有学科特色。在管理方面，更要创新具有特色学校的管理模式。

最后，我提出了三年要使学校争创成为示范性学校、五年创办特色学校的目标。要实现这两个目标，今年要举全校之力及全体教职工智慧，使中等师范学校办学水平评估取得优异成绩。

4月9日，市政府主管市长到校检查指导工作。我代表学校领导班子作了全面工作汇报，学校全体中层以上干部和各学科教研组长、其他部门班组长参加了汇报会。我汇报了学校的基本情况、近几年主要工作和今后工作思路。在汇报今后工作思路和打算时，向市长说明要参加全省中等师范学校办学水平评估工作，力争一次评估成功。并提出学校要在三年内争创示范性学校，五年内成为特色学校的目标，市长给予了大力的支持，对学校全面工作给予充分肯定，对我校今后的工作提出了更高的要求。

副市长到校检查工作合影（左三为作者）

主管市长检查工作离开后，我立即召开学校中层以上干部会议，又一次专题安排迎接省中等师范学校办学水平评估工作。根据评估条件、要求、分值逐项逐条进行对照分析，对学校的迎评方案有关内容进行增补和删减，落实到科室，具体到责任人，按时间节点一月一检查，一月一对照，一月一评比，强力推动这项工作。

同时在这次会议上公布了在全校师生员工中征集校训、校风、教风、学风以及中心花园亭阁的命名及楹联的方案。

我特别强调校训是一所学校办学理念、治校精神的反映，是学校文化的核心，是影响学校发展的关键，也是全体师生的行动指南。校训的确立可以体现一所学校的特色，反映出一个学校的文化底蕴。它作为校园文化的精髓，具有催人奋发向上、积极进取、开拓创新的教育力量，使广大师生树立远大的理想和坚定的信念，形成科学的态度、开拓的精神和高尚的品格，是学校的校风、教风和学风的集中反映，对实现学校办学目标具有非常重要的意义。

校风是一所学校所特有的占主导地位的行为习惯和群体风尚。校风一旦形成，具有稳定性和持久性。

教风是学校在教学精神、教学态度和教学方法等方面形成长期稳定的教育教学风气，是全体教师整体素质的核心，是教师队伍在道德、学识、作风、素养、治教等方面的集中反映。好的教风对学生可以起到陶冶、激励和潜移默化的教育作用。

学风是一所学校的学生在长期学习过程中形成的一种相对稳定的学习风气和氛围，是学生学习风貌和学习质量的主要标志，是全体学生群体心理和行为在学习上的综合表现。在一所学校良好的学风影响下，学生的思想品德、价值观念、行为方式、意志品质、情感表现都会发生深刻变化，对学生成长成才和从事的职业产生深远的影响。

我要求从学校长远发展方向出发，从争创"示范性学校"和创办"特色学校"的目标着想，高度重视，广泛宣传，人人参与这次征集活动，纳入迎评工作一并安排和推动。

5月26日，我参加了全省中等师范学校教育教学改革经验交流会，在这次会议上作办学经验交流发言。会议总结时，分管师范教育的省教委副主任又讲到中等师范学校的发展问题。他指出，一是在去年师范教育工作会上提出，师范的发展保持两个基本稳定。稳定独立设置的师范教育体系，稳定师范教育的办学层次，仍然保持中等师范学校、师专和本科三个体系。今年下发的意见又明确了这个问题，要求加强师范院校内部的联系与沟通。他又讲到师范教育如何适应形势发展问题，这方面高校的改革力度很大。从发展看，提高中小学教师学历层次是一个方向，但针对我省的实际情况来看，要有一个较长的过程，在相当长的一段时间里，培养小学教师仍然还要依靠中等师范学校，各地要注意中等师范学校的建设和发展。中等师范学校校长们要安其位、思其职，一定要把中等师范学校办好。二是要启动中等师范学校教学手段现代化，这是一个方向问题。如何启动，各地要因地制宜，搞好规划，讲究效益，要将办学手段现代化与教学水平评估结合起来。三是从中等师范学校三年制向五年制的过渡问题，要充分进行论证，但减少普师招生规模势在必行。

从多次领导讲话精神中，更加坚定了自己在学校办学思想、办学目标和如何实现办学目标上的认识，更加深刻理解自己肩上的重担。一定要以全省中等师范学校办学水平评估为契机，调动一切积极因素，充分发挥全体教职工的积极性、主动性和创造性，营造一种齐心协力、昂扬向上的争创氛围，实现提出的办学目标。

7月16日，正值暑假时节，国家教委师范司副司长冒着酷暑到校视察工作。此时，恰逢学校被市教委评选为"百佳校园"。夏天的校园枝繁叶茂，教学楼前高大的杉树仿佛在暑假中守护着校园。路旁的枇杷树，叶子绿得发黑，在阳光的照射下熠熠发光。操场边的香樟树高大挺拔，一树鲜绿的叶子在阳光下闪着光，展现着无穷的生机。校园中间的荷花池里，荷花怒放，清风盈盈，那茂盛的叶子不断散发出沁人心脾的香气，整个校园一片生机勃勃。

"首长"被这美丽的"世外桃源"所吸引，从中心花园到教学楼前，从学生宿舍到礼堂餐厅，从科技大楼到办公大楼，兴致勃勃，边走边听，边说边议，从校园布局到绿化美化，从餐厅条件到科技楼设施，从办学条件到教学设备，从教师培训到学生培养，从办学方向到发展目标，无不涉及，细心询问，不时作出"指示"。

国家教委师范司领导到校视察工作（右二为作者）

在会议室里我作了学校工作和发展规划的汇报，"首长"对学校工作表示满意，对发展方向和目标表示赞同，还给予"夸奖"。最后，他给学校进一步明确办学方向、加强教师队伍建设、全面提高教学质量、培养合格小学教师开了"药方"，给出"锦囊妙计"。表示有机会还要到校看望大家，看望全体师生。

随同考察的省教委师训处、市教委领导也都不时给予"点评"，作出指导。我校陪同的班子成员、中层干部代表，从同司长的交谈中，从听取工作汇报时他的指示中，深切感受到对我校的关怀和厚爱。我代表学校全体师生表示，一定要把司长视察中提出的要求和指示传达给全体教职工，落实到今后的工作中，以最优异的工作成绩期盼司长再次到校视察指导。

为改善学生的住宿条件，提供优质的生活服务，暑假中学校又一座新的学生宿舍楼开工建设。为迎接省中等师范学校办学水平评估工作，学校班子成员、中层干部和部分教职工放弃暑假休息时间，按具体项目、任务分工、时间节点一直奋战在工作一线。

7月26日，在省招生中心，利用中等师范学校招生工作的机会，省教委师训处召开了中等师范学校校长会议。师训处长就全面贯彻落实全省中等师范学校教育教学改革经验交流会精神做了具体安排。他提出全省中等师范学校要做到两个方面：一是深化以课堂教学改革为切入点，推动教学手段现代化。要通过举办校长培训班形式，以理论武装、参观研讨为手段，提高全省中等师范学校校长的思想认识，学习先进经验。二是持续在全省中等师范学校"开展教育思想、教育观念"大讨论活动。通过在《教育时报》开辟专栏，组织召开研讨会等方式，转变教育思想和观念。各中等师范学校要成立课堂教学改革和现代化教学手段运用指导小组，全面负责推动这项工作。三是推进办学水平评估活动。要严格按评估标准做好前期准备，各地市和学校进行自评，结果9月份前上报省教委，根据工作推进程度，省教委适时组织专家进行复评。

会议结束后，我立即向学校有关负责同志在电话中传达了会议精神，特别是省教委提出的办学水平评估时间节点，要求学校高标准抓紧推进。

招生工作结束的当晚，我同学校一起招生的教务科长连夜赶回学校已是夜里两点左右。第二天召开中层干部会议，就评估工作又一次做了具体安排，特别是硬件建设中的"六室"（微机室、微格教室、语言室、音像室、心理实验室、科技活动制作室）、信息监控系统、现代化管理系统、图书管理系统、理化生实验系统、体音美器材系统，教学楼、宿舍楼、音乐楼、综合楼、科技楼重新粉刷，校内新设立的雕塑设计建设，校园整体绿化美化及绿化带建设，电教器材和图书购置，家属区整治等工作，要求责任到人，一周一检查，提速保质，高标准到位，迎接市教委预检，争取一次到位，一次成功。

根据工作的进展情况，暑假期间我召开了不同类型的座谈会，学习各级领导关于师范教育改革的精神和要求，提出我校适应形势发展、加快发展的一系列措施，全方位安排督促迎接中等师范学校办学水平评估的各项工作，要求全体教职工提前开学。

8月26日学校召开全体教职工会议，我提出了工作中要做到三个方面的加强。一要加强思想教育工作。要深入学习强化思想引领，用理论武装全体教职工思想，指导学校全面工作。要深入进行师德师风教育，以初步形成的校训、校风、教风为规范，把教师的仪表、语言、行为"三种示范"作为"形象工程"，纳入到师德师风教育的全过程。要深入开展以争当"优秀教师"、争当"三好学生"、创建"先进教研组"、创建"先进班级"为内容的"两争两创"活动，大力表彰为学校发展做出突出成绩的教职员工和学生，形成一种奋发向上的教学和学习氛围。要深入开展"深化改革，更新观念"大讨论，用新观念、新认识、新思想推动工作。

二要加强课堂教学改革。要求课堂教学做到统一进度、统一模式、统一教研、统一措施、统一练习、统一测试的"六个统一"。在全面提高教学质量的基础上，逐步实现教学手段现代化。在教师整体优化、加强教学特色、学生全面发展加特长的基础上，构建学校规范加特色办学的有效途径。

三要加强有效的科学管理体系。实施领导班子带班、中层干部值日制度，严格各种工作量化标准，形成学校全方位、全科室、全员参与的管理网络系统，使每一项工作都能责任到人、落实到位，提高管理效率，为迎评工作提供坚强保障。

10月7日，市教委邀请有关专家、五所中等师范学校校长和教委领导组成的评估验收组到我校进行预评审。整个工作完全按照省教委要求的程序和内容进行。在反馈会上，学校以高分成绩受到预评组的较高评价，并提出了整改意见。负责师训工作的副主任希望我校在下阶段的迎评工作中，要准确把握省定评估体系，紧扣标准，在前一阶段取得较好成绩的基础上，发扬拼搏向上、敢于争先的精神，争取一次评审成功。

10月12日晚，学校召开全体教职工大会，通报了市教委预评情况，提出了要胸有全局、奋力拼搏、严格标准、勇于争先的要求，实现既定目标。

市教委初评工作以后，距省教委复评的时间越来越近，已进入倒计时。白天，我对学校各个部门的工作都要亲自检查，生怕漏过一个关键环节，随时查看成为一种常态，临时开会增加了次数。晚上一个人在办公桌上铺开省评方案逐项对照，揣摩估分，查找不足。在我的内心，始终有一种执念，上级组织把一所学校交给自己，应当肩扛责任。因为校长是学校工作的"掌门人"，是学校办学目标的决策人，是师生员工的依靠人，是学校发展的引领人，是学校愿景规划的制定人，是学校发展方向的思考人。其最终目标是把学校办成一所名校，办成一所示范校，办成一所特色校。

我一直在思索，中等师范学校办学水平评估，是在中等师范学校教育发展的关键时刻，省教委采取的一项推动学校进一步发展的重大举措，是中等师范学校办学从低层次、低水平向高层次、高水平推进的有效手段。恰逢其时，我应当担负起校长的责任，带领全校教职员工抓住契机，知难而进，抓住学校发展的难得机遇。

我认为，人应当有一种精神追求，这种精神追求的实现必须有一种外在条件。而现在，我具备了这个条件中的多种因素，上有领导信任，下有学校师生员工的期望，外有社会各方面的支持，内有自身的动机。到校一开始就确立了"当一名好校长，办一所好学校"的目标，而这个目标实现的第一次机遇就在当下，一切辛苦、一切劳累都是值得的。

那些天，教室里，学生寝室里，教研组里，科技楼里，餐厅礼堂里，艺术楼里，操场里，训练场里，都可随时找到我，唯独办公室见不到我，忙碌着，督导着，思考着，从不放过哪怕是微小的部位。

11月14日，学校召开最后一次会议部署迎评工作。这次会议工作安排全面、具体而细致。从学校各个部位的卫生、安保、汇报材料、标语、板报、乐队、师生着装等迎评环境和氛围，到具体查看的各种设备、仪器、图书、展室，再到听课、学生汇报、座谈会、知识抽测，都详细安排。共有接待、视导、参观、听课、师资建设座谈会、教学管理座谈会、校舍建设座谈会、德育行管座谈会、教师代表座谈会、设备设施座谈会、县区小学校长座谈会、教育教学反馈座谈会、学生代表座谈会、后勤管理座谈会、学生基本功抽测、迎检文艺晚会等十六项工作，都做了具体分工，要求每项工作按时到位，专人负责。

19日下午，市政府有关领导、市教委有关领导、省评专家一行到宾馆报到。次日上午，复审专家组到学校开展工作。学校红旗招展，彩旗飘飘，校大门上方"热烈欢迎省中等师范学校办学水平评估验收专家到校检查工作"的横幅标语耀眼醒目。进入校门后，人民教育家陶行知先生的巨大雕塑矗立在前方，从学校科技楼上垂落

第七章 执掌学校

而下写有"全面贯彻教育方针，创办示范加特色学校；全面提高教育质量，培养合格加特长学生"两幅红色彩带映入眼帘。学校艺术团鼓号队奏乐声响起，路两旁摆设着从学校自己温室中培育出的盆盆鲜花张开笑脸。穿着校服、系着领带的教师代表，身着学生校服、胸前挂着学生卡的学生代表，列两队表示欢迎。在佩戴着写有"三师欢迎您"红色彩带的学生迎宾生带领下，评审专家们步入学校办公楼会议室。我代表学校全体师生员工对专家们到校评估验收表示热烈欢迎。复评专家组长进行分工后，进入了正常的评估工作程序。

省专家组到校进行评估验收工作（前排右四为作者）

繁忙的一天评估程序按时间节点完成。晚上是评估程序的最后一项文艺演出汇报。路灯将校园照得如同白昼，路旁的板报五颜六色，院内的花廊多姿多彩，虽是初冬，没有一丝寒意。演播大厅的舞台上，学生们吹拉弹唱，表演、舞蹈、歌舞、小品、相声，过硬的基本功，优美的舞姿，高亢的歌声，不时赢得评委和师生们的阵阵掌声，把评估验收工作带入高潮。文艺演出汇报非常成功，为省中等师范学校办学评估在我校的验收评估工作画上了圆满的句号。

我校是南阳三所申报学校复评的最后一所学校。21日上午，在我校召开了三所学校的复评总结会，复评组长省教委师训处副处长作了反馈总结，都给予了很高的评价。市政府分管副市长对参与互评学校提出，要以此次复评工作为契机，认真总结经验，查找不足，使各项工作再上新台阶。

下午省中等师范学校办学水平评估复评组又到另一地市继续工作。市教委又召开了三所学校校长参加的小型会议。通报了各校复评的得分情况，我校总分第一。我内心久久没能平静，心想一定要以最真诚之心感谢学校的师生员工们。晚上，我睡了许久以来最安稳的一觉。

评估结束后一段时间，利用工作机会了解到全省中等师范学校办学水平评估情况，知道了我校评估达到了自己期望的结果。我又于12月底召开学校教研组长座谈会，就学校下一步如何发展、如何从全面提高教学质量方面来促进学校发展等方面，听取了他们的意见和建议。于1999年1月15日召开了学校迎评工作总结大会，全面回顾了一年来迎评工作取得的成绩和学校今后工作的思考。

一是迎评工作的特点：其一是目标明，把迎评工作作为学校进一步发展的契机和师范教育结构调整带来的机遇。其二是工作实，全体人员发扬了勤奋务实、忘我工作、敢于拼搏的精神。其三是标准高，各项工作严格按照评估标准进行，具有一流意识。其四是付出大，人力上全员参与，物力上一切为评估让路，财力上舍得投入。

二是迎评取得的成绩：表现之一为，凝聚了人心，鼓舞了士气，增强了全体教职工的自豪感,心情舒畅,挺直了腰杆,树立了良好的外部形象。表现之二为,规范了管理,健全了制度,促进了学校各方面的工作。表现之三为,学校硬件、软件全面提升,为进一步发展奠定了良好基础。

三是迎评后的思考:思考一,强化意识。在今后工作中要强化爱校意识、忧患意识和发展意识。思考二,抓住机遇。不争论不议论,既抬头看路,更埋头拉车。在看准机遇后,着力办好自己的事。思考三,搞好工作。在提高教学质量、管理质量、服务质量上下功夫、做文章,以质量求生存,以质量促发展。思考四,办出特色。要从教师有特长、教学有特点、管理有特色上,着力实现示范加特色学校,培养合格加特长学生的办学目标。

五、三谈学校发展

1998年底,全省首批参加中等师范学校办学水平评估工作结束,我校成绩名列前茅。1999年3月,被河南省教委授予"1998年度中等师范学校办学水平评估优秀学校"称号,给予了物质奖励。接着,省内外一批接着一批师范学校到校参观学习,互相交流办学经验,学校声誉和影响力不断扩大。

1999年3月28日至4月15日,我随全省中等师范学校校长培训班到深圳学习。当时,深圳是改革开放的前沿,专家的授课和参观考察、学习讨论对自己的思想产生了极大的触动。深圳的开放、深圳的发展、深圳的文明、深圳的建设印象之深直击内心,我暗自思索,将带领全校教职员工,以时不我待的精神向前发展。

6月9日,我在全体会议上提出解放思想问题。要求全体中层干部解放思想,更新观念,正确认识和把握形势,为师范教育结构调整做好思想上行动上的准备。做到"四个认识和把握"。一是正确认识和把握解放思想、更新观念的重要意义，深刻理解吸收和借鉴好的经验为我所用发展自己的道理。二是正确认识和把握形势发展态势，既不盲目乐观，也不悲观失望。三是正确认识和把握师范教育结构调整的契机，做好分内工作，为结构调整做好各种准备。四是正确认识和把握当前利益和长远利益的关系，珍惜已取得的成绩，谋划好今后发展方向。

要求全体中层干部分析情况，明确任务，为师范教育结构调整做好各方面的准备，做到"三个服从"。要服从学校大局，带领教师努力工作，勤于拼搏；要服从质量第一的认知，把教学质量当作学校生存发展的生命线，全面提高教学质量；要服从学校的各种规章制度，以一流的管理取得一流的业绩。

作者在教室听课

6月16日晚，学校召开全体会议，我第三次讲学校发展问题。在讲这个问题时，我通报了一些有关方面的情况，要求全体人员要充分认识师范教育发展的形势，是由以规模、数量发展为主转向以提高质量、优化结构、注重效益上来，走以内涵发展为主的路子。在这种思想的指导下，发达省师范教育结构调整的速度加快，跨度加大。省教委认为，要求提高师范教育办学层次是必要的，但当前仍然是在继续办好中等师范学校的前提下，扩大小学教师专科培养试点学校。我对大家说，我对形势分析判断的方向是对的，省教委原计划要办专科试点今年仍没有开始，全部招生计划仍然是师范专业和非师范专业，从这些方面看，我省师范教育结构调整步子非常稳妥。

在正确认识和把握学校工作时我说，大家应当看到学校在省市教委主管领导和部门的印象中有很高的位次，在全省中等师范学校同行中有很高的信誉。全校教职员工的精神风貌和思想状态积极向上，把学校的发展看成自己的事，爱校敬业、甘于奉献、忘我工作成为主要工作态势。教学条件、办公设施趋于一流，为学校的发展创造了良好的条件。

在讲到学校如何发展时，着重强调要从四个方面着手：一是以教育思想、观念转变为先导，牢固树立学校发展的思想基础。二是以注重品德、着重能力提高为标准，抓好队伍建设。要调整选拔思想素质好、工作能力强、群众信得过的中层干部；要出台学校高学历和学科带头人鼓励措施，形成素质高、业务精、学历高的教师队伍；要评选品格优、服务好、会干事的管理人员。三是以质量兴校、以教书育人为抓手，守住学校生命线。要对青年教师进行常抓思想教育、学历教育、学科教育的"三种教育"；要指导青年教师要过师德关、教学关、科研关的"三关"；要实现青年教师一年教学基本功达标、三年课堂教学质量达标、五年教育科研能力达标的"三达标"；要使全体教师都能达到三年规范课、五年示范课、七年特色课的"三优课";要在课堂教学中突出德育渗透特色、科技渗透特色、学生能力培养特色的"三特色";要在课堂教学上用好传统教学手段、现代化教学手段、美育手段的"三种手段";要开展常规教研的读书活动、周日晚教研活动、以老带新活动的"三活动";要在青年教师培养、国内进修课题研究、教坛新秀及优质课评选上实现"三途径"。四是以硬件建设、环境塑造为特点,达到环境优美目标。要求暑假前后对校园规划布局再做一次调整,形成优美的和谐的校园生活、学习、工作环境。我要求全体同志在成绩面前,应当少一点自夸,多一点忧患;在一些工作安排方面少一点埋怨,多一点理解;在学校发展上应少一些空谈,多一点实干。

六、领导关怀与厚爱

6月22日,市委宣传部部长(兼任市教委主任)到校检查指导工作,她是在事前没打招呼、轻车简从到学校的。我同在校班子成员一道对学校工作作了简单汇报。汇报单刀直入没有作更多的铺垫,就自己到校任职后学校的工作从三个方面进行汇报:一是坚持学习邓小平理论。用理论指导全面工作,坚持把发展作为促进学校各方面工作的一条主线,凝聚全体教职员工的思想,全面规划,全面部署,全面安排学校工作,取得了一些卓有成效的进步。

二是明确培养目标和办学方向。明确创建示范性学校、突出办学特色的办学理念,大张旗鼓地提出了"全面贯彻教育方针,创建示范加特色学校,全面提高教育质量,培养合格加特长学生"的办学思路,在全校师生中引起较大反响,达成一致共识。目前,正沿着这个方向努力奋进。

三是抓住中等师范学校办学水平评估的契机。迎评工作促进了教育观念变化,提升了管理水平,改善了办学条件,取得了优异成绩,为学校进一步发展奠定了良好基础。

四是狠抓教学质量提高这条主线。在管理队伍特别是教师队伍建设上下功夫,逐步形成品德高尚、业务精湛、能力超强、数量充足的管理和教师队伍。

五是培养目标明确。培养全面发展、能适应未来基础教育需要的小学教师,逐步使每一位学生都成为合格加特长、一专又多能的毕业生。去年在全省中等师范学校特优生选拔考试中取得全省第一的成绩。

汇报结束后,市委宣传部部长兼教委主任就前一阶段学校取得的成绩给予高度评价。又要求我们要认清形势,乘势而上,做好工作,在师范教育结构调整中做好思想认识、物质条件、管理措施的准备,抢得先机,站稳脚跟,推动学校进一步发展。

市委宣传部部长兼教委主任到校检查工作(前排左二为作者)

领导离校后，我一直在思考着近两年来同学校班子一道是如何工作的。上级组织把这副重担交给我的时候又是如何做的，学校全体员工是如何从各方面支持工作的，我的所作所为领导们是否满意。我深切地感到学校班子成员全力配合，全校教职工大力支持，上级领导对学校工作关怀厚爱。从市委组织部主要领导和教委主任到校宣布我任职的那天起，我就表态要努力工作。二年多年来，学校班子做出了符合学校实际的各种决策，出台了促进工作的各种方案，研究了各项大事，形成了心情舒畅、精神愉悦的工作氛围，增强了工作中的亲和力和凝聚力。工作中领导班子相互理解尊重，相互信任支持，相互配合补台，相互关心体谅。全校教职工积极支持学校作出的各种决策和提出的各种要求，统一步调，通力合作，心往一处想，劲往一处使。各级领导给予极大的关心，市政府分管市长到校检查指导工作，省教委师训处处长、副处长到校检查工作，国家教委师范司副司长到校视察工作，新任市政府分管市长在市政府专题听取学校工作汇报，市委副书记到校看望全体师生，这次市委宣传部部长兼市教委主任又到校听取工作汇报，他们把关怀、鼓励、信任和厚爱带给全体班子成员，带给全校教职工。我要怀着一颗感恩的心，感谢组织，感谢领导，感谢班子，感谢全体教职工，并把这种感谢化为做好工作、成就事业的强烈使命感和责任感，把对班子和教职工的感谢化作一种强大的动力，焕发出自己拼搏向上的内驱力，全力做好自己的工作。

市委副书记到校检查工作（右一为作者）

七、四谈学校发展

学校 99 届毕业生参加河南省中等师范学校特优生考试，录取到高等本科师范院校的学生取得了全省第一的成绩，从一个侧面反映了学校的教学质量水平和学生学习的效果。开学之后知道成绩的教师们异常兴奋和自豪。学校召开会议，对取得优异成绩的班级和任课教师进行了表彰。

9 月 23 日，市委组织部有关负责人到校宣布学校班子人员调整，我又被市委任命为学校党委书记，成了名副其实的"一肩挑"干部。同时，又宣布了一名从外校提拔到校任副校长的同志。宣布后我表示，市委任我为党委书记，是对我的信任和鼓励，我会一如既往地在上级党委的领导下，加强学习，坚持民主集中制，讲团结，守纪律，提高党性修养，克己奉公，同全校师生一道把学校各方面的工作做好。市委给我们派来一位思想素质高、业务能力强的同志到校任副校长，使学校领导班子的力量进一步增强，我们会同心协力，相互支持，共同提高，把各方面工作做得更好。

这一年是中华人民共和国成立50周年，学校举行了一系列庆祝活动，新生的开学典礼也不同于往年，更加热烈隆重，全校师生都洋溢在这种欢庆的氛围里，校园生机勃勃，一派繁荣向上的景象。

10月27日晚，学校召开全体会议，我第四次以专题形式讲关于学校发展问题。这次讲话没有开场白，一上来就直接说："近段以来，同志们对师范教育结构调整这个话题议论得很多，特别是议论我校到底如何发展更多，这反映了大家十分关心学校的前途和命运，关心自己的生活和工作走向。今天，我向大家谈谈对这个问题的认识，发言题目叫《四谈关于学校的发展问题》。"

我对这些年学校工作进行了回顾，着重讲了学校在每一项重大工作中都抓住了机遇，特别是中等师范学校办学水平评估方面取得了有目共睹的成绩。学校在省、市两级教委领导心中有了非常好的印象，在省内外兄弟学校中有一定的知名度，昨天安徽临泉师范学校慕名而来，就说明了这一点，大家应当感到自豪和骄傲。但当前，我们又面临着师范教育结构调整的机遇，迎来了一次重大的挑战。如何抓住这次机遇，促进发展，是全体教职员工应当思考的一个重大问题。接着我谈了在学校发展中应注意的四个方面：

一是着重解决一个认识。这个认识就是思想认识。从社会发展的角度看，社会进步和发展必然会面临人们思想的解放和认识。在改革开放之初，我市进行过三次思想大讨论，都是解决这个问题的，同志们亲身经历过。从个体行为发生的角度看,思想认识会影响个体行为的发生,大家都有体会。一个家庭,要想办成一件事,有一个统一思想认识问题,如果认识不统一,不仅想办的这件事办不成,有时还可能造成家庭不和睦。一个单位要想办好事、办成事,向前发展,首先要解决的也是思想认识问题。思想认识统一了,才能形成既有统一意志又有个人心情舒畅的局面,工作才能有序推动。

当前,我们大家从不同方面、不同途径听到一些不同的声音、不同的说法,直接影响到大家的思想。但大家应该相信,省教委教育工作会议召开后,对师范教育结构调整作了明确要求,到2005年前,从三级师范过渡到二级师范,这是不能回避的事实,应当正视这个事实,它不以个人的意志而转移。我们的态度应当是,立足现实,统一认识,找出差距,发挥优势,抓住机遇,加快发展,提升自身竞争力。要以积极的态度迎接挑战,以饱满的热情干好工作,以良好的业绩推进发展。同志们应当认识事物的发展规律,牢记优胜劣汰、适者生存的道理,积极参与竞争。因为中等师范学校升专科是一种趋势,符合从三级师范过渡到二级师范的政策。谁的办学条件硬,谁的办学质量好,谁的社会信誉高,谁一定会赢得先机。再者,大家应当看到目前我市的情况,知己知彼,方能取胜。在五所中等师范学校中,我校的竞争力最大,优势最强,是机遇与挑战并存,希望与发展同在,争取升为专科学校是我们看准了的事。学校正是围绕这样一个目标来谋划工作,只要政策不发生大的变化,全校师生同心共谋,齐心协力,必然会开创出一条自我完善、自我发展的新路。

二是牢固树立两种意识。就是爱校意识和竞争意识。每一位同志一定要像爱护自己一样爱护学校,一定要像爱护自己的家庭一样爱护学校，这是我们学校的传统，是学校校训中早已提出的。只有爱校才能想校之想，忧校之忧，思校之思。全体同志应当树立竞争向上的心理意识，它是个体或群体间力图胜过或压倒对方的心理需求和行为活动，是群体对目标追求的一种共同向心力。我们的目标非常明确，就是咬定大专不放松，升为大专才心甘。

三是正确处理三个关系。这三个关系前几次讲话都涉及了，就是要正确处理好当前工作与发展的关系、个人利益与集体利益的关系、现在与长远的关系。总之，要立足当前，着眼长远，做好奠定发展基础，个人利益服从学校利益。

四是扎实做好四项工作。要求大家在当前这种形势下必须深刻理解"学习要再加强、管理要再精细、质量要再提升、大事要再着力"更为重要的道理。提出学习再加强，会在大是大非面前避免发生少知而迷、不知而盲、无知而乱的困境。通过管理再精细，使管理出效益，管理出质量得到进一步落实。提质量再提升，主要强化质量是学校进一步发展的命脉。提大事要着力，是在抓大事上下功夫，着手学校艺体馆的规划和设计工作。

八、压力来自肩上

1999年12月，我被评为"河南省中等师范优秀教育工作者"，这是我省首次设置这项奖励。手捧这份沉甸甸的荣誉证书时，感到是对这些年来自己积极工作、努力奋斗的一种回馈，是上级对自己的激励、鞭策和认可。在师范教育结构调整的大环境中，作为学校党委书记、校长一肩挑的领路人，感觉担子更重、压力更大。虽然任职以来一直把学校发展作为学校工作的一条主线，反复要求全体教职员工要沿着这条主线进行工作，但也存在着很多自己不能决定的种种外在因素。虽然一直在思考着学校发展的重大问题，创造更好的条件，迎接各种挑战，但有些时候，形势的发展不随个人的主观意志而转移。教职工的思想产生波动客观存在，越是在这种时候，自己越要头脑清晰，思想坚定，成为学校的主心骨。

在全国人民以奋战姿态、昂扬斗志迎来新年的时候，我才恍然觉得已进入千禧之年了。人们纷纷走出家门，聚集在人山人海的广场，见证这个光辉的历史时刻。谢霆锋唱一曲《今生共相伴》，跟他一起表演的人是董洁，黎明唱的歌很应景，歌名就叫《快乐2000年》。那一年的农历新年，是龙年，章子怡的开场歌舞是《把春天迎进来》。随着歌声，我同全体教职员工一起踏进这个千禧之年，踏进这个把学校带来发展机遇中的中国龙年。

6月，在全校教职员工中开展了师德建设和师风检查活动，通过宣传发动、组织学习、开展讨论、查摆问题、群众评议、考核认定、认真整改各环节的工作，进一步明确教师职业道德的内涵，依法治教意识进一步增强，爱校敬业、勤奋工作的风气进一步树立，团结协作、严谨治学的态度进一步端正，廉洁从教、为人师表的观念进一步树立。

为增强师德师风建设活动的效果，学校要求96级学生毕业典礼不仅全校学生参加，而且全体教师也参加了这个活动。活动成功举办，进一步增进了师生情感，树立了"教书育人、以身立教"的职业精神。

6月27日，新任市教委主任到校检查指导工作。我同班子成员和中层干部一道向主任汇报工作。在汇报工作的同时，我谈到学校在师范教育结构调整中，教职工思想认识、工作态度等方面出现的新情况、新问题，主任都一一解答。还就今后工作提出要求：第一，要正确认识和把握师范教育结构调整的精神，从三级师范向二级师范过渡是一种方向。到目前为止，上级还没有明确的意见，大家必须做好思想和行动上的准备，未雨绸缪。第二，要统一思想，全力做好各项工作。按照学校原来确定的办学目标，坚定不移、毫不动摇地坚持办学方向，促进各方面的工作再上新台阶。第三，要在保证学校工作连续性的基础上，研究寻找师范教育结构调整后，学校进一步发展的有效途径，立足当前，面向未来。

10月23日，市教委主任又一次到校检查，对前一段学校工作给予了充分肯定，又一次告诫我们，师范教育结构调整的决策是政府决定，应当立足当下，全力做好各方面工作，以博大胸襟迎接各种挑战。

市教委主任在这段时间两次到校讲话，我心里能够理解。在这种情况下，一种从来没有的压力随之而来。这种压力来自肩上的重任，来自全校教职员工对自己的信任，更来自对学校发展前景的更好期望。

九、特色学校目标实现

2000年全年，学校按照师范教育结构调整的趋势，全力以赴做好各方面的工作，在从三级师范向二级师范过渡中，以最优的条件，基本达到升为五年制师范学校的要求。

学校环境优美和谐，总体布局合理，区域功能分明，建筑总面积5.1万平方米，绿化总面积2.9万平方米，达到"三化五性"要求。学校已获得国家教委"为基础教育培养合格师资，方向明确，成绩显著"的荣誉证书，获得中等师范学校标准化建设达标单位、河南省卫生先进单位、河南省学校食品先进单位、河南省文明单位、河南省教委中等师范学校办学水平评估优秀学校、南阳市百佳校园、师范教育先进集体等多项奖励和荣誉称号。其经验被《人民日报》《师范教育》刊载。

学校基本建设初具规模，已建有科技楼、综合办公楼、礼堂、餐厅、教学楼、艺术楼等11栋大楼。教学设备齐全，图书馆馆藏图书书19万册，理化生实验室、体音美教学器材配套齐全，有多媒体微机室、多功能微格室、多媒体语言室、心理实验室，科技制作室、音像阅览室、电化教育室等现代教学实验室。有微机售饭系统、微机图书管理系统、软件制作系统、覆盖全校的信息监管系统等现代化管理系统。班级全部配备有电视机、收录机、放像机、投影机，现代化教学手段运用普及率很高。为从三级师范向二级师范过渡准备的学校体育馆地质勘探、图纸设计、资金准备已全部到位。

学校以"爱校、敬业、求实、奉献"校训为精神导向，以"品正、博学、严谨、创新"的教风，以"尚德、勤思、健体、求真"的学风激励师生。树立"以质兴校"观念，确保"教学为中心"位置。师资队伍学历达标率97%以上，高学历教师达15%，教学质量名列前茅，连续三年全省中等师范学校特优生选拔考试录取率在全省第一。

学校走出了一条培养"一专多能"的素质型毕业生新路，招生规模不断扩大，不仅有省内班，还有省外班。除全部师范专业外，还增加了文秘、计算机、装潢设计专业。除原有体育、音乐特色专业班外，增设了全省为数不多的英语专业班。一所具有显著特色、专业特色、培养特色的中等特色师范学校已具规模，实现了既定的办学目标，步入全省中等师范学校先进行列，被收入《中国中等师范名校集》。全校师生正以饱满的激情、务实的作风，全力以赴促进学校进一步跨越发展，努力奋进成为专科层次培养小学教师的学校。作为学校的带头人，在为实现更高层次办学目标的一步之遥而奋力冲刺时，2001年师范教育结构调整加快了步伐，学校面临着一次重大考验。

2001年2月1日，市教委召开中等师范学校校长吹风会，传达了上级教委的精神，加快三级师范向二级师范过渡步伐。宣布除幼儿师范学校继续招生外，省辖市政府所在地师范学校与当地教师进修学院或师范专科学校合并，其他中等师范学校停止师范专业招生，逐步改办成普通高中、教师培训机构或中等职业学校。要求立即贯彻省教委精神，于二月底前拿出具体发展方案，三月初统一研究，报市政府同意后实施。

听了会议精神后，内心翻江倒海、五味杂陈，虽然有所心理准备，没有想到来得这么快，没有想到来得这么没有余地，没有想到来得这么连思考的时间也没有。回校后，我没有立即召开会议，一个人坐在办公室里发愣，心里像十五只吊桶打水一样七上八下。几年来的工作图景一幕幕从脑际中闪现，一桩桩带领全校教职工奋力前行的场面如电影一般浮现在眼前，全校教职工那期盼的眼神刺痛着大脑神经，我不愿不肯也不敢回想那些场景。第二天，早早醒来，到操场里转了几圈，清新的空气吹过之后，大脑似乎清醒了许多。作为学校掌门人，任何思想情绪的波动都可能影响到学校全局工作。我吃过早饭，立即召开了校长办公会议，传达精神，进行讨论。接着召开中层干部会，人人发言，各抒己见，充分讨论，提出建议，使学校制定的方案更符合实际。

十、五谈学校发展

学校向何处走？学校如何根据师范教育结构调整的意见确定发展方向？这个严峻的问题摆在我这个决策者和领导班子成员的面前，一夜之间实现原来目标已不可能，被动接受将前功尽弃。我同其他成员一道，以一种端正的心态正视现实，去掉幻想，寻找出路，二次崛起。

学校领导班子研究后兵分三路，一路组织全体教职员工学习政策、领会精神、明确方向；一路深入基层开展调研，了解基层学校需求；一路带着问题走出去，同省内外学校交流情况。两周后，各路详细汇报，取长补短，梳理形成学校发展的初步方案。方案的主要内容是，根据当时学校教师专业、教学设施、校园布局情况，把学校从空间上划分为两块，教师和管理人员分为两部分，分开管理。一部分举办实验高中，按高中课程计划进行教学和管理，另一部分在中等师范学校基础上进行适当调整，按照中等专业学校课程计划和培养目标开设专业。学校公共资源共享，一校两牌两制，既有中专又有高中。经广大教职员工认真讨论，取得共识达成一致后上报教育行政主管部门。

2001年4月27日，我以学校党委书记、校长的身份在《南阳日报》发表题为《在前进中改革，在改革中发展》的署名文章。详细介绍了学校的培养目标、办学思路等有关情况。文章谈到，为适应形势发展和师范教育结构调整及基础教育的实际情况，学校拟构建中专教育+普通高中教育+艺体高中教育"三位一体"的办学模式，建立学生学习成才就业的"立交桥"。按照这一模式，实现把学生培养成具有专业知识和创新人才的目标，具体实施办法为：

一是根据市场和经济发展需求，调整中等师范学校教育专业结构。建立"培养－就业"一体化教育模式，同省内外用人单位建立学生就业基地，打通学生就业渠道，实现毕业即就业培养目标。

二是采取多种措施，提高普通高中和艺体高中生源素质。在条件较好的初中学校建立艺体生生源基地，强化艺体生初中阶段特长教育，提高艺体高中教学起点。同有关高等院校建立联系，拓宽艺体高中学生深造渠道，提升艺体高中升学率。对品学兼优、家庭经济条件较差的高中生，可通过减免学费、发放助学金、提供勤工助学岗位等办法解决上学经费问题。

三是改革课程体系。中专、普通高中、艺体高中三类教育统一采用普通高中教材，有计划地开设选修课和课外活动，着力构建以课堂教学为主、课堂教学与课外活动相结合，以必修课为主、必修课和选修课相结合，具有校本特色的教学课程体系。在具体运作中，采取"2+1"教学模式，即一、二年级基本完成高中文化课教学，升入三年级后，根据学生学习情况可进行专业调整。中专学生达到高中班学习要求且有意愿到高中学习的，可调整到高中或高中艺体班学习。普高、艺体高中学生达不到高中班学习要求且有意愿到中专班学习的学生，可调整到中专班学习。中专学生经过第三年学习，或者升入对口高等职业学校，或者经过培训取得资格，到学校长期建立联系的用人单位就业。普通高中、艺体高中班学生继续进行三年级的学习，为升入高等院校做好准备。

学校提出，做好五年发展规划，力争用三年时间形成新的办学模式，使高中教学质量达到市级重点学校水平，五年办出学校特色，成为具有办学特色的知名中等专业学校，成为名牌学校。同时，在队伍建设、人事制度、管理制度、就业制度上进行一系列改革，保证学校按照新的办学模式顺利进行。

在《南阳日报》上发表的答记者问

这一宣传在社会和生源县市引起强烈反响，许多学校到校学习，大量学生家长到校参观咨询，当年秋季的招生非常顺利，实现了方案既定的初步目标。

当年的9月3日，按市委的通知要求，我到省委党校培训学习。利用培训学习的机会，多次向上级教育行政部门领导汇报学校方案情况及初步实施意见，他们都从不同方面给予具体指导，提出建设性策略。这进一步坚定了学校执行方案的信心和决心，明确了适应形势的改革和发展方向。

在参加省委党校学习的三个月里，我利用星期天的时间回校安排工作，了解情况，进一步听取同志们对实施学校方案中的意见。12月初，由于市委党校要升格为大专体制，市委研究决定调我到市委党校工作。学习培训一结束，我立即返回学校，做着期末学期结束工作总结的准备。

我内心深处始终放不下那种对学校的丝丝牵挂。由于特殊原因，我没有马上离校。2002年春季开学后，市委组织部领导又到校重新宣布研究意见，仍由我主持学校全面工作。我执行组织决定，但从组织原则的角度看，已不是学校的员工，却要履行着学校主要负责人的责任，心里当然是复杂的。我仍然抱着对工作和对广大师生员工负责的态度，同大家奋战在一起。

6月26日，召开了全体教职员工大会。我对学校工作作了全面总结，对师范教育结构调整后取得成效给予充分肯定，谈了自己对办好一所学校的认识、感受和体会。7月，按照市委的安排，我离开了奋战五年的学校，带着些许遗憾，离开了朝夕相处的全体教职工，开始到另一个单位工作和生活。

第八章　『外行』校长

第八章 "外行"校长

2002年8月初,我到市委党校报到。学校是当时河南省省辖市党校,是全省六所大专体制规格的干部培训学校。根据学校领导班子的实际情况,党委研究由我分管主体班教学和组织工作。主体班教学实际上是党校的"业务"工作。这个分工同志们认为是"行家"干的事,自己感到是一个新兵,是一个"外行"干了"内行"的事,一到任就觉得应该做一个好的"外行"校长。

一、"外行"谈认识

我在到党校工作前,曾两次到该校一次到省委党校学习,对党校有一些了解。自己觉得,要做好"分内"工作,应当全面把握党校的工作性质,熟悉教学管理的特点,工作才有针对性和主动性。我利用暑假剩余的时间"恶补"有关知识,理出干事思路,找准工作方法,寻求推行措施。月底第一次参加学校党委会,听了主要领导安排工作和大家讨论发言,对工作有了初步认识和了解,已感任务很重。

9月初,在自己做好充分准备的情况下,召开了全体教研室主任、教务处正副处长、科长参加的务虚会,同大家在一起交换思想认识和感受。

我没有拐弯抹角,直入主题说:按照学校分工,我主管主体班教学工作。分工之后,月余来一直在学习思索琢磨着一件事,如何同大家一道,齐心协力把工作做好。对我来说,有一个适应环境进入角色的过程,虽然在师范学校担任过教务科长、副校长、校长,对教学工作比较熟悉,但党校教学与师范教学有相通之处,也有很多不同方面。我认为主要表现在以下几点：

一是教学对象和培养目标不同。中等师范学校的教学对象是十五六岁的未成年人，年龄差不多一样大，学校主要任务是要把他们培养成"一专多能"的小学教师。党校的教学对象是成年人，是成年人中有一定工作经验的领导干部，经历和年龄都有很大差别，通过培训提升其政治理论水平、党性修养和工作能力。

二是教学依据不同。中等师范学校教学有教学大纲、课程计划、教科书。党校教学无教学大纲和课程计划，也没有固定教材。

三是教学内容不同。中等师范学校以传授系统的文化基础知识为主，以及各种教育教学能力培养和训练。党校主要讲授马列主义、毛泽东思想和马列主义中国化最新理论成果，还有当代世界思潮、世界经济、世界科技、世界法治及军事，战略思维和党性修养。

四是教学形式不同。中等师范学校采用班级授课制，所讲内容既系统又具有连续性。党校为分类别授课、专题讲座加研讨。

五是教学时间不同。中等师范学校学生在校学习时长为三年。党校学习时长为二至三个月。正因为如此，带来了整体教学管理的差异性。

我观察到大家的情绪还不错，接着又谈了几个方面的认识。

关于如何抓好教学方面。我谈到，从个人角度讲要先学习。就是要学习党校教学管理模式，熟悉教学过程和教学特点及管理措施，吸纳优化为我所用，努力使自己成为一个行家。还要深入下去，通过座谈讨论、听课等形式，从中总结出一些带有规律性的东西。

关于如何教好课方面。我认为党校有别于其他学校，学员学历较高，受过专业教育，有一定的实践经验，对教师的教学提出更高的要求。因此，党校的每位教师都应当是理论家、讲演家，而不是教学匠、说书人。教师一定要做到："三基本"的课要突出一个"深"字（具有一定的理论深度），"五当代"的内容要体现一个"新"字，党性修养的课力求一个"实"字。在教学内容的处理上，要强调思想性和针对性，突出党性原则和党的思想路线、基本路线、群众路线教育。具体到一节课来说，应当突出重点、关注热点、把握焦点，使学员听课后升华思想、拓宽视野。在教学方法上，要坚持理论联系实际，坚持开门办学，坚持案例研讨，坚持守正创新。要改变教师的单向传授为教师与学员的双向交流，运用现代化教学手段，采用教师与学员答疑探讨相结合的灵活多样适应干部特点的教学方法。

关于如何提高教师素养方面。总的要求是教师应当具备学识博、实践懂、表达清这些基本授课中的素养，体现出一个教师的表率作用、楷模作用、引领作用和导师作用。要正确处理好课堂教学与课外交流的关系，正确处理好教师与学员的关系，正确处理好教学与科研的关系，正确处理好校内教学与校外讲学的关系。在学员中树立良好的师表形象。

关于如何坚持教学改革方向方面。我感到教学改革是每一所学校都非常重视的问题，也是评价一所学校是否办好的标准之一，还是一所学校生命力所在。对党校来说，教学改革更为重要，必须坚持正确的改革方向，这是党校办学治校的灵魂和主线。要始终把"为党育才，为国献策"放在心中最高位置，在开展教学、做好研究、深入阐释的过程中，紧紧把握这条红线，把每一个专题的课都要讲好、讲透、讲生动，入脑、入心、入行动。对理论知识课在原有基础上要不断更新完善学懂弄通。对现有理论课，要进行深入挖掘细致研究，使理论教育党性教育更加注重实效接住地气。要推出名师，逐步通过青年教师汇报课、中年教师示范课和全体教师优质课等系列教学活动的开展，提高教师的授课水平和专业能力，推出学员欢迎的一批教学能手，形成一批业务精湛、品质优秀、学员服气、教艺高超、影响较大、社会公认的一批名师。要创造特色学科，采取有效措施，狠抓以"三基本"为主的理论学科建设，形成一些在省内有影响的学科专业课。要拓展以"五当代"为内容的新兴学科专业课，加强政治学、经济学、法学、金融学、领导科学等知识学科课，逐步形成专业齐全特色鲜明影响较大的学科特色专业课。

会议结束后，参加会议同志们议论，觉得我谈的这些内容，符合实际情况，是学校应该做到的。从而坚定了我做一个好的"外行"的信心，找到了如何做好工作的着力点。

由于党校管理的特殊性和班主任工作的重要性，我觉得应加强班主任工作。之后，我征得主要领导同意后，先后两次召开曾任班主任和现任班主任工作座谈会，谈对党校班主任工作的认识。

在9月中旬的座谈会上我提出，要做好党校管理工作，班主任至关重要。班主任工作从教育管理的角度看，主要是组织和培养班集体，对学员进行思想政治教育，使其在校期间严格遵守上级各项法律法规和学校的各项规章制度，保证有一个良好的教学秩序和生活秩序；从教学的角度看，班主任应当采取有效的方法，组织好教学和教学活动，促使学员能圆满完成各项学习任务。

我又谈到，要实现上述目标，班主任应做到四点：一是爱，对工作热爱，就会有积极性，有工作动力；对学员要热爱，为学员服务，能同学员建立真挚的感情。二是严，从严要求，大胆对学员提出明确规范，以纪律为准绳，从严管理，不搞变通。三是勤，班主任必须脑勤、腿勤和嘴勤。四是度，在管理上宽严适度，原则问题不让步,一般问题可放松;表扬批评要适度,正确的即表扬,错误的必批评;细与粗要有度,思想问题细之更细,生活问题粗中有细。

这次座谈会后,班主任工作有了很大的改观,管理的有效性促使教学工作更加有序。接着,11月中旬再次召开班主任工作会议,学校主要领导、分管学员工作的领导及有关处室领导参加,会议主题是交流班主任工作经验体会。各位班主任都从亲身工作中谈了对班主任工作的认识和做好班主任工作的体会。我从班主任自身素质对做好班主任工作影响的角度,提出党校班主任必须政治理论素养要高、管理能力要强、工作方法要新的要求,促使班主任工作上一个新的台阶。

之后,利用一周时间,召开本学期九个主题班学员座谈会。他们都从形势发展的情况和各自所任工作职务的角度,谈了对党校如何适合干部特点设置专题、改进教学方法、加强学员管理等方面的建设性意见。我认真倾听细致思考,对党校的教学管理有了更为深入的认识,为做好各方面的管理工作提供了第一手资料。同时,借阅有关书籍研读,查找有关刊物上的文章,摘录大量资料,为给学员讲课做着充分的准备。

二、首次给学员授课

2003年初,我参加了在上海市委党校举办的"学习十六大精神"培训班。在培训班上聆听了来自中央党校、上海市委党校等全国知名理论专家对十六大精神的辅导报告。他们辅导报告的理论高度、国际视野、前瞻思维深深地吸引了我。白天我在现场听他们讲课,认真记录笔记,晚上回宿舍再听录音进行笔记的整理和补充,收获非常之大。

2003年1月开始，市委在党校连续举办四期全市县处级领导干部学习十六大精神培训班。我都参与组织，认真学习，深入理解十六大精神的深刻内涵和精神实质，记录了大量的学习心得和体会。在同领导、同志们和学员们的接触中，我深切感到作为分管业务的学校领导，只有在理论基础素养方面有一定的功底，在教学实际工作中有亲身感受和体验，领导教学工作才能具有针对性，在老师的眼中才会有地位，在学员的心中才会被信任。因此，我选定了两个专题，一有空就到阅览室查找备课资料，寻找理论根据，记录收集适合专题的内容，做着撰写讲稿的准备。

第一个专题是以《建设社会主义政治文明，推进政治体制改革》为题。这是一个基本理论问题和难度较大的专题。要想弄懂、讲清，使学员们明白，难度较大。我同理论功底深厚、教学经验丰富、讲课深受学员们欢迎的两位教师在一起探讨、研究、商定的基本原则是，要追根求源，只要把文明和政治文明讲透了，社会主义政治文明的讲解就会水到渠成。按照这一思路，拟定了专题提纲，然后撰写讲稿。在第一部分"政治文明的涵义及构成要素"中，着重从文明、政治文明、社会主义政治文明的概念讲起。推出了政治文明和社会主义政治文明的概念，并强调指出，政治文明具有阶级性、复杂性和动态性特点。

在此基础上，弄清政治文明的构成要素，包括政治主体文明、政治意识文明、政治制度文明及政治行为文明四个方面。理清政治文明、物质文明和精神文明三者之间的辩证关系，物质文明是人类文明的基础，是政治文明和精神文明的基础；政治文明是人类文明的核心，为物质文明和精神文明提供政治方向；精神文明是人类文明的动力，同样是物质文明和政治文明的推动力。

第二部分在"政治文明建设的重要意义"方面，着重阐述了政治文明的提出有利于在社会主义现代化建设中了吸收和借鉴人类创造的一切有益文明成果，有利于按照市场经济规律促进社会主义市场经济发展的观点等方面。

第三部分在"建设社会主义政治文明、推进政治体制改革"方面，提出了要坚持党的领导、人民当家作主和依法治国的有机统一，要发展社会主义民主政治，要正确认识和把握政治体制改革中的几个问题，要努力完成政治体制改革的基本任务四个方面。

第二个专题的题目为《领导者的影响力和领导艺术》。这是一个偏重于实践性较强的专题，也是我在工作中接触过的问题。讲好这个专题，需要有一定的管理学、心理学、行为学、领导科学等方面的知识储备，又要具有担任领导实际经验的感受和体会。这方面自己有一些明显优势，在学校系统学习过普通心理学，涉猎过较多的社会心理学和行为学的书籍，发表过领导心理学的论文，又担任过多年的校长，可以说比较具备讲好这个专题的基本条件，我信心满满。

在拟定提纲时，我主要从学员们在这一专题的讲解中，能够获得领导科学知识和实际工作中解决问题的方法着手，设置了领导和领导艺术的含义、提高领导者影响力的艺术（策略）、领导者的识人艺术、领导者的协调艺术、领导者的激励艺术和领导者艺术的修养六个方面。

第一部分着重讲清领导和领导艺术的含义。指出从个体角度讲，领导是指担任某种职务、扮演某种角色、实现领导过程的个人。从行为过程讲，领导是指领导者运用权力和影响力来引导和影响被领导者，为实现某一组织目标而努力工作的活动过程。它由领导者、被领导者和所处的环境组成。特别要使学员们明白，领导是一种人际关系形态，是一种施加心理影响的活动，是致力于实现组织目标的活动，是适时改变环境的活动，从而在实际工作中很好地发挥领导作用。而领导艺术则是指领导者以一定的学识、能力、经验、智慧为基础，以领导者应普遍遵循的领导工作原则为准则，在领导活动中熟练运用创造性领导思维方式、行之有效的领导策略、非常恰当的领导方法等。

作者在办公室备课

第二部分着重讲述提高领导者影响力的艺术。要让学员弄清什么是领导者的影响力，领导者影响力的构成，提高领导者影响力的策略，并在实践中能够充分运用。

第三部分领导者识人艺术，第四部分领导者集体协调艺术，第五部分领导者激励艺术，着重让学员们掌握其运用方法，使领导者在具体工作中运用领导艺术，提高领导能力。

第六部分着重讲述提高领导艺术修养，重在指导学员们从自身做起，积累知识，不断总结，形成具有自身特点的领导方法和艺术。

两个专题讲稿经过反复修改、增删，定稿后又征求多位老师和有关人员的意见，确定后自己先进行试讲。特别是第一个专题，我非常重视，试讲时，邀请了几位老师去听讲。他们听后基本满意，又提出了特别需要注意的地方，经自己反复斟酌、思考，感到满意后，在县处级班、中青年后备干部班、乡镇党委书记班、乡镇长班、纪检干部班等8个班第一次讲授，收到比较理想的教学效果，学员们的反映比自己预期的要好很多。

之后，在第一个专题讲稿的基础上，撰写了论文《对社会主义政治文明建设几个重要问题的认识》，发表在专业学术刊物《学习论坛》2003年第6期上。在撰写论文的过程中，又查阅了大量与此有关的资料，丰富了这一专题的内容，使讲课与研究紧密结合，相互促进，共同提高。《领导者的影响力和领导艺术》专题讲授后，在学员中引起较好反响，被邀请到有关部门和单位进行专题讲授。两个专题的讲授和一篇论文的发表，获得了好的效果，坚定了"外行"经过自己的努力能成为内行的信心。

三、深化教学改革

经过将近一年的学习、调研、随访、座谈、征询等形式和亲身授课及专题研究后，我提出了学校全面深化教学改革的八个方面：关于强化教研室在教学专题设置、教学评价、教学研究、教学活动开展等管理的全方位职能；关于探索适应学校主体班特点、适合成人学习特点的教学方法问题；关于通过组织不同的教学活动，提高教师教学水平，推出一批有影响的名师问题；关于建立一套有效的教学评价手段和评估机制，激发教师教学积极性、主动性问题；关于教学手段现代化、教师传帮带、教研活动确定主发言人的问题；关于教学制度的有效落实、开展听评课活动问题；关于采取开门办学、走出去、请进来、一年一次全市性教研活动问题；关于更新教学内容、教学专题申请、公开审批问题。让全体教师思考、议论、探讨，形成对教学改革的思想和认识上的统一。之后，学校领导班子召开会议，就这个八方面我进行了专题汇报，研究同意后，教学改革逐步实施。在学校出台了《关于加强和改进教学工作的意见》《关于主体班开展实践教学的意见》后，从全市开展主体班教学观摩比赛的形式进行教学改革的突破。

在全市党校系统主体班观摩比赛结束后，我谈了三点认识：

一是对观摩比赛的认识。为鼓励各县参加观摩比赛的积极性，使教学改革开好头、迈开步，我给予了充分的肯定。认为教学观摩比赛具有学校重视程度高、参赛教师准备充分、多媒体运用熟练和教学效果好四个特点。

二是对主体班教学的认识。我认为应当在培训方式转变上下功夫，在坚持和完善教学新布局上下功夫，在深化教学改革上下功夫。谈了教学改革必须在教学组织形式和教学方法上进行改革的认识。

三是对一堂好课评价标准的认识。我着重提出了一堂好课应当具备的条件：第一，教学内容正确。教师要做到教学内容丰富，选取事例恰当，列举数字准确，时刻关注理论发展的最新动态。第二，教学方法灵活。教师在教学中要注重课堂教学的互动性、灵活性、感染性特点。第三，教学组织严密。从课堂开始的导入、讲授、过渡、举例、课件设计到概括总结、结尾都要引人入胜、观点正确、衔接科学。第四,教学效果良好。教师上课要适合学员特点,不逢迎学员要求,把理论讲深讲透,讲得有高度,讲得有氛围,学员有收获。

在12月举行的全市主体班录像课教学评比总结会上,对参加总结会的各县市区党校分管校长、教务科负责同志及教研室主任,着重讲了如何抓好主体班工作的认识。我提出抓好主体班教学要具备三个优势特色:

其一,个人素质要高。负责教学工作的学校领导,有别于其他领导,主要任务之一是指导教学,没有较高的素质,指导就是空话。具体表现在:要有较高的思想素质,对教学工作既热心又热爱。要有深厚的专业素质,做业务领导的基础是当一个好教师,而后才是管理。要有较强的能力素质,既有教学能力,又有管理能力,更要有协调能力。要有良好的人格素质,用人格的力量来影响教师,用人格魅力来感染学员,用人格品行来树立威信。

其二,工作思路要清。思路决定成效,思路决定出路。要组织好教学各环节的工作,做到抓好专题设置环节,备课环节,上课组织环节和考核、考评、考试机制建立环节。要开展好各种教学竞赛活动,一个类别一个类别地进行。比如,在教学方法上可进行教法改革优质课、教法改革研究课、教法改革汇报课等。

其三,教改方向要明。业务领导要把握教改方向,时刻与时俱进。要注重做到,教学专题要更新,教学方法要改进,教学手段要先进。

两次利用观摩教学的机会,讲了关于教学改革的一些方面,为全面深化教学改革,贯彻落实出台的《意见》提供氛围。

紧接着,组织县处级班三次带着明确的教学目的(县域经济发展的研究），先后深入到我市的五个县（市）进行县域经济的调研。每次都采用通过领导介绍情况、综合讲解、实地考察、撰写调研文章、班级研讨等形式，使学员们对县域经济发展情况有了明确的认识，对县域经济发展途径有了清醒的思路，对自己的工作有了很大的启迪，深切感受到这种教学组织形式既有效又实用。

在中青班开展了双向互动教学探索。某一单元课结束前，组织本单元任课教师对所教学内容的重点进行梳理，全体任课教师参与，与学员一起，采用教师与学员面对面，学员现场提出疑问，教师解释疑难的方式，使学员进一步深化对整个单元内容的系统理解。这种形式促使教师对讲授内容进一步深化研究，对学员关心的热点、难点问题，有问有答，争论争辩，双向互动，加深了对这一单元理论问题全面系统地理解，深受学员欢迎，推动教学改革全面向前。

四、典型发言之后

学校全面教学改革进行后取得了一些成效，教师、社会、学员反映良好，引起了省委党校的高度关注。在2005年4月举行的全省党校系统教学改革研讨会上，我校被确定为交流发言单位。我在会上以《与时俱进，锐意创新，努力深化主体班教学改革》为题，全面介绍了学校进行教学改革的做法、经验和体会。

第一，创新教学内容是深化教学改革的核心。在教学内容改革中着力做到"四个坚持"。

一是坚持按上级规定设置教学专题。在科学设置"理论武装"单元专题的基础上，又在"战略思维""世界眼光""党性修养""领导能力"单元增设了紧跟时代发展、拓宽学员视野、提高领导能力、结合本地实际、做到学以致用的创新专题，使学员们的知识、视野、修养、能力得到全面提高。

二是坚持教学科研一体化。采取有效措施,加大科研课题向教学专题转化力度。学校出台《关于科研成果和获奖成果的奖励办法》,加大奖励力度。制定《主体班课时折算暂行办法》,从课时计酬角度,推进教师把科研成果融于教学专题中。

三是坚持学员评议教学专题。这种做法为学校动态化精选新专题、淘汰旧专题、实施菜单式教学提供了依据,在任课教师队伍中形成了有效的激励与压力机制。使教师设置教学专题有了更加明确的目的性,达到了优秀者受激励、居中者有压力、落后者受启迪的目的。

四是坚持开展教学"三评"活动。采取学员对任课教师授课质量打分,学校听课组对教师授课质量打分,年底由主管校长、教务处长、教研室主任对授课教师教案质量打分,三项评分折算后相加,从高到低排列顺序。对特别优秀的教师由学校下文授予年度"优秀教师"称号,给予表彰奖励。实施"三评"活动,激发了教师钻研理论、提高授课质量的积极性。

第二,创新教学方法是深化教学改革的关键。

一是以"两为主一加强"为主线,学校制定下发了《关于实施"两为主一加强",切实改进教学方法的规定》。"两为主一加强",即在教学上坚持以自学为主、坚持读原著为主和加强教学研讨的方法。

二是以研究式教学为教改重点,学校下发了《关于组织学员开展研究式教学的实施方案》,提出了研究式教学的目的、方式、时间、地点、主要内容等。研究式教学就是带着问题去调研和研究,找到解决实际问题办法的一种教学方式。它包括案例分析、答疑式交流、专题性探讨、带着问题指向到基层调研等方式。其中,带着问题指向到基层调研，寻求解决问题办法，是研究式教学的主要形式。调研结束回校后，组织学员每人撰写调研报告，进行班级研讨，教师参与指导，学校组织交流发言。不少学员带着问题通过个案分析、个性化总结，借鉴其他学员认知，找到了解决基层问题的对策，实现了教学方式由被动接受性为主向研究探讨性为主的转变。

三是以外地短期培训考察为切入点，根据不同考察专题，确定考察地点，获取经验，开阔视野，解放思想，拓宽工作思路。

四是以现代化教学手段为突破口，要求教师运用现代化教学手段，通过教学中制作精美、图文并茂、声情并举的课件，授课时不仅把演示与授课艺术有机结合，还能充分表达和形象论证自己的理论观点，教学赏心悦目，入眼、入耳、入脑，对教师所授专题内容印象深刻、理解透彻。

第三，从严治校是教学改革取得成效的保障。在这方面做到"三个强化"。

一是强化入学前教育，使学员明确学习目的。针对少数学员到校后思想浮躁、自觉性不强、学习目的不明的表现，学校强化入学教育环节。通过入学报告、组织讨论、中青班军训等措施，学员做到了"三个转变"，使学员到校后明白为什么学、学什么、怎么学的问题。

二是强化"百分考核制度"，深化教学过程管理。制定了《关于对主体班学员实施百分考核细则》，严格实施，同市委组织部结合，把考核结果作为考察使用干部的重要参考。

三是强化"三循环评价机制"，使教、学、管协同提高。就是学员评价教师，任课教师评价班主任，班主任评价学生。实施"三循环评价机制"后，任课教师授课质量的优劣，由学员听课后打分决定；班主任能否获得"优秀班主任"称号，由任课教师根据对班级管理情况年终打分决定；学员能否获得"优秀学员"称号，期末由班主任推荐人选。这种机制激发了广大教师精心授课的积极性，调动了班主任管理的科学性，端正了学员学习的自觉性，形成了教师授课质量高、班主任管理水平高、学员学习自觉性高的"三高"效应，有力促进了教学改革。

典型发言后，会议又组织与会人员进行讨论。参加讨论时，我同时任省委党校常务副校长一组，他结合大家的讨论发言，又讲了几点：一是要研究教学改革中面临的新形势。机遇是大规模培训，挑战也很严峻，主要是办学条件不适应，教学不适应，培训的多元化、个性化需求不适应。二是面对新形势要进一步强化责任意识、中心意识、忧患意识和创新意识。三是面对新形势，教学工作应当改进教学内容，创新教学方法，加强学科建设，提高师资水平。听后深有同感，颇受启发。

参加教学改革研讨会（前排右二为作者）

会后在一起攀谈交流,知道他是从高校领导任上到省委党校工作。虽是领导,话语中多了几分亲切感,对问题的认识也有诸多一致,谈话轻松了许多。他对我工作给予很多指导性意见,要求在党校负责教学业务,应当首先是一位受学员欢迎的老师,能讲好课,搞好研究,是行家里手,而后才能做好工作,配得上校长这个名称。

这次会议,我收获颇丰,不仅学到了许多兄弟学校的经验,而且得到了领导的指导,明白了作为学校领导应做什么工作,如何做工作,如何做好工作的目标性和方向性。

五、学员心中的李校长

省委党校教学改革研讨会之后,按照此次教学改革研讨会的精神,吸纳兄弟地市学校的先进经验,进一步全面落实学校提出的各项教学改革任务,更加明确了我要干什么,我应当怎么干才能成为受学员欢迎的老师。我及时调整工作思路,除完成正常的学校行政工作外,把大量的时间花费在学习基本理论和如何提高教学质量上。

首先,下沉到学员中间,同他们打成一片,获取真实情况。各种以调研为内容的活动我都参加,深入农村、社区、工厂、企业、机关,接触基层群众,获取第一手资料。并同学员们一起归纳研讨,撰写研究报告,交流研讨体会。凡是短期外出培训,也同学员一道,按照培训要求,完成布置的各类作业。凡是双向交流互动式教学现场、学员报告会、经验交流会我都会主持并谈感受。与学员的距离近了,感情深了,也能想他们所想,他们也能急我所急,为教学改革获得了丰富的第一手资料。

其次,深入教师中间,同教师一起研究,一起探讨教改内容,明确教改方向。凡每次专题更新都要亲自听教师们论证和讨论,取得共识。凡教师们的教研活动，都要分专题参加，听取教师们的意见。凡学员外出培训活动，都要派教师代表全程参与，并组织教研主任、优秀教师、优质课教师外出参观考察。在同教师们深度接触中，思想近了，感情深了，交流畅了，工作起来心情爽了，教学改革的各项活动顺理成章进行了。

再次，自己承担的讲授专题同教师们一样，接受学员对讲课效果的评定。所讲专题选定同样接受专题组的审定，一些时间紧、任务重的专题，自己还积极承担。承担的课题研究同样接受课题结项的每一项评定程序。我深切地感受到，自己是分管教学业务的领导，也是一位专业技术人员，又一次被评为市专业技术拔尖人才，应当有过硬的教学能力和基本功，成为教学业务的领头人。在此后的时间里，自己又主讲了《切实加强领导干部作风建设》《关于构建社会主义和谐社会的几个重要问题》《继续解放思想与深入贯彻落实科学发展观》《执行力与激励艺术》《领导力与领导艺术》《领导艺术漫谈》《构建和谐社会是我国经济社会进入新阶段的重大战略举措》等十余个专题。每个专题的讲授都受到学员们的欢迎。同老师们一样参与学员评教活动，连续六年每次综合得分都名列前茅。学员们反映李校长的课讲得既有理论高度，又联系社会实际；既说理透彻，又学以致用；既幽默，又风趣；既有深度，又接地气；既是一位好老师，又是一位好校长。

2007年7月，在省组工干部培训课程开发选题中，我所讲的《领导力与领导艺术》专题，被选中参与讲课评定。来自全省理论界的专家参与听课。我在向评审专家介绍为什么要选这一专题时说，这是因为有一种无形的力量推动着自己，这种力量来自多年来自己积累了这方面的经验；这种力量来自自己多年来对这方面的研究；

这种力量来自授课对象对自己的信任（此专题在授课中受到普遍欢迎）；这种力量来自自己应承担的责任；这种力量来自无意识的情缘（曾在学术杂志上发表过这方面的论文多篇）。专题讲授后，来自全省高校、组织工作部门的二十余位专家针对我介绍的备课方案和讲授效果给予很高的评价，列为培训主要课程。

参加课程开发培训班（前排左四为作者）

  自己在完成大量行政管理和教学任务的前提下，严格按照市委对评定专业技术拔尖人才的要求，完成规定的科研任务。自己深入钻研理论知识，开展社会调查研究，选择科研课题，对经济、政治、文化和社会发展中一些重要的理论问题和要解决的实践问题进行研究和探讨，取得了一些研究成果，有些成果产生了一定的社会效益，受到了业内和专家的认可。共主持省社科联、省委党校系统科研课题《农村社会保障问题专题研究》等10余项，经验收合格全部结项。撰写并在CN学术期刊发表了《影响领导决策的非权力因素》《构建社会主义和谐社会的新视角》《要牢固树立科学发展观》等论文11篇。

同他人合著的《生态环境教育与生态文明建设》《能力、修养、艺术》两部著作出版发行。参与了市委组织的《农村干部培训教材》《形势和任务教育干部读本》的编写工作。这些发表的论文、出版的著作被评为市级社科成果一等奖 3 项、二等奖 3 项。除此之外，应邀到县市区和市直单位作专题报告 40 余场，在促进当地经济、政治、文化和社会发展方面都起到了积极作用，获得社会各界的认可。积极参与科学理论的宣讲教育活动，深入乡镇、社区进行宣讲教育。党的十七大召开后，作为市委"十七大"精神宣讲团成员，认真领会精神，积极备课，赴县市区市直单位、企事业等单位作题为《发展中国特色社会主义的政治宣言和行动纲领》报告 20 多场，均受到听众的广泛赞誉。

在党校六年的工作实践中，提升了政治素养，丰富了理论知识，开阔了管理视野，成为外行中的"内行"，为此后的工作积累了经验和知识。

第九章 做好局长

第九章　做好局长

南阳古称宛，位于河南省西南部，是全国历史文化名城。总面积2.66万平方公里，总人口1050万，是全省面积最大、人口最多的省辖市。

南阳自然条件优越，文化积淀丰厚，以耕读传家为基，以尊师重教为荣，为教育发展提供了良好条件和环境。新中国成立后教育事业迅速发展，教育质量普遍较高。1977年10月恢复高考制度，当年被普通高校录取人数最多，创造了高考奇迹。在恢复高考的同时，普通中小学逐步走向正轨，教育事业出现了蓬勃发展的态势。此后几十年，教育质量不断提高，教育事业取得了前所未有的成就。

2008年10月，根据工作需要我调到市教育局工作。当时，全市有各级各类学校4900多所，在校中小学生217万人，教职工12.5万人。从人口基数和在校学生人数看，实属全省人口大市、教育大市。南阳教育有着曾经的辉煌，如何重铸辉煌，一到任就感到肩上的责任重大。

一、被触动的思考

到任之后，根据局班子成员的具体情况，局党委研究我主管基础教育、职业教育、成人教育和党务工作。分工之后，我就进入了工作状态。那些天，我翻阅市教育局近几年大量的文件和工作计划安排，仔细阅读有关领导在不同会议上的讲话，浏览与全局工作的有关资料，同科室负责人进行座谈交流，了解全市教育基本情况，特别是近几年全市教育质量情况，基本摸清了工作脉络，被很多情况所触动。我在日记中记录了一些认识和感受，之后又阅读了一些资料，产生了对教育工作很多思考，提出了在教育局今后工作中带有重要性的问题。

一是教育工作者要肩负历史使命。教育是社会发展的重要组成部分，它承载着民族振兴、国家富强、文化传承、社会进步和人民幸福的责任和使命。这种责任和使命是通过培养大批高素质人才、提高全体人口素质来实现的。教育工作者就是要肩负起这种历史使命，他们既包括各级教育行政部门的领导，又包括各级各类学校的校长、老师和工作人员。又从我市的具体情况看，教育优先发展地位得到确立，办学条件得到极大改善，教师队伍建设不断加强，教育质量逐步提高，老百姓对教育的满意度不断增强，外界对教育整体工作评价较高。但是，与人民群众日益增长的对办好人民满意教育期盼有一定的距离，有学上与上好学的矛盾比较突出，与兄弟市相比有一些差距，高考成绩徘徊不前，教育质量提高迫在眉睫。如何尽最大努力，去肩负起应当肩负的使命和责任，尽最大可能去满足广大人民群众的期盼，是教育领导者们应当深入思考和解决的重大问题。

二是局领导班子要有干事创业精神。局领导班子是全市教育工作的决策"司令部"，是全市教育系统干事创业的指挥中心，每一位成员都必须高度树立干事创业的精神。这种精神表现在要形成"头雁领飞""群雁起飞"合力向前的工作局面上；表现在强担当，善作为，躬下身，帮基层的工作作风上；表现在"全员围绕学校转，学校围绕教师转，一切围绕质量转"的管理机制上；表现在"谋事为群众，干事重实效，成事争一流"工作目标上；表现在要做"勇于干事、敢于干事"的先行者、"善于干事、精于干事"的引领者，和"干得成事，干得好事"的行动上。

局班子的每一位成员，还应当根据党和国家的方针政策、上级教育主管部门的工作部署以及局机关的工作计划措施，按照上述标准，明白自己在全局工作中到底负什么责，如何在工作中发现和解决热点、难点问题，形成竭尽自己全力、形成全局合力、相互协作补台的干事创业氛围，以争先创优的精神，强化工作推进，实现工作实效，争创一流业绩。

三是校长的职责和作用。办好一所学校的因素较多，但校长是一所学校的灵魂，是学校的核心和关键，是学校牵一发而动全身的"命脉"。校长的办学理念、视野水平、工作作风、基本素养都会不同地影响学校各方面的工作，特别是校长的质量意识更为重要。作为市教育局应当采用有效措施，使校长们明白，他们在学校的发展中起什么作用，如何确立培养目标，如何调动各方面的工作积极性办好学校。特别是高中学校的校长，在提高教学质量方面负什么责任，发挥什么作用，如何尽最大努力，满足人民群众对优质教育资源的需求，等等，从而把办好人民满意的教育落到实处。

四是明确自己的工作职责。按照分工，自己分管教育局全部业务工作，这是组织的信任，是大家的认可，应当履行职务所赋予的一切职责。自己必须工作动力要强，角色定位要准，中心任务要明，以一种强烈的事业心和责任感，全力做好工作。要明白自己将用什么办法做好职责范围内的工作，清楚在提高教育质量方面责任是什么，作用是什么。还应当清醒地认识到肩上责任之重、担子之沉甸，不仅是工作方面的策划者、设计者，更是指挥者、践行者。要看得开阔，思得高远，沉得下身子，迈得开腿，放得开手，做得实事，把工作时刻想在脑中，记在心中，念在嘴中，落在实中。

要有为民情怀，这种情怀归结起来，是对教育事业、对承担的工作的热爱。只有这样，才能躬下身，察实情，听真言，见真事，了解基层真知灼见，贴近百姓所思所想，工作就会做到基层的心里去、百姓的心坎上，群众才会满意，组织才会信任，百姓才会支持。

要有责任担当，这是一种使命，更是一种态度。在其位要谋其政，既然承担了这个职务，必须尽其责任感和正义感。分内之事铭记于心，分外之事尽力配合，凡属自己应该做的事，尽力做好，做到极致。既不为失败找理由，也不为困难寻托词，在服务教育工作中奋力前行，勇毅向前。

要有一种良知，这种良知是要带着教育情感去观察教育现象，怀着教育情感去处理教育问题。要从百姓那种期盼的眼神中，从那种为子女求学付出的心血中，从那种为教育下一代不辞劳苦的心境中，去深度认知百姓对我们的期望之情、期盼之意、期待之感，一切问题都会找到根源，一些矛盾都会迎刃而解。要从基层教师那种辛勤的忙碌中，从工作里的奉献中，从对生活的向往中，体谅教师的艰辛，体会教师的心境，体察教师的诉求，就一定会为教师排忧解难，一定会为教师创设有利的生活和工作环境。正因为如此，自己要在工作中，多流一滴汗，多熬一个夜，多跑一趟路，多走一个校，多进一个班，多寻一个师，多看一个生，让百姓和学生享受优质教育资源的效益，让教师获得自身尊重，让教育发展更加快速，这样才无愧于组织的信任、百姓的期盼、教师的期望，无愧于天地良知。

五是找准工作着力点。工作着力点能起到牵一发而动全身的作用。自己从感性认知中一直琢磨着这件事。思前想后，觉得要从高中阶段的教学质量提高上下功夫，紧紧抓住高考出口这个"牛鼻子"，作为工作突破的着力点，形成浓厚的狠抓教学质量的氛围，带动全市基础教育均衡发展和教育质量的全面提高，为高中教育质量提高奠定更加厚实的基础。

第九章　做好局长

要在全员树立质量意识上下功夫。这种意识是教育质量没能提高，就是愧对家乡、愧对百姓养育之恩的理念。要把这种理念通过教育的各个方面，渗透到区域内各级党政决策层中，渗透到区域内各级教育行政部门领导层中，渗透到区域内各类校长层中，渗透到区域内全体教师中，形成一种自上而下的共识和压力，得到理解、支持和执行，落实到教育的具体工作中。

要在提高教育各方面人员素质上下功夫。这种素质主要有教育追求、文化底蕴、教育智慧、教育能力四个层次，既包括教育决策者的素质、校长的素质，又包括教师的素质，从行政决策上要质量，从管理水平上要质量，从课堂教学中要质量。

要在创设良好教育氛围上下功夫。这种氛围是在全市形成一种比、学、赶、帮、超的教育环境，大力宣传在教育管理、教育教学质量提升方面取得成绩的人员和教师，树立先进典型，进行表彰激励，形成全社会关注教育、支持教育、重视质量、狠抓质量的共识和氛围。

要在服务基层上下功夫。服务基层就是要深入学校、深入教室、深入学生，了解教育实情，获得真实信息，发现有效方法，寻找具体途径，帮其排忧解难。如此，校长会真正放下包袱，教师会心情愉悦进行教学，学生会精神抖擞认真学习，教育质量提高就落到了实处。

人生有限，需要激情；生命如歌，不能沉寂；责任在肩，必须担当。一到教育局任职，带着一种对教育肩负使命的认识和良知的"冲动"，以及对教育工作充满憧憬的感动，朝着设定的方向和目标，为教育工作释放全身心的能量。

现在回想起来，在教育局工作的这段时间，正是这种被触动的思考，给予自身无穷的力量，给予工作明确的方向。

二、一个多月的调研

我一直在想，凭借自己的专业知识和二十多年从教积累的经验，有领导的支持、集体的力量和各方的努力，一定能在基础教育教学质量上有所突破，一定能尽最大努力使更多的学生从有学上到上好学，一定要使百姓期盼子女们能到更好的高等学校去深造的愿望得到实现，一定能给百姓的子女提供改变命运改变人生的外部条件和环境。

思考只停留在想象层面，更重要的是付诸行动掌握实情。征得时任局主要领导的同意，我从2008年12月初开始，深入全市各级各类学校进行调研工作。从教学管理到课堂教学，从教师到学生，从县级教育行政部门负责人到各类学校的校长，从学校领导班子到一般管理人员，同他们在一起座谈、交流，看工作计划安排和教育质量评价，我都认真倾听、记录、整理、思考，对全市各县市区的教育整体情况有了一定的了解，对各级各类学校的管理有了比较清晰的认知，对全市教育管理干部和各级各类学校领导班子队伍人员的思想有了深切的感知，对如何提高全市各级各类学校的教育质量有了初步的思路。

调研一段时间之后，我同市教育局有关科室负责人和工作人员在一起进行了深入的研判和探讨，同他们交流认知，达成共识。这种共识是以提高高中阶段教学质量为工作突破口，带动全市各级各类学校教学质量全面提升。在调研期间，于2009年1月9日，召开了全市普通高中教学现场会。

这次会议参加人员的范围比较全面，全市各县区主管基础教育的局长、教研室主任,各高中学校领导班子全体人员、教务主任及各学科教研组长。会上全市普通高中学校的代表,从不同侧面进行了交流发言,介绍了各自学校在提高教学质量方面所采取的措施、遇到的问题和解决的有效办法。会上我作了发言,谈了个人对这类高中在加强管理、提高质量上的一些认识。这也是到教育局任职后的"首秀",正因为是"首秀",我做了一些准备,共谈了五个方面。

一是端正办学思想。我分析到这类高中基本上是农村高中,或者说是薄弱高中。办学条件相对较差,学生基本上来自农村,文化知识基础薄弱,教师队伍整体水平较低,内涵发展潜力和空间较大。校长们应在学校办学思想、办学目标方面有一个明确的定位,充分挖掘潜力,调动各方面积极因素,把学校的优势充分发挥出来。要坚持走特色发展之路,根据每个学校的具体情况,走"合格加特长"的办学模式,通过举办特色专业满足不同层次学生培养之路。要在"软实力"上下硬功夫,在全体教职工中树立在"软实力"上争一流、求卓越的信念,喊响"只为成功想办法,不为失败找借口"的口号,从精细管理、勇挑重担、下苦功夫、多出巧力、肯于流汗方面提高教学质量。

二是加强教学管理。我认为教学质量是学校的生命线,是学校发展的基础,事关学校兴衰,事关学生前途,事关百姓利益。教学质量高低还是衡量一所学校教学工作好坏的硬指标,是领导和群众最为关注的重大问题,是全体学校教职员工的价值所在。因此,每所学校都应当增强提高教学质量意识,坚持"以人本管理为内涵,以制度管理为规范,以目标管理为导向,以过程管理为根本"的基本思路,向管理要质量,向课堂要成绩,以质量论成就,以成绩论位次。

第一，在过程管理上下功夫。各学校"一把手"是教学质量的第一责任人，主管教学的校领导是直接责任人，工作岗位就在教学第一线，就在教室里。各区县要加强对高中教学过程的管理，及时进行各项工作的督导和检查，保证各项工作有安排、有指导、有落实，坚决杜绝只重结果不重过程的粗放管理办法。

第二，在狠抓教学常规落实上下功夫。要提高教学质量，必须把各项教学常规落到实处，否则提高教学质量将是空中楼阁。基础不牢，地动山摇，形象反映教学常规的落实和教学质量提高之间的关系。所以，学校的教学工作，一定要抓教师备、讲、辅、批、考、评各环节工作的落实。在高三年级教学中，除落实教学常规工作之外，还要强力落实严、精、细、实四个方面。

第三，在加强学生管理上下功夫。对学生进行正确的思想教育和人文关怀，是学生管理的重要方面。特别这类高中，面对学生压力大、思想状况复杂、家庭教育跟不上的特殊情况，能否采取有效措施，是对学生进行各种形式的教育成为教学质量能否提升的重要因素之一。每一所学校一定要在管理上想点子，对学生进行适度的减压教育和人文关怀，理解学生、善待学生、包容学生、关爱学生，解除学习和生活后顾之忧，减轻心理负担，在比较舒适、轻松的环境中取得较好的学习成绩。

三是积极进行教学和课堂教学改革。我要求随着新课程改革的不断深入，各个学校要把新课改精神落实到课堂教学改革中，力争做到"八改""两变"。"八改"为：改听讲为读书（把依赖听讲改为自主学习）；改口说为笔练（把满堂问答改为以练代讲）；改串讲为点拨（把系统讲解改为重点点拨）；改单一为结合（把一支粉笔一张嘴的说讲改为传统手段与多媒体结合讲授）；改"大轰"为"指名"

（把教师脱口而出、学生随口答出的满堂轰轰烈烈改为重点设问指名回答）；改不管为堂堂清（把教师只管讲不管会改为小组互动、能者为师、人人都会、堂堂清）；改学"答"为学"问"（把学生只会问答改为学生主动质疑发问）；改少数为全体（把只关注少数学生改为面向全体学生）。"两变"为：变教师课堂教学单方面讲授为既要讲授又要指导交流，变学生课堂教学被动听讲为既听讲又主动学习探讨相结合。各学校还要高度重视新课改下各学科的有效教学，在教学中注意探究的有效性、设置问题的有效性、分组讨论的有效性、训练的有效性和复习的有效性的"五个有效性"。通过"八改""两变"和落实"五个有效性"，优化课堂教学过程，实现课堂教学的高效化。

四是切实做好高中新课程实施工作。我讲到新课程的实施，对今天参加会议的这些高中的领导来说，是一次较大的挑战，也是一次难得的机遇。同志们一定要全方位做好迎接挑战，抓住机遇的机会，搞好新课程教学工作。要注重突破高中课改难点，按照省文件的要求，开足开好全部新课程，加强对综合实践活动课的管理及指导，保证其学分的含金量。要公正评价学生综合素质，建立完善的操作规程和工作制度，客观公正评价学生素质，避免人为因素干扰，决不能让这块新高考的"开发区"成为"杂草丛生"之地。

五是努力提升教师教学水平。我谈到随着新课改的全面实施，教师必须具备全面的综合素质，这是提高课堂教学效率的根本保证。

要以学为基本点，为教师自身发展奠定基础。学习是教师自身成长发展的需要，是教师教学的成就之源，是永葆教学艺术青春的驻颜之术。学校要为教师学习创造有利的条件，引导广大教师积极学习新的教育教学理论，以适应新课改的要求。还要引领教师钻研教材，将集体备课活动抓实抓牢，着力解决新课程的实施与推进过程中的"死角"。

要以研为成长点，为教师自身发展构筑"脚手架"。"只教不研则浅，只研不教则空。"教研是学校教育教学的动力，是教师高层次成功的需要，是教师从一名普通教师成长为专家型教师的需要。各学校要提高教导处、教科室在学校教学管理中的地位，发挥它应有作用，使之成为学校课程开发中心、教师教学研讨中心、学校教学质量考评中心、促使教师快速成长培训中心。

要以训为拓展点，为教师自身发展提供支撑。如果说学是教师自身成长的基础，研是教师自身成长的着力点，训则是教师自身成长的一种有效形式，更是教师由通识型向专识型再向博识型转变的过程。一方面要加大开展对教师的培训力度，另一方面要大力开展学校结对帮扶、教干挂职研修、好课展示观摩、教师交流的互动互助活动。要加大对青年教师的培训培养力度，激励他们在课堂教学中既规范又放得开，既突出重点又具有特色，逐步形成富有自身特点的教学风格。要在全市实施教师培养"九个一"工程：即每年一次面向全校教师的汇报课，一次论文教学答辩交流，一次新教材教法展示，一次多媒体课件制作，一次教科研课题展出，一次教学沙龙开题，一次研究性学习汇报，一次课外活动指导，一次教研组主页展评。以此激发青年教师的活力，给他们创造快速成长的广阔空间，搭建快速成长的有利平台，提供快速成长的阳光雨露。

会议结束后，我有意识收集信息，得到的反馈较好。从一个侧面验证了我在前思考的方向是正确的，坚定把高中阶段教育教学质量的提高作为工作突破口和着力点，形成全市教育行政部门领导关注教育质量、学校校长狠抓教学质量、学校教师通过教学提高教学质量的共识，达到全市教育质量上水平、跃台阶的目的。

调研基本结束后，利用春节前后的稍闲时间，我有目的地走访了退休的老领导和老校长们，征求他们对我工作设想的看法，得到了一致的认识，又一次坚定了我狠抓教学质量的信心。

2009年春季开学后，教育局长提拔为市领导。待教学秩序刚一稳定，我又于2月19日和2月24日召开了全市省级示范性高中和市级示范性高中座谈会。这两次会议都事先发出通知，要求校长、县区教育局分管局长、教研室主任参加。会议采取各校校长先发言的办法进行，要求发言不讲形式，畅所欲言，成绩要肯定，问题要讲清，办法要找到。

校长们的发言针对性很强，会议开成了如何全面提高教学质量的研讨会，大家各抒己见，又达成共识。在大家都发言之后，我以《充分发挥校长作用，全面提高高中教学质量》为题，谈了四个方面的认识：

一是学校发展的因素有什么。我谈到，从硬件方面看有校舍、教学基本设施、校容校貌三个方面，三者好，学校的社会信誉或者说外部形象好，就会形成一种良性循环。从软件方面看，有教、学、研三个方面，这三个方面要受到校长的办学理念和教职工素质及学校管理方略的影响，三者好，就会形成一种良性循环。在省级示范性高中教学座谈会上，我反复强调前者已基本实现，学校的发展主要在后者。在市级示范性高中教学座谈会上，我又强调的是，既要注重前者，又要在后者上下功夫。

二是学校的发展靠什么。我指出，学校的发展主要涉及理念、队伍、质量和形象四个方面。理念方面，首先是校长的办学理念。高中阶段的教育，特别是省级示范性高中，实际上是为国家培养英才、输送栋梁的教育。老百姓把子女送到高中学校，目的很明确，就是希望学生通过三年学校教育，顺利考入大学，培养成为英才。大家都有一种感受，很多家长不惜代价，不怕辛劳，把子女送到资源最好的省级示范性高中，其实是对我们寄予一种无限的厚望。为此，校长应当有一种高瞻远瞩的办学理念。这种办学理念是全面贯彻教育方针，致力于学生人格塑造、智慧启迪、智能开发和学业素养的提升，为学生终身学习和工作奠定坚实基础。还要尽可能满足社会、家长希望学校对学生进一步成长提供最佳教育和学习环境的期望。其次是校长的领导水平及能力，它与理念紧密联系，体现在一个学校的发展思路和方向上。再次是校长的事业心和责任感，学校几百名教师、几千名学生，他们都有一种期盼，期盼会遇到一位好校长，期盼有一位好校长引领学校沿着正确的方向前进。

队伍方面，主要是管理队伍和教师队伍。一所学校如果没有一支素质高、能力强、品德好、业务精的教师队伍，全面提高教学质量将成为一句空话。有人认为，教师的素质成为家长选择学校、评价学校的重要因素，是一所学校保持高声誉的重要因素之一。对校长来说，能塑造出一支好的教师队伍，教学目标的实现就成功了一半。为此，校长一定要带好管理队伍，尊重教师，服务教师，鼓舞教师，在抓好师德师风建设、重视教师专业成长、加强教师人文关怀、激励教师争先创优上下功夫，想点子。

质量方面，应当牢固树立质量是生存之本的认知。它是一所学校的根本任务，是衡量一所学校办学水平高低的重要标尺。

形象方面，它受理念、队伍和质量三个因素的共同影响。学校形象一旦形成，将是巨大的无形资产，会推动学校快速发展。因此，大家应当沿着这样的思路来认识，先进的办学理念会影响一大批高素质的教师群体，这个群体能使教学质量不断提高，声誉会随之提升，学校良好形象就会形成。校长一定要处理好这几者之间的关系。

三是如何提高教学质量。我又说道：提高教学质量要形成合力。教学质量如何，关键也在校长。校长一定要心系质量，必须做到"四要"。一要底子清，对学校的整体情况，每位校长必须掌握，要心里装着质量，脑里想着质量，事事记着质量。二要目标明，目标制定要适中，蹦一蹦摘到桃子时，教师和学生的动力才能最大。三要管理细，就是为"教师教、学生学"创设最优环境，在强调"求高、求新、求严、求实"的同时，加上一个"求细"，达到"有规、有序、有章、有效"的最佳效果。副校长是一所学校提升教学质量的谋划者、指导者和监督者。在工作中要做到心中有底，胸有成舟，安排周密，协调到位，指导具体。教研室要优质服务，深入学校，深入课堂，深入教师，深入学生，为学校教学把脉问诊，给予高效"药方"和详细指导。

四是如何搞好高中课新课改。高中课程改革是一项系统工程，牵扯范围非常广，涉及培养目标、课程结构调整、课程内容更新、课程实施、教学改革、评价体系建立、师资水平提高等。大家必须加强学习，转变观念，在思想和行动上努力适应新课改。坚持行之有效的"以全面育人为目标，以知识结构为基础，以思维训练为中心，以因材施教为原则，以教会学生为目的"的管理模式。对照课改精神，沿着正确轨道推进课改稳步前行。

两次省、市示范性高中校长座谈会采取的形式基本相同，参加人员有所不同。参会同志们的发言反映了两类高中面临不同的问题。我的发言内容主调虽然相同，但具体到不同类型的学校，要求有所不同。但是，目标是一样的，就是如何全面提升高中学校的教育教学质量。

两次会议校长们反映的问题给了我很多启迪，以抓高中教育质量作为工作突破口的方向没有问题。但是，要从根本上解决问题，必须从抓好义务教育阶段学校的教学质量做起。接着，给领导汇报后，2月25日召开了全市基础教育工作会议，推动义务教育、普通高中教育和幼儿教育全面、协调、可持续发展。着力解决好人民群众关心的教育热点难点问题，促进教育公平，办好人民满意的教育。在安排工作时，我重点强调了几个方面。

一是强力推进基础教育各项事业发展。提出以先进县创建为抓手推进义务教育均衡发展，以整体发展水平评估为契机推进普通高中教育快速发展，以统筹管理为重点推动幼儿教育持续发展，以实现教育手段现代化为目标推进信息技术教育快速发展的"四个发展"要求。

二是继续深化基础教育领域里的改革。提出深化基础教育课程改革、深化教学教研改革、深化考试与学业评价改革的"三个深化"要求。

三是努力提高基础教育管理水平。提出"三个强化"要求：强化"以质兴校"意识，全面提高教学质量；强化规范办学管理，促进基础教育事业健康发展；强化加强学校管理，全面提高教育质量。

四是完成上述任务的基本措施。提出在事业发展上要有新思路，在工作推进上要有新举措，在作风建设上要有新转变的"三个新"要求。

三、特殊"一模"分析会

几次会议之后，我对全市高中教育有了深度了解，同志们也了解了我的工作方式，无形中增加了工作上的压力。我清醒地认识到，要想取得成效，还要做好扎实深入细致的工作。针对上一年全市高考一本上线情况，把 2009 年高考一本上线人数初定在提高 30%，力争达到 N 名的目标。为了获得第一手资料，我从教研室找了 2006 年全市中招时高中录取的情况，对全市当年中招各高中录取 N 名的学生分布情况做了一个统计。

3 月底，全市进行了高中应届毕业生一模考试。考试结束后，教研室把一模考试提高到 N 名的学生数在各高中的分布情况进行了统计。对两次统计的结果，自己作了分析比较，发现一些特殊情况，引起了我高度重视。

4 月 3 日，准备召开全市高中一模分析会。会前，我同基础教育科和教研室负责同志一起商讨如何开好这个会。我提出了个人的意见，要求教研室将考试情况统计准确，印制成表，发放到各单位、各学校。分析报告要具体，主要是查找不足，直面问题，触及心灵，提出对策。向他们交换了我在会上要讲两次统计结果分析比较的事情，并形成了一致意见。最后商定要把这次一模分析会开成一次找不足、查原因、动真格、寻对策、鼓士气的会议，我做了充分的准备。

会议一改只让先进发言的惯例，采用了好、中、差三类典型都发言，给发言者一种思想上的冲击，有可能获得理想的效果，实践证明确实达到了预期。

在市教研室主任的分析环节，体现了我们事先达成的意见，使参加会议人员引起了不同的反响，体验到这次会风的改变，触及了他们的内心，引起了他们的思索。

我的发言基本没有涉及一模考试具体情况，只讲了两个方面。

一是强化角色意识。我单刀直入说，何为角色呢？在社会生活中，每个人都有不同的工作岗位，每个岗位又都有明确的职责，在这个岗位上明白自己要承担的职责，这就是角色。

其一，局长的角色定位。局长是全局各项工作的最高决策者和领导者，是高三复习备考的最高组织者和协调者，应当明确一个"责"字。我看了这次一模成绩的情况，各地不很均衡，这是正常情况，但个别县差距太大，这就不正常了。局长一定要反思，你的作用起到了吗？

其二，校长的角色定位。校长是学校各项工作的主持者和指挥者，是备考工作的监督者和管理者，应当突出一个"管"字。我讲到，这次开会前，我进行了"备课"，把我市2006年中招录取时前N名的学生和这次一模考试前N名的学生，在各个学校分布的情况作了一个比较，其结果使我大为震惊。不知道在座的各位校长能不能预测到是个啥情况。我直接告诉大家，没想到很不正常。因为部分学校在中招录取全市N名的学生数较多，但经过学校三年的教育，这次一模考试后，成绩占全市N名学生数减少了。这些全是成绩非常好的学生被学校录取，按一般规律经过三年的教育，至少应当保持在这个水平，而有些学校把这些好学生教了三年，没有进步反而倒退，这正常吗？在座的各位都是行家，都是在任很长时间的校长，大家想一想，思一思，问一问，是啥原因？我不讲更高的思想境界，就讲良知。家长期盼把好学生送到好学校，目的是什么？是不是想通过教育，使孩子能顺利被录取到好的高等学校继续深造吗？你把手放到胸口，问一问自己，你有良知吗？你不内疚吗？今天我讲的话重了些，没有别的意思，不针对某位同志，是自己教育良知的表露，希望大家能够理解和包容。但是，某些学校在2006年录取全市前 N 名的学生数较少,这一次一模考试进入全市前 N 名的学生数较多,这说明什么问题?也请大家深入思考探讨。

话说过来,影响学生成绩的因素有很多方面,学生的成长进步是在不断发展变化之中的。但是,有一个基本的事实是,基础好的学生升入另一层次学校后,只要学校管理到位,没有特殊因素影响仍然会很好,基础差的学生升入另一层次学校时要想有一定的进步,一定要付出努力,这种努力有学生自身,更重要的还是学校教育。所以,我觉得发生上面谈到的现象,至少与这些因素有关,校长尽职尽责了吗?学校管理科学吗?教学到位了吗?归根到底是校长的问题,那么校长应如何做呢?一要管好自己。在学校管理方面要坐得住身子,静得下心思,下得了功夫。要管住自己的腿,不要多往外跑了;要管住自己的嘴,不要少应酬了;要管住自己的脑,应思考高考了;要管住自己的手,不要打牌了。要脑里想着、嘴里说着、脚里带着、手里握着学校教学的各种情况和高考的各种信息,做好教学指导和督导工作。二要管好教师。校长要用真情实感去调动教师把教学能力发挥到最大,既严格又人性关爱,既细化又多样化,既深入到班级又躬身践行。三要管好学生。要调动学生的学习动力,坚定理想,在挖掘潜能、调整心态、把握自身上下功夫、找办法,使每一位学生把学习的动力得到充分发挥。

其三,教研主任的角色定位。教研主任应明白自己是某一区域教学业务的研究者和指导者,是高三教学的谋划者和研讨者,应体现一个"深"字。要求教研室主任要深入研究,统筹全局,全面指导。要深入学校,变"坐诊"为"出诊",做好谋划研究。要深入课堂,通过听、评课,使指导更有针对性。

二是如何使教学质量提升。我指出,下一段应当如何办才能使教学质量提升、高考成绩优异，大家最有发言权，最有办法，我点到为止，请同志们认真思考。

第一，加强管理。我的建议是管理要更细化、更精化、更严格化、更科学化、更人性化。

第二，认真分析。各地各校要对这次一模考试情况进行分析，排查问题，找出原因，明确下一阶段要做的着力点、发力点。做到认识上有高度，措施上有力度，方向上有信度，推进上有强度，使人人有压力，个个有动力。

第三，有"比"的劲头。这里的"比"有两层含义，一方面是对比、比较，另一方面是比赛、竞赛。要与本单位纵向比，更要与其他单位横向比，不但要与本市同类学校比，还要与本省其他地市同类学校比。希望大家要有比的意识，有不甘人后的思想，有敢于争先的精神，形成一种你超我赶、共同促进、共同提高的良好局面。

第四，调整好师生心态。心态从某种意义上讲，有时会决定成败，要比就会有压力，但压力应在一定的限度内，弓弦绷得太紧，有时会适得其反。各地各校既要紧张起来，更要张弛有度，要创设广大师生在温馨、平和、宽松、自然的环境中迎考的氛围。

为使会议达到预想效果，最后我同参加会议的同志们进行了思想交流。谈了几个月来一直在做调研，连续召开四次会议和座谈会，主要是倾听同志们意见，掌握真实情况。又说到对全市教育的一些认识、看法和思考。目的是通过大家的共同努力，全面提升我市的教育质量水平，以对得起组织的信任、百姓的期盼、自己的良知。我对大家坦言，我的工作风格是务实，有一种朴素的认知，不管自己再苦再累再流汗，只要能换得更多学生到更好的高校去学习，都是值得的，是幸福的，是欣慰的。我欣赏小平同志的一句话：占着茅坑不拉屎怎么行？在技术业务上不行，就让别人干。大家一定要认真思考这句话，让我们共同努力，都成为业务的行家，都能为教育出应该出的力，做应该做好的事，我市教育一定会迎来更好的明天。

会议结束后，参加会议的同志一致认为，会开得很务实，讲得很到位，刺痛了一些人的神经。一些县里参加会议的局长给市教研室主任发短信说，从今天的会上大家又看到了全市教育质量提高的希望了。

四、高考成绩揭晓后

2009年4月中旬，省教育厅厅长带领有关人员，到我市检查指导工作。我代表教育局向厅长进行了工作汇报，陪同厅长深入到一些学校和县区进行检查和调研。在这个过程中我又向厅长简要汇报了自己狠抓提高教育质量的设想和采取的措施，得到他的充分肯定和鼓励，更加激励我为教育工作而奋斗前行的动力。

当年的高考成绩取得了预想的效果，在同志们对我的赞美之词面前，我告诫自己，成绩的取得是全体教育管理干部、教研人员、校长和广大教师共同努力的结果，自己只是付出了应当付出的努力，尽了应该尽的工作职责而已。工作之余，我一直在思考如何在这样一个基础上保持良好的发展态势，乘势而上。从与有关业务科室、县市业务局长的交流中，我思路更加明确。在认真准备的基础上，于当年11月4日召开了全市普通高中教育工作会议。

省教育厅厅长到学校检查工作（左一为作者）

　　会议前，就会议的主题和如何开好会议同有关同志在一起进行了研究，一致认为，应认真总结高考取得成绩的经验和方法，让取得较好成绩的县区和学校进行总结和交流。要求毫不保留地把"真经"拿出来，把"绝招"亮出来，使全市各单位、各学校共同享受。同时，具体安排2010年高三复习工作，把会议开成学习先进、弘扬正气、激发士气、鼓舞人气、全员鼓气的会。

　　参加会议人员的面比较广，有各县市区教育局局长、主管业务副局长、教研室班子成员、高中各科教研员、各类高中学校校长、业务副校长、教务主任、教育局有关科室及教研室高中组全体教研员。会议请了已任市领导的原局长到会讲话。在有关先进单位典型发言和市教研室主任对2009年高考总结及2010年高考复习备考工作安排后，我以《总结经验，采取措施，提高质量》为题作了发言。

我指出，一年来，全市各级教育行政部门把高中教育教学工作放在重中之重的位置，统筹规划，周密安排，步调一致，全力攻坚。市局从年初开始相继召开了全市不同类型的高中现场会、座谈会，教研室先后举行了两次高考专家报告会，进行了两次模拟考试和分析会。各校校长、老师、各级教研员兢兢业业，任劳任怨，全身心都扑在教学教研方面。在各方面共同努力下，取得了一定的成绩，交上了一份满意的答卷。表现在三个方面：

一是成绩和经验方面。成绩主要是高考各批次上线人数同去年相比都有一定幅度的增长，特别是理科成绩尤为明显。经验方面，我总结为四支队伍发扬了"四真"精神。具体表现为：全市有一支担当重任、创新举措、强化管理、负重拼搏的校长队伍竭力真抓；有一支敬业奉献、呕心沥血、任劳任怨、精心执教的优秀教师队伍尽心真干；有一支敢于负责、认真组织、同心协力、全心服务的局长队伍全力真促；有一支与一线教师共同研讨、精心研究、实地视导、把脉问诊的教研队伍深入真研。有了这四支队伍发扬"四真"精神，我们才取得这样的成绩。可以说，这"四真"精神是取得良好成绩的法宝，是取得良好成绩的经验，我们应当继续发扬。

二是不足与原因方面。不足主要表现为"四个不平衡"。其一，上升幅度不平衡，县市区之间、同类学校之间的上升幅度差距较大。一本上线人数有五个县市区波动，八个县市区增加。二本上线人数六个县市区波动，七个县市区增加。三本上线人数六个县市区波动，七个县市区增加。有四个县市区三个批次全部上线人数波动。省级示范性高中三个批次上线人数都有波动的有五所高中。其二，文理科上线人数不平衡，存在有重理轻文现象。理科一本增加人数为16.26%，文科减少10.74%；理科二本增加人数7.83%，文科减少6.07%；理科三本增加人数6.13%，文科减少人数2.35%。文科一本上线人数为个位数的有五个县区和六所省级示范性高中。其三，管理水平不平衡，班额较大，管理粗放，重管轻教。"三苦两拼"（领导苦管、教师苦教、学生苦学，拼时间、拼体能）精神让人感动，但违背教学和学习规律。其四，教师配备不平衡，重高三教师配备，轻高一、高二年级教师配备，这样的教师配备"基础不牢，地动山摇"，急功近利，定会本末倒置。

三是目标与措施方面。我提出2010年的目标是继续提升。我分析了完成目标的难度增加，面临着三个挑战。其一是领导对教育特别是高三教育质量的期望值更高，高考成绩备受社会各界和广大领导的高度关注和重视，给我们今后工作提出了更高要求和更大的挑战。其二是各地教育发展的竞争态势更加激烈，都加大投入，创新举措，超常发展，采取措施争优质生源和优秀教师的态势不容乐观，也给我们的教学提出了更高要求和更大的挑战。其三是完成目标继续上升的难度更大，我们基础虽好，但由于不平衡的诸多新因素给我们完成目标任务带来更加严峻的挑战。

正因为面临着这些挑战，我们一定要采取更加有效的措施来实现既定的目标任务。一要在学习中研究，学习课改精神，研究课改动向和高考动向。二要在改革中创新，正确处理好生源素质和提高质量的关系；正确处理好素质教育与提高质量的关系；正确处理好新课改与提高教学质量的关系；正确处理好规范办学行为与提高教学质量的关系。三要在尊重中弘扬，尊重能产生无穷的动力，局长要尊重校长的付出，校长要尊重教师的劳动，教师要尊重学生的人格，从而营造出良好的校长真抓实干的氛围，营造出良好的教师教学氛围，营造出良好的学生学习的氛围。

这一年，职业教育的常规工作一直在推进中。借助于全国、全省职业教育攻坚计划的实施，在市政府的强力推动下，经与各方面的协调，做好职教园区建设工程的前期工作，着力完成了职教园区的整体规划、立项等一系列工作，确保一期工程入驻的职业院校开工建设。经过努力和各项准备工作，市政府研究出台了市职业教育攻坚方案，召开了职业教育攻坚大会，提出了大力发展职业教育，为当地经济发展培养技能人才，促进经济发展的一系列举措。我在《南阳日报》上发表了以《提高认识　开拓创新　开创全市职业教育工作新局面》为题的署名文章，着重谈了职业教育攻坚三个方面的工作。一是充分认识职业教育的地位和作用。二是积极创新发展职业教育体制机制。在创新办学体制、增强职业教育的升级和活动上下功夫；在创新资源配置方式、提高中职教育规模效益上下功夫；在创新筹资机制、为职业教育发展提供资金保证上下功夫；在创新培养模式、提升就业率和就业质量上下功夫。三是全面落实职教攻坚新举措。要强化政府职能，营造良好环境；调整学校布局，优化资源配置；实施"三项工程"，改善办学条件；加强师资队伍建设，提升职教办学水平；加强农村职业教育，切实增强服务功能。全面阐述了我市开展职业教育攻坚的基本思路，明确了全市职业教育改革与发展的基本目标。

五、角色有了变化

2010年1月，市教育局新一届班子组建，我任局党委书记、副局长。相应的局班子成员的分工也有一些调整。我除全面负责局党委的工作外，仍然兼管基础教育和职教成教工作。虽然职务变了，责任重了，但教学管理工作没有变。党委书记兼管教学业务，在全省直辖市教育系统没有第二人，周围的人都戏言，我注定要与"业务"打交道。有人说俏皮话："人家懂业务，是行家里手。"我听后不与对话，敷衍了事。

职务的变化使扮演的"角色"有了很多的变化。这种职务名称的一字之差，带来了肩上的重任增多。我更是以高度的责任感和使命感，带着更加赤诚火热的教育情怀，锐意进取，务实工作。同时任局长一起探讨，经研究，审时度势，综合分析，科学研判，适时提出了力争用3—5年时间，实现"打造全省教育高地，重塑南阳教育辉煌"的工作目标，在教育的田园中奋力拼搏，精心耕耘，努力奉献。

有了明确的工作目标是一个方面，如何实现确定的这一工作目标是我一直思考的问题，同局长一道形成一致意见：

一是把握工作方向。要全面贯彻教育方针，把准教育工作方向。按照局党委提出的工作目标和方针，把"办好人民满意的教育，促进教育公平，促进和谐发展，推进义务教育均衡发展"作为教育局的大事来统筹部署。要求各县市区教育行政部门、各级各类学校，服从大局，听从安排，把人民满意不满意、群众答应不答应作为衡量工作的唯一标准，在工作各个方面向人民交上满意的答卷。

二是下移工作重心。要求教育行政部门和机关工作人员走出办公室，深入学校，深入教室，了解基层实情，帮其排忧解难。研究形成了一致意见，每年的教育工作会要围绕当年中心工作确定一个主题，必须在县、市、区召开。把教育工作年会开成解决重点工作推进会，开成现场观摩会，开成经验交流会，开成凝聚人心形成合力的会，达到"明确任务、学习先进、共同提高、促进工作"的目的。

三是提升工作素养。采取有效措施,提升教育系统领导干部的基本素养,特别是政治素养、作风素养、纪律素养。用理论指导工作,使全系统干部都能形成善于学习、勤于研究的工作习惯,做教育的行家里手。促使全局干部能力提升,解决本领恐慌,实现每位干部会谋事、能干事、干成事的目标。提出要具备良好形象,在工作中保持崇高的精神追求,形成高尚的人格和良好精神风貌。

四是创新工作方法。要如期实现既定目标:一方面要把提高教育质量的关注视角下移。只有抓好义务教育阶段的教育,到高中阶段才能结出丰硕果实,不然会本末倒置,事倍功半。另一方面推进义务教育均衡发展。因为义务教育是奠基工程,是涉及人口最多、关注度最高的教育。推进义务教育均衡发展,必须着力提升农村学校和薄弱学校办学水平,提高义务教育阶段教学质量,努力实现所有适龄儿童从"有学上"到"上好学"的目标。再一方面,要加强和提高教师队伍的质量,把建设一支素质高、质量好、结构优的教师队伍作为提高教学质量的重要举措,在建立一整套有效的机制支撑和保障上做文章。

五是弘扬干事正气。在全市范围内,形成学习先进典型、弘扬干事正气的氛围,大力表彰在教育工作中取得突出成绩的教育行管人员、校长和教师,激发他们爱岗敬业、无私奉献、兢兢业业、教书育人的热情,激励他们在各自的工作岗位上,勇于担当,努力工作,为教育质量的提高做出贡献。通过评选优秀教师、模范班主任、骨干教师、先进工作者,大力宣传他们的先进事迹。利用每年的教师节,召开表彰大会,对在工作中做出成绩的单位和个人进行嘉奖和记功。在全市教育系统形成学习先进、争做贡献的风气,形成各级领导和广大群众关心教育、支持教育、发展教育的良好局面。

对我来说，形成这些意见后，不仅需要同局长和班子成员一道精心组织安排部署，全力推进工作落到实处，而且对分管的教学工作也提出了更高的目标，我始终保持着一种饱满的工作状态，为教育事业的高质量发展做着更大的努力。

六、这一年特别忙

职务的变化带来了既要同局长一道思考谋划全局性的工作，一些经常性的会议和工作都必须参加，又要考虑分管业务工作的统筹推进。我尽最大努力去统筹繁杂性事务工作，尽最大能量去集中思考和做好提高全市教育质量工作。

2010年3月26日，召开了全市基础教育工作会。这是继全市教育工作会后，召开的一次非常重要的会议。会议开始，我没有讲更多的内容，只讲了2009年教学方面的一些数字：全市高考本科上线人数比2008年增加了971人；普通高中毕业会考率达到94.5%；中招考试科目高分率平均达到60.2%；初中毕业生理化实验操作考试和体育考试合格率分别达到98.5%和97.6%；积极组织中小学生参加数、理、化、生学科竞赛，中小学生书画、写作、文艺竞赛有1000余人获市级以上奖励。接着，我没有分析更多的不足，只说了存在一个最主要的问题是教育教学质量监测不到位，保障不力。讲这一问题的主要目的是为采取措施加强教育教学质量监测手段做铺垫。

在安排工作时，我提出了要围绕一个目标，就是提高质量，促进公平。要推动三项发展，就是推进义务教育均衡发展，促进普通高中内涵发展，指导幼儿教育加快发展。要深化四项管理改革，就是强化办学管理，加强学校管理，深化课程改革，规范办学行为。要促进两个转变，就是由数量满足向质量提升转变，由应试教育向全面发展转变。

具体工作上我要求：一是在推进基础教育各项事业科学发展方面，着重要求推进义务教育均衡发展。力争两个县区进入全省教育均衡发展先进县行列。在促进普通高教育内涵发展上，重点提出要把高中教育质量作为高中教育的核心任务，措施是组织普通高中办学水平评估，省级示范性高中和一般高中分别排出名次，市级示范性高中重新评定。在指导幼儿教育快速发展上，要求每个县区要争创一所省级示范性幼儿园，逐步建立一批在全省有一定影响的幼教示范阵地，用"名牌"带动幼教事业发展。

二是在深化管理改革方面：主要是认真总结义务教育课改经验，适时召开义务教育课改经验交流会，开展规范化管理学校创建活动，举办中学校长论坛等。

三是在提高教育教学质量方面：主要是建立教育质量监测评估体系，完善教育质量管理制度。在教学质量督查方面，市县教育局要组织主管部门、教科研部门人员，每月深入一次学校，听一节课，召开一次质量研讨会，检查一所学校教学常规落实情况，写出一份质量分析报告。在教学工作和质量建设方面，市、县教育局要组织有关人员，每月召开一次教育质量专题研究会。在教育教学质量检测评估制度方面，对义务教育各地要适时抽测20%的同类学校或班级进行分析质量、研究教学、培优转差，提出提高质量的措施；在普通高中抽测同类学校教学质量的提升幅度，并联系生源学校进行检测评估，结果以适当形式通报到县区政府主要领导。

为保证工作落到实处，我提出了要"抓学习，抓关键，抓督查，抓典型"四个方面，求真务实，开拓进取，扎实工作。

2010年4月8日召开全市普通高中一模分析会。会前，我认真研究了一模的情况，感觉成绩没有达到预期。由于会议的规模扩大到市教育局全体班子成员、全部科室正副科长主任、二级单位负责人参加，开会前，一种烦躁和不可名状的情绪挥之不去。当议程进行到我讲意见时，我说，参加会议的同志们关起门来是一家人，肯定成绩是必要的。既然是一家人就不怕亮丑，要找问题、找差距、找原因、找对策、找办法，只有这样我们才能知己知彼。我拿到全市一模情况统计表后，一直在学习研究，一直在揣摩思索，心里始终处于一种不平静的状态，不是情绪激动，而是有一种良知被强烈地触动。在座的各位都是我们市教育系统的领导和专家，高中一模情况对市局科长和直属单位、学校来说，看似没有直接联系，但从市局全面工作来讲联系紧密。通过今天的会议让同志们全面了解全市高中教育的整体情况。

讲了这些话后，会议中出现了一种出奇的宁静。当我观察到这种情况后，告诫自己一定要控制情绪，千万不能把个人情绪带到会议中。我平抚心情后接着说，这次一模考试从组织命题到考试和评卷，自始至终都安排得比较好。考试成绩能够真实地反映这一届学生的水平，真实地反映各县区各学校备考工作水平，真实地反映教师们的实际教学能力，对下段复习备考提供了具体情况和依据。请各县区按市教研室的意见安排工作。

接着，我讲了存在的问题后，提出了对下段复习备考的一些思考。一是角色意识要更强。每一位同志要按照自己的角色去承担责任，扮演好角色，要有强烈的责任感，要有炽热的事业心，要有忘我的敬业精神。二是各项管理要更具体。管理方面要达到学校因校长的管理而充满活力，教师因甘心从教而洋溢着幸福的笑容，学生因知识吸引召唤而忘我学习。三是备考方案要更科学。要形成一个科学的方案、一个智慧的方案、一个高效的方案。做到认识上有高度，措施上有力度，工作上有强度。

为了调动参加会议同志们的教育良知和内心蕴含的教育情感，我在会议的最后说，干教育是一种良心活，既然我们都选择了这个职业，就应当有"办好一方教育，服务一方百姓，成就几代孩子"的良知。人在世上走一遭，不论留名留声，总应当有所付出和收获。敷衍应付摆花架子容易，脚踏实地干正事实事不易。留臭名、骂名容易，留美名好名不易。说到底，我们应当强化角色意识，采取更为有效的措施，为我市教育工作做好我们应该做好的事，洒下应当洒下的汗水，贡献应当贡献的力量，做出应当做出的努力！

5月初，组织开展了全市基础教育学校管理观摩活动。各县区分管业务局长、基教科长、教研室主任参加。在一周的时间里，分为三个小组，采取听、看、评、议相结合的方式，全面检查了解各县区学校管理工作情况，发现总结了一批先进典型和经验，分析了工作中存在的问题，对下一步工作进行了深入的探讨，为市教育局提供了很好的工作参考，5月10日召开了总结会。我在总结会上既肯定了工作中取得的成绩，又提出了一些工作上的问题。要求在下一段工作中，要巩固好观摩成果，实施好精细管理，深化好课程改革，推进好学校特色发展，规范好办学行为，力争使基础教育教学质量进一步提升。

从工作实践中我深深感到，抓好高中教育质量特别是毕业复习备考工作，虽然在短时间内能取得立竿见影的效果，但要持续取得好的成绩，后劲不足，根基不牢。只有改变这种局面，才能为高中教育质量奠定好的基础。但存在有很多因素影响、制约和认识误区。因为小学升入初中采取划片招生，对学生的学业成绩没有硬性要求，教师教学中对文化知识教学没有统一的衡量标准，造成小学生文化基础知识水平不齐。再者，人们对素质教育的认识存在误区，一提狠抓教学质量，就不提实施素质教育；一讲素质教育，就不敢抓教学质量。对初中阶段教学质量评估，没有采取有效的监测手段和衡量标准。虽然统一命题，但组织考试和评卷都是各县区单独进行，评定出的成绩带有利于自身方面的影响因素。

要改变这种局面，必须打破各种条条框框的限制和认识误区，敢于承担来自各方面的压力，使大家都能认识到狠抓义务教育阶段学校教育教学质量的意义所在。从六月初开始，我就在不同场合宣传这种认识，形成舆论氛围。同有关单位有关学校负责同志进行座谈交流，取得共识，形成了一致看法和意见。

6月28日，召开了全市义务教育阶段（小学）教育教学质量监测抽考工作会议，安排进行质量监测工作。明确了市教育局、县区教体局和抽考学校各自的工作职责及工作程序，提出了参照高考、加强领导、严明纪律、确保监测抽考工作顺利进行的要求。

我确信只要安排到位，抽考工作一定能够顺利进行。因为进行全市小学阶段质量监测抽考工作，没有先例，没有具体"政策"支撑，来自各方面的压力我一个人承担。

接着我又积极协调，安排全市首次中招考试集中评卷工作，难度更大、困难更多、议论更强，我全力做好。由于中招考试科目多，有几万学生参加考试，需动用评卷教师800余人，工作人员400余人，工作量非常大。最后商定，由条件较好的市属三所高中和离城区较近的二所高中学校承担。召开了承担任务的学校校长、业务副校长、市局有关科室负责人会议。就试卷运输、保管、评卷运作程序以及安全保卫、工作环境等方面进行了周密安排。各校评卷点的校长为第一责任人，确保评卷工作圆满完成。

这两项工作顺利结束后，学校已进入暑期，我也进入最繁忙的阶段。除常规工作外，是关注度最高的各级各类学校招生工作，我全身心投入做好这些工作。

7月24日，根据局党委研究，召开了新班子组建后首次全局半年工作总结汇报会，会议的主题是"提高教育质量，办人民满意教育"。局机关各科室除留一名值班人员外全部参加会议，局属十三个二级单位班子成员和局属十四所中小学校班子成员参加会议。上午每个单位负责同志作五分钟工作汇报，要求不看稿，不念稿。中午全体参会人员在市属一所高中餐厅吃盒饭。饭后继续开会，上午没有发言的单位发言完毕后，局长就前半年工作作了总结，提出了下半年的工作任务。我以《提高队伍素质，办人民满意教育》为题，谈了如何保证圆满完成下半年工作任务的一些认识和体会。

一是认真学习。着重谈围绕工作任务为什么学、学什么和怎样学的问题。

二是转变作风。谈了从转变作风中树立良好教育工作者形象八个方面的问题。

三是廉洁从政。谈了关于正确行使权力和加强自身修养问题。

四是务实真干。要求全体工作人员要强化"服务、责任、竞争"三种意识，优化"工作、教学、社会"三种环境，做到"深入基层摸实情，面对问题出实招，完成任务见实效"。

暑期开学后的9月5日，召开了全市普通高中教育工作会，全面安排了普通高中的工作。

10月15日召开了全市中小学教育教学质量推进会。这一次会议开得严肃而紧张、具体而全面。参加会议人员有各县区教体局局长、分管业务副局长、基教科长、教研室主任,市局基教科长、教研室主任,扩大到市属和义务教育学校校长。会议通报在全市义务教育阶段质量监测中的小学抽考情况,中招文化课统考统评成绩情况、08级普通高中学业水平测试情况和2010年高考基本情况。主要通过分析研究这些情况,发现问题,提出对策,为提高高中三年级教育质量打好基础。我以《认真分析研究,全面提高基础教育教学质量》为题讲了两个方面。

一是关于全市中小学教育教学质量的基本情况和具体分析。

第一,小学抽考情况比较分析。全市首次对义务教育阶段教育教学质量进行监测,抽考科目是小学四年级数学。全市抽考学生平均分73.4分,优秀率21%,及格率87%,过差率2%,说明命题是成功的。抽测成绩最好的县平均分85.4分,最差县平均成绩60.1分,相差25.3分;优秀率最好县达58%,最低县达3%,相差55%;及格率最好县100%,最低县55%,相差45%;过差率最好县为零,最低县达11%。

我讲到,从以上情况看,各县区小学教学质量存在的差距较大。而且参加抽考的学校都是各县区自己推荐的学校,基本上代表了各县区小学教学最高水平,但抽测成绩悬殊较大。请同志们认真思考问题出在哪里。接着我用具体数字分析县区和学校存在问题的原因和教师教学中存在的问题及其原因。

第二,中招文化课成绩比较分析。全市共有57312人参加了中招考试。总体情况是:全市文化课总平均分数为429分,最高县区为468分,最低县区382分,相差86分;全市总优秀率为2.3%,最高的县5.9%,最差的县0.2%,相差5.7%,有五个县区优秀率不到1%;全市总合格率68.8%,最高县83.9%,最低县51.8%,相差

32.1%，有两个县合格率不到 60%；全市总过差率 2.77%，最好的县仅 0.5%，最差县达 4.8%，相差 4.3%。对学科平均分也作了比较，最后分析了存在这些现象的原因。

第三，08 级高中学业水平测试情况分析。其一，从各学科学生总体考试成绩情况比较分析，学生参加考试九个学科，对全市所有学生平均分和全省平均分及先进地市平均分进行比较分析研究。其二，学生成绩分布情况比较分析，这部分参考的地市是全省最好的一个地市。其三，我市各县区学业水平考试成绩统计分析。三个方面的分析数字都很具体，比较分析非常详细。

第四，2010 年高考基本情况及存在问题。用详细的具体数字分析了 2010 年高考，上线率虽然有所提升，但与先进市相比存在差距情况。

二是关于提高中小学教育教学质量的几点看法。

这方面，我谈了要正确处理好六个关系：正确处理狠抓教学质量与促进学生全面发展的关系。特别讲到要防止两个倾向，一方面，一提素质教育，就不敢提质量了，不敢抓质量了；另一方面，一提抓质量了，就不讲客观规律，不顾学生身心发展特点，不讲素质了。正确处理狠抓高中教学质量与义务教育阶段学校教学质量的关系。提出要从基础抓起，从抓"六年备考"做起。正确处理教育质量水平高的县和教育水平相对较差县的关系。提出要整体提高、共同进步的问题。正确处理狠抓课堂教学与课外活动的关系。正确处理发扬拼搏精神与注重科学方法的关系。正确处理提高教师素质与注重管理水平的关系。

之所以讲正确处理这"六个关系"，主要是防止工作中出现一个倾向掩盖另一个倾向，防止工作中出现偏差问题。

局长就落实此次会议精神、调动一切力量全面提高教育质量提出了具体要求。

会议结束以后，我又同市教育局基教科、基础教研室的负责同志商定，开展省级示范性高中评估调研观摩活动。抽调了部分县区业务局长和教研室主任组成工作组，利用半个月的时间，深入到全市13所省级示范性高中，通过实地察看、检查资料、听课等形式，全面检查每一所学校的工作，查找存在的问题，更好地进行全方位工作指导。

11月2日，在河南油田教育中心，举办了全市义务教育阶段学校首届校长论坛。这届论坛的主题是"改革课堂教学模式，努力打造高效课堂"。共有12位校长结合自己的工作实际交流了经验和体会，提出了各自的观点和意见。同时12位本市教育专家一对一进行精彩点评。基本程式是一位校长发言后，另一位教育专家即刻对发言的内容进行针对性的点评，提出自己的看法，有认识一致的，也有认识不一致的。会议采取这种形式，既新颖又真切，既活泼又深刻，既热烈又扎实，改变了会风，效果特别显著。

会议进行了一天，结束前我在会上谈了自己的认识。这次论坛的业务性较强，涉及课堂教学改革方面的教学模式、教学方法、高效课堂，一些既有联系又有区别的概念较多。因此，我着重谈了一要弄清教学模式、教学方法的概念和如何运用教学方法，最大限度调动教师教和学生学的积极性和主动性；二要切实增强做好"改革课堂教学模式，努力打造高效课堂"工作的紧迫感；三要突出重点，把握关键，全力推进"改革课堂教学模式，努力打造高效课堂"工作；四要加强组织，完善措施，全面推动"改革课堂教学模式，努力打造高效课堂"的深入开展。

11月24日,召开了省级示范性高中评估观摩总结会。听取了大家对开展这次活动的收获和感受,加之自己亲自参加这些活动,对全市省级示范性高中的管理有了更加全面和深入的了解认识。

12月25日召开了全市原民办教师认定和工作安排会议。这是一项特殊的工作。按照上级精神,要求各县区要遵守提高认识、明确政策、制定方案、全力推进、确保稳定的工作要求。

12月底,为加强局属二级单位和直属中小学校的班子建设,组织由局班子成员带队、科室负责人参加的9个考核组,利用2天时间,对局属二级单位、局属中小学校(包括职业学校)等25个单位的班子和班子成员进行了全面考核,听取了工作汇报。

七、教辅准入要招标

2011年教育局各项工作进展非常顺利。教学工作方面,提出了"坚持以质兴教,推进全市教育质量新突破"的工作思路:

第一,实施质量管理"三年计划"。持续抓好教育质量,突出教育局工作重心,开展教育质量年、教育质量推进年、教育质量提升年活动,促进各级各类教育质量全面提升。

第二,推进质量管理"三项转移"。提升整体教育质量,力推由终端评估向过程监管转移,建立高中阶段教育以市为主、义务教育以县为主的监管评估机制。力推质量由局部优质向整体优质提升转移,对整体质量徘徊不前的县区和学校,组织调研和剖析。力推由主要依靠拼时间拼消耗向依靠教改教研提升质量转移。认真探索提升教师教学水平,打造高效课堂的路子。

第三,完善质量管理的"三项评估"。完善质量评估体系,在全市建立单科抽测、过程测评、综合评价的三项评估办法。持续开展小学教育质量监测抽考、初中毕业考试网上集中评卷、高中教育质量模拟考试评估分析和高考综合评价，以全面科学评估促进各地各校抓好教育质量。

第四，健全质量监管"四项制度"。全市建立教育质量专题会议制度、教育教学视导制度、教育质量评估制度、教育质量奖惩制度。为落实这些制度，持续开展质量监管研讨会、教育质量推进会、教育管理观摩总结会、高考模拟考试分析会、质量总结表彰会。

由于各项计划、制度、评估措施到位，2011年全市高考取得了非常辉煌的成绩。

为全面提高中小学教育质量创造良好环境。针对多年来教辅资料市场化运作，出现因教辅资料管理不到位，加重学生课业负担和家长经济负担，干扰正常教育教学秩序的现象，市教育局率先在全省省辖市教育系统，试行中小学校教辅资料审定准入工作，进行公开招标。通过成立由教育局主要领导和有关部门主要负责人参加的领导小组，召开专题会议进行具体安排，同市纪委纠风办联合出台了我市中小学教辅资料审定准入实施方案、审定准入管理规定和违规处理办法。在各县区教体局及中小学校层层推荐下，建立由一线骨干教师、校长、业务校长、教务主任、教育行政人员、教研人员及家长代表组成的698名南阳市中小学教辅资料选用专家库。

6月22日，在市政府网、市基础教育网上发布审定准入公告，全国共有38家出版社前来申报，经严格资质审查，确定了34家符合条件的出版社参与竞标。7月2日，在纪检和公证部门的监督下，领导小组办公室将各出版社送交的样书封面、页码等能够显示出版社和发行的标识全部切除，重新编码。7月3日，从专家库中分科随机抽取63名专家，组成评审委员会。专家到现场后，在工作人员的见证下，手机全部上交保存。宾馆的两层楼全部封闭，网线、电话线全部切断,手机屏蔽,武警人员24小时轮流把岗。7月4日上午召开评审专家培训会,局全体班子成员参加了会议。我就本次中小学教辅资料选用审定工作做了具体安排,要求参加此次工作的全部专家和工作人员,严格程序,严格标准,严守纪律,确保选好教辅,为提高教育教学质量作出保障。7月4日下午至7月7日,评审专家进行独立、全封闭、认真负责的评审。7月8日,组织召开了现场得票公布会,各学科专家独自报分,计分员、公证员、监督员现场录入,汇总后封存。7月12日,按照得分从高到低的顺序,领导小组将各学科前6名的出版社在网上进行了公示。三天后,在纪检部门和公证部门的监督下,本着质量第一、价格合理的原则,领导小组有关人员与出版社就教辅质量、学生购买价格进行具体商谈,确定准入教辅资料品种。7月14日在市政府网、市基础教育网公布了教辅准入目录。

工作结束后,前来参加教辅资料竞标的出版社普遍反映,我市教辅审定准入招标工作最规范、最严密、最公平、最公正。

此后,召开了全市各县区教体局主管局长、基教科长、教研室主任参加的教辅选用会议,安排做好中小学教辅选用工作。提出各县区在教辅选用上要"成立选用机构,从严做好工作,严守规矩纪律,加强监督检查"的四点要求,确保教辅选用工作规范有序进行。

八、参加全国局长研修班

伴随着我国经济的高速发展和教育的不断进步,人民群众对优质教育资源的需求越来越高,对教育公平的关注度前所未有。义务教育均衡发展问题成为社会关注的焦点问题,成为教育改革和发展的热点和难点问题。应当说,教育均衡发展是一种全新的教育发展观，其核心是教育的民主化、公平化，内涵是合理配置教育资源，全面提升教师素质，使每一位学生享受到公平的教育。

市教育局一直把义务教育均衡发展作为办好人民满意教育的重点工作统筹规划，全面推进。在中心城区持续做好均衡发展，促进公平的教育政策导向，按照市政府《关于市中心城区促进义务教育均衡发展工作的意见》，采取均衡生源、均衡师资、捆绑发展等措施，取得了明显的效果。按照"分类实施，五年到位"的原则，实施县域基本均衡发展规划。在省义务教育均衡发展创建活动中，二年多时间我同有关人员一起，按照标准先后深入到四个创建县区，实地查阅资料，对照标准进行落实，查找不足，限期整改后再次进行检查。经验收2009年一个县被教育部表彰为"全国推进义务教育均衡发展工作先进地区"，一个区被省政府表彰为义务教育均衡发展先进区，二个县在全力创建之中。

2011年，按照上级教育行政部门的安排，我于9月1日到国家教育行政学院参加为期一个月的全国地市教育局局长研修班。

全国地市教育局长研修班合影（第二排右五为作者）

来自全国各地的 82 名地市教育局局长，齐聚一堂，进行学习研修。这是一种全新的学习培训形式。大班和五个小班交叉进行教学等活动。除教育部领导、知名专家报告外，共安排三次小班研讨、二次小班教学、四次文体活动，二次大班学员发言、二次参观活动。

在培训中，先后听了时任教育部副部长兼国家教育行政学院院长，教育部副部长，国家教育行政学院副院长，知名教育家陶西平，教育部原副部长、院士韦钰，中央党校教授，知名专家杨东平，学院教育行政教研部主任、研修班班主任等教授的报告。还听了中国传媒大学传播专业委员会主任、博导、教授段鹏，成都市副市长、博导傅永林，山东潍坊市教育局局长张国华等同志的报告。他们都从不同方面讲授了区域教育发展、义务教育均衡发展、基础教育发展任务及战略、职业教育发展、创新型人才培养、战略思维、地方教育管理制度改革、基础教育管理创新经验等，加深了我自己对教育管理、改革、创新等方面很多深度问题的认识和思考。

在培训期间，学院安排用一天时间，学员们同教育部基教一司司长、督导局局长、体艺卫司巡视员三位领导进行关于贯彻落实"规划纲要"工作思路和问题的座谈。基教一司司长在义务教育均衡发展中谈到，司里要干的事有两件，一是推进义务教育学校标准化建设，从硬件上解决问题；二是推进以县为主均衡配置资源，重点是缩小校际差距、城乡之间（县域之内）差距、区域之间（国家层面）差距。具体实施中解决"一纵一横"和"一上一下"的问题。"一纵"主要落实备忘录（和省级政府签订备忘录），"一横"主要同其他部委协商，开发其他资源。"一上"主要是贯彻党和国家领导人一系列讲话精神，全方位育人。"一下"主要是解决课业负担和择校最突出的问题。

在交流环节，我提了三个问题。一是我市有 1000 万人口，中小学生 217 万，学校 4956 所。人口多，底子薄，经济发展不平衡，如何使优质教育资源供给总量不足与社会日益增长的教育需求客观存在的矛盾在短时期内得到解决？

二是因为教育经费保障体制是建立在"以县为主"的公共财政体制基础上，县域经济发展不平衡，投入差距导致义务教育均衡县域之间推进不均衡的矛盾比较突出。在义务教育学校标准化建设以及资源配置方面，国家层面有没有什么政策扶持？

三是义务教育学校教师数量和基本素质问题。义务教育均衡发展方面存在着量和质的问题，如何有效解决？

对我提出的问题领导们都给予了政策层面的解答。对这些问题的解答帮助自己对这方面有了一些深层次的思考和启迪。

在此后的班级讨论交流中，我以《关于义务教育均衡发展的实践与思考》为题，从教育均衡发展的本质要求和内容、教育非均衡发展的负面效应和主要原因、推进义务教育均衡发展的基本思路和对策三个方面，与学员们进行了互动交流和探讨，获得了很多共识和认识。

这一年教师节前夕，市四大班子领导到学校慰问看望师生，市委、市政府召开大会对市教育局评选的首届南阳十大教育感动人物、教学质量先进单位和个人进行嘉奖和颁奖活动。我请假回单位参加了此次活动后，又立即返回研修班继续学习。此后，按照安排参加了学院组织的各种研修活动，收获很大，感触很深，启迪很多。

教师节前夕陪同市四大班子领导到学校看望教师后合影（前排左四为作者）

九、教学观摩成"经验"

2011年全市高考取得了优异的成绩，整个教育系统都非常兴奋。我一直在思考，在这样的基础上继续奋力前行，继续保持这种发展态势，没有创新的工作方法的是不行的。怎样创新工作方法？怎样能使全市各级教育行政部门、高中学校校长和奋战在教学第一线的全体教师保持高涨的工作积极性？怎样从宏观上指导高中学校持续提高管理水平为教学质量提升创造良好的条件和外部环境？在总结2011年对省级示范性高中学校进行观摩的做法后，感觉形式不错，收到了很好的效果，可以借鉴。但不足的是，时间半个月较长，参加人员较少。我同局长一起商议交换看法，提出首次进行全市省级示范性高中教学观摩活动。

为保证观摩活动顺利进行达到预期效果，市教育局召开了专题行政办公会，就进行活动的目的意义、具体办法和要求、参加人员、观摩内容、纪律要求、达到的效果进行专题研究。观摩组分两个小组，分别由教育局局长和党委书记带队，市教育局基础教育科正副科长、教研室正副主任、高中教研员、各县市区教体局局长、各省级示范性高中校长、部分市级示范性高中校长为观摩组成员。观摩组分为东西两片两个小组。西片组全体成员到东片组学校观摩，东片组全体成员到西片组学校观摩。各县市区主管业务局长、各高中学校副校长在本县区和各学校组织观摩活动。每个观摩组的人员大体20人。

观摩活动从2011年10月30日进行至11月6日。观摩活动主要内容有学校全面管理、课堂教学和课改的情况等方面。其基本程序是：

第一，听汇报。上午8点准时到校，听取学校工作简要汇报。

第二，听课。观摩组每位同志从学校提供的课表中随机抽取一节课到班级听课，人员不重复。

第三，查阅资料。由校长和教研室主任组成的小组查阅学校管理资料，包括11项内容，分别是学校工作计划和教学工作计划、教研活动计划及开展情况、校长和校领导班子成员听课记录及兼课情况、学生作业情况、学生思想教育有关资料、素质教育有关资料、教师教案检查情况、课程表、新课改实施方案及相关资料、高三复习备考方案等。

第四，是实地查看。由局长和基教科长组成的小组对学校食堂餐厅、学生宿舍、实验室、校园文化建设、整体校舍校貌情况进行实地查看。

第五，评议。每位成员就本人听课、查阅、查看的情况发表意见，进行评议，重点是对教师的讲课情况人人进行评议，并对学校工作提出若干建议。评议时，轮流由一位局长或校长做记录。

第六，反馈。下午召开反馈会，参加人员除观摩组全体人员外，主要有被观摩县主管教育的副县长、高中学校在校领导班子成员、中层干部、高三年级各学科教研组长、县教体局基教股长等。由上午做记录的局长或校长进行全面反馈，其他成员补充。由于我是组长，每次都要作总结发言，提出工作意见要求。被观摩县主管县长作表态发言。反馈会结束后，观摩组就向第二天被观摩的县出发。

连续八天时间，都是这种工作程序。参加观摩的县市区教育局局长、高中校长克服工作上的繁忙，放弃休息，一路劳累，认真学习、研究、交流、探讨、指导，获得了抓好工作的启示，有几位局长感慨，工作以来，这是收获最大的一次。我自己感到这次观摩活动，对促进省级示范性高中的工作和进一步发展，对促进全市普通高中教育教学质量和管理水平再上新台阶，具有指导性和开创性作用。

11月10日，召开了观摩总结会，会议除两个观摩组的人员全部参加外，县市区主管业务局长、基教科长、市级示范性高中校长、市教育局各科室科长主任、二级单位负责人及市直学校校长都参加了会议。会议上几位局长和校长谈了对此次观摩的认识和感受。同局长商量，在会议的最后，由我结合另一组的情况代表观摩组，对此次观摩活动进行了三个方面的总结。

一是目前全市省级示范性高中的现状和主要工作特点。二是观摩过程中发现带有共性的不足和存在的主要问题。三是谈了六个方面的思考、感受和体会。这六个方面是：关于质量与质量意识，关于管理与管理水平，关于教师与教师素质，关于课改与课改意识，关于教学常规与教学常规的落实，关于学校管理文化与管理文化的影响。每一方面都从正反两个方面谈思考认识和感受体会，收到了很好的反馈。这次观摩活动成了"经验"，在此后多年的市教育局工作中特别是高中学校的管理都基本上采取这种形式进行。

十、第十次讲教育质量

进行全市省级示范性高中观摩活动取得了非常好的效果,大大超出了自己开始时思考举办这种活动的预期,而且调动了全市普通高中狠抓教学质量,办好人民满意教育的积极性和主动性。在这种情况下,作为市教育局的主要领导,把目标瞄向更高的层次,思考着如何能在这样一种基础上更进一步。我认识到观摩活动虽然只是一种形式,但这种形式却形成了浓厚的狠抓教学质量氛围的结果。借助这种氛围,实实在在、扎扎实实取得更大效果,必须向课堂教学要质量,打造高效课堂,大面积全方位提升教学质量。接着召开了全市普通高中现场课堂教学改革研讨会,总结和推广全市普通高中课堂教学改革经验,动员各学校在全力推进课堂教学改革中提高质量。

2011年11月25日,在一个县第一高级中学举行了全市普通高中课堂教学改革研讨会。参加会议的有各县市区业务局长、教研室主任,各类高中校长、主管业务副校长及教务主任。上午,参会人员全部在高中提供的三个年级课程表中任选听两节课进行听课。要求提供的现场课堂教学,不作秀,不走样,原汁原味,随机而选。要求听课的每位同志,切实感受课堂教学改革的氛围和选用该校教学模式的有效作用。

下午,由提供现场课教学的高中介绍他们课堂教学改革的经验和具体做法,又挑选了几位参加听课的校长和副校长,谈上午听课后的感受和体会。最后,我结合自己上午听课后的感受和下午同志们的发言,以《深化课堂教学改革,向高效课堂要质量》为题谈了几个方面的认识。这是在大型教学会上第十次谈教育质量问题。

我重点谈了三个方面：

一是关于认识问题。我谈到，课堂教学改革是课程改革的核心，谁抓住了课堂教学改革，谁就赢得了提高教学质量的主动权。提出课堂教学改革是课改的核心，重点是有效德育在课堂，高效智育在课堂，创新精神在课堂，能力培养在课堂，面向全体学生和学生全面发展在课堂，提高教育质量更在课堂。

二是关于现状问题。从具体情况看，各个学校都制定了课堂教学改革的实施方案，明确了课堂教学中所采用的模式及教学方法。广大教师在教学中有显著的教改意识，采取了有效的教学模式，师生互动成为课堂教学的主旋律。但是，也存在一些问题，特别是个别学校只注重形式，影响了教学质量，需要下功夫解决这个问题。

三是关于方向问题。我指出，课堂教学改革是教学改革不可动摇的方向，后退没有出路。因为课堂教学过程是由教学目标、教学内容、教学手段、教学模式方法、教学组织结构形式、教师和学生等要素组成的复杂动态系统。课堂教学如何改？

第一，解决"三个问题"。一个是旧思想旧观念的束缚问题，表现在管理方式和教师的观念上。另一个是学生学习方式的转变问题，要让学生学会自主学习、合作学习和探究学习。再一个是信息技术与教学的整合问题。

第二，处理"三个关系"。这"三个关系"是继承和改革的关系，共性与个性的关系，实践与超越的关系。

第三，做到"三个结合"。课改中必须正确处理好各种矛盾，不可顾此失彼，从一个极端走向另一个极端。关键是要在理论与实践相结合、课题与课堂相结合、课本资源与开发课程资源相结合三个方面下功夫。

第四，搞好"三个带动"。其一是科研带动。学校和教师要把课堂教学中的问题，变成研究课题，按照科学的方法进行研究，寻求解决的路径和方法，回归课堂的本质和规律，回归学生身心发展规律和学生认知规律。其二是校长带动。校长是质量提高的着力点、增长点、发展点、兴趣点、兴奋点，这"五点"要聚集到课堂。校长的理念转变过程和改革的决心及信心如何，决定着学校课堂教学改革的进程和成败，能深入课堂，以身作则，抓住改革，建构评价，奋力前行，质量提高就水到渠成。其三是典型带动。高效课堂需要典型引领和带动。

最后我说，提高教学质量要靠政策引导、业务帮扶、活动锤炼和"舆论声援"。讲了这些认识和感受，概括起来就是，深化课堂教学改革打造高效课堂的最终目的是提高教学质量，最后的落脚点还是提升教学质量。只有这样课堂教学改革才有意义。

十一、当志愿者工作部部长

第七届全国农民运动会于 2012 年 9 月在我市举行。为成功举办这次运动会，南阳市成立了第七届全国农民运动会筹备委员会，筹委会除了由国家体育总局、中国农民体育协会、河南省人民政府和我市领导组成以外，成立了办公室、督察室、场馆建设保障部、监察审计部、组织人事部、志愿者工作部、安全保卫部、医疗卫生部、信息技术部和交通运输部等 10 个部室。各个部的部长主要由我市各局委的局长兼任，统筹做好赛前筹备和运动会期间的各项工作，要求不脱离原工作岗位。各部成立的时间大体上是 2011 年五六月份。

6 月的一天上午，我已在前往一个县进行工作调研的路上，突然接到办公室通知，说接市委组织部电话通知，要求我当天上午9点前到市委组织部会议室开会。我立即返回准时到市委组织部会议室，才知道是关于农民运动会的事。会议时间很短，市有关领导宣布市委关于农民运动筹委会各部室负责人的任职文件，我被任命为志愿者工作部部长，要求回单位后向党委汇报，做好工作安排，并要求原工作正常履职，农运会工作进入运行状态。

志愿者工作部副部长由共青团市委副书记、市教育局副局长、市直工委副书记、南阳师范学院和南阳理工学院团委书记等人员组成。

为了尽快进入工作程序，我召开了第一次志愿者工作部班子成员会议，进行分工和安排工作。又抽调有关人员组成了各处室，按时间节点正常开展工作。

在筹备期间按照志愿服务要求，做了大量的前期准备工作。

第一，学习志愿者工作先进经验。同志愿者工作部的全体同志一道，认真学习济南全运会和深圳大运会及全国各类运动会志愿服务的工作经验。充分考虑我市举办农运会的实际情况，制定了推进工作的总体方案，并随着工作推进制定了各种工作实施方案，以此推动工作。期间又同组委会有关领导和有关部室负责同志到吉林省长春市参加了第十二届全国冬季运动会的开幕式，学习他们的志愿服务经验。在《南阳日报》开辟了《志愿者在行动》专栏，开展了《我为农运添风采》征文活动，组建了"志愿者艺术团"，举办了广场文化宣传演出活动，营造举办农民运动会志愿服务浓厚氛围。

第二，推出第七届全国农民运动会志愿者标志和口号的征集评审工作。志愿者工作部向全国开展了第七届全国农民运动会志愿者标志和口号的征集评审工作，开创了全国农民运动会的先河。共向全国征集志愿者标志139件、口号作品6456条。经组织专家评审，来自北京市的林延广同志创作的《志愿者之心》被确定为第七届全国农运会志愿者标志，来自湖南省的徐朝春同志创作的口号"农情农意农运会，有你有我有精彩"被确定为第七届全国农运会志愿者口号。征集活动受到了全国各类新闻媒体、网络和社会各界的广泛关注，评选之后的标志和口号更是受到了好评以及广大体育爱好者和市民的赞许。

第七届全国农民运动会志愿者宣传画

第三，招募各类志愿者并进行培训。在综合测算服务农运会志愿者数量的基础上，志愿者工作部面向全国公开发布赛事志愿者、城市志愿者和社区志愿者的招募公告。为确保志愿者的素质和水平，通过严格把关、笔试、面试、政审等环节，共招募赛事志愿者6000余名、城市志愿者1200余名。通过召开会议安排具体工作等环节，共招募社区志愿者近20万名。通过与南阳四所高校、郑州航空工业管理学院、华北水利水电学院的协商和个体招募志愿者选拔等形式，共选拔志愿服务高端礼仪志愿者211名。为提高各类志愿者的素质和服务水平，以我为主编，组织编印了11万字的《第七届全国农民运动会志愿者通用知识读本》，印发 2 万册。举办了志愿者骨干通用知识培训班，对赛事志愿者、城市志愿者进行培训。

第四，适时召开志愿者服务总队成立及授旗暨誓师大会。为推进工作，2012 年 4 月 26 日，农运会筹委会在南阳市体育中心隆重举行第七届全国农民运动会志愿者服务总队成立、授旗暨誓师大会。来自各县区、市直各局委、军分区和各大中专院校的 77 个志愿者服务大队的代表共 5000 余人参加了大会，我被任命为志愿者服务总队总队长。市长、市筹委会主任向志愿者服务总队成立表示祝贺，向总队总队长授旗。团省委领导、市领导、市筹委会常务副主任、其他市领导、市筹委会副主任参加了此次大会。大会的召开标志着志愿者服务工作进入实质阶段。

农运会授旗仪式后志愿者工作部全体同志合影（第二排左七为作者）

第五,做好志愿者选派调配和管理工作。志愿者服务部制定了较为详细的《农运会志愿者分配方案》,把6000余名赛事志愿者和211名高端礼仪志愿者派遣到各单竞赛委和筹委会有关部门,1200余名城市志愿者分配到43个志愿者服务站。统筹协调各高校和中等专业学校选派志愿者的单位,各单竞委、筹委会相关部室等用人单位对志愿者进行双重管理,确保志愿服务规范有序。

第六,做好志愿者服务应急保障。制定了志愿服务各项工作应急处理方案,确保工作万无一失。为赛事和城市志愿者7200余人提供完备的服装和装备等,为社区志愿者配备帽子10万顶,胸牌20万个,满足正常工作需要。

第七届农民运动会于2012年9月16日至9月22日在我市隆重举行。举办期间,志愿者工作部以围绕开幕式志愿服务、各省代表队驻地服务、城市志愿服务、赛事及颁奖志愿服务为重点工作,积极谋划,缜密部署,稳步推进所承担的各项志愿服务工作。

一是确保开幕式志愿服务顺畅运转。其一,制定方案。志愿者工作部制定了各类工作方案,印制了"观众座位分配表""周边道路示意图""停车场位置图""楼梯出口设置图""公交车辆运行图""志愿岗位分布图""开(闭)幕式赛事志愿者选配表""礼品发放志愿者服务岗位安排表""乘车下车志愿者岗位安排表"等10种图表。为确保志愿服务万无一失,同志愿者服务部的有关同志一道对主体育场(开幕式在此举行)、体育中心核心区(闭幕式在此举行)及周边区域的地理环境、道路分布、入口、梯道、通道、观众座席、停车场位置、附属设施等进行了数十次的实地查看,发现问题,及时向领导汇报,排除隐患,受到领导的充分肯定。

其二,开展培训演练。召开专题会议多次,统一组织了9次开闭幕式志愿者服务的合练、彩排、预演活动。每次活动都要亲自参加，自带干粮和矿泉水作为午餐。并制定了"志愿者岗位职责"和志愿者工作期间"八要八不要"行为准则及"三个一"礼仪规范。

其三，做好各项保障。根据开闭幕式志愿服务者3509人和赛事志愿者2238人的实际情况，为了确保后勤保障工作和不发生意外事件，梳理了15项志愿保障工作处置预案，预列17项开闭幕式志愿者现场服务中可能出现的突发事件场景，制定了相应的应急处置程序和措施。志愿者服务部应急保障处安排专人，确保志愿者服务期间的盒饭、饮水、车辆准时到位，使志愿者解除后顾之忧，精力充沛地投入工作。开幕式当天，团省委书记、河南省志愿者联合会理事长接见并慰问了广大志愿者，对志愿者的服务给予了充分的肯定。

二是其他志愿服务项目异彩纷呈。其具体表现为代表团志愿者服务接待周到、服务热情，受到代表团的一致好评。各单竞委赛事服务和颁奖礼仪服务成效明显。通过接送、交流、服务，与外地运动员们架起了一座情感交流和沟通的桥梁，展现了乐于助人、无私奉献的良好精神风貌。许多代表团运动员、教练员给志愿者工作部发来了对志愿者服务的感谢信。城市志愿者在43个志愿者服务站，为来自全国的宾朋和广大城乡居民，开展交通引导、赛程安排、天气状况、金融服务、导游导购等信息咨询服务和医疗救助、突发事件报告及协助处理等应急服务，成为一道亮丽的风景。全市近20万名社区志愿者按照统一部署，结合各自单位（辖区）实际，发挥自身特长，开展了内容丰富、形式多样的志愿服务活动。

在一年多的志愿者工作部工作中，我同志愿者工作部的同志们一道，精心安排，严密管理，忘我工作，达到了"零失误、零事故、零投诉"的高标准要求，赢得了各级领导、外地来宾和社会各界的广泛赞誉。第七届全国农运会志愿者服务项目被共青团中央授予"第九届中国青年志愿者优秀项目奖"。

在一年多时间里，自己既承担着第七届全国农民运动会志愿者工作部的全部工作责任，又兼顾着市教育党委工作和教学工作。教学质量一直是自己作为重要工作统筹部署和安排，一刻没有放松，工作基本上是"五加二"和"白加黑"。由于工作强度大、持续时间长，我曾两次白天工作，晚上住院治疗，一次戴着心脏监护器坚持工作，从不叫苦说累。为的是让第七届全国农民运动会志愿服务工作成为一道亮丽的风景，成为展示我市形象的窗口。为的是全市的教育质量水平在全省名列前茅，高考再创佳绩，使老百姓享受高质量教育的成果。由于各方面的协同努力，这两个目标都如期实现。这一年高考成绩突出，我被市委、市政府记二等功。农运会胜利召开，志愿者工作部圆满完成各项工作任务，自己被河南省人民政府授予"第七届全国农民运动会筹办工作先进个人"，被共青团中央授予"第九届中国青年志愿者优秀个人奖"称号。

十二、基教工作最后讲话

2012年8月，市教育局领导班子成员进行了调整，我除了主持市教育局党委全面工作、兼管人事和机关党委及有关方面工作外，不再兼管教学业务工作。着重全面做好全市教育系统党的建设、组织建设、作风建设、党风廉政建设和组织人事等方面工作，切实抓好教师队伍建设和市属单位组织建设工作，全面实施"名师工程""名校长工程""名班主任工程"建设工作，为确保各项工作顺利进行，进一步提高教学质量，做好思想上、组织上、队伍上的全方位保障。

在此后的两年多时间里，虽然我不再兼管教学业务工作，但又兼管了其他方面的工作，我仍以饱满的精神状态全身心投入。作为党委书记,涉及教育事业全局和上级部署的各项工作,都同局长一道,安排落实,积极推进;对上级安排的各类活动和进行的各种检查、督导、调研工作,责无旁贷,全力配合,竭力做好。教育工作的使命,肩上承担的责任,使工作一刻也不可能放松,忙成为一种工作常态。但是,不论再忙,提高教育质量,为国家培养人才,确保实现重铸教育辉煌的目标,始终不会变;一个教育人的满腔激情,一个教育人的责任担当,一个教育人的初心使命,始终不会变。心中装着的,脑中思着的,工作中想着的,全身心服务着的,就是全力办好人民满意的教育。

陪同教育部思政司副司长在高中学校检查工作的合影(右一为作者)

2014年1月,原任局长被提拔,新任局长到职,作为党委书记的自己,以局领导班子一个老同志的角色,全力支持新任局长工作,合力做好教育局的全面工作,确保全市教育工作持续健康高速发展。

2014年8月,按照上级党委的工作部署,对省辖市党委、政府组成部门的党政分开任职进行调整。市委根据全市情况,对市直教育局、卫生局、审计局、文广新局、城乡规划局、市文联等单位党政分开任职的干部进行调整。组织征求意见时,我考虑到已接近退休年龄的实际情况,仍留在市教育局工作。

2015年8月,市教育局个别领导班子成员的工作有了变动,我除了原来承担的工作外,又增加了教学业务工作。从10月份开始,连续用半个多月的时间,带领有关人员,到各县区、各高中学校针对教学质量方面出现的新情况、新问题,同教体局局长、副局长、高中校长座谈,查找问题,寻找策略,破解难题。必要时,召开专题会议研究商讨对策,具体问题具体对待,一县一策,一校一讲,提高针对性,加强指导性,收到了很好的效果。这一年,全市教育质量有了新的突破,高考成绩又上了一个台阶。

2016年3月,召开全市基础教育工作会。参加会议的人员有各县区教体局局长、业务副局长、基教科(股)长、教研室主任,各类高中校长、副校长,市直中小学校长和市教育局科室及有关单位的负责同志。会议的主题是总结2015年工作,安排当年的基础教育工作,分析研究当年全市一模考试和复习备考工作。开这次会议前,由于年底将要退休,我已向市委要求改任调研员。由于仍兼管教学工作,在局长要求下作了基础教育工作的最后一次讲话。

一是关于成绩与不足方面。肯定取得的成绩方面有:

第一,教育改革进一步深化。一方面用课程改革促质量提高。

市教育局印发了《关于全面深化课改第二阶段实施方案》，开展了课改百校行活动，对96所首批课改试点学校进行了评估验收，诊断分析了384节课堂教改课，28256名教师通过了课改过关课的验收，428名教师上了展示课，全市中小学校形成了全方位聚焦课堂教学改革的良好态势。另一方面用改革和教研促深化。举办了校长、教研员、教师高考制度改革研修班等五类培训班。再一方面，用管理改革促提高。开展了义务教育阶段学校观摩活动，按照"三标准一规范"的要求对全市154所学校进行管理现状现场解剖，把握实情，个性剖析，具体指导，推动了管理水平的提高。开展了全市高中学校教学质量座谈活动，近距离研究提出每所学校提高质量的对策。

第二，教育质量进一步提升。学前教育保育和教育质量受到省教育厅的高度评价和奖励。中心城区义务教育阶段教育教学一体化进程进一步推进。高考成绩进一步提升，本科一批上线人数全省名列前茅。

第三，教育公平进一步推进。学前教育资源不断扩大，教育均衡发展有所推进，教育公平效果显著，省教育厅对我市留守儿童教育进行专题报道，表彰为先进单位。

存在的问题主要表现为：在教育观念的认识方面，没能正确处理好教育质量与全面发展的关系。具体工作中一强调提高质量、检测或评价，就采取超出学生学习水平的措施及实行高压态势，个别学校采取延长教学时间、加大作业量、排名次、放弃差生、放松德育等方法。没有正确处理好课改与质量的问题，担心课改后质量可能下降，被动接受课改。在教育均衡发展上思想上有一些被动，推动上有一些缓慢。

二是关于工作与任务方面，我强调了"六个着力"：着力落实立德树人根本任务。着力优化基础教育结构，适时召开义务教育均衡发展推进会，建立激励和约束机制，开展义务教育均衡发展达标县创建活动。着力提升基础教育管理水平，全面加强质量监控，全面加强招生组织管理，全面开展学校管理观摩活动，全面规范办学行为。着力深化基础教育课程改革，通过进一步明晰工作思路，继续深化学习活动，形成课改新常态，强化指导带动，开展示范县、示范乡、示范校创建工作，不断引领课改工作向纵深发展。着力提升教研工作支撑力度。着力保障特殊群体受教育的权利。

三是认识与感受。这部分内容，会前我有些准备，心里又非常矛盾。因为按常理，开会主要是安排工作任务，谈这些内容有一种画蛇添足的嫌疑。促使自己要谈的动力，是出于多年来对教育的那份真挚情感，出于一个教育人的良知，启迪大家深入认识思考探讨教育工作，有针对性、有创新性、有远见性地指导工作。

我谈到，近几年全市各级党委政府高度重视，把教育作为优先发展战略任务。各级教育行政部门潜心研究俯下身子狠抓教育。各级各类学校校长及广大教师敬业奉献，把全部精力聚焦在提升教育质量方面。教育事业得到了全面发展，教育质量得到很大提高。可以说，党委政府重视教育的程度很高，教育行政部门抓教育的劲头很大，广大教师潜心教育的热情很深。各方面都达到了一个相当的高度，这是非常了不起的。这些成绩的取得与今天在座各位付出的劳动、心血、奉献和智慧密不可分。但是我们必须清醒地看到，全市教育发展不均衡状态依然存在。我们虽然有一个好的基础，还应当去深入思考一些问题，使全市各类教育持续、全面、协调、高质量发展，才无愧于组织的培养教育，无愧于养育我们的这片土地。从长远的角度看，应当思考以下几个方面。

第九章 做好局长

第一，心中有数，教育视野要开阔。

在座的大都在局长和校长的管理岗位上奋战多年，经验非常丰富，发自内心想把本地、本校的教育事业向前推进。针对校长们兢兢业业的工作态度，我充满敬意和感激。但从实际效果看，县域间和学校间仍存在差异，表现为愿望、付出与成效不对称性仍然存在。我感到可能是视野出了问题。视野是"个人或者组织在宏观层面对未来美景和蓝图的一种精神规划，是自我超越性的精神追求"。我的理解是，身为局长、校长，在任期内应当对本区域、本校教育事业有一种蓝图和规划，表现为局长和校长的精神追求。这种精神追求是建立在一种大的教育背景下，不是凭空想象的，而是结合本地、本校实际，制定对教育发展有积极意义的整体方案和阶段性实施措施，能够为进一步推进本地教育发展和学校教育教学质量提高打下坚实的基础。如何提升视野呢？

其一是设置愿景。愿景是组织成员从一般层面构建对未来发展的共同理想、愿望、目标和方向，是集体层面的精神追求。愿景能激励人、团结人，把成员凝聚为一个共同体，牵引推动着组织成员自觉行动，从而达到目标。视野强调的是单一智慧和眼界，是局长和校长应当具备的。愿景与视野不同，是由单位全体成员共同利益形成的一种追求和愿望。团体内每位同志都要思考自身在团体内的使命和实现自我的价值。局长和校长的任务是什么？就是给同志们勾画一种愿景。"校荣我荣，校耻我耻"，就是一种能够凝聚全体人的精神口号。所以，局长和校长的视野应当聚焦在团体精神的培植上，这是一个团体发展的根本所在，是一个团体的脊梁。实践中能够看到，一个人如果心中无愿景，他会厌倦这个团体，会失去对这个团体的寄望，不信任这个团体。如果对团体充满愿景，就会忘我地不辞辛劳地去工作。有人认为，学校的发展源于领导班子的智慧、坚韧不拔的毅力和潜心教育的耐心，源于教职工对学校发展的憧憬和凝聚力。局长和校长应当根据当时所处的环境和单位成员的素质水平等一系列因素，设置一个凝聚人心目标指向明确的愿景，才是解困之道。

其二是努力学习。要通过三个方面实现：一要多读书。视野的开阔关键在思想和精神，源泉在于学习。人生来都不是天才，思维不可能从脑子中蹦出来，所以要读书学习。从实践和理论的角度看，知识的获得，经验的积累和观念的转变无外乎两种途径，学习和实践。有人讲，书籍给我们描绘了自然界千姿百态的奇观壮景，书籍指引我们渡过难关，安慰我们的心灵，使我们摆脱悲哀和痛苦的羁绊；书籍可以使枯燥乏味的风月化为令人欢欣鼓舞的时日，使我们的脑海充满欢乐的信念，使我们的心胸具有崇高的境界。因此，要在读书中了解教育新理念，在学习名师、大家的思想中积淀自己的文化底蕴。二要向高人学习。高人是教育领域的研究专家和实践专家。一个取得有效成绩的个人和团体背后一定有高人的存在。他们如同来自另一个世界的启明星，从天外向你发射智慧和力量的光芒。高人确实有独到之处，各位局长和校长，都有各自的工作特点，实际上就是某一个方面的高人。三要向贵人学习。贵人是要寻找的，有时候就在我们身边，只是我们没能主动去寻找贵人。大家有一种片面的认识，不愿意向身边的人请教，不认为别人身上有可以学习的地方。四要学思结合。孔子说过："学而不思则罔，思而不学则殆。"有人说过："世界上有两种东西最有力量，一种是剑，另一种是思想，而思想比剑更有力量。"从这个方面讲，只有学思结合才能真正吸收，才能把别人的东西融化为自己的东西，才能学有所得，希望大家能够仔细品味。

第二，努力工作，职业精神不褪色。

职业精神是什么？职业精神就是与人们职业活动有紧密联系、具有自己特征的精神。一个人一旦从事教育这个行业，就应当恪守与之相应的职业精神。教育是什么？是唤起爱心与爱心的交流，是以智慧启迪智慧的旅程，是教育人看着教育对象逐渐变成乐观积极、学识渊博、与人为善的个体的心路历程。但是，这个心路历程是艰难的，因为教育的对象是活生生的人。一个人的成长过程不可能一帆风顺，需要教育人有极大的付出精神。同时，教育是社会的，情况是复杂的。长期从事教育工作的同志难免产生职业倦怠，产生职业冷漠，带来了教育人的一种心理负担。我们仔细体会，经常在私下发牢骚其实是一种心理上的发泄。那么，既然我们选择了这个职业，面对学生家长的无限期望，面对学生渴望知识改变命运的眼神，面对国家培养人才的这种肩上重任，应当保持职业精神永不褪色。要做到两点：

其一是要有职业信仰。信仰是人的精神支柱，要做一个有职业信仰的教育人，必须思考两个问题，即教育的本质是什么和教育者的使命及责任是什么，就一定明白应当有什么样的教育职业精神。

教育的本质就是教人做人，目的是培养有用的人，教会学生自我修炼的方式，这是教育者的责任。现在反复强调，要树立以德树人的教育理念就是这个道理。从现实看，学生必须通过教育谋取读书和就业的机会，这是唯一通道。从理论上讲，学生将来就业谋生的道路有千条，但不可否认，考上一所理想的大学是相对最为保险、便捷、现实的一条通道。因此，面对社会对教育的期许，局长和校长压力很大。教学生取得好分数上好大学无可厚非，但有一个问题值得我们去思考，就是教育要均衡发展。学校在办学思想和管理措施上，要面向全体学生，才能促进学生全面发展。

教育人有三大责任，首要责任是传道，传为人之道，修身之道，齐家之道，治国平天下之道，培养学生个人责任和社会责任。再次是授业。授业就是传授知识，重视知识整体性传授，培养学生厚实的文化知识。最后是答疑解惑。学生在学习过程中，教育人义不容辞地要帮助学生解答疑惑方面的问题，使学生不再疑惑。所以，我们要全面关注课内、课外、校内、校外的教育。

我感到，教育信仰是一种精神支柱和精神力量，是俯首甘为孺子牛的默默耕耘精神；是捧着一颗心来、不带半根草去的无怨无悔精神；是"春蚕到死丝方尽，蜡炬成灰泪始干"的自我牺牲精神。作为教育者来说，应当具备上述精神。

其二要有奉献精神。奉献就是恭敬地交付、呈现，是真诚地付诸行动，是一种纯洁高尚的精神境界。教育的奉献精神有着悠久而深厚的文化传统，是教育这一个职业神圣而崇高的体现，教育人必须具备这种精神。现实中我们可以看到很多校长忙碌的身影，校长在学校时时出现和经常不见效果大不相同，校长的心思如果能时时和事事都在思考学校，那效果就会更不一样。因此，教育人要做到用心经营教育，努力感悟教育规律，把教育工作不仅看成事业，而且看成自己生活的一部分，不断地感悟思索、留心观察、细心品味，走进学校、走进教室、走近学生。进而构建一种互动的"精神脐带"，探寻一种真实的需求，寻求一种真诚的理解，获得一种纯粹的情谊，收获一种内心的幸福。如果大家都能够真正做到，绝妙的灵感，鲜活的发现，莫名的教育机会，就会不失时机来到，一切牢骚不满和郁闷不快都会一扫而光。此外，还需要有激情，这种激情是一种蕴含着平凡生活的纯美，是把握生命脉动的一种教育良知在内心的涌动，它会自觉不自觉地激励教师和学生。教育人如果没有了激情，教育将成为苦差事，不仅自己深受折磨，教育对象也将大受其害。要有自觉的担当意识，它是立足于本职岗位承担应当承担的责任、履行应当履行的义务、完成应当完成的使命，并在整个过程中充分发挥主观能动性，发挥自己的全部能量。自觉的教育担当是一种教育态度、教育感情、教育能力。能否担当，能否愿意担当，关乎你所负责单位的事业发展，关乎教育人的责任感，关乎我市教育的未来。

第三，把握人生，职业素养要提高。

生命有限，作为一个教育人，应在有限的生命中为教育发展做出贡献，才无愧于人生。为此，应当提高职业素养。

其一是广阔的视野。前面已经谈到，这里不作过多阐述。

其二是宽厚的胸怀。这种胸怀至少应当包含：要心胸宽阔，这是教育工作职业特点决定的。要与人为善，上善若水，从善如流，是教育人处世的准则和至高的美德。只有这样才能营造师生、社会共同的心灵家园和精神家园。从这个方面说它是教育人一种修养品格。要反求诸己，当我们工作中遇到困难和挫折时不要责怪和迁怒他人，应当从自身上找到问题的症结，并努力加以改正。要忍辱负重，要用这样的心态，撑起单位发展的蓝天，这是成就一个人发展的基石和迈向成功的阶梯。

其三是高远的大爱。教育是一项良心工程，教育人的爱是对教育的浓厚情感，具有表率性、传递性、无私性、恒常性特点。有人说没有爱的教育是亵渎教育，没有爱永远享受不到教育的幸福，有了爱就有了心灵的温暖，心灵的温暖会让学生在学习中幸福成长。

有了爱就有了一切是教育中的一剂良药。

其四是规范的操守。它表现为在为人之道方面，应立德立言；在为政之道方面，应廉洁公正；在处世之道方面，应公而忘私。

其五是深厚的知识。一所追求一流、追求卓越的学校要有专业引领。就是教育人要具有相应的专业能力、宏观的思维能力、依法治教的能力、领导与管理的能力、终身学习的能力。

我最后说，基于一个教育同行的内心良知，我觉得既然大家都选择了教育，就应当用充满激情的心态，在自己的岗位上奉献耕耘、结出硕果。基于对我市基础教育进一步发展的期许，期许通过大家同心聚力、勇于担当，迎来我市基础教育发展的美好明天。

第十章

守望教育

第十章 守望教育

2016年11月，市委下发了我的退休文件，告别了三十多年做教师、当校长和做全市教育主要管理者的那种思维方式和生活状态，进入退休行列。

一、特聘"教授"

有人认为，退休后是人生的又一重大转折，是人生的又一个"春天"。这话说得既精神大气，又富有哲理。我自己懂得，从此结束了三十六年风风雨雨、兢兢业业的工作常态，虽然身体健康，但规律不可违背。我曾经有很多畅想，要赶上时代的步伐，在退休后，享受生活，尽家庭责任干好家务，尽父亲责任照顾好子女的下一代，尽自己所能发挥特长练练书法，外出旅游欣赏自然山川风光等等。自己首先从留有遗憾的书法着手，拾起了原来购买的笔墨纸砚，舞文弄墨了几天，觉得上手还是很快的，兴趣一下子被激发出来。但是，还没有缓过神来，一些单位和熟人便找上门来，大都是到学校和教育培训机构做事，我都婉言谢绝。

一天，市教育局人事科负责人给我打电话说，南水北调精神教育基地的负责人找到他，了解我啥时间退休。听后我丈二和尚摸不着头脑。没隔几天，基地负责人直接给我打电话说要请吃饭，答应后才知道是一场"鸿门宴"。他直接说，你就要退休了，单位想聘你为教学顾问。我推辞说，这行我很生疏，想推而了之。他恭维了一番说："你在党校讲的课我都听过，有深厚的理论功底，很受学员欢迎，已给领导汇报并研究同意了。"

我没有正面回答。事隔两天，他通知我参加一个南水北调移民精神报告会。请了湖北钟祥市作家协会副主席、南水北调移民研究专家，南阳市移民局主要负责人、市委宣传部前期研究移民精神的负责人，他们都从不同角度介绍了南水北调移民工作的来龙去脉、移民过程中发生的感人事迹、移民精神的概括等情况，听后深受感动。报告会后又进行了交流，探讨了如何概括总结移民精神需要注意的问题，在此基础上进行了具体分工。我被分配为南水北调精神的讲授者，又颁发了聘任证书，成了南水北调精神教育基地（后改为南水北调干部学院）的兼职教授。

之后，学院又下发了国家一级作家梅洁全面介绍湖北丹江移民全过程的著作《大江东去》，湖北移民专家、淅川移民所著的《移民大柴湖》，南阳市作家所著的报告文学《世纪大移民》，多位专家编写的《南水北调精神大家谈》，国务院南水北调工程建设委员会办公室编写的《南水北调工程知识百问百答》等著作。

我在想自己既然接受了这个任务，就一定不能辜负人家的信任。于是，用一段时间有目的地阅读了这些著作，在网上搜索看了很多与此有关的文章。根据"学院"负责人和大家讨论的意见，确定了讲授这一专题的题目为《弘扬南水北调精神，共筑中国伟大梦想》。拟定了详细的讲授提纲，反复斟酌修改后确定下来，按提纲撰写详细的文字讲稿。文字讲稿包括南水北调工程建设概况、南水北调移民迁安情况、南水北调精神实质和南水北调精神弘扬四个部分。

我一直认为，通过对参加培训学员讲授要达到以下目的：一是使学员全面了解南水北调战略构想是在新中国成立不久，毛泽东主席视察黄河和长江后，提出实现造福人类伟大抱负的举世创举由设想成为现实，长达五十年经历几代人"关于水"的中国梦这一过程。二是全面认识从大跃进、三年困难时期到那个特殊历史时期，历时

20 年移民安置的特殊情况、移民生活的艰辛情况以及进入新时期国力富强移民迁安实现"平安、有序、和谐"搬迁的情况，诠释出一个民族的勇气、一个国家的意志、一个执政党的信心，共同创造世界移民史上的伟大奇迹和创举。三是使学员从南水北调战略构想提出到"一泓清水送京津"梦想成真的现实中，认识到两个方面：第一，它为中华民族伟大复兴创造了条件，有利于区域协调发展和社会共同富裕，使社会更加和谐；有利于保证我国北方经济持续强劲发展和经济结构的战略性调整，使经济稳健发展；有利于实现生态可持续发展，使环境生态改善。第二，它为中华民族伟大复兴提供了强大动力，展示了举国体制的强大综合国力，展示了举国体制的无限优越性，展示了我国改革开放的伟大成就，使他们在培训中能全面理解和把握南水北调精神的实质。四是使学员们认识到南水北调精神，是在南水北调移民迁安过程中和南水北调工程建设中孕育和催生出的一种时代精神，这种时代精神融入了中华儿女的血脉，融入了作为兴国之魂、强国之梦的中国精神。它是一束照射在冬日的阳光，一曲飘荡在星空中的歌谣，一泓出现在沙漠中的泉水，应当弘扬这种精神。

  之后，我制作了课件，课件既有文字和图片，又有声频和视频。经反复推敲演示，达到了非常好的效果。经过一个多月的努力，从文字讲稿到课件的制作，都比较满意。2016 年 9 月 29 日，在一个县处级领导干部的培训班上，作为"基地"特聘教授身份我作了《弘扬南水北调精神，共筑中国伟大梦想》的专题报告。由于准备较为充分，讲授受到了学员们的好评。在讲授中调动了学员们的情感，有一部分学员在听到移民生活艰辛的内容时，竟引来了他们失声痛哭。由于受情绪感染，发生我在授课中竟哽咽一度讲不下去的场面，讲课取得了初次成功。

第一次讲授后，我又从学员听讲过程中的表现和自己的感受中，对个别内容进行了增删，又讲授了大约五六场，都取得了较好的效果。

2017年3月，南水北调干部学院召开了南水北调精神研讨会，参加会议的有河南省社科院副院长和省社科院的有关同志，有市委组织部、市委宣传部、市移民局、市委党校、市博物馆负责人，还有淅川县有关负责同志和南水北调特聘教授等领导和专家。大家就有关南水北调精神的实质和内涵发表了不同的意见和建议，我也参加了这次会议。根据会议上大家的一些认识和看法，我又对讲稿进行适度的修改，形成适合自己讲授特点的讲稿。

南水北调干部学院除我讲授的专题外，形成了富有特色的官德文化、红色文化、绿色发展类课程。此外还有现场教学、体验教学、戏剧教学等。这一年，配合学院培训，我大体上讲授了约90场。每一场都根据学员的不同身份，增删讲稿内容，加强教学的针对性和教育性，受到不同行业培训学员的好评。

2017年12月，南水北调干部学院负责同志带队，组织学院特聘教授、培训科和教务科负责同志及教师20余人，赴红旗渠干部学院进行为期五天的学习培训和交流活动，自己作为特聘教授参加了此次活动。

红旗渠干部学院是一所集精神传承、党性教育、宗旨践行为一体的党性教育特色培训基地。学院围绕特有的红旗渠精神资源和历史传统、自然人文资源，按照突出"特色性、时代性、参与性"要求，依托红旗渠纪念馆、红旗渠青年洞、扁担精神纪念馆、殷墟博物院、中国文字博物馆等，打造了一批主题突出、特色鲜明的现场教学和体验教学课程，形成了红旗渠精神及其当代传承为主线的红色精神和历史文化特色培训。

在红旗渠干部学院的组织下,听了由学院副院长、政治学博士、副教授作《红旗渠修建及其历史启示》为题的专题讲座。他讲述了"红旗渠修建的历史背景、红旗渠伟大的实践精神和红旗渠修建成的启示"三个部分的内容,讲授立意高远,资料翔实,内容丰富,对我有很大的启迪性。此后,围绕红旗渠精神进行了现场教学、音像教学、体验教学、延伸教学和座谈教学。

在学习培训交流活动结束的总结会上,我谈了自己感受深、收获大、启迪多三个方面的认识,明确了主题讲座中自己需要借鉴的方面。

2018年3月上旬,南水北调干部学院特邀湖北钟祥市作协副主席、《移民大柴湖》一书的作者,以亲身经历的事实讲述了淅川移民的历史过程,以大量的事实展现那一历史画卷。邀请南阳市府衙博物馆的负责人讲述中国文化常识,特别是衙门与官制文化。邀请参与当年修建老渠首的同志,讲述当年修建渠首的情况。我现场听了他们的讲述,不仅更加全面了解那段移民历史,增加对南阳历史文化的认识,而且丰富了自己的讲授内容。

3月下旬,学院又聘请十堰市移民局副局长作专题报告。他从水库移民、丹江口水库移民、移民精神和思考四个方面,阐述了什么是移民,什么是工程移民,什么是水库移民和形成移民的原因,讲述了丹江口移民的特点和形成原因,总结了移民精神和关于移民工作的思考,听后深受启发。接着我们又到十堰市博物馆、湖北省南水北调博物馆实地进行参观学习和感受。

通过红旗渠干部学院的学习培训交流活动和结合上述同志的讲授内容,自己对讲稿和课件进行了全面的修改,使讲授内容更加完善、丰富和全面。

8月中旬的一天，学院负责人通知有重要工作安排，我按时间要求到了学院。负责人对我说："省委组织部要对全省承担干部培训的'三学院 三基地'精品教学课进行观摩。经研究请你代表咱学院进行精品课讲授，另一教师进行现场教学讲授。"

由于事先没有思想准备，我顺口说："我年龄这么大，普通话水平又不高，怕讲不好影响学院声誉。"

他接着说："前些时，我对你们几位同志讲的课听了一遍，感觉就你讲的课最能代表学院水平。"

他稍停片刻后说："请不要推辞了，有啥困难我们共同解决，时间紧，任务重，请早做准备！"

就这样任务落到我的头上。事后才知道准备时间只有10天左右。随后学院负责人讲了他自己的意见，要对讲稿进行大的调整和修改。出于对学院整体工作的负责态度和一贯作风，一个老同志连续奋战6天左右，形成了迎接省委组织部观摩活动的精品课讲稿和课件。离观摩组到学院的时间只剩3天，学院又组织全体人员连续2次参加我的试讲授课和市直有关单位的一次授课。

9月3日，观摩组到学院，4日上午8点到10点半，观摩组专家，省委党史研究室主任，省委党校党史教研部主任、教授，省社科院党建研究所所长、研究员，省直党校常务副校长，郑州大学马列主义学院教授，省财政厅，省人社厅，省发展和改革委，省委组织部干教处的处长等9名同志，"三学院三基地"的副院长、副主任和教务部负责人等10人，省委组织部人员6人，南水北调干部学院的教师代表30多人参加了听课。

10点50分到11点30分，这些人员到南水北调中线工程渠首参加了另一教师的现场教学讲授。下午，观摩组就赴大别山干部学院。讲授结束后，自我感觉不错，认为不管结果如何，自己尽心尽力了就没有遗憾。

之后至2019年年底，我仍为南水北调干部学院兼职教授，除正常的讲课之外，参与了学院组织的一些活动。2020年由于市教育局关工委班子换届，我被任为市教育局关工委主任。由此，结束了任南水北调干部学院特聘教授的教学活动。

二、不了教育情

几十年从事教育工作，对教育有着很深厚的情感，对教育的那份情怀已渗透到自己的血液中。只要与教育有关的工作，自己都能积极参与，提出建设性的意见和建议。2014年3月，我担任了南阳市政协第五届委员，并被任命为政协提案委员会委员和科教文卫委员会委员。退休后由于时间充足，更加积极履职尽责，每年两会期间，我都是科教组的会议召集人，组织委员们撰写提案，审议两会报告，提出合理建议，充分发挥政协委员的作用。

2018年，市里一所知名高中校长找到我，让我给学校教师作一场报告，主要是针对教师在学校管理和教学方面出现的一些新情况，有针对性进行教育和引导，树立广大教师正确的教育观念和积极的教育态度，确保广大教师按照上级和学校的要求，从事教育教学工作，实现办学目标。就这样，我接受了任务。

我一直在想如何作这个报告，才能达到应有的效果。思来想去，还是把着力点放在了一些具有共性、社会关注度高、教师队伍面临的实际状况这些老问题上。但老问题要讲出新意，讲到要害上，讲到心灵深处。我以《关于新时代教育的断想》为题，从四个方面进行讲述。一是教育形象，它包括学校形象和个人形象。是出于这些年社会对学校和教师形象有不同认识而设立的。二是教育理想。是针对这些年一些人理想缺失，特别是教师队伍中少数人理想淡漠的实际情况提出的。三是教师修养。是从教师队伍全面培养和师德表现的角度来进行思考的。四是教学改革。主要是针对课程改革、课堂教学改革和提高教学质量的角度来设置的。

  所讲四个方面的最后一点，都设置有从自身角度思考的内容。主要使教师认识到，这些方面自己做得如何？存在何种问题？应该如何做才能达到对一个教师的要求？旨在通过讲授达到启迪思考、触动心灵、认识自我、促进教师发展的目的。

  提纲设置好后，我用了将近一周的时间，收集资料，撰写讲稿，修改完善。定稿后到校作了报告，报告避免理论说教，力求高雅中有通俗、理论中有事实，达到能听得进去、听中有思考、听后有启迪的结果。

  事后，一些高中学校得到信息后，也邀请去作同样的报告。对不同学校情况，我都事先了解，进行讲稿删增，做到针对性强、教育性佳。先后为一些学校作了报告，虽然很累，但心里面是愉悦的。

  2019年10月，省人民政府教育督导委员会下发文件，我被聘任为第七届河南省督学。聘任省督学是落实全国教育大会精神和决策部署，发挥教育督导对教育事业改革发展的推动作用，按照《教育督导条例》（国务院令第624号）、《督学管理暂行办法》（教督20162号）的有关规定，经省直有关部门审核，省政府教育督导委员会研究决定。

作者的河南省督学聘书

督学受教育督导机构指派，履行以下职责：一是对政府及有关部门履行教育职责情况进行督导。二是对各级各类学校教育教学情况实施督导。三是对师生或群众反映的教育热点、难点等重大问题实施督导。四是对严重影响或损害师生安全、合法权益、教育教学秩序等突发事件，及时督导处理，并第一时间报告上级教育督导部门。五是每次完成督导任务，及时向本级教育督导机构报告督导情况，提交督导报告。六是完成本级人民政府及教育督导机构交办的其他工作事项。

文件下发后，自己感到虽然对教育方面的工作非常熟悉，但为了提升教育督导能力和水平，能够圆满完成督导工作任务，又深入学习研究教育法律法规和教育政策，钻研教育督导专业知识。做到履行职责，不负重托，督学一任，服务一方。

2020年5月，国务院教育督导委员会办公室举办了全国第一期新任督学任职资格培训班，我按省里要求参加了此次培训。由于疫情原因，培训在线上进行。七天时间，在线上收听了时任教育部部长陈宝生的讲话，收听了中国教育学会副秘书长高书国，中国计量大学标准化学院院长、教授李丹青，国家行政学院政治学教研部教授胡月星，西南大学教育学部杨挺，教育部政策法规副司长王大泉，山东滨州市人民政府督学聂岸远等十几位领导、专家、学者的讲授，包括教育理论知识、督导专业知识与能力、督导经验与案例、信息技术应用、领导能力与个人素质等内容，完成了80学时的培训任务。经考核合格，颁发了结业证书。我通过培训更加熟悉了教育政策与法律法规，掌握了评估监督的方法和技术，学到了先进的督学工作方法，提高了进行督学的督导能力。

在聘期内，我积极参与上级组织的督导活动，都能顺利完成各项工作任务，对自己的表现还是满意的。

2021年6月，南阳师范学院根据学院发展实际情况，采取一项具有创新性的措施，对外柔性引进高层人才。通过柔性引进高层人才，促进学校在某些领域快速发展。柔性引进高层人才的基本条件是，在专业领域内有很高的专业特长，在市内有一定的知名度，能协同学校解决重大问题。我被聘为柔性人才，其主要义务为：加强学院师范专业与中小学衔接，基础教育合作研究，提升学院师范专业教师授课技能和基础教育研究水平，进行中小学教师职业培训等。

此后，我根据学院的要求，同教务处、教育科学学院和教师发展研究中心及有关单位的负责人进行了多次研究讨论，就如何取得好的效果达成共识。多次同他们一起到县区进行调研，协调帮助解决实际问题。组织到市内中小学进行调研，全面了解中小学教师队伍建设情况、中小学教师专业成长方面的问题等。同教师发展中心一道制订详细的教师培训计划，增强培训效果。同教务处一道研究同市教研部门的教研项目合作问题。一年多时间，各个方面的工作开展顺利。

第十章 守望教育

在退休前的工作中,我和基层教体局的领导同志都建立了良好的工作关系。他们有一些工作设想,愿意同我在一起研究探讨。我安排的一些工作,他们都能给予大力支持和落实。关系融洽了,工作起来更加愉悦。区里有一位教体局局长,有意愿到一所新建的十五年制完全学校去任职。我理解他的愿望,了解他的工作能力,凭几十年积累的从事教体局教育工作的丰富经验,一定能把这所学校打造成区域内的名校,给予积极支持。

他把全身心都投入这所学校的建设中,提出了"高起点规划,高目标建设,高规范先(试)行"的原则,达到"校园建设超前,教学设备一流,文化氛围浓厚,育人环境优渥"的一流校建目标。一年之后,一所理念超前、环境优美、高端大气的学校在他的带领下顺利建成。此后,他做了校长,提出了以"学制改革、课程重构、规模创新、师资优化"为支撑,培养"具有国际视野、创新意识、品格优良、知识深厚、潜能突出"的一流人才。实现全省一流,全国领先,国际接轨的办学目标,引领区域教育发展。

我们多次在一起探讨,要实现办学目标必须从改革创新入手。这些改革包括学制改革、课程改革、办学模式改革和用人机制改革四个方面,同有关人员在一起进行了充分的论证,他们又草拟关于学校改革创新发展的意见,我两次参与讨论和修改。学校的改革创新都不可能一次完成,必须在实践中不断完善。这所学校从2018年9月首次招生到2021年6月第一届高中生毕业,学校的教学成绩优异。他作为这所学校的创建人在这年退休,退休后他和我成了好朋友,不时会在一起回忆那些美好的时光。

三、有了"新职务"

2020年4月，市教育局关工委换届，我被任为市教育局关工委主任。关工委组织是以离退休老同志为主体、在职同志参加、服务青少年成长的群众性工作组织，以老干部、老专家、老教师、老模范、老战士"五老"为主体，开展相关工作。其工作任务主要是加强青少年理想信念教育、思想道德教育，参与学校智育、体育、美育和劳动教育，参与家庭教育和社会教育，开展法治教育和关爱帮扶工作，营造青少年健康成长的社会环境等。自己通过学习，充分认识到做好这项工作的重要意义和作用，努力把这项工作做好。

2020年12月，我参加了在开封市召开的河南省教育系统家庭教育推进会。实地参观考察了该市四所中小学和幼儿园家庭教育情况，观看了由该市教育局举办的家校共育文艺晚会和家庭教育工作巡礼电视片，听了几个地市的经验交流发言和领导讲话。对关工委家庭教育工作有了更加深入的认识和了解，深切感受到家庭教育在青少年学生教育和成长中发挥的重要作用。

此后，我在思考如何才能为青少年学生教育和成长作出离退休人员、特别是"五老"人员应有贡献，必须找准工作的关键点。2021年11月向时任市教育局党委书记、局长汇报后，以教育局党组文件下发了《关于加强和改进新时代关心下一代工作的意见》，就着力做好关心下一代工作做了全面部署和安排，使全市各级关工委工作有了依据，全面推进各项工作。

根据工作的开展情况，2021年10月，召开了全市教育系统关工委工作大会。省教育厅关工委副主任、市关工委主任亲自到会祝贺，各县市教体局局长、分管关工委工作的副局长、关工委主任、秘书长，市管中等专业学校校长，市属中小学校长，市教育局全体班子成员、各科室科长（主任）、关工委班子成员、秘书长参加了会议。会上宣读了市教育局关工委成员调整的通知，传达了市教育局党组《关于进一步加强和改进新时代关心下一代工作的意见》，进行了典型经验交流发言。我在会上作了关工委工作报告，对前段工作进行总结，从三个方面提出下一阶段的工作意见。提出在学习习近平总书记指示方面，要做到"深入学习、深入认识、深入践行"；在工作重点方面，"要统筹推进传承红色基因工程，深入推进'五老'关爱工程，全力推进家庭教育工程"；在关工委自身建设方面，"要强化体制机制的组织保障，要强化工作重心的行为指向，要强化各项规章制度的建立健全，要强化自身素质的不断提高"。

接着，省教育厅关工委副主任、市关工委主任分别作了重要讲话，对市教育局关工委的工作给予了充分肯定，提出了诸多希望。最后，市教育局局长作总结讲话，要求各级党组织要全力支持关工委工作，各级关工委要努力做好工作。

这次会议规格之高，参加会议单位之全面，在省辖市召开关工委的会议中是第一次。引起了省教育厅关工委的高度重视，就我市关工委召开会议的情况在全省发了简报，上报教育部关工委。会议的召开为我们做好市教育局关工委工作打下了坚实基础，提供了非常有力地做好工作的环境。

二年多来，我们按省教育厅关工委的工作安排，结合本市实际情况，带着感情，带着责任，带着良知，带着对青少年学生的关爱和希望，全方位投入工作，取得了一定的成绩。2023年3月，全省教育系统关工委工作会议在郑州召开。由于我市关工委工作成绩显著，省教育厅关工委特邀市教育局局长参会，并在大会上作题为《聚焦组织引领，发挥"五老"作用，打造教育系统关心下一代工作品牌》的典型发言，受到省关工委和省教育厅主要领导充分肯定，引发参会人员的强烈共鸣。

2023年3月，省教育厅关工委为推进《中华人民共和国教育促进法》的贯彻落实，根据教育部《关于加强家庭教育工作的指导意见》，对全省教育系统家庭教育工作进行第六轮检查评估。我以省督学、南阳市教育局关工委主任、第二组副组长的身份全程参与了评估工作。检查采用分组形式进行，组长全部由省教育厅关工委的领导担任。十余天时间，我们依据工作进程，严格按照评估标准进行。先后深入到三市一县采用听取汇报、查阅资料、实地考察、召开座谈会，根据标准进行打分，全组成员讨论，进行反馈，总结汇报等形式开展工作。通过这次参与评估检查，学到了先进地市的经验，得到了很多启发。同时，我们也迎接了以省督学、省教育厅关工委副主任为组长、以省督学、省教育厅关工委副秘书长为副组长的第三组检查评估。通过三天的评估检查，给评估检查组留下了良好的印象，对我们的工作给予了充分肯定和高度评估。以至于评估组组长诗兴大发，写下了优美的诗句作以赞扬。

评估结束后，各评估组进行了汇报。经研究，我市被省教育厅评定为"家庭教育示范市"。

4月中旬，我参加了教育部关工委在西南交通大学举办的全国基层教育系统关工委干部培训班。来自全国各省（市）关工委领导、各省辖市关工委负责同志共150余人参加培训。在培训中听了教育部关工委副主任所作的以《中办国办（意见）及教育部党组34号文件解读和落实》为题的专题报告，教育部基础教育司负责人所作的以《基础教育新任务新要求》为题的报告和有关专家的报告以及先进经验交流，参与了组织的讨论和发言，获益匪浅，收获很大，认识进一步提高。

第十章　守望教育

作者参加全国培训班

5月,省辖市教育系统关工委豫南协作组工作座谈会在我市召开。省教育厅关工委负责同志和九个地市教育局关工委负责同志参加了此次座谈会。我代表市教育局关工委作了主题发言,全面介绍了我市关工委工作的开展情况和做法。各个地市也都从不同方面介绍了自己的工作情况,大家对今后如何更好地开展工作谈了很多具有建设性的意见。会议开得非常成功,纷纷表示要以此会议为契机,学习先进,查找不足,力争把各自的工作做得更好。

10月,我们又召开了全市教育系统关工委工作推进会。这是继2021年10月之后又一次召开的高规格会议。各县市教体局局长、关工委主任,市直学校和中专学校书记,市教育局有关科室负责人参加了会议。会议的主要任务是深入贯彻落实中央和省市有关会议精神，总结成绩，部署工作，继往开来，砥砺前行，持续推动全市教育系统关工委工作再上新台阶。市政协副主席、市教育局党组书记、局长出席会议并作重要讲话。我以《牢记使命，砥砺奋进，全力推进新时代关工委工作高质量发展》为题作了工作报告。总结了前段工作，肯定了取得的成绩，就扎实推进下一段工作做了全面安排。还从关工委自身角度如何做好教育系统关工委工作讲了具体意见：一是领导要重视。就要做到纳入视野，给予支持，提出任务。二是组织要健全。做到组建一个好班子，建设一支好队伍，出台一套好机制。三是工作要奋力。要有一颗事业心，要有一颗平常心，要有一颗奉献心。提出了关工委工作要具有"在平凡之中的伟大追求，在平静之中的满腔热血，在平常之中的强烈责任，在平和之中的创新勇气，在平时之中的忘我奉献，在一生半程之后的教育情怀"六种精神。

作者在关工委会议上讲话

四、弥补曾经遗憾

小时候，对书法有些兴趣，准确地说不是书法，因为对什么是书法没有概念，应该是对把字写好有兴趣。主要受到小学语文老师和姑父的影响。因为小学班主任是语文老师，他板书时字写得非常好，上课时他在上面写板书，一有空我就在下面跟着练，一来二去，自己的钢笔字就有进步。姑父的毛笔字在他从教的学校老师中是首屈一指的，有时看到他给别人写四幅屏，站在那里欣赏。到那个特殊年代的后期，买了报头头案的书，写美术字。那个年代春节前那些天，我会帮村里的各家各户写对联。哪家有人结婚也帮忙写喜帖、对联。虽没有书法功底，但对联上写的字贴上去看着感觉不错，时不时会有人找我帮忙，心里挺美。

改革开放以后，对联有了印刷品，人们为了省事买了对联，我也很少再给别人写对联。应当说到退休前很长一段时间都没有写毛笔字了。另外，随着年龄的增长，主要精力和时间都花费在学习和工作上，为生活而奔波，为工作而奋斗，为家庭而忙碌成为常态。个人爱好和兴趣，统统抛于脑后。这成为挥之不去的痛，也成为一种心灵深处的遗憾。

退休后，支配时间是自己的自由，弥补遗憾是自己的想法。虽然有很多事要做，自打不做"特聘教授"后，我又开始练习书法。"工欲善其事，必先利其器"。笔、墨、纸、砚这些"文房四宝"是练习书法的基本工具，我又买了一些工具和毛毡，到书店挑买了适合的字帖，做好练字的准备。

老年人练书法有其自身优势，时间充裕，工作不累，负担不重。我也觉得练习书法能陶冶情操，培养性情，调理阴阳，增添乐趣。

但一接触实际，明显地感到力不从心，思想没有那么敏捷，手脚没有那么灵活，站久了腰疼腿酸，看多了眼睛发浑，心理上急于求成。

在这种情况下，我向市书法协会的主席请教如何练好书法。他讲了很好的意见。首先，要搞清楚写毛笔字与书法的区别。写毛笔字和书法虽然都是写字，但有很大区别，写字是以实用为目的，书法是一门艺术，有更高的需求。一幅成功的书法作品，不仅要有浓淡协调的墨色，匀称美妙的结构，还要讲究生动的笔法，才能使人们欣赏时唤起心灵美感。其次，一定不能想当然，凭心血来潮买本字帖就练，而是要根据自身的特点选准方向，确定练什么字体，是写颜，写欧，还是写柳，是爱好楷书隶书，还是爱好行书草书，一定要选好适合自己的。再次，在练习过程中，要注意修正几十年书写中的不良习惯，不要急于求成，不能操之过急。要循序渐进，长期坚持，从量变到质变，一定会有所收获。

根据他的意见，我选取最适合自己的行书开始练习。到书店购买了行书《圣教序》《快雪时晴帖》《丧乱帖》《姨母帖》、草书《十七帖》和赵孟頫的《洛神赋》《道德经》《前后赤壁赋》等字帖，以及与其有关的书籍，开始了练习书法的第一步。

按照练习书法的一般步骤，首先要读帖。读帖就是赏帖、看帖、悟帖。读帖要认真评审帖的点画线条，看清用笔来龙去脉、笔法技巧，细琢字体的间架结构，分析每一个点画的准确位置和用笔的先后顺序，力争达到观其形、揣其理、会于眼、明于心的地步。目的是为下一步临帖做好充分的准备。如果读帖不准、把握不清、心中无数、临无定格，就无法在临写过程中把笔画的位置写准，甚至更无力表现书法线条的神韵和魅力。

第十章　守望教育

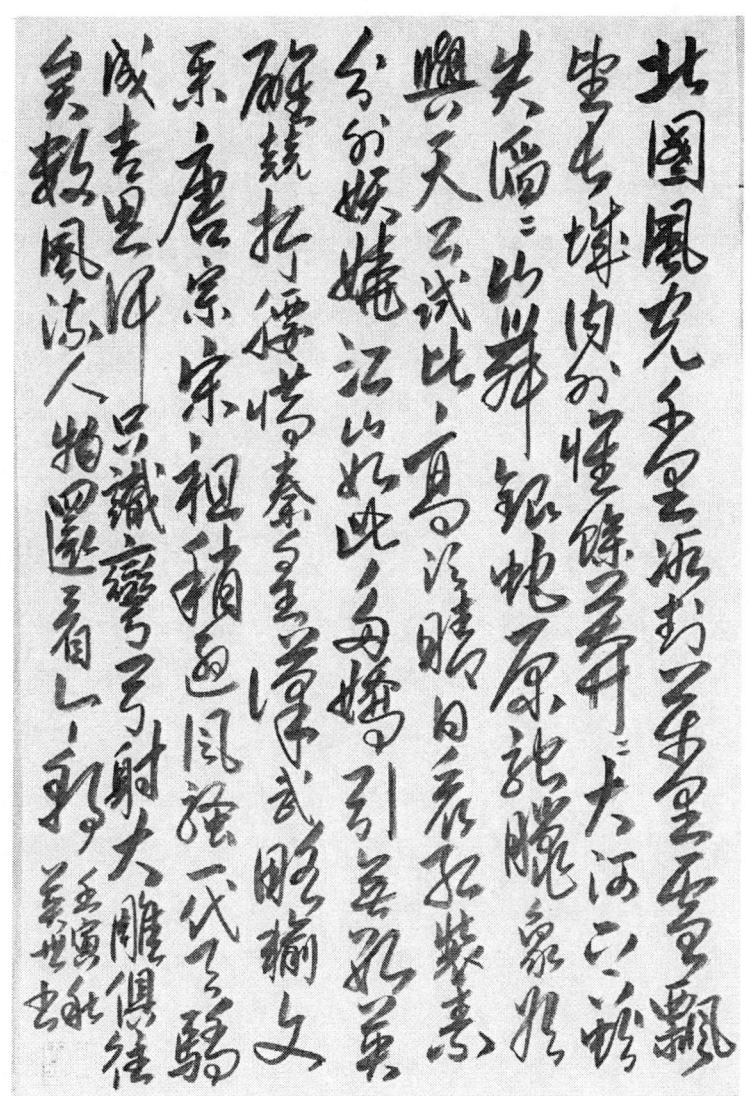

作者书法作品（一）

接着是描摹。根据自己的感受，我觉得不需要这个过程。因此，不论选择哪一本字帖，就是反复地看，甚至每一个字的结构、连笔牵丝的地方也从不马虎，觉得差不多的时候，就直接临帖。开始临的时候，没有选择用草纸，直接用宣纸。看着字帖，详细观看范字的形态、线条的动势、结构的疏密、章法的布局、神韵的表露等，然后才临写。开始时，确有难度，不仅体现不了帖的本意，毛笔有时也不听使唤，写出来的字比较难看，曾一度想过放弃，后坚持了一段时间，才有了点成效。再后来，时间一久，就慢慢悟出了一些东西。觉得临帖必须要做到眼到，眼要看得准；心到，心要悟得透；手到，手要用得巧。眼看得精确无误，使由心思所悟化，通过手准确呈现到纸上。这三者只有做到完美结合，才能使临写出来的字形神兼备，字帖的模样才能表现出来。这样，经反复琢磨、临写，越来越神似，越来越形似，从而激发了自己的兴趣，激出临帖的动力，效果就好一些。

临帖时要静下心来，心平气和，不可急躁，更不可想着多长时间能出结果。比如，临《集王羲之圣教序》，我仔细观察，用心思索发现，大多单字里的横、竖笔画中，凡多个横和多个竖之间，它们的各自方向、长度、距离都不一样，包括撇、捺、点的位置，欹侧取势，变化非常微妙。通过观察分析，产生记忆后，才可动笔临写，反复体会。开始临写，自己理解多少，就临多少，必须临像，由浅入深，由生到熟，由少到多，循序渐进，不必求全。甚至一个字可临几十遍，一幅帖可临几个月时间。它是慢功，需要时间，需要心静，需要积累，需要坚持。

有一段时间，临帖不见效果，我有些发毛，有些泄气。曾经停了两个月的临帖，看了一些有关书法的书籍后，有些醒悟，再去临时反而效果明显。这时，我如同着了谜一样，全身心都沉浸其中，连晚上也要临几张，帖到墙上，仔细琢磨，反复品位，有些进步。后来，我订了《中国书法》《书法月刊》杂志和《书法报》，又购了《历代名家碑帖临习技法解读》《中国书法教材》等书籍，有目的地

第十章 守望教育

进行阅读，从中吸取丰富的书法知识和营养。同时有计划地观看中央电视台书法频道播放的专家讲座，观看地方举办的书法展览，以提高自身的书法知识修养。

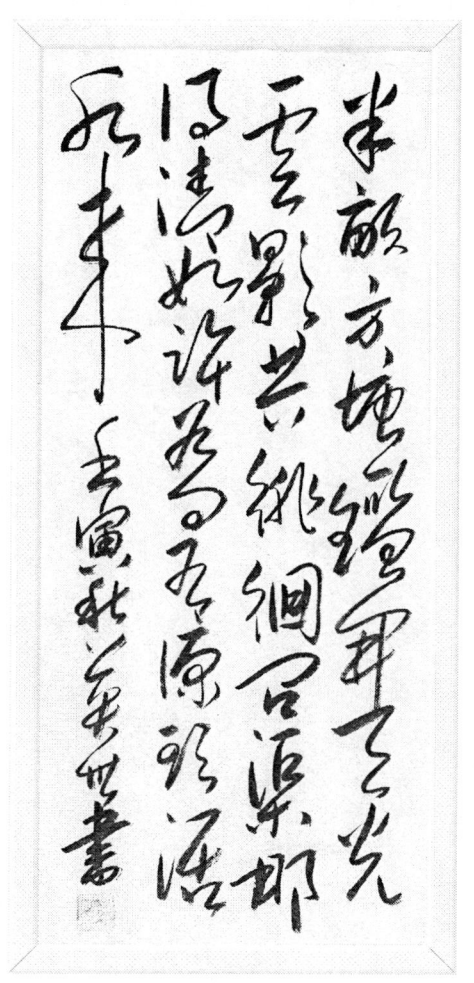

作者书法作品（二）

退休后，这几年练习书法，有了一点点进步，只是初步的，还没有达到背帖的地步，更不可能进行创作了。只是有时写几幅作品拍照制作后自我欣赏和陶醉。有时候发到熟悉的朋友圈中，让他们提意见，进行指导，大家共同快乐高兴一阵子，兴奋一阵子。就这个水平，还得到他们的赞许和鼓励。

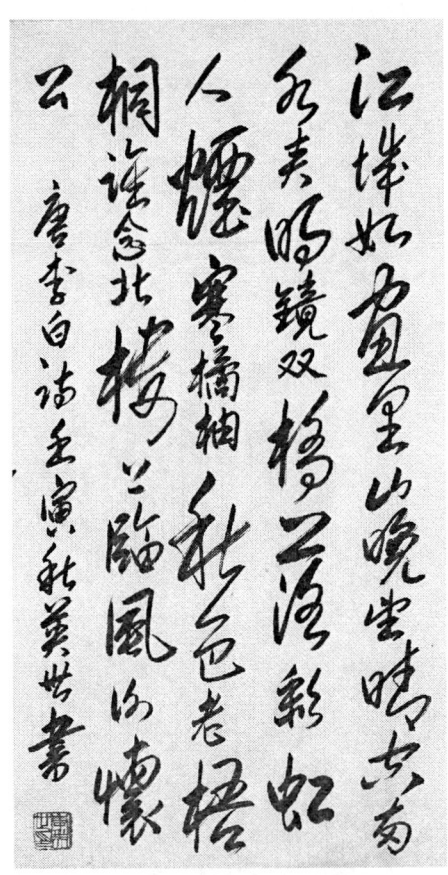

作者书法作品（三）

前些时，我又把练习的字体扩展了一些，其他书体也开始练习，不管达到什么水平，自己曾经努力过，实践过。但是，我确确实实体会到，练习书法是一个漫长而富有乐趣的过程，是一个由"生"到"熟"、再由"熟"转"生"的过程，是一个从量变到质变的飞跃和升华过程，是一个自娱自乐、陶冶情操、启脑健身的过程，我会坚持不懈，以弥补曾经的遗憾，在其中寻找幸福、享受快乐。

五、人生的感悟

写下最后一个字，就此而搁笔了，满足了许久以来自己的一个心愿，心中平静了许多。心里似水一般，清澈而透明；过往如剧一样，纷繁而曲折。回首几十年，经历过人生的欢乐与沉闷，感受了生活的艰辛与美好。一路走来，有兴奋，有开心，有喜悦，有激动，获得了令人欣慰满意的历练和成长；有消沉，有伤感，有犹豫，有苦闷，感受了人生内心复杂的情感体验。各种情感交织在一起，心中泛起层层涟漪，感悟多多。

在人们的成长中，个体的行为举止表现能反映出一个人的心理世界。由于受到社会环境、认知水平、传统观念和具体场景的影响，有些时候未必能完全真实地反映出一个人的内心。生活中，一个人对事、对人、对物都有一个"好坏"、"善恶"、"得失"的认知，用自己心理上的"天平"和"尺码"去评判和衡量，会使所得的结果有所不同，我们不能苛求人没有缺点，也不能要求人成为"完人"。

现实中，细细观察人们的生活和工作会发现，有些人利利索索、善于表达、心胸坦荡、沉稳干事，得到希望的结果；有些人风风火火、快言直语、善于表现、张扬做事，也得到希望的结果；有些人老老实实、少言寡语、从不张扬、踏实做事，一样得到希望的结果；有些人仔仔细细、谨言慎语、从不计较、小心做事，也同样得到希望的结果。但是，我们还发现，个别人争强好胜，凡事都要一论高下，有时为了一点小事斤斤计较……想要的，得到了吗？没有！如意吗？肯定不如意！个别人唯唯诺诺、不温不火，做事随波逐流，一件微小的事也患得患失……想要的，得到了吗？没有！如意吗？也不会如意！

每个人都是自己心路历程航船的舵手，人生不能坐等别人指引方向，只要自己认定走的路正确，内心沉静，不慌不乱，就会使人生在自己的掌控之内，也会给自己带来不断的惊喜。生活如此，人生也如此，努力了，奋发了，坚持了，争取了，就能得到想要的结果，即便没有达到想要的结果也心安理得。不努力，不奋发，不坚持，不争取，不可能得到想要的结果，即便偶尔得到了，内心还是有愧疚的。

自己感到，人生就是一场长跑，征途中会有沙滩，有泥泞，有明山，有暗礁，荆棘丛生。梦想如同闪烁着熠熠光辉的灯塔，照亮一个人前行的路，指引一个人越过沙滩，走出泥泞，奔向人生最美的前方。梦想还会时刻为一个人注入充足的能量，使激情在全身的每一根神经间传递，让人焕发出无限的潜能和力量，就会无所畏惧，扫除道路上的各种障碍，使人生放射出绚丽的光芒。激情如同火种一样，需用一把熊熊燃烧质地优良的火炬照亮明山、绕过暗礁、穿破荆棘，把火种保护到人生的终点。激情还是穿越寒冬绽放在枝头的那抹新绿，是走过泥泞留在身后的那行足迹。要获得那抹新绿，能留下厚厚足迹，就要脚踏实地，任劳任怨，俯首前行。

自己明白，实现梦想不会一蹴而就能够达到，激情也不是一时心血来潮，要有一种坚定的信念，坚信自己选择的方向，笃定自己要走的路子，不被外界氛围所感染，不被他人的情绪所左右；要时刻使自己不管阳光灿烂或是阴冷满天，都能保持平静的内心、祥和的目光；要时刻使自己不论遇到风和日丽还是雨大浪急，都能看清前方，腰不弯步不乱；要时刻给自己在征途中有一个迂回的空间，学会思索，学会判断，学会调整，学会等待，学会洒脱。这样，才能得到属于自己的那片天空，内心里一定会荡漾着一片轻柔充盈的

第十章 守望教育

人生阳光。

与我同龄的这一代人,大部分都出身"草根",即便是最普通、最弱小、最没有适宜生长土壤和环境的"草根",只要心怀梦想,都会冲破各种不利的生存环境而奋力成长。只要坚持那种永远向上的激情,一样可以成为坚韧顽强、受人敬仰的那株小草。

自己出身于"草根",没有家庭的"光环",靠着鲜明的个性,赢得人们的喜爱。在童年的记忆中有那么一点亮色,上小学时就是班长,还当上了少先队大队长,有过初次人生"得意"的体验。到高中,与家境优渥同学相比,虽在生活方面有明显劣势,但学习优秀,又做学生干部,享受内心的快乐。回到农村,当大队团总支部书记,是许多年轻人努力的方向,用回乡"决心书"得到大队干部的"赏识",感受那种人生愉悦。后来,求学工作,转换多个岗位,从不掩饰自己的个性,唯一不同的是每在一处必须把学习和工作做好,都要争取做"最好"的自己,虽不可能做到"最好",但力争缩小与"最好"之间的距离,这是自己的梦想,又是自己的追求,也是自己的愿望。回首过往,走过春的浪漫与美好,走过夏的炎热与生机,走过秋的成熟与稳重,走过冬的严寒与宁静,始终不渝的就是做到"最好"。岁月给予自己最高的奖赏,就是在这个历程中成长了,成熟了,老练了,给予人生最好的滋润和营养。

每个人都是一个独特的个体,其多样性是上帝塑造而来的。当一年又一年的春夏秋冬往复、一圈又一圈的岁月年轮扩展,时间稍纵即逝,从每一个个体身边悄悄溜走。眨眼几十年,每一段人生路程,每一段生活轨迹都打下深深的烙印。自己率直的性格也不能掩饰内心丰富的情感,当看到别人进步时会兴奋不已,还会暗自为其祝福;当有人遇到困难时,也会情绪低落,情不自禁地感叹而流泪。

在个人的生活和工作中，同样表现得淋漓尽致，会为工作不顺而急躁，会为生活如意而激动，自己曾调侃自己是一个干不了大事的人。

感恩是人生的一种境界，更是自己的人生信条，对父母亲人，对长辈老师，对兄弟姐妹，对同事朋友，处处事事都会感恩他们给予自己养育、教育、成长、工作等方面的无私付出和真诚帮助。我曾在公开的讲话中说到，不孝敬父母的人，不知道感恩的人，不管他说得天花乱坠，都不配受人尊敬。母亲是带给我们生命的人，她们以博大的胸襟伴我们成长，盼我们幸福；父爱如山，他们不管生活多么艰辛，都会以自己的身躯为我们撑起成长的一片天空。孝敬父母，天经地义。老师以无私的胸襟，教育我们成长，使我们获得文化的熏陶和知识的滋养，感恩他们理所应当。兄弟姐妹，一母同胞，血脉相连，没有任何理由同他们争论高低贵贱，有很多理由需要相互协助，共同成长。夫妻是心心相印、相濡以沫、同甘共苦的伴侣，应相互尊重，彼此关爱。子女是延续我们的血脉，一定要呵护陪伴他们成长。同学同事同我们一起奋斗，要感谢他们给予我们的支持和帮助。只有这样，才是一个完美的人生，才是一个幸福的人生。

在人生旅途中不免要遇到进退得失、利害荣辱之事。"得"与"失"、"荣"与"辱"不可避免。得失不计，宠辱不惊，就会使人生之路走得平坦而稳定。人生不必有遗憾，该得来的早晚会得到；得不来的，即便使尽浑身解数也未必能够得到。我时常提醒自己：要"不戚戚于贫贱，不汲汲于富贵"，更要"不汲汲于名利"，只要埋头耕耘，终有收获。几十年来，我转换多个工作岗位，也被上级组织抽调，参加各种活动，都受到了他们的肯定和赞许，给予了一定的荣誉，赢得了人生成长中的惬意。

第十章 守望教育

　　善良是人类美好的品质，应当秉持这种善念。几十年来，在工作中，在生活中，在交往中，虽有那么点"清高"，但与人为善，从没有与人发生争执，更不会踩着别人的肩膀行事。凡是需要帮助的人，只要力所能及，都会尽力为之。到如今，我还没有跨出国门，不是没有机会，而是为了工作和满足他人需求。人生在世一辈子，除了做好工作，完成各项任务外，在很多方面都应为他人着想，当你关爱他人的同时，自己一定会收获内心的平静与喜悦，也必将赢得人生的幸福！

　　在几十年从教的平凡人生中，有乐，有喜，有痛，有忧。应当说不可能每轮艳阳都能暖人，也不是每片云彩都会下雨，但我过好了自己的每一天。当看到曾经的学生做出成绩，当听到同学、同事进步的消息，我是兴奋的、激动的、愉悦的。因为我是他们的老师，因为我是他们的校长，因为我是他们的同事。我还会提醒他们，人生逆境时，学会忍耐；人生顺境时，学会收敛；人生失意时，学会随缘；人生得意时，学会看淡……一定会获取满意的人生。

　　人没有选择出生贫贱富贵的权利，都是在一声啼哭中来到这个世界，在亲人的悲痛中离开这个世界。生命是有限的，在这人生的短暂岁月里，每一个人的成长都不可能一帆风顺而勇往直前，会遇到各种艰难障碍，越是在这个时候，越要清醒，越要明白，最可怕的困难和障碍不在外界，而在自己心里。能改变这种困境的，只有自己。即便摔倒了，努力爬起来，擦去灰尘，拂去伤痛，冲破障碍，才能看到美丽的景色，才能达到希望的目标，才能收获要收获的一番风景！

　　在人生旅途中，在乎起点是必要的，但不必在乎终点，重要的是沿途的风景。我们要用心去珍惜每一个美好的瞬间，要用笔去描绘每一幅美丽的图景，要用情去感受旅途带给的快乐。人生无须惊天动地，做最好的自己就是最大的幸福。我曾经说过：人的生命是有限的，在这有限的时间里，应当用梦想凝聚的力量，用希望点燃的激情，在个人的"责任田"里去劳作耕耘，在自己的工作岗位上去敬业奉献……如此，一定能获得满园的芬芳，一定能结出满枝的硕果，一定能书写满意的人生！

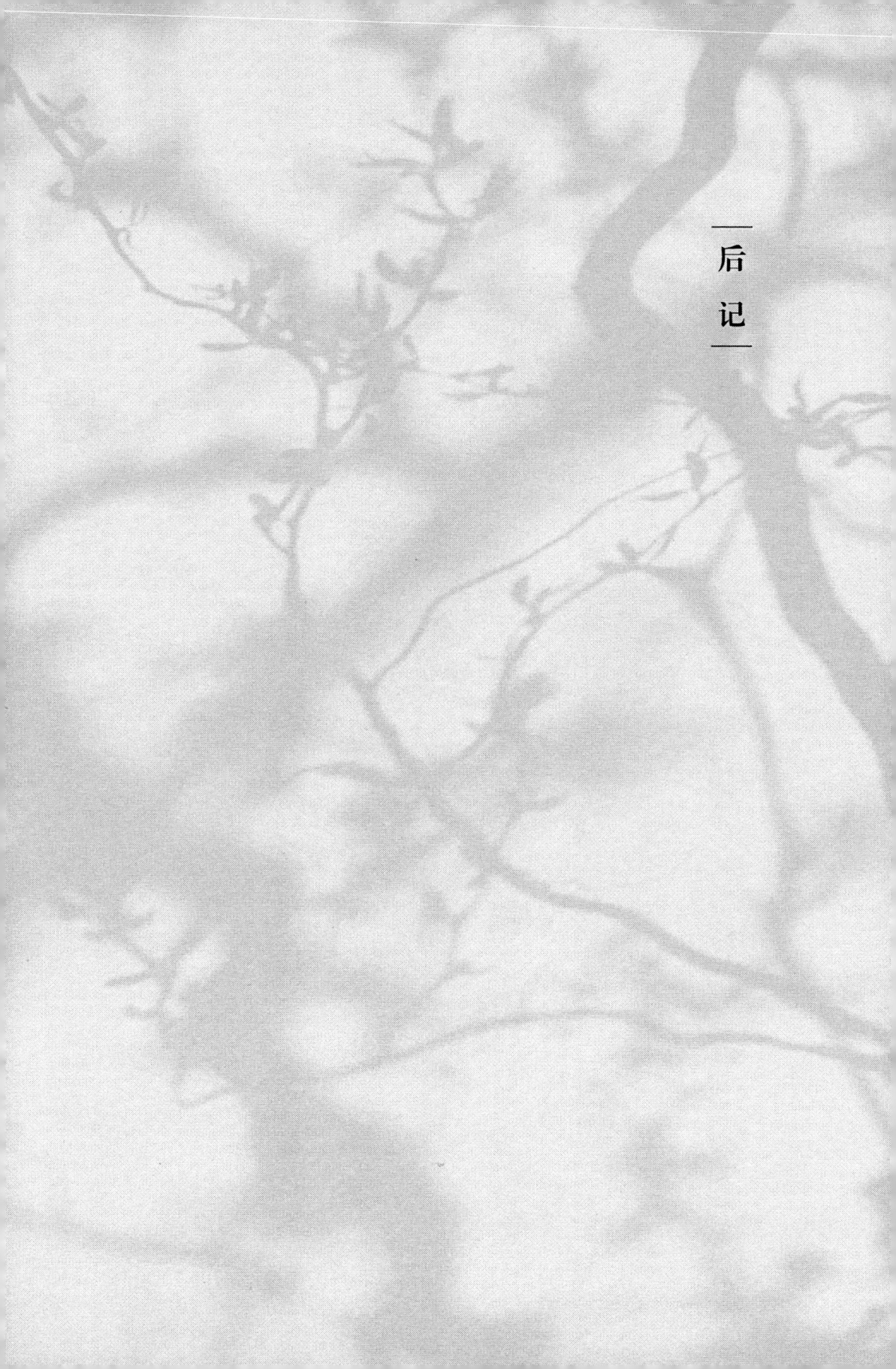

后 记

后　记

我几十年的工作始终处在一种"忙"的状态,有了闲不住的"毛病"。退休后,虽然清闲了许多,但这种闲不住的"毛病"依然未改。

前几年,萌生了把家乡和自己的成长学习、工作经历、认识感悟、经验体会记录下来的想法,竟得到了妻子的理解和支持。但是有些犹豫,觉得出身"草根",虽然忙忙碌碌几十载,实实在在地做了很多工作,受到业内的认可和赞许,但也并非做出了多么值得称颂的业绩。就是在这种矛盾的状态下,写了一小部分,把写好的文字同妻子边读边议,觉得还有些味道,就坚持下来了,想着打印后自我欣赏也是一种乐趣。一次偶然的机会,同多年的老朋友喝茶聊天时,我把写好的一摞稿子拿出来在他面前"显摆"。他看后感到很有意思,建议我写得系统和规范一些,可考虑正式出版。于是,再次激起我写好此书的强烈愿望。

一天上午八点钟刚过,我拨通了素未谋面的河南大学出版社高教分社郑鑫主任的手机,进行了自我介绍。他回话很爽快,话语非常亲切。我弱弱地向他细述了写作此书的想法,得到了他的充分肯定。此后,我又一次通过手机,隔空和他就书名交流了一些想法,进行了一番商讨,最后确定为《教育梦　教育情——一位教育人的心路历程》。这次通话,他就出版要求提出了非常明确和具体的意见,按照他的意见,我对书稿进行了较大的修改,删减了许多内容,增添了一些必要的部分,形成了本书的基本框架。

本书基本按照时间顺序,依托大量事实进行写作,真实反映了一位教育人的心路历程。本书的写作过程，是自己追寻教育梦想的又一次回望；是自己心灵深处教育情感的又一次流露；是自己沉淀许久的教育激情的又一次涌动；是自己深厚的教育情怀的又一次触动……那一幕幕追梦成长的情景、一串串追梦成长的数字、一幅幅追梦成长的画面、一段段追梦成长的心路，使自己深深地感到：教育梦想是自己几十年成长的动力源泉，是奋力前行的精神支柱；教育激情是自己几十年教育良知在心灵深处的不断涌动，激励着自己迈向一个又一个目标。

本书同自己2015年出版的《教育梦　教育情——30年教育实践与思考》为姊妹篇。两部著作先后出版，互为补充，全面反映了自己追寻教育、研究教育、践行教育、倾心教育、守望教育的梦想与情怀，是自己几十年人生执着教育理想、探求教育规律、启迪教育思考、收获教育感悟教育梦、教育情的真实写照。

本书能够出版，妻子功不可没。从我开始酝酿写作，她都呐喊助威。由于自己脑笨手拙，至今不会在电脑上打字书写，手写稿完成后，请文印部人员进行排版打印。妻子作为校对，成为本书的第一读者，辛劳付出没有怨言，还不时提出一些很好的建议，使我受益不小，我都予以采纳。此刻，我要把诚挚的感谢献给她！

应当感谢既是"发小"又是校友的宜刚挚友，他仔细阅看了样书的全部内容，提了很多真知灼见，在文字方面又把了关，费神费力、用心用情为本书写了序言，使我感动不已！

本书个别章节内容涉及一些历史性资料，参阅了《内乡县志》《内乡湍东镇志》《内乡师范学校校志》《内乡高级中学建校60周年校庆纪念册》，对此表示谢意！

本书的出版离不开郑鑫主任的鼓励和支持，他从开始就热忱帮

后　记

助，百忙之中仍不忘关心指导；责任编辑薛建立老师文字功力深厚，审阅认真细致，为本书的编辑付出了很多心血。还有很多亲朋好友，都给予了关心和支持。在本书出版之际，谨向他们表示深深的敬意和真诚的感谢！

　　由于自己水平有限，在写作过程中，虽然尽全力以求完美，但肯定还有一些不尽如人意的地方，希望广大读者能够不吝指正。

李英世　谨识

2024 年 5 月